KELLY MORAN

Wildflower Summer

IN DEINEN ARMEN

Roman

Aus dem Englischen von
Vanessa Lamatsch

Die Originalausgabe erschien 2017
unter dem Titel «Redemption».

Deutsche Erstausgabe
Veröffentlicht im Rowohlt Taschenbuch Verlag,
Hamburg, Juni 2020
Copyright © 2020 by Rowohlt Verlag GmbH, Hamburg
«Redemption» Copyright © 2017 by Kelly Moran
Redaktion Stefanie Kruschandl
Covergestaltung ZERO Werbeagentur, München
Coverabbildung Shutterstock
Satz aus der Dolly
Gesamtherstellung CPI books GmbH, Leck, Germany
ISBN 978-3-499-27620-0

Die Rowohlt Verlage haben sich zu einer nachhaltigen Buchproduktion verpflichtet. Gemeinsam mit unseren Partnern und Lieferanten setzen wir uns für eine klimaneutrale Buchproduktion ein, die den Erwerb von Klimazertifikaten zur Kompensation des CO_2-Ausstoßes einschließt.
www.klimaneutralerverlag.de

Für alle Männer & Frauen,
die für uns dienen

1

Olivia Cattenach kniete auf dem Privatfriedhof der Wildflower Ranch neben der letzten Ruhestätte ihres Bruders. Mit einer Hand wischte sie einige Grashalme von dem flachen Grabstein. Sechs Monate war es her, seit Justin im Einsatz getötet worden war. Schwer zu glauben. Die Trauer war immer noch so frisch wie an dem Tag, an dem die zwei Soldaten mit seiner Erkennungsmarke und Beileidsbekundungen vor ihrer Tür gestanden hatten.

Doch noch schlimmer als ihren Bruder – ihren besten Freund – zu verlieren, war die Tatsache, dass sein Leben zu früh beendet worden war. Mit nur achtundzwanzig Jahren. Das Wort «Tragödie» reichte bei weitem nicht aus, um diesen Umstand zu beschreiben. Ein Sprengsatz, ein falscher Schritt, und Justin war verschwunden gewesen. Ausgelöscht, als hätte er nie existiert.

Da sie wusste, dass Tante Mae hinter ihr am schmiedeeisernen Tor stand und darauf wartete, endlich den Tag zu beginnen, seufzte Olivia tief, nahm einen Schluck Kaffee aus der mitgebrachten Blechtasse und beendete ihren morgendlichen Besuch früher als gewöhnlich. Aber verdammt. Sie spürte einen scharfen Stich der Einsamkeit im Herzen.

Sie sah an Justins Grab und dem ihrer Eltern vorbei in Richtung der nördlichen Felder. Dort wiegten sich gelbe Halme im Wind, so weit das Auge reichte. «In einem Monat können wir den Winterweizen ernten und die Felder neu bepflanzen.»

Obwohl sie nur auf hundert von ihren zweitausend Morgen Land Getreide anbauten und es für ihre Einnahmen keine große Rolle spielte, war diese Felder Justins Lieblingsort auf der Ranch gewesen. Weitläufiges Land, die Hände tief in der Erde versenkt, umgeben von Stille.

Die letzten Tage seines Lebens hatte er allerdings in einer ganz anderen Umgebung verbracht. Er hatte ein zerstörtes Gebäude in der trockenen Wüste erkundet, umgeben von bröckelndem Beton. Waffen, Explosionen, Schreie …

Olivia schüttelte den Kopf und warf einen Blick zu ihrem Haus, das linker Hand stand, hinter dem Hügel, auf dem der Friedhof lag. So nah. Justin war immer mit ihr um die Wette gelaufen: von der Pappel am schmiedeeisernen Zaun den sanften Abhang hinunter, über die Wiese, die sich im Sommer in ein Meer aus Wildblumen verwandelte, und hinein in das dreistöckige Holzhaus, das sie ihr Zuhause nannten. Als zwei Jahre ältere Schwester hatte sie ihn natürlich gewinnen lassen. Bis ihr Bruder kurz nach seinem zehnten Geburtstag einen Wachstumsschub gemacht hatte und plötzlich fünfzehn Zentimeter größer gewesen war als sie.

Ein schneidender Wind pfiff über den Hügel und trug den Geruch von Schnee aus den Laramie-Bergen im Süden heran. Rechts von Olivia brannte die Sonne auf das Präriegras, strahlend hell am Himmel über den östlichen Pässen. Für einen Tag Mitte April in dieser Ecke von Wyoming schien es warm zu werden. Nachts hatte es gerade mal um die vier Grad gehabt, aber bis zum Mittag sollten es um die sechzehn Grad werden. Kein schlechter Wochenstart.

Sie hörte, wie Mae ungeduldig das Gewicht von einem Fuß auf den anderen verlagerte, was Olivia daran erinnerte, dass sie nicht länger hier herumsitzen sollte, um mit einem Geist zu sprechen. Sie musterte ein letztes Mal Justins Grab und versuchte sich an einem Lächeln. «Ich liebe dich. Grüß Mom und Dad. Wir sehen uns morgen.»

Die Redewendung sorgte dafür, dass ihre Augen brannten, als sie aufstand und sich zum Tor umdrehte. Denn sie würde Justin morgen nicht sehen. Dank eines befehlshabenden Offiziers, der eine schlechte Entscheidung getroffen hatte, würde sie ihren Bruder niemals wiedersehen.

Tante Mae wartete geduldig, eine Hand auf den Zaun gestemmt, in der anderen Hand ihr eigener Becher mit Kaffee. Das Sonnenlicht glänzte auf den zu einem Bob geschnittenen weißen Haaren und umspielte ihre breiten Schultern. Ihr markantes Gesicht hatte etliche harte Winter gesehen, und die vielen feinen Falten schienen ihren Willen zu zeigen, sich nicht unterkriegen zu lassen. Doch ihre strahlend blauen Augen waren so warm wie ihre Seele.

Tante Mae war auf der Wildflower Ranch aufgewachsen, hatte sie jedoch verlassen, um dann vor zwanzig Jahren zurückzukehren, als Olivias Vater und Mutter gestorben waren. Olivia konnte sich kaum entsinnen, wie ihre Eltern ausgesehen hatten. Eigentlich gab es in ihrer Erinnerung nur ein paar schemenhafte Bilder – aber Tante Mae ähnelte Olivias Vater bis hin zu dem kantigen Kinn und dem kräftigen Körperbau.

Olivia rückte ihr rotes Flanellhemd unter der Canvasjacke zurecht und trat zu Tante Mae, um sie kurz zu umarmen. Das Rascheln ihrer Kleidung erfüllte die Luft, als sie sich wieder voneinander trennten, dann gingen sie Richtung Haus, Tante Maes Arm über Olivias Schultern.

Olivia sog tief die frische Bergluft ein, die geschwängert war mit dem Duft von Erde und fernem Frost. «Schöner Morgen.»

«Allerdings», antwortete ihre Tante, den Blick auf den Kiesweg gerichtet. «Aber ein langer Spaziergang, um ihn jeden Tag zu machen.»

«Du musst mich nicht begleiten.» Tante Mae leistete Olivia auf ihrem allmorgendlichen Ausflug nicht oft Gesellschaft – doch an den Tagen, wo sie allein unterwegs war, fiel es Olivia schwerer, zurückzukommen und sich den Pflichten zu widmen, die sie erwarteten.

«Macht mir nichts aus. Meine alten Knochen brauchen die Bewegung.» Tante Mae ließ ihren Arm sinken und unterbrach so den Körperkontakt, den Blick nach vorne gerichtet. «Ich würde mein Bison-Stew-Rezept verwetten, dass ein gewisser Vorarbeiter vor der Scheune auf dich wartet.»

Olivia wusste genau, dass sie diese Wette verlieren würde. «Zweifellos.» Nakos wartete immer hinter der Kurve des Friedhofswegs auf sie. Für gewöhnlich hatte er schon eine Stunde lang Aufgaben verteilt, bevor sie auch nur von ihrer Veranda getreten war.

«Er würde keinen schlechten Ehemann abgeben, Kleine.»

Stimmt, dachte Olivia. Nakos Hunt wäre bestimmt keine schlechte Wahl. Mit seiner dunklen Haut und dem typischen schwarzen Haar des Arapaho-Stamms, kombiniert mit einem muskulösen Körper und einem attraktiven Gesicht, hatte er bei der Genpool-Lotterie definitiv gewonnen. Außerdem arbeitete er hart, war freundlich und hatte einen ausgeprägten Beschützerinstinkt. Manchmal ein wenig zu ausgeprägt, doch solche Anwandlungen tat Olivia mit einem Achselzucken ab.

Die Sache war nur: Zwischen ihnen knisterte es nicht. Sie schätzte Nakos, natürlich. Aber Anziehung? Nein. Trotzdem, sie war dreißig Jahre alt und lebte am Rande einer Stadt mit wenigen Einwohnern. Wenn man «Rand» wirklich großzügig auslegte. Wenn sie das Vermächtnis der Cattenachs weitergeben wollte, musste sie langsam daran denken, sich mit jemandem niederzulassen. Sie mochte Nakos. Seit Justin gestorben war, kam er einem besten Freund in ihrem Leben am nächsten.

«Ich werde darüber nachdenken.» Sie nippte an ihrem Kaffee.

«Du denkst schon seit Monaten darüber nach.» Tante Mae zog die Augenbrauen hoch. «Der Junge steht auf dich, seitdem du sechzehn bist. Wie lange willst du ihn noch warten lassen?»

Und noch eine Schippe auf den Schuldgefühl-Haufen. «Das stimmt doch gar nicht.»

«Da hast du recht. Er steht wahrscheinlich schon auf dich, seitdem seine Familie angefangen hat, für unsere zu arbeiten. Also ungefähr seit du neun Jahre alt warst.»

Olivia lachte. «Okay, hör auf.» Sie stieß ihre Tante mit der Schulter an. «Er hat nichts in dieser Richtung unternommen.» Nicht dass sie wüsste, was sie mit einem Flirtversuch anfangen sollte, wenn er es täte. Nakos hatte seinen Platz immer in der Was-wäre-wenn-Akte ihres gedanklichen Archivs gehabt. Trotz ihrer tickenden biologischen Uhr spürte Olivia kein Verlangen, diese Akte herauszuholen und abzustauben.

«Wer sagt, dass der Mann die ganze Arbeit machen muss? Ergreif selbst die Initiative.»

Jaja.

Den Rest des Weges legten sie schweigend zurück. Kurz bevor Olivia und ihre Tante sich trennten, trat Nakos mit einem Klemmbrett in der Hand aus der dritten Scheune.

«Was für eine Überraschung.» Tante Mae zwinkerte. «Hab

einfach mal ein bisschen Spaß, Kleine. Und ich meine damit die nackte Art.»

Olivia lachte, winkte ihrer Tante zum Abschied zu und beobachtete dann, wie Mae den langen gewundenen Pfad zum Haus entlangging. Als sie sich umdrehte, merkte sie, wie Nakos sie aus seinen dunklen Augen ansah. Er kam näher. «*Hebe*, Olivia.»

Jeden Morgen begrüßte er sie mit dem Äquivalent des Wortes *Hallo* in seiner Muttersprache Arapaho, und irgendetwas daran beruhigte den Aufruhr in Olivias Brust. Nicht dass ihr Veränderung etwas ausgemacht hätte, doch manche Dinge – die wertvollen – sollten gleich bleiben.

Einer seiner Mundwinkel hob sich. «Das Lächeln steht dir gut. Ist eine Weile her, dass ich das gesehen habe.»

«Danke. Was liegt heute an?»

«Du und ich müssen diese Woche die Frühjahrsschur machen. Der Wollkäufer kommt am Freitag zum Abholen. Die ersten Schafe sind seit gestern im Stall. Ich habe vier Jungs darauf angesetzt, die restlichen zu zählen und auf der Ostweide zusammenzutreiben. Zwei Männer auf Pferden kontrollieren die südliche Zaungrenze, und drei tun dasselbe auf den nördlichen Höhenrücken. Wir hatten einige Probleme mit Gabelböcken, die unsere Ernte fressen.»

Damit waren alle Männer verplant. Mit Nakos waren es zehn. Sie heuerten bei Bedarf Saisonarbeiter an, doch bis zur Weizenernte war das nicht nötig.

Während Nakos sein Klemmbrett konsultierte, musterte Olivia ihren Vorarbeiter. Genau wie sie trug er Jeans und ein Flanellhemd, doch seine Jacke bestand aus Leder, und auf seinem Kopf thronte ein schwarzer Cowboyhut. Aufgrund seiner Körpergröße von einem Meter achtzig musste sie den Kopf in den Nacken legen, um zu ihm aufzusehen. Glattrasiert, breite Schultern, breiter Brustkorb, schmale Hüften. Sie versuchte, sich sie und ihn in einer Beziehung vorzustellen. Das einzige Ergebnis, das sie erhielt, war … *vielleicht.*

Doch warum zur Hölle nicht? Sie würde es nie erfahren, wenn sie es nicht probierte. «Tante Mae sagt, ich soll mal ein bisschen Spaß haben.»

Nakos warf ihr einen kurzen Blick zu. «Nun, du könntest die Schafe Schafe sein lassen und in die Stadt fahren. Wir können auch morgen noch mit dem Scheren anfangen.»

Seufz. «Sie meinte die nackte Art von Spaß.» Olivia konnte ihm nicht übelnehmen, dass er nicht verstand, worauf sie hinauswollte. Es war ja nicht so, als hätte sie schon einmal mit ihm geflirtet. Sie war sich nicht mal sicher, ob sie das gerade tat. In dieser Gegend ging man eher direkt vor: ein Bier in der einzigen Kneipe der Stadt zu spendieren, entsprach einem eindeutigen Angebot.

Nakos erstarrte, dann glitt sein Blick wie in Zeitlupe von seinem Klemmbrett zu ihr. Harte schwarze Augen nagelten sie fest und musterten sie, als könnte er sie verstehen, wenn er nur genau genug hinsah.

Sie fühlte sich verunsichert und mehr als nur ein bisschen dumm, also verschränkte sie die Arme. «Hast du je darüber nachgedacht? Du, ich, Klamotten auf dem Boden?» Igitt. Direkter konnte sie wirklich nicht mehr werden. Sie würde Tante Mae umbringen.

Er atmete scharf ein, dann richtete er seinen Blick auf die Berge in der Ferne. Sein Adamsapfel hüpfte, als Nakos schwer schluckte, dann schloss er für einen Augenblick die Augen, bevor er sie erneut ansah. In seinen Augen brannte Interesse, doch sie entdeckte ebenso viel Unsicherheit.

Schließlich verlagerte er das Klemmbrett in die andere Hand und ließ sich zu einer Antwort herab. «Woher kommt das plötzlich, Little Red?»

Er nannte sie nur *Little Red* – eine Anspielung auf ihre Körpergröße und ihre Haarfarbe –, wenn er sauer war oder wenn sie etwas tat, was er niedlich fand. Sie konnte nicht erkennen, welchem Extrem er gerade zuneigte. Seine Miene bot keinerlei Hinweise.

Sie zuckte mit den Achseln. «Wir werden nicht jünger, und wir sind beide solo.» Wunderbar. Wahrscheinlich würde sie an zu viel Romantik sterben.

«Das ist nicht gerade ein guter Grund, mit jemandem auszugehen.»

Himmel. Sie wünschte sich inständig, sie hätte das Thema nie angesprochen. «Ich habe nichts von Ausgehen gesagt.» Als er nur blinzelte, seufzte sie tief. «Ach, ist auch egal. Waren die Schafe die ganze Nacht in der Scheune?» Sie konnten die Tiere nicht scheren, wenn die Wolle durch die Elemente nass geworden war.

Nakos schob sich das Klemmbrett unter den Arm und stemmte eine Hand in die Hüfte. «Ja.»

«Und sie haben seit gestern nichts gefressen?» Damit verhinderte man übermäßige Ausscheidungen, um Wolle und Boden sauber zu halten. Außerdem war es für die Schafe mit vollem Magen noch unangenehmer, wenn sie auf den Rücken gerollt wurden.

Nicht dass Nakos das alles nicht gewusst hätte, doch ein Themenwechsel war dringend nötig. Langsam fragte Olivia sich, ob sie mit ihren Instinkten und Tante Mae mit ihren Annahmen über Nakos' Gefühle nicht vollkommen danebenlagen. So oder so hatte Olivia die Situation zwischen ihr und ihrem Vorarbeiter gerade sehr, sehr unangenehm werden lassen.

«Ja.» Er beäugte sie mit einer Mischung aus Verwirrung und Frust. «Das erste Viertel der Herde ist zusammengetrieben und im Pferch. Das ist nicht mein erstes Rodeo.»

«Klar.» Manchmal fragte sie sich, was sie nur ohne Nakos anfangen würde. Er war immer ihr Fels in der Brandung gewesen – still, stark, unnachgiebig. «Du leistest tolle Arbeit. Tut mir leid. Ich stehe heute neben mir.» Heute? Wohl eher das gesamte Jahr.

In seinem Blick mischte sich Skepsis mit Sorge. Olivia setzte sich in Bewegung. Ihr Plan war, um Nakos herum in Richtung Scheune zu gehen, doch er packte sie sanft am Arm, um ihre Flucht zu stoppen.

Sein Gesicht war halb im Schatten des Huts verborgen, aber Olivia sah, wie er tief Luft holte. «Tun wir das wirklich? Reden wir darüber, diese Grenze zu überschreiten?»

«Ich weiß es nicht.» Trotz der kühlen Luft brannten ihre Wangen. «Vielleicht sollten wir diese Diskussion verschieben und erst mal darüber nachdenken.»

Er starrte sie an. «Warum jetzt? Ich hatte nie den Eindruck, dass du dich von mir angezogen fühlst.»

«Du bist sehr attraktiv.» Das war nicht das Problem. Oh Mann. Sie würde ihren Hintern darauf verwetten, dass dies hier das dämlichste Gespräch war, das sie beide je geführt hatten. «Ich bin rastlos, nehme ich an. Tante Mae hat darüber geredet, sich niederzulassen und, na ja … Bla, bla, bla.»

Nach einem unendlichen Augenblick nickte er langsam, dann ließ er ihren Arm los. «Lass uns mit dem Scheren loslegen. Die Schafe werden unruhig.» Steif drehte er sich zur offenen Scheunentür um.

«Bist du wütend?»

Er hielt inne, den Rücken ihr zugewandt «Nein.» Über die Schulter hinweg musterte er sie. «Ich verarbeite. Du machst mich aus dem Nichts heraus an, dann behauptest du, es wäre nur aus Langeweile passiert.»

Mist! Sie trat vor ihn, während ihr Magen sich vor Schuldgefühlen verkrampfte. Genau, was sich jeder Kerl wünschte – einen Tritt in sein Ego. «Tut mir leid. Und ich habe nicht gesagt, dass ich gelangweilt bin. Ich habe rastlos gesagt. Das ist ein Unterschied. Wenn du nicht interessiert bist, können wir gerne so tun, als wären die letzten zehn Minuten nie passiert.»

«Mein Interesse steht nicht zur Diskussion, und das weißt du auch, sonst hättest du das Thema gar nicht erst angesprochen. Aber ich habe meine Gefühle immer für mich behalten, Little Red.» Er trat näher an sie heran, bis sie sich fast berührten, dann sah er auf sie herab. «Und rate mal, warum? Weil *du* nicht interessiert bist.»

«Woher weißt du das? Wir haben uns nie geküsst. Wir haben es nie mit einer Beziehung versucht.» Tatsächlich konnte sie die Male, wo er sie berührt hatte, quasi an einer Hand abzählen – und dann blieben noch Finger übrig. Nakos stand immer neben ihr und schützte sie, aber es war keine berührungsintensive Freundschaft.

«Man fühlt es, oder man fühlt es nicht. So einfach ist das.» Er schüttelte den Kopf. «Mach nur. Verschieb die Diskussion, wie du vorgeschlagen hast. Denk darüber nach. Ich werde hier sein, genauso wie in den letzten zwanzig Jahren. Also, können wir uns jetzt an die Arbeit machen, oder willst du mir noch einen Tiefschlag verpassen?»

Olivias Schultern sackten nach unten, und sie schloss die

Augen. Das war der Grund, weshalb sie Tante Maes Vorschlag, etwas mit Nakos anzufangen, bisher stets ignoriert hatte: Mit ein paar unbedachten Worten und einem missglückten Flirtversuch war es ihr gelungen, seinen Stolz zu verletzen, ihn zu beleidigen und ihrer Freundschaft Schaden zuzufügen. Ratlos öffnete sie die Augen, nur um festzustellen, dass er über ihre Schulter ins Leere starrte, sein Mund eine harte Linie.

«Es tut mir leid.» Sie würde es tausendmal wiederholen. Fast widerwillig sah er sie an. «Du bedeutest mir etwas, Nakos, aber ich habe nicht über den Moment hinausgedacht.» Was für sie ziemlich ungewöhnlich war.

Offensichtlich empfand er mehr für sie als bloße Anziehung. Sie hätte niemals mit seinen Gefühlen spielen dürfen. Zum Teil war Olivia froh, dass sie etwas gesagt hatte – weil sie jetzt Klarheit hatte, statt nur Vermutungen anzustellen. Wenn sie sich küssten und sie ein Knistern empfand, konnten sie vielleicht darauf aufbauen, nachdem die Idee jetzt schon einmal zwischen ihnen schwebte. Doch in ihrem Kopf schrillten sämtliche Warnglocken. Denn Nakos hatte recht. Es war nicht so, als hätte sie leidenschaftliches Interesse an ihm. Was sie empfand, war nicht das alles verzehrende Verlangen, das es wert wäre, diese solide Freundschaft zu riskieren, um einfach mal zu schauen, was geschah.

Hin und her gerissen rieb sie sich das Ohrläppchen – ein nervöser Tick, den sie schon seit Kindheitstagen hatte.

«Betrachte das Gespräch als vergessen.» Nakos deutete Richtung Scheune. «Arbeit zuerst. Reden später.»

Aber sie würden nicht darüber sprechen. So lief das zwischen ihnen nicht. Nakos besaß die Fähigkeit, in ihr zu lesen wie in einem offenen Buch, und andersherum war es meist genauso, sodass Worte unnötig waren. Nicht dass sie nicht ehrlich zueinander wären. Olivia hatte noch nie jemanden getroffen, der so brutal ehrlich war wie Nakos. Aber sich gegenseitig das Herz ausschütten? Zur Hölle, nein. Selbst nachdem Justin gestorben war, hatte Nakos keine hohlen Phrasen geäußert. Er hatte einfach neben ihr gestanden, hatte sie stumm beobachtet und sie wissenlassen, dass er da war, falls sie zusammenbrach.

Sie folgte ihm in die Scheune und verschaffte sich einen Überblick. *Määh-määh*-Geräusche ertönten von allen Seiten, und die Luft war erfüllt vom Duft nach Stroh und Erde. Nakos hatte ein Viertel der Herde zusammengetrieben. Einige der Schafe waren auf einer Seite des großen Innenraums eingepfercht, der Rest befand sich im äußeren Pferch jenseits des offenen Tors. Ungefähr hundert Schafe trotteten herum, während ihr treuer braun-weißer Sheltie, Bones, in der Mitte des Raums saß und auf Befehle wartete. Rechts von ihr stand ein stabiler Holztisch, auf dem sie die Wolle rollen konnten, und eine große Kiste, die für den einfacheren Transport bereits auf Kufen stand.

Nakos hatte heute Morgen, während er auf sie gewartet hatte, alles perfekt vorbereitet. Eilig zog Olivia ihre Canvasjacke aus und hängte sie an einen Haken hinter der Tür. Da jedes Schaf acht bis zehn Pfund Wolle liefern konnte und das Scheren einiges an Übung erforderte, war es nicht so einfach, wie viele vermuteten. Glücklicherweise hatten sie und ihr Vorarbeiter den Ablauf inzwischen perfektioniert.

Olivia schor die Schafe, während Nakos die Tiere in der richtigen Position festhielt. Er holte die neuen Tiere und schickte die fertigen nach draußen, während sie die Wolle rollte und verstaute. Sie arbeiteten in kameradschaftlichem Schweigen, präzise wie ein Uhrwerk, die gesamte Mittagszeit hindurch bis in den späten Nachmittag hinein. Dann endlich waren sie mit dem für heute geplanten Teil der Herde fertig.

Sobald die Scheune verriegelt und die Herde auf der Weide stand, wanderten sie im dämmrigen Licht des Sonnenuntergangs den gewundenen Pfad zum Haus hinauf. Grillen zirpten, während ihre Stiefel auf dem Kies knirschten. Bones trottete neben ihr, wobei seine Zunge schief aus dem Maul hing.

Olivia wischte sich mit dem Unterarm den Schweiß von der Stirn. Jetzt, wo die Sonne sank, wurde ihr kühl. Ihre Nackenmuskeln protestierten, als sie den Kopf drehte und Nakos ansah. «Bleibst du zum Abendessen?»

«Nein. Ich habe noch Reste. Aber ich bringe dich zum Haus.»

Er hatte eine eigene Hütte auf dem Gelände der Ranch, in Richtung des südlichen Höhenrückens, vielleicht zehn Minuten Fahrt entfernt. Sein Truck, mit dem er nach Hause fahren würde, stand in der Einfahrt, also war es nicht ungewöhnlich, dass er sie noch bis zur Tür brachte. Doch sein kühler Tonfall hielt die Distanz zwischen ihnen aufrecht, die er nach ihrem Gespräch errichtet hatte. Olivias Magen verkrampfte sich vor Unbehagen, als sie um eine Kurve bogen, doch sie beschloss, ihm ein paar Tage Zeit zu geben, bevor sie sich noch mal entschuldigte. Hoffentlich würde dann alles wieder normal werden.

Nakos hielt abrupt an, den Blick nach vorne gerichtet. «Erwartest du Besuch?»

«Nein.» Sie folgte seinem Blick zu seinem blauen Pick-up, der halb verborgen hinter der Hausecke parkte. Dahinter, direkt neben den Kiefern, die die Zufahrt säumten, stand ein Motorrad.

Sie kannte nur eine Handvoll Leute in der Stadt, die ein Motorrad besaßen, und keiner von ihnen würde so früh im Jahr damit zu ihrer Ranch fahren. Als sie näher kamen, entdeckte sie festgezurrt hinter dem Sitz einen verräterischen Seesack in Grün, der zur Standardausstattung der Army gehörte. Ihr Herz schien einen Schlag auszusetzen.

«Oh nein. Glaubst du, es hat etwas mit Justin zu tun?» Doch er war seit sechs Monaten tot. Wer könnte sie jetzt noch seinetwegen besuchen?

Mit zusammengebissenen Zähnen sah Nakos von dem Motorrad zu ihr, dann zu dem dreistöckigen Haus aus Zedernholz, als suche er nach Anzeichen für Ärger.

Die Lampen im Erdgeschoss brannten, gelbes Licht drang aus den Fenstern. Auf der überdachten Veranda schien nichts in Unordnung zu sein. Die Schaukelstühle und Töpfe voller Ringelblumen standen, wo sie immer standen, und die schwere Eingangstür war geschlossen. Alles war ruhig.

«Ich komme noch mit rein.» Er deutete mit dem Kinn voraus, um ihr zu sagen, dass sie vorgehen sollte.

Sie ging um das Haus herum zur Hintertür und betrat die Waschküche dahinter, wo sie beide ihre Stiefel auszogen und ihre Jacken aufhängten. Mit verkrampftem Magen öffnete Olivia die Tür zu Küche und ließ Bones ins Haus. Dann folgte sie ihm, Nakos direkt auf ihren Fersen.

Nichts köchelte auf dem großen Herd mit den sechs Gaskochstellen. Die Arbeitsflächen aus Schiefer waren frei von Küchenutensilien, doch in der Luft hing der Duft von italienischem Essen.

Tante Mae erhob sich von dem verkratzten Kiefernholztisch in der Mitte des Raums, eine Teetasse in der Hand, während Bones ins andere Zimmer trottete. «Da bist du ja. Du hast einen Gast.»

Olivia betrachtete besagten Gast, als er sich aufrichtete und dann aufstand. Die Stuhlbeine scharrten über den Boden, und das Geräusch wurde von den weißen Küchenschränken zurückgeworfen wie ein Querschläger.

Heilige Scheiße. Ihr Atem stockte. *Groß* war nicht das richtige Wort, um den Mann zu beschreiben, der in ihrer Küche stand. *Riesig* traf es vermutlich eher. Sie konnte nur starren, gefangen zwischen Verwirrung, Neugier, wer er wohl sein mochte, und Faszination.

Mit seinen mindestens ein Meter neunzig ragte er hoch über ihr auf, selbst mit dem Tisch und einigen Quadratmetern sandsteingefliestem Boden zwischen ihnen. Sein Kopf war glattrasiert, doch auf seinem Kinn erkannte sie Bartstoppeln, die ihr einen Hinweis auf seine Haarfarbe gaben. Beide Arme waren von Tätowierungen überzogen, die unter den Ärmeln eines weißen T-Shirts verschwanden, das absolut nichts der Phantasie überließ, weil es so eng anlag. Feste Muskeln, deutlich sichtbare Venen und … Testosteron. Dieser Kerl verströmte Testosteron aus sämtlichen Poren.

Er stopfte seine großen Hände in die Taschen seiner abgetragenen Jeans, was seinen Bizeps betonte. Der Mann musste Autos gestemmt haben, um solche Muskeln zu bekommen. «Mein Name ist Nathan Roldan, aber ich werde Nate genannt.»

Lieber Gott, seine Stimme. Tief, kehlig und mit einem Echo, das durch ihren Körper lief. Sie kaute auf dem Namen herum, weil er vertraut erschien. Doch wenn sie diesem Mann schon mal begegnet wäre, hätte sie das auf keinen Fall vergessen.

«Kenne ich Sie?» Sie vermutete, dass er ungefähr in ihrem Alter war, vielleicht ein Jahr älter oder jünger.

«Ah.» Tante Mae lächelte, und die Anspannung in ihrer Miene sorgte dafür, dass Olivias Puls noch mehr raste. «Wieso springst du nicht schnell unter die Dusche, und dann reden wir? Während wir auf dich gewartet haben, haben Nate und ich schon gegessen. Ich werde etwas für dich aufwärmen.»

Nakos schob sich dichter an sie heran, als rechne er mit einem Problem. Dann warf er ihr einen Blick zu, der klar sagte: *Ich lasse dich mit diesem Kerl nicht allein.*

Erneut musterte sie den Neuankömmling. Dessen Blick glitt zwischen ihnen beiden hin und her, bevor er verständnisvoll nickte. Damit verstand zumindest einer hier irgendwas.

«Ich bin nicht gekommen, um Ärger zu machen.» Er zog einen Geldbeutel aus der hinteren Hosentasche und kam um den Tisch herum.

Seine Bewegungen hatten die Eleganz eines Raubtiers. Und jetzt, wo er direkt vor ihr stand, konnte sie die Details seines Gesichts betrachten. Leichte, kaum wahrnehmbare Falten zogen sich über seine Stirn. Seine olivfarbene Haut deutete eher auf Jahre in der Sonne hin als auf ein südländisches Erbe – ein leichter goldener Schein, wie Bronze. Seine zurückhaltend gesenkten Lider standen in Kontrast zu den harschen Linien seiner Brauen. Und dasselbe galt für das Verhältnis seines vollen Mundes zu seinem harten Kinn.

Verdammt. Er war wirklich ein schönes Exemplar von Mann. Ein wenig einschüchternd und rau, aber, wow! Das war ein Mann, mit dem man sich besser nicht anlegte – vorausgesetzt, das ließ sich überhaupt verhindern –, doch zugleich zog seine Bad-Boy-Ausstrahlung sie unwiderstehlich an.

Leg-dich-nicht-mit-mir-an kombiniert mit *Ich-fordere-dich-heraus,-mir-zu-widerstehen.*

Er streckte ihr etwas entgegen, das aussah wie ein Foto, doch sie verlor sich einen Moment im dunklen Braun seiner Augen, umrahmt von kriminell langen Wimpern. Er schürzte die Lippen, als sie ihm das Bild nicht abnahm.

«Ich habe mit Justin gedient.»

Als sie den Namen ihres Bruders hörte, schnappte Olivia nach Luft und riss sich zusammen. Mit zitternder Hand nahm sie das Foto und sah es an.

Justin stand in Tarnkleidung und mit einem Gewehr in der Hand neben dem Mann, der sich jetzt in ihrer Küche aufhielt. Die beiden posierten vor einem Army-Jeep, Nates Arm auf den Schultern ihres Bruders. Justins Grinsen und das Funkeln seiner blauen Augen sorgten dafür, dass Olivias Kehle eng wurde und Sehnsucht ihr Herz erfüllte. Bevor sie zu emotional werden konnte, gab sie Nate das Bild zurück und räusperte sich.

Als Nächstes zog er einen Führerschein heraus, ausgestellt in Illinois, und zeigte ihn erst ihr, dann Nakos, der sowohl die kleine Plastikkarte als auch den Mann vor sich beäugte, als wäre er nur noch eine Sekunde davon entfernt auszurasten. Dann verschränkte Nakos die Arme, in einer klaren *Was-willst-du*-Pose.

Nate warf einen unsicheren Blick zu Tante Mae. Als diese aufmunternd nickte, sah er wieder Olivia an. «Ich möchte nur reden. Wenn du willst, werde ich danach gehen.» Sein Blick bohrte sich in ihren, bis sie den Eindruck gewann, er sähe tief in sie hinein und erkenne einen Teil von ihr, von dem sie selbst gar nichts wusste. «Bevor er gestorben ist, hat Justin mir eine Nachricht für dich hinterlassen.»

2

Ein Versprechen. Das war es, was Nate nach der ehrenhaften Entlassung aus medizinischen Gründen von Chicago nach Meadowlark, Wyoming, geführt hatte. Wobei *ehrenhaft* eher ein schlechter Witz war. Aber was nicht war, konnte ja noch kommen – an diese Hoffnung klammerte er sich. Auch wenn ihm irgendetwas sagte, dass er immer noch nach Absolution suchen würde, wenn er eines fernen Tages seinen letzten Atemzug tat.

Eigentlich hätte er derjenige sein sollen, der unter der Erde lag, während Justin die Ehrenwache bei der Beerdigung hielt. Nicht andersherum. Und er würde für den Rest seines jämmerlichen Lebens dafür büßen. Hier war er nun, wie Justin ihn gebeten hatte ... doch es gab keine Wiedergutmachung dafür, den Tod eines Freundes verursacht zu haben.

Nate starrte aus dem riesigen Wohnzimmerfenster der dunklen Wildflower Ranch, während er darauf wartete, dass Olivia aus dem oberen Stockwerk zurückkehrte. Justin hatte oft über seine Familie und ihr Land geredet. Zum Beispiel über die unzähligen Wildblumen, die der Farm ihren Namen gegeben hatten. Im Sommer wuchsen sie so zahlreich, dass das gesamte Land bis zum Horizont mit einem Blütenteppich in den schönsten Gelb-, Orange-, Pink- und Weißtönen bedeckt war. Und doch – irgendwie war es Justin nicht gelungen, der Ranch in seinen Beschreibungen wirklich gerecht zu werden. Nate hatte sich ein kleines Farmhaus in der Mitte des

Nirgendwo vorgestellt, umgeben von Hügeln und Kühen. Er hatte ja keine Ahnung gehabt.

Es hatte ihn fünf Minuten auf seiner Maschine gekostet, um von der Straße aus das Haus zu erreichen. Er hätte die Abzweigung vielleicht verpasst, wäre das schmiedeeiserne Schild nicht so offensichtlich gewesen. Auf der einen Seite von Kiefern, auf der anderen von Solarlampen gesäumt, zog sich die Einfahrt kilometerlang hin, bis er fast gedacht hatte, er würde sein Ziel nie erreichen.

Das dreistöckige Blockhaus erinnerte fast an ein Herrenhaus, wenn auch im rustikalen Stil. Zedernholz und Glas von außen, Stein und Holzakzente im Inneren. Breite Balken zogen sich unter hohen Decken entlang. An einer Wand erhob sich ein massiver gemauerter Kamin. Die Sofas und Sessel waren mit marineblauem Cord bezogen. Die Art von Sofa, in die man sich an einem verschneiten Tag sinken ließ, nur um nie wieder aufstehen zu wollen. Familienfotos und Landschaftsbilder hingen an den holzverkleideten Wänden. Nate hatte bisher nur Wohnzimmer und Küche zu Gesicht bekommen, doch er war bereits beeindruckt. Auch die Küche war riesig, luftig und modern, mit Geräten aus rostfreiem Stahl.

Für einen Stadtjungen, der an Wolkenkratzer und Sirenen gewöhnt war – der Essen hatte horten müssen, um gerade so durchzukommen –, war das hier ein echter Kulturschock. Zur Hölle, selbst der Irak hatte weniger Anpassung erfordert.

Schritte erklangen auf der Treppe, und er drehte sich um. Der kalte Knoten aus Angst in seinem Bauch wuchs zu einem ganzen Knäuel heran. Sie war die größte Überraschung gewesen. Olivia Cattenach. Er hatte ein paar Fotos von ihr gesehen, dank ihres Bruders, doch ihr gegenüberzustehen, hatte ihn vorhin getroffen wie ein Schlag gegen den Kopf.

Jetzt umrundete sie das Treppengeländer am Ende der riesigen polierten Birkenholztreppe, gekleidet in lockere graue Jogginghosen, pinke Socken und ein weißes Tanktop. Und verdammt. Er hatte sich falsch ausgedrückt. Sie war kein Schlag. Sie war eine Wasserstoffbombe, die direkt in seinem Solarplexus explodierte.

Wie ihr Bruder hatte sie einen schlanken Körperbau, in ihrem Fall mit unglaublich langen Beinen. Vielleicht wäre «dürr» das richtige Wort gewesen, hätte sie nicht diese sanft geschwungenen Hüften und die perfekt proportionierten Brüste. Und dieses Haar? Verdammt. In seinen wildesten Phantasien hätte er sich kein solch lebhaftes Rotbraun vorstellen können. Es fiel seidenweich und glatt über ihre Schultern nach unten, was dafür sorgte, dass er sofort das Verlangen verspürte, seine Finger darin zu vergraben.

Sie betrat den Raum und wich seinem Blick aus. «Tut mir leid, dass du warten musstest. Wir haben heute geschoren, und ich war dreckig. Ich brauchte eine Dusche.»

Er hatte nicht den blassesten Schimmer, wovon sie sprach, nickte aber trotzdem. «Kein Problem.» Als ihr Blick wieder durch den Raum huschte, setzte er sich vorsichtig in einen der Sessel, um nicht so bedrohlich vor ihr aufzuragen. Seine Größe konnte einschüchternd wirken, und er wollte ihr auf keinen Fall Angst einjagen. «Deine Tante hat gesagt, sie wäre in ihrem Zimmer, falls du sie brauchst. Und der Mann, der bei dir war ... Nick? Er ist gegangen.» Unter Protest, obwohl Olivias Tante ihm versichert hatte, dass ihre Nichte schon klarkommen würde.

«Nakos», korrigierte sie ihn mit einem höflichen Lächeln. «Er ist unser Vorarbeiter und ein guter Freund.»

Nate fragte sich, ob dieser Nakos wohl wusste, dass er nur

ein Freund war. Der Typ hatte zwar nichts gesagt, ihm aber bedenklich böse Blicke zugeworfen.

Nach kurzem Zögern setzte Olivia sich auf den Sessel ihm gegenüber und zog die Beine unter den Körper. «Wann bist du in die Stadt gekommen?»

Smalltalk sorgte normalerweise dafür, dass er Pickel bekam, doch er mochte den Klang ihrer Stimme. So melodisch, fast singend. «Vor ungefähr einer Stunde. Ich bin direkt aus Chicago hergefahren.»

«Stammst du von dort?» Sie zog an ihrem Ohrläppchen, den Blick auf den Schoß gerichtet. Sie hatte es bisher vermieden, ihm wirklich in die Augen zu sehen. Er hatte noch nicht mal ihre Farbe erkennen können, und im Augenblick wollte er nichts mehr als das.

«Ja. Aus der Southside.» Er ließ seinen Blick über die hellen Sommersprossen auf ihren Schultern gleiten. Ihre Haut war unglaublich. Nicht wirklich hell, aber auch nicht dunkel genug, um als braun bezeichnet zu werden. Als sie bei der Erwähnung von Chicagos Problemviertel blinzelte, lehnte er sich ein wenig vor. «Bitte hab keine Angst vor mir. Ich mag gebaut sein wie ein Bär, aber ich bin harmlos.» Tatsächlich konnte er einen Mann auf fünfzig verschiedene Arten mit bloßen Händen umbringen, aber das brauchte sie nicht zu erfahren.

Schließlich richtete sie ihren Blick auf ihn. Jegliche Luft schien den Raum zu verlassen. Kornblumenblau – blauer als alles, was er bisher in seinem Leben gesehen hatte. Die Augen ihres Bruders waren auch strahlend blau gewesen, doch ihre waren ... unglaublich. Die sanfte Wölbung der Brauen und ihre langen Wimpern ließen die Augen in ihrem hübschen ovalen Gesicht noch größer wirken.

«Tut mir leid.» Sie kaute kurz auf der Unterlippe. «Als das letzte Mal jemand vom Militär aufgetaucht ist, war es, um …»

Um sie darüber zu informieren, dass Justin gestorben war. Daran hätte Nate denken müssen.

Er zwang sich dazu, die Hände nicht zu Fäusten zu ballen, als er ihr mit einem Brummen zu verstehen gab, dass er begriff. «Ich möchte mich dafür entschuldigen, dass ich die Beerdigung verpasst habe. Ich war verletzt und lag in einem Krankenhaus in Deutschland. Ich bin erst vor ein paar Wochen in die Staaten zurückgekehrt.» Er war gerade lang genug in Chicago geblieben, um ein paar Sachen von Jim abzuholen und auf seine Harley zu springen.

«Oh.» Ihr Blick glitt über seinen Körper, als suche sie nach Hinweisen auf seine Wunden. «Ich wusste nicht, dass noch jemand verletzt wurde. Ist es auch bei … bei dieser Explosion passiert? Geht es dir wieder gut?»

Es würde ihm nie wieder gut gehen. «Es war dieselbe Explosion, und ich bin wieder ganz gesund. Ich hatte ein paar Splitter im Bein und in der Hüfte, die herausoperiert werden mussten.» Er wünschte sich nur, sie hätten ihm auch eine Lobotomie verpasst. Die Narben und die verbliebenen Schmerzen in seinem Bein waren einfach nicht ausreichend als Strafe.

«Also warst du bei Justin, als er gestorben ist?»

Drei Meter entfernt. «Ja.» Er spürte, dass sie mehr Details brauchte, selbst wenn sie sie nicht unbedingt hören wollte. «Was weißt du über das, was passiert ist?»

Sie schluckte schwer und wandte den Blick ab. «Nur, was sie mir gesagt haben, was nicht allzu viel ist. Er wurde in ein Gebäude geschickt, und ein Sprengsatz ist explodiert. Sie haben angedeutet, dass die Mission deswegen schiefgelaufen ist, weil der befehlshabende Offizier falsche Informationen ausgegeben hat.»

Manchmal war es schlimmer, die ganze Wahrheit zu kennen, als nur ein paar Informationsfetzen zu besitzen. Entweder die Army hatte sie beruhigen wollen, oder sie hatte etwas missverstanden. Auf jeden Fall stimmte kaum etwas von dem, was sie gesagt hatte. Bis auf eine Sache. Justins befehlshabender Offizier hatte Mist gebaut. Und dieser Mann war Nate. Als First Lieutenant war er Justin übergeordnet gewesen, der nur den Rang eines Second Lieutenant gehabt hatte. Es war Nates Aufgabe gewesen, auf Justin aufzupassen. Und er hatte versagt.

Bei Olivia würde er nicht versagen. Sie durfte nie erfahren, welche Rolle er beim Tod ihres Bruders gespielt hatte, dachte Nate. Damit er Justins Bitte erfüllen konnte, musste Olivia ihm vertrauen. Daher wappnete er sich, um die Geschichte zu erzählen, ohne sie gleichzeitig erneut zu durchleben.

«Wir wurden in ein winziges Dorf geschickt, um nach Flüchtlingen und Waffen zu suchen. Die meisten Gebäude waren zerstört, und wir hatten nicht vor, dort länger als einen Tag zu bleiben. Justin und ich haben uns zusammen ein Gebäude vorgenommen, während der Rest unserer Einheit sich um die anderen kümmerte.»

Der Ort war eine Geisterstadt gewesen, also war Nate davon ausgegangen, dass Justin sich geirrt hatte, als er behauptete, einen kleinen Jungen gesehen zu haben. Er hätte es besser wissen müssen, als Justin zuerst in das Gebäude zu schicken, während er selbst ein Update an die Basis funkte. Es hatte sich herausgestellt, dass der Junge keine Fata Morgana gewesen war. Sondern ein echter Achtjähriger mit einem Sprengstoffgürtel um den hageren Brustkorb.

«Wir haben die Bombe zu spät gesehen.» Nate brach der kalte Schweiß aus. Seine Hände wurden feucht.

Olivia holte zitternd Luft. Ihr Blick wirkte verschleiert. «Hat er ... gelitten?»

«Nein. Es ging schnell.» Manchmal waren Lügen einfach notwendig. Justin hatte schreckliche Schmerzen erlitten. Unendliche Pein. Es hatte eine Viertelstunde gedauert, bis er gestorben war. Angefühlt hatte es sich wie fünfzehn Jahre, als Justin auf dem verdammten Boden gelegen hatte – sein Körper gebrochen und blutüberströmt. Er hatte Nates Hand umklammert, während sie auf das Evakuierungsteam gewartet hatten. Die Erinnerung daran würde Nate niemals auslöschen können. «Er hat nichts gespürt.»

Olivia schloss die Augen und schien sich einen Moment Zeit zu nehmen, um sich zu sammeln. Ihre Schultern sackten erleichtert nach unten. «Danke.» Während in Nates Magen Säure brannte, veränderte sie ihre Position im Sessel, um dann wieder ganz still dazusitzen. «Du hast gesagt, Justin hätte dir eine Nachricht für mich gegeben?»

«Ja.» Er zog den *Wenn-du-diese-Zeilen-liest*-Brief aus seiner hinteren Hosentasche und entfaltete den Umschlag. «Wir haben Briefe ausgetauscht, für den Fall, dass uns etwas zustößt.» Er gab ihr die Nachricht.

Sie starrte den einfachen weißen Umschlag an, dem die Elemente zugesetzt hatten, seit er geschrieben worden war. «Hat er noch etwas gesagt, bevor er gestorben ist?»

«Scheiße, es tut weh, Nate. Mir ist so ... kalt. Kümmere dich um meine Schwester. Versprich mir, dass du dich ... um ... Olivia kümmern wirst.»

«Dafür blieb keine Zeit.» Nate biss die Zähne zusammen, um nicht zu schreien. Er wollte weglaufen. Seinen Kopf mehrfach gegen die nächstbeste harte Oberfläche schlagen, um alles zu vergessen. «Als er den Brief geschrieben hat, hat er mich gebeten, ihn dir persönlich zu übergeben und in der Nähe zu bleiben, während du ihn liest.»

Er konnte nicht abschätzen, was in den nächsten Minuten passieren würde. Aber er sollte ihr etwas Raum geben.

«Ich habe noch ein paar Sachen von Justin auf meinem Motorrad.» Nate stand auf. «Ich werde sie holen. Du findest mich auf der Veranda, wenn du bereit bist.»

Ihr Blick hob sich. Niemals zuvor hatte er sich dringender gewünscht, jemand anderes zu sein. Ein Mann, der Trost spendete, statt Kummer zu bereiten. Ein Mann, der die Dankbarkeit in ihren Augen wert war. Aber leider war er einfach nur ein Arschloch erster Güte.

«Weißt du, was drinsteht?» Ihre leise Stimme schien sich um seine Kehle zu schlingen und sie zusammenzupressen.

«Nein. Wir haben den Brief des anderen nicht gelesen.» Mit zugeschnürter Brust trat er aus der Tür und in die kühle Nachtluft hinaus.

Seine Schuhe knirschten auf dem Kies, als er zu seiner Harley in der Einfahrt ging. Über ihm funkelten unendlich viele Sterne. Zu viele, um sie zu zählen, und mehr, als er je zuvor gesehen hatte. In diesem Drecksloch von Wüste hatte es jede Menge Sterne gegeben, aber nicht wie hier. Hier draußen im Niemandsland, ungestört von den Lichtern der Stadt oder Smog – oder Explosionen und Rauch –, erstreckte sich der Himmel scheinbar bis in die Unendlichkeit.

Und es war still. Nur das Rascheln von trockenem Gras hier, das Zirpen einer Grille dort. Der gelegentliche Ruf einer Eule vollendete die Symphonie. Die Stille war fast ohrenbetäubend, wenn man bedachte, woran er gewöhnt war.

Nate zog eine schuhschachtelgroße Kiste vom Gepäckträger seiner Harley, dann ließ er sich auf der Veranda in einen Schaukelstuhl fallen, um zu warten. Absolute Dunkelheit hüllte die Wildflower Ranch ein, abgesehen vom Silber des Mondlichts. Jetzt verstand er, wieso Justin mit solcher Begeisterung von diesem Ort gesprochen hatte. Man konnte sich in den Schatten der Berge, den Silhouetten der Bäume und der Einsamkeit verlieren.

Nach ein paar Minuten hörte er das leise Geräusch von Krallen, dann umrundete ein Hund die Hausecke. Das Tier ließ sich ungefähr zwei Meter entfernt von ihm nieder und starrte ihn an. Vorhin hatte Nates ganze Aufmerksamkeit Olivia gegolten, doch er meinte sich zu erinnern, dass ihr ein Hund in die Küche gefolgt war.

«Hey, Junge.» Oder Mädchen?

Nate klopfte sich auf den Oberschenkel, und der Hund trottete heran. Vorsichtig hielt Nate ihm die Hand hin, dann ließ er sie sanft über das braun-weiße Fell gleiten, bis der Hund mit der Schnauze gegen sein Knie stupste, als bäte er um eine richtige Krauleinheit. Mit einem Lachen, das in seinen eigenen Ohren rau und ungeübt klang, kratzte er den Hund hinter den Ohren.

«Ich nehme an, du gehörst Olivia. Wie heißt du?»

«Bones.» Besagte Besitzerin trat auf die Veranda und schloss die Schiebetür hinter sich. «Als er noch ein Welpe war, hat er mir ständig Knochenreste von jedem Kadaver gebracht, den er finden konnte. Daher der Name.» Sie setzte sich in den Stuhl neben ihm und ließ ihren Kopf nach hinten sinken. Ihre Augen wirkten verdächtig rot und geschwollen. Sie hatte sich ein Sweatshirt übergezogen, als Schutz gegen die Kälte der Nacht.

Nate ging davon aus, dass sie reden würde, wenn sie bereit war, also kraulte er weiter den Hund und musterte seine Umgebung, soweit das eben möglich war. Wenn er noch zehn Jahre Zeit bekam, würde er sich vielleicht an die Stille und die frische Luft gewöhnen.

«Sieht aus, als hättest du bereits einen Freund gefunden.» Sie drehte den Kopf und schenkte ihm ein trauriges Lächeln.

Er sah erneut auf Bones herunter. Ein guter Name. «Ich wollte immer einen Hund haben.» Stirnrunzelnd klappte er den Mund wieder zu, weil er nicht verstand, wieso er ihr das erzählt hatte.

«Deine Eltern haben dir kein Haustier erlaubt?»

Angesichts der Tatsache, dass seine Pflegefamilien schon Essen zum Privileg erklärt hatten – und das waren die anständigen gewesen –, antwortete er nicht.

«Wartet in Illinois irgendetwas auf dich? Ein Job? Familie?»

Er besaß nicht mehr Dinge als das, was er auf seiner Harley unterbringen konnte. «Ein paar Freunde.» Nur Jim, um genau zu sein. Und da Jim sein ehemaliger Bewährungshelfer war, sollte er ihn wahrscheinlich nicht als Freund einordnen. Aber wenn es ihn nicht gegeben hätte, wäre Nate wahrscheinlich entweder in einer Gangschießerei gestorben oder nach dem Jugendknast sofort wieder im Gefängnis gelandet. «Ich habe darüber nachgedacht, eine Weile in Meadowlark zu bleiben.»

«Bist du je auf einem Pferd geritten oder hast einen Traktor gefahren?»

Zur Hölle, nein. Die Frage hätte ihn fast zum Lachen gebracht. «Nein. Ich bin ein Stadtkind. Warum?»

Sie holte tief Luft und setzte ihren Schaukelstuhl in Bewegung, den Blick in die Ferne gerichtet. «Nun, wenn du hier arbeiten willst, sollte ich dir wahrscheinlich ein paar Dinge beibringen.»

Er erstarrte, den Blick auf ihr Profil gerichtet. Tja ... Er hatte immer gedacht, einen Mann wie ihn könnte nichts mehr überraschen. Aber da hatte er sich wohl geirrt. Sein Plan hatte gelautet, in der Nähe zu bleiben, in der Stadt, um dort einen Job und ein Dach über dem Kopf zu finden. Für den Rest ihres Lebens – oder seines – wollte er aus akzeptabler Distanz über sie wachen.

Olivia sah ihn mit einem Lächeln an, das ihm fast den Boden unter den Füßen wegzog. «Also nur, falls du interessiert bist?»

«Ich kann einen Motor auseinanderbauen und wieder zusammensetzen. Im Notfall komme ich mit Holzarbeiten klar. Ich kann Sachen reparieren. Aber ich weiß nicht das Geringste über die Arbeit auf einer Ranch, Olivia.»

Sie zuckte mit den Achseln, als spiele das keine Rolle. «Wie gesagt: Ich kann es dir beibringen. Einen Mann für alles könnte ich gut gebrauchen.» Sie schluckte, und eine winzige Falte bildete sich zwischen ihren Brauen. «Ich fände es wirklich schön, wenn du bleibst.»

Was zum Teufel hatte Justin seiner Schwester in dem Brief geschrieben? Olivias gesamtes Verhalten hatte sich um hundertachtzig Grad gedreht. Sie war nicht länger zurückhaltend, sondern sah ihn direkt an, ohne eine Spur von Unbehagen oder Anspannung. Sowohl ihr Äußeres als auch ihr Verhalten erinnerten so sehr an Justin, dass Nates Herz wegen des seltsamen Déjà-vu-Gefühls wie wild schlug.

Nachdenklich senkte er den Blick auf den Hund. Ihr Angebot löste sein Jobproblem. Und wenn er auf der Ranch arbeitete, konnte er sie genauer im Auge behalten. Doch er hasste die Vorstellung, Geld von ihr anzunehmen, egal, welche Arbeiten er auch erledigen mochte.

«Du weißt nichts über mich.» Denn wenn sie das täte, würde sie anders handeln. «Ich könnte ein Serienvergewaltiger oder ein Juwelendieb sein.»

«Bist du das?» Ihre Lippen verzogen sich zu einem amüsierten Lächeln.

«Nein.» Durch furchtbare Umstände ein Mörder, ein ehemaliges Gang-Mitglied aus der Southside und insgesamt ein Loser, aber er hatte noch nie in seinem Leben etwas gestohlen. Und er würde sich niemals einer Frau aufzwingen. «Trotzdem. Du hast mich gerade erst getroffen.»

«Du hast gesagt, du hättest darüber nachgedacht, in der Stadt zu bleiben. Meadowlark ist eine Farmgemeinde. Die Stadt hat nur dreihundert Einwohner. Es dürfte dir schwerfallen, einen anderen Job zu finden.»

Und die nächstgelegene Stadt war Casper, hundertsechzig Kilometer westlich, mal abgesehen von weiteren winzigen Ortschaften auf dem Weg. Er seufzte und starrte ins Leere, während er seine Optionen abwog. Es war eine Sache, in der Nähe zu bleiben, aber etwas ganz anderes, ihr so dicht auf den Pelz zu rücken. Noch schlimmer, sie würde ihm beibringen müssen, wie er seine verdammte Arbeit machen konnte.

«Justin hat gesagt, ich könne dir vertrauen. Dass du ein guter Kerl bist.»

Himmel, sie war atemberaubend. Nicht wie diese Frauen, die man auf Laufstegen oder in Hollywood fand. Nein, ihre Schönheit war hundertprozentig natürlich und daher umso kostbarer. So etwas Schönes hatte keinen Platz in seinem Leben.

Und verdammt, er war kein guter Kerl. Sie sollte ihm nicht

vertrauen. Klar, er würde sie beschützen, sie niemals verletzen und den Rest seines jämmerlichen Lebens damit verbringen, ein Versprechen zu erfüllen. Aber er war so ziemlich das Gegenteil von einem Heiligen.

«Wenn zu Hause nur ein paar Freunde auf dich warten, wieso probierst du es hier nicht einfach mal?» Sie wiegte sich entspannt in ihrem Schaukelstuhl, Haltung und Tonfall weder drängend noch forsch. «Kann ja nicht schaden. Ehrlich, es wäre schön, einen Freund von Justin in der Nähe zu haben. Das ist, als wäre ein Teil von ihm hier.»

Scheiße. Wie sollte er da noch nein sagen? Eine Stunde in ihrer Gegenwart, und er stand kurz davor, vor ihr auf die Knie zu fallen – bereit, ihr jeden Wunsch zu erfüllen.

«Okay.» Er räusperte sich. Er würde die Sache mit dem Lohn irgendwie umgehen müssen, weil er auf keinen Fall Geld von ihr annehmen konnte. Aus seiner Zeit in der Army hatte er genug Ersparnisse, und zusätzlich kam noch jeden Monat der Scheck mit seiner Versehrtenrente. «Wenn du dir sicher bist.»

«Absolut.» Diesmal erreichte das Lächeln ihre blauen Augen, was dafür sorgte, dass ihm heiß wurde. «Willkommen an Bord.»

«Danke.» In der Hölle war garantiert ein Platz für ihn reserviert. Er verdiente es zu brennen. Nate griff nach der Kiste vor seinen Füßen und gab sie ihr. «Das sind ein paar Dinge von Justin.»

Sie ließ die Fingerspitzen über das eingeschnitzte Hufeisen auf dem Deckel gleiten. «Diese Kiste habe ich noch nie gesehen.»

Wie sollte sie auch? Aber es hätte sich angefühlt wie Batteriesäure in einer Stichwunde, wenn er ihr den Besitz ihres

Bruders in einer Plastiktüte zurückgebracht hätte. «Ich habe die Kiste gemacht. Seine Sachen sind dadrin.»

Sie blinzelte ihn an. «Du hast das gemacht?» Ihr Blick senkte sich auf ihren Schoß, dann ließ sie erneut die Hände über den Deckel gleiten. *«Im Notfall komme ich mit Holzarbeiten klar»*, murmelte sie.

«Was?»

«Das hast du gesagt. Das hier zeigt, dass du mehr kannst, als einen Hammer oder eine Säge zu schwingen. Die Details sind phantastisch.»

Jim hatte Nate als Teenager das Schnitzen beigebracht. Müßiggang ist aller Laster Anfang und so. Über die Jahre hatte er sich mit allen Arten von Holz vertraut gemacht und war besser geworden; hatte angefangen, andere Dinge zu schnitzen. In diesem Krankenhaus in Deutschland war es das Einzige gewesen, was ihn bei Verstand gehalten hatte.

Sie öffnete die Kiste und blätterte ein paar Fotos durch. Als sie eine Kette herauszog, musste sie ein Schluchzen unterdrücken. «Ich wusste gar nicht, dass er die mitgenommen hat.» Tränen rannen über Olivias Wangen und glitzerten im Mondlicht. «Ich habe letzte Weihnachten überall danach gesucht. Sie hat meiner Mom gehört.»

Er sah von dem kleinen herzförmigen Anhänger an der Goldkette zu ihr und wieder zurück. Wenn es sein musste, kam er mit Feuergefechten klar, mit Scharfschützengewehren, die direkt auf seinen Kopf gerichtet waren. Aber Olivia Cattenach, die neben ihm weinte …? Nein, das konnte er nicht ertragen. Er hatte keine Erfahrung mit Gefühlen oder Frauen, und diese hier hatte ihn bereits um den kleinen Finger gewickelt.

Scham, Bedauern und Selbsthass zerrissen ihn innerlich.

Er stand auf und sah sehnsüchtig zu seinem Motorrad. «Ich werde dir, ähm ... ein wenig Zeit für dich geben.» Er musste sowieso ein Zimmer für die Nacht finden. «Wann soll ich ...»

Bevor er wusste, wie ihm geschah, stellte Olivia die Kiste auf dem Stuhl ab und presste sich an ihn. Ihre Brüste wurden gegen seinen Oberkörper gedrückt, und ihr gesamter Körper befand sich in Kontakt mit seinem. Er erstarrte.

Schlanke Arme um seine Hüfte, Finger im Stoff seines Hemds und der Kopf an seiner Brust vergraben. Ihr Scheitel befand sich noch ein Stück weit unter seinem Kinn, als ihre Tränen sein T-Shirt befeuchteten. Der Duft ihres Shampoos und etwas, was ihn an die Elemente erinnerte – Regen? –, umgab sie, und ... Hölle. Bisher hatte er noch nie etwas erlebt, was ihn gleichzeitig so erregte und beruhigte.

«Danke.» Er meinte, ihren Atem durch den Stoff auf seiner Haut zu spüren. Er musste die Zähne zusammenbeißen, um sein aufsteigendes Interesse zu unterdrücken.

Luzifer gravierte da unten in der Hölle wahrscheinlich gerade Nates Namen auf einen speziellen Käfig.

Nachdem sie offensichtlich Trost brauchte und er in ihrer Schuld stand, umfasste er sanft ihren Hinterkopf und legte seine andere Hand an ihr Kreuz. Bei der Berührung drückte sie sich noch enger an ihn. Sein Verlangen kämpfte in ihm mit dem verzweifelten Wunsch, sie zu beschützen – vor der Welt, vor allem, was ihr vielleicht Schaden zufügen konnte, vor ... ihm selbst.

«Tut mir leid.» Sie trat zurück und lächelte. Der plötzliche Verlust ihrer Nähe ließ ihn schwanken. «Jemanden zu treffen, der mit Justin gedient hat, und seine Sachen wiederzusehen, hat mich ein wenig wahnsinnig werden lassen.» Ihr Lachen war flüchtig und verheerend. «Komm. Wir sollten uns um dich kümmern.»

Kümmern? Wie? Mit einer gedächtnisauslöschenden Flasche Jack Daniels? Denn etwas anderes würde kaum helfen.

«Kommst du?»

Er schüttelte den Kopf, nur um dann festzustellen, dass sie die Fliegengittertür zum Wohnzimmer offen hielt. «Wohin?»

«Tante Maes Zimmer liegen neben der Küche. Meine sind im zweiten Stock, also kannst du dir eines von den drei Zimmern im ersten Stock aussuchen.»

Wie bitte? Sie wollte, dass er hier wohnte? «Ich werde mir eine Unterkunft in der Stadt besorgen.»

Ihr Grinsen sorgte dafür, dass die Welt sich um ihn drehte. «Viel Glück damit. Es gibt keine Motels.»

Der Hund stupste Nates Hand an, als wollte er sagen: *Setz dich in Bewegung, Trottel.*

Schön. Er würde sich morgen früh etwas ausdenken. Bei all den Untaten, die er begangen hatte, kam es auf eine mehr auch nicht mehr an. Oder?

3

Olivia nippte am Küchentisch an ihrem Kaffee, während Tante Mae am Herd stand und Speckstreifen in der Pfanne wendete. Knistern und Brutzeln füllten den Raum mit einer vertrauten und beruhigenden Geräuschkulisse.

«Hast du Nate heute Morgen schon gesehen?» Olivia schob das Rührei auf ihrem Teller herum, in der Hoffnung, dass es dann aussah, als hätte sie mehr gegessen. Sonst würde Tante Mae sich aufregen.

«Nein. Aber wenn er ohne Pause aus Illinois hierhergefahren ist, war er wahrscheinlich total erledigt und schläft jetzt noch.»

Zweifellos. «Ich hätte mit dir darüber reden sollen, dass ich ihn hier einquartiere.» Das war ein impulsives Angebot gewesen, nachdem sie Justins Brief gelesen hatte ... doch Olivia konnte sich nicht dazu bringen, die Entscheidung zu bereuen. Laut ihrem Bruder hatte Nate keine Familie. Justin hatte gehofft, dass sein Freund nach dem Ausscheiden aus dem aktiven Dienst einen Ort fand, den er als Zuhause bezeichnen konnte. Justin hatte noch andere Dinge geschrieben – Dinge, über die Olivia noch nicht allzu genau nachdenken wollte. Damit würde sie sich später auseinandersetzen. «Ist das okay für dich?»

Tante Maes Augenbrauen wanderten nach oben. «Ich mische mich nicht ein, wenn du Leute anstellst, Kleine.»

«Ich weiß. Aber da er bei uns wohnt, ist es etwas anderes.»

Ihre Tante legte den gebratenen Speck auf einen Teller und gab weitere Streifen in die Pfanne. «Nun, die Zimmer in den Häusern sind alle belegt, also wüsste ich nicht, wo er sonst wohnen sollte.»

«Stimmt.» Es gab zwei große Häuser an der nördlichen Grundstücksgrenze, in denen die Arbeiter wohnten. Die Bezahlung beinhaltete Unterkunft und Verpflegung, da das für alle einfacher war, als jeden Morgen aus der Stadt zu pendeln.

«Außerdem wollte Justin, dass er hier wohnt. Dass er ganz nett anzusehen ist, schadet auch nicht.»

Lachend stellte Olivia ihren Kaffee zur Seite. «Er ist ein Riese, oder?»

«*Pfft.* Berg, würde ich sagen.»

Mit einem Seufzen, die Lippen immer noch zu einem Lächeln verzogen, ließ Olivia ihren Kopf nach hinten auf die Stuhllehne sinken. Dieser «Berg» hatte sie gestern für einige Sekunden im Arm gehalten – und das Gefühl der Sicherheit, das sie empfunden hatte, hatte sie durch die Nacht bis in den heutigen Morgen begleitet. Seltsam, da sie sich bisher nie als jemand betrachtet hatte, der Schutz brauchte.

«Ich bin nicht allzu lang geblieben, aber er schien ziemlich angetan von dir.» Tante Mae grinste. «Hat die Augen quasi nicht von dir losreißen können, um ehrlich zu sein.»

Himmel. «Halt mir bloß nicht wieder deinen *Hab-ein-bisschen-Spaß*-Vortrag. Das ist gestern nicht allzu gut gelaufen.»

Ihre Tante lachte. «Wenn dir bei diesem Adonis nicht von selbst Gedanken an Spaß kommen, dann gibt es keine Hoffnung mehr für dich.»

Der Adonis stampfte durch die Hintertür, eine lockere graue Trainingshose tief auf den Hüften, ergänzt durch ein verschwitztes graues T-Shirt. Sein kahler Kopf und die kräftigen Arme glänzten vor Schweiß. Fast hätte Olivia ihre Zunge verschluckt.

Bones trottete neben ihm ins Haus, nur um sich sofort vor Tante Mae zu setzen und um Speck zu betteln.

Olivia zwang sich, Nate in die Augen zu sehen, obwohl sie am liebsten ihren Blick über seinen Körper hätte wandern lassen. Mann, er sorgte echt dafür, dass ihr ganz heiß wurde. «Ich wusste nicht, dass du schon wach bist.»

Er zog sich ein Paar Kopfhörer aus den Ohren und sah sich um. «Ich laufe jeden Morgen ein paar Kilometer.» Als Tante Mae ihm eine Flasche Wasser reichte, starrte er sie verwirrt an. «Danke. Bin ich zu spät dran für die Arbeit?»

«Nein, quatsch.» Olivia trug ihren Teller zur Spüle. «Ich bin gerade erst aufgestanden. Nakos wird den Männern bald ihre Aufgaben zuteilen, aber wir müssen uns erst in ungefähr neunzig Minuten mit ihm treffen.»

Nate nickte und nahm einen großen Schluck aus der Flasche, wobei er aussah wie die Pornoversion eines Werbespots für Sportbekleidung. «Ich gehe kurz duschen, dann komme ich wieder runter.»

«Iss erst etwas.» Ihre Tante reichte ihm einen Teller, und wieder starrte er, als hätte er noch nie zuvor Rührei gesehen.

«Sie müssen mich nicht durchfüttern.»

«Kost und Logis inklusive.» Olivia setzte sich lächelnd zurück auf ihren Stuhl. «Du brauchst Proteine. Vertrau mir. Außerdem kommen die Männer ständig, um sich etwas zu essen zu holen.»

«Okay.» Ohne sich hinzusetzen, aß er ein paar Bissen, während Olivia mit Tante Mae besorgte Blicke wechselte. «Das erinnert mich an etwas. Wo kann ich ein paar Sachen kaufen?»

«Ich gehe heute sowieso einkaufen. Was brauchst du?»

Er blinzelte Tante Mae an. «Gatorade. Das Zeug trinke ich seit meiner Verwundung. Die Elektrolyte sorgen dafür, dass meine Muskeln sich nicht versteifen. Ich kann aber auch selbst losziehen, wenn ihr mir sagt …»

«Ich setze es auf die Einkaufsliste.» Seinen Protest tat Tante Mae mit einer wegwerfenden Handbewegung ab.

Rico, einer der Ranch-Arbeiter, rauschte durch die Tür herein, drückte Tante Mae einen Kuss auf die Wange und schnappte sich zwei Streifen Speck. «Ich liebe dich.»

Ihre Tante schnalzte missbilligend mit der Zunge. «Du liebst meinen Speck.»

«Das auch.» Er drehte sich um, nur um zu erstarren, als sein Blick auf Nate fiel. «Ähm. Hallo.»

Olivia verdrehte die Augen. «Rico, darf ich dir Nate vorstellen? Er ist ein Army-Kumpel von Justin.»

«Ach so.» Rico streckte die Hand aus. «Danke für deinen Dienst.»

Schweigend schüttelte Nate ihm die Hand. Sein dunkler Blick glitt abschätzend über Ricos blondes Haar, seine Jeans und das dazu passende Jeanshemd.

«Erinnere mich daran, dich nie zu ärgern, okay?» Rico drückte Tante Mae noch einen Kuss auf die Wange, gab Olivia ein High five und eilte wieder aus der Tür hinaus.

Nates Blick glitt langsam über Tante Maes Rücken, als sie sich erneut dem Herd zuwandte, dann zu Olivia. Der arme Kerl wirkte ein wenig überwältigt und unsicher, was er jetzt tun sollte. Nach seinem ersten Einsatz hatte auch Justin sich ein paar Tage lang so verhalten.

Olivia hatte den Eindruck, dass Nate sich dazu zwingen musste, ruhig zu atmen – jedenfalls schloss sie das aus seinem angespannten Gesichtsausdruck und dem harten Zug um den Mund. Sie wusste nicht, was ihn so durcheinandergebracht hatte, doch sie legte den Kopf schräg und schenkte ihm ein beruhigendes Lächeln.

Er schüttelte den Kopf, als müsste er seine Gedanken klären, verschlang eilig den Rest des Frühstücks und trug den Teller zur Spüle. «Danke ... für das Essen.»

Während ihre Tante nur nickte, als Nate den Raum verließ, wunderte sich Olivia über den fast demütigen Klang seiner Stimme. Vielleicht war er einfach noch nicht daran gewöhnt, wie die Leute auf der Ranch sich verhielten – doch sie vermutete eher, dass bisher nie jemand nett zu ihm gewesen war. Diese Ahnung hatte sich ihr schon gestern Nacht auf der Veranda aufgedrängt, als sie die Kiste bewundert, ihm den Job angeboten und ihm sein Zimmer gezeigt hatte.

«Ich glaube, du solltest ihn mit auf deinen Spaziergang nehmen.» Tante Mae schaufelte Rührei auf die Warmhalteplatte und wusch sich anschließend die Hände. «Vielleicht hilft ihm das, die Trauer zu verarbeiten.»

Olivia nickte. «Das mache ich.» Er hatte nicht zu Justins Beerdigung kommen können, doch immerhin konnte sie mit Nate zum Grab ihres Bruders gehen. Selbst wenn sie ihm erst einmal nur zeigte, wo der Friedhof lag.

Zehn Minuten später kam er wieder nach unten, gekleidet in Jeans und ein Sweatshirt, mit einer schwarzen Baseballkappe auf dem Kopf. Sie führte ihn nach draußen. Schweigend stiegen sie den Hügel hinauf. Bones trottete neben Nate her. Gewöhnlich begleitete der Hund sie nicht zum Friedhof.

«Ich glaube, du hast einen bleibenden Eindruck gemacht.» Sie deutete mit dem Kinn auf den Sheltie.

Er warf einen Blick zu Bones. «Ich habe ihn heute Morgen

vor meiner Schlafzimmertür entdeckt. Er hat mich bei meinem Lauf begleitet.»

«Wirklich? Dann mag er dich. Hunde sollen ja eine ausgezeichnete Menschenkenntnis haben.»

Er warf ihr einen ungläubigen Blick zu. «Er wirkt, als würde er jeden mögen. Schläft er sonst in deinem Zimmer?»

«Manchmal.» Sie zuckte mit den Achseln. «Irgendwie tut er, was er will. Aber du bist ein toller Gefährte, nicht war, mein Junge?»

Bones bellte, als hätte er sie verstanden.

Nates Mundwinkel hoben sich, als er vom Hund aufschaute, um sich umzusehen. «Diese Farm ist riesig. Wie viele Morgen Land besitzt ihr?»

«Zweitausend.»

«Himmel.» Er schüttelte den Kopf. «Das kann ich mir nicht mal vorstellen.»

Sie lachte. «Etwas anderes habe ich nie gekannt. Im Norden», sie deutete, um ihm ein Gefühl für die Himmelsrichtungen zu geben, «steht hauptsächlich Weizen. Einen Teil der Ernte setzen wir als Viehfutter ein, doch der Rest wird verkauft. Es gibt noch zwei weitere Häuser hinter den Feldern, in denen die Ranch-Arbeiter leben. Und bevor du fragst: Die sind voll, also hängst du bei mir fest.»

Er brummte, sagte aber sonst nichts dazu.

«Richtung Süden und Westen erstrecken sich die Weiden. Wir haben tausend Rinder und fünfhundert Schafe. Auf dem östlichen Teil des Lands stehen die Gebäude – zum Beispiel die Scheunen. Wir besitzen fünfundzwanzig Pferde plus ein großes Lagerhaus für unsere Ausrüstung und Fahrzeuge. Viele der Jungs mögen Quads lieber als Pferde.»

Nate rieb sich den Nacken, scheinbar unsicher.

«Ich werde dir alles beibringen, was du wissen musst. Du bist ein kluger Kerl, also wirst du alles schnell kapieren.»

Sein Blick schoss zu ihr, dann musterte er sie, als wäre sie eine außerirdische Lebensform. «Du erinnerst mich so sehr an deinen Bruder.»

Ihrer Meinung nach gab es kein schöneres Kompliment. «Danke. Wir standen uns sehr nahe. Eher beste Freunde als Geschwister.»

Stirnrunzelnd richtete er den Blick wieder nach vorne, sodass sie sich fragte, ob sie etwas Falsches gesagt hatte. Er hatte eine Menge Zeit mit Justin in unsicheren und gefährlichen Situationen verbracht. Vielleicht sorgte ihre Nähe dafür, dass unangenehme Erinnerungen aufstiegen.

Nach ein paar Sekunden des Schweigens, in denen sie auf ihrer Unterlippe kaute, fragte sie: «Wie hast du geschlafen? Ich wette, nach der langen Fahrt warst du müde.»

Er schien eine Weile darüber nachzudenken, dann holte er Luft. «Ich habe ein paar Stunden geschlafen. Aber ich habe dich nicht geweckt, oder?»

«Nein.» Ihre Brust wurde eng. Sie fragte sich, ob er an einer posttraumatischen Belastungsstörung litt oder ob es das ungewohnte Umfeld war, das ihn gestört hatte. «Ist es hier zu ruhig für dich?»

«Ja, vielleicht.» Er rückte seine Kappe zurecht, dann hielt er an und drehte sich zu ihr um. Mit gesenktem Kopf stemmte er die Hände in die Hüften. «Ich sollte ehrlich zu dir sein. Ich schlafe nicht viel, zumindest nicht am Stück. Ich neige dazu, plötzlich aufzuwachen und …» Er schloss die Augen und biss die Zähne zusammen.

Ihr Magen verkrampfte sich. «Albträume?»

Er ließ die Augen geschlossen, doch seine Brauen senkten

sich. «Ja.» Sein widerwilliger Tonfall verriet deutlich, wie unangenehm ihm die Situation war, und seine Wangen röteten sich leicht vor Verlegenheit. «Deswegen würde ich lieber woanders wohnen.» Mit einem Seufzen sah er sie wieder an. Der Schmerz in seinen Augen traf sie mitten ins Herz. «Du solltest das wissen, falls du mich hörst. Oder falls ich herumwandere.»

Gott. Er schlafwandelte auch? «Du musst dort schreckliche Dinge gesehen haben», flüsterte sie.

Statt einer Antwort wandte er sich von ihr ab und marschierte weiter, als hätte es diese Unterhaltung nie gegeben.

Sie ging still neben ihm her. Ihr Herz schmerzte. Justin hatte nie viel von seiner Zeit im Ausland gesprochen, doch er hatte keine solchen Schutzmauern aufgebaut wie Nate. Allerdings kannte Nate sie auch noch kaum, also würde er vielleicht später irgendwann darüber reden.

Am Friedhofszaun hielt er an. «Er ist hier begraben?»

«Ja, hier liegen vier Generationen von Cattenachs.» Sie drehte sich zu ihm um, musterte die harten Linien seines Profils. «Unsere Eltern sind bei einem Autounfall gestorben, als ich acht war. Ich habe danach lange Zeit nicht gut geschlafen und mich ein Jahr lang geweigert, in ein Auto zu steigen. Weil ich davon überzeugt war, dass ich dann ebenfalls sterben würde. Ich werde nicht behaupten, dass ich verstehe, was du durchmachst. Aber mir hat es immer geholfen, hierherzukommen und mit ihnen zu reden.»

Nate drehte den Kopf und sah sie an. Sein Blick glitt über ihr Gesicht wie eine Liebkosung. Verständnis und Respekt blitzten in seinen Augen auf, bevor er den Blickkontakt abbrach und wieder zum Friedhof sah.

Bones stieß seine Hand an. Mit einem überraschten Blinzeln senkte Nate den Blick auf den Hund.

«Ich glaube, er spürt, das dich etwas belastet. Vielleicht solltest du ihn bei dir schlafen lassen und mal schauen, ob das hilft.» Sie öffnete das Tor und ging zu Justins Grab.

Das Geräusch von Nates Schritten folgte ihr, doch er sagte nichts. Er sprach insgesamt sehr wenig, aber seine Augen verrieten eine Menge: Schuldgefühle und Bedauern, gepaart mit innerem Aufruhr und Unentschlossenheit. Sie kannte diesen Mann erst seit einem Tag, und dennoch reichten ihre Finger und Zehen nicht aus, um daran abzuzählen, wie oft sie einen Gefühlssturm in seinem Gesicht gesehen hatte – und keine der Emotionen war positiv.

«Du hast Gesellschaft, Justin. Schau nur, wer hier ist.» Sie kniete sich hin und zupfte ein paar Gräser rund um den Grabstein weg. Dann legte sie die Hand an die Stirn, um ihre Augen vor der Sonne abzuschirmen, und sah zu Nate auf. «Ich komme jeden Morgen hierher, um ihm etwas zu erzählen. Ich gehe ihm jetzt genauso sehr auf die Nerven, wie ich es getan habe, als er noch gelebt hat. Das ist mein gutes Recht als seine Schwester.»

Nach einem langsamen Kopfschütteln starrte Nate mit gerunzelter Stirn und leichter Erheiterung auf sie herab, als wüsste er nicht, was er von ihr halten sollte. Er öffnete den Mund, als wolle er etwas sagen, nur um ihn wieder zu schließen.

Olivia sah auf das Grab ihres Bruders herunter, und zum ersten Mal, seitdem sie eine Handvoll Erde auf seinen Sarg geworfen hatte, wurde ihre Kehle nicht eng. Sie erzählte von den Arbeiten auf der Ranch und ließ ihn wissen, dass sie seinen Brief bekommen hatte. Nach ein paar Minuten stand sie auf und klopfte sich das Gras von der Hose. Nate stand reglos da und beobachtete sie.

«Versuch es. Rede mit ihm.» Sie warf Justin einen Luftkuss zu und ging zum Tor. «Ich werde unter der Pappel warten.»

Das Letzte, was sie sah, bevor sie sich umdrehte, war sein verwirrtes Gesicht und wie er sich zögerlich dem Grabstein zuwandte. Draußen vor dem Tor lehnte sie sich an den Baum und beobachtete Nate. Er schwieg – jedenfalls konnte sie keine Worte hören –, doch er senkte mit hochgezogenen Schultern den Kopf, als würde er im Geiste mit Justin reden.

Bald darauf schloss Nate sich ihr wieder an, und sie gingen gemeinsam zurück zum Haus. Olivia atmete die vertrauten Düfte von fruchtbarer Erde und Heu ein, die intensiver wurden, je näher sie der Scheune kamen. Nakos stand davor, sein Klemmbrett in der Hand. Als er aufsah, zuckte er leicht zusammen.

«*Hebe*, Olivia.» Seine Stimme war ausdruckslos wie immer, doch seine Miene sagte deutlich *Was-zur-Hölle?*, als er von ihr zu Nate schaute.

«Guten Morgen. Erinnerst du dich an Nate Roldan? Ich habe ihn als Helfer angeheuert. Er wird mich eine Weile begleiten, weil ich ihm alles zeigen will.»

Nakos bewegte sich nicht. Blinzelte nicht einmal.

«Er wird im Haus wohnen, bei mir und Tante Mae.»

Nada. Nichts. Dunkle Augen bohrten sich in ihre. Wäre Bones nicht in diesem Moment in die Scheune getrottet, hätte man meinen können, die Zeit wäre stehengeblieben.

«Schön, dich offiziell kennenzulernen.» Nate nickte ihm zu.

Nakos musterte ihn einen Moment aus zusammengekniffenen Augen, bevor er wieder sie ansah. «Olivia, auf ein Wort.» Er packte ihren Ellbogen und marschierte mit ihr in Richtung Scheune.

Doch sie waren noch keine zwei Schritte weit gekommen, als eine riesige Gestalt sich zwischen sie drängte. Mit seinen langen, muskulösen Armen schob Nate Olivia hinter sich. «Hände weg von ihr.» Das Knurren seiner tiefen, drohenden Stimme sorgte dafür, dass ihr der Atem stockte.

«Tritt verdammt noch mal zurück.» Nakos musste Nate geschubst haben, weil er gegen sie stolperte – nicht dass sie hinter der massiven Mauer seines Körpers etwas gesehen hätte.

Hey. «Time out.» Sie duckte sich unter Nates Arm hindurch und trat zwischen die beiden Männer. «Nakos würde mich nie verletzen.»

Nate senkte den Kopf und sah sie an. Ein Muskel an seinem Kinn zuckte, und seine Nasenflügel waren geweitet. Doch eine Zehntelsekunde später hob er bereits entschuldigend die Hände und trat einen Schritt zurück. «Tut mir leid. Instinktive Reaktion.»

Interessant. Darüber müsste sie später genauer nachdenken. Jetzt drehte Olivia sich um, legte ihre Hände auf Nakos' Brust und schob ihn nach hinten. «Testosteron-Monster Nummer zwei, folge mir bitte.»

Mit einem letzten bösen Blick in Nates Richtung folgte ihr Nakos um die Scheune herum zur anderen Seite. Dort nahm er seinen Hut ab. «Das ist doch Wahnsinn, Olivia. Du weißt nicht das Geringste über diesen Kerl.»

«Ich weiß, dass er im Einsatz mit Justin verletzt wurde. Mein Bruder war der Ansicht, dass ich ihm vertrauen kann.»

Er riss die Arme in einer *Machst-du-Witze?*-Geste nach oben. «Sagt wer? Der Fremde, der sechs Monate nach der Beerdigung aus heiterem Himmel auf deiner Türschwelle auftaucht?»

«Sagt Justin. In einem Brief, den Nate mir gebracht hat.»

Nakos' Schulter sackten nach unten, und er stieß den Atem aus. «Hast du dir den Typ mal richtig angesehen, Olivia? Er könnte sich einen Arm auf den Rücken binden lassen und dich mit dem anderen in zwei Stücke zerbrechen. Und dabei würde er noch nicht mal ins Schwitzen geraten.»

Männer. Manchmal waren sie einfach nur dämlich. «Und trotzdem ist er dazwischengegangen, als er dachte, du würdest eine Gefahr für mich darstellen.»

«Du und ich – wir haben bisher alle Personalentscheidungen zusammen getroffen. Und wieso musstest du ihn im Haus unterbringen?»

Olivia rieb sich über das Gesicht. «In erster Linie wird er Sachen auf der Ranch reparieren. Wenn er sich auch mit der Farmarbeit anfreunden kann, können wir darüber reden, seine Pflichten zu erweitern. Und die Zimmer für die Angestellten sind alle belegt. Soll er etwa bei dir in der Hütte wohnen?»

Nakos' Augen wurden schmal.

«Das dachte ich mir.» Sie sah hilfesuchend zum Himmel. «Du könntest ein wenig entgegenkommender sein.»

«Ich könnte auch Glas kauen. Das heißt noch lange nicht, dass ich es tun werde.» Er wandte den Blick ab. «Du wirst mir noch einen Herzinfarkt verschaffen, Little Red. Mir gefällt nicht, dass er mit euch beiden allein ist.»

«Zur Kenntnis genommen.» Sie verschränkte die Arme. «Vertrau mir, wie du es bisher immer getan hast. Ich bin keine Idiotin. Also, können wir uns jetzt an die Arbeit machen?»

«Heute Abend rufe ich Rip an und bitte ihn, den Kerl zu überprüfen.»

Rip war der Sheriff von Meadowlark. «Schön.» Alles, was Nakos beruhigte, war für Olivia in Ordnung. Bisher hatte sie ihn noch nie so wütend erlebt. Maximal leicht gereizt. Aber heute? Kochte der Kessel förmlich über.

Er stieß eine Reihe von Worten in seiner Muttersprache aus, bei denen es sich höchstwahrscheinlich um Flüche handelte, dann stampfte er wieder um die Scheune herum. Olivia folgte ihm und sah, wie er knapp vor Nate stehen blieb. «Wenn du ihr auch nur ein Haar krümmst, werden sie deine Leiche niemals finden.»

Damit verschwand er in der Scheune. Nate sah sie an, seine Miene unbeeindruckt. «Netter Kerl.»

4

Nach dem Vorfall am vorigen Morgen hatte Nate sich den ganzen Tag über nie weiter als drei Schritte von Olivia entfernt, während sie Schafe schor. Viele, viele Schafe. Aber, okay, zumindest wusste er jetzt, was scheren bedeutete. Es sah unglaublich anstrengend aus. Nachdem er Olivia und Nakos ganze neun Stunden dabei beobachtete hatte, hätte Nate lieber achthundert Liegestütze gemacht, als diesen Job zu übernehmen.

Und er hatte sich verdammt anstrengen müssen, um nicht darüber nachzudenken, wie toll ihr Hintern in diesen Jeans aussah, wann immer sie sich vorbeugte. Was sie oft getan hatte. Oder wie das Sonnenlicht auf dem Spaziergang ihre kornblumenblauen Augen und das Rot in ihrem Haar zum Leuchten gebracht hatte. Oder wie sie ihn so strahlend angelächelt hatte, als könne sie all seine Dunkelheit vertreiben, indem sie es sich einfach wünschte.

Justin war auch so gewesen – er hatte Nates Abwehr einfach ignoriert und sich in seine Seele geschlichen. Es hatte keine Rolle gespielt, wie oft Nate Justin gesagt hatte, er solle abhauen – oder wie oft er *Halte-dich-fern*-Schwingungen ausgestrahlt hatte –, der Kerl hatte einfach weitergemacht; hatte charmant lächelnd weiter auf Nate eingeredet. Bis Nate irgendwann festgestellt hatte, dass aus einem Army-Kollegen ein Freund geworden war. Ein seltenes Ereignis, nachdem Nate noch nie zuvor jemanden so bezeichnet hatte. Wo er herkam, reichten Freundschaften nur bis zum nächsten Drogenkauf, dann wurde man für den persönlichen Vorteil verraten.

So einnehmend Justins Persönlichkeit auch gewesen sein mochte, seine Schwester war schlimmer. Die *Ich-kann-nicht-normal-atmen-, Was-zur-Hölle-ist-mit-meinem-Verstand-los*-Art von schlimmer. Und verdammt. In ihrer Nähe schienen all seine Filter zu versagen. Bei Justin war es Nate zumindest gelungen, nicht zu viel von sich preiszugeben. Bei Olivia? Verbale Verlustkontrolle der schlimmsten Sorte. Als Erstes mit dem Hunde-Kommentar, dann, als er zugegeben hatte, dass er unter Albträumen litt.

Ihre Reaktion hatte ihn getroffen wie ein Tritt ins Gesicht. Keine hohlen Phrasen oder gefühlsduseliger Unsinn. Nur ein mitfühlender Blick und ein praktischer Lösungsvorschlag. Als bestünde die Chance, sein Leben in Ordnung zu bringen.

Und dann war da diese Tante. Mae war selbst eine ziemliche Nummer. Nach der Arbeit gestern war er nach oben gegangen, um zu duschen, und hatte in seinem Zimmer einen kleinen Kühlschrank entdeckt, der vorher nicht da gewesen war, gefüllt mit Gatorade. Dazu einen Karton Proteinriegel auf der Kommode. Nates dämliches Herz hatte sich in seiner dämlichen Brust verkrampft. Die meisten Leute hielten Essen für selbstverständlich. Für ihn war der Anblick von Nahrung immer noch etwas Besonderes, selbst nach all diesen Jahren.

Trotz des Gatorade war er den letzten Teil der Strecke zum Haus heute mit Krämpfen in den Beinen gejoggt. Erschöpft zog er die Hintertür auf und betrat die Küche. Olivia saß mit einem Kaffee am Tisch, und Mae fügte dem Berg Muffins auf der Arbeitsplatte gerade einige weitere Exemplare von einem Blech hinzu.

Er wischte sich mit dem Unterarm über die Stirn. «Ich werde duschen gehen und ...»

Wortlos drückte Mae ihm einen Teller mit zwei Muffins und einem Haufen Erdbeeren darauf in die Hand.

«... später essen», murmelte er.

Er bemühte sich, Olivias Blick zu ignorieren, als er neben der Spüle stand und so schnell kaute, wie er nur konnte. Nachdem er die Abläufe inzwischen kannte, wusste er, dass er sich nicht beeilen musste, weil sie noch Zeit bis zum Arbeitsbeginn hatten. Aber er hasste die Art, wie ihr kluger, einfühlsamer Blick jede seiner Bewegungen registrierte. Das machte ihn verlegen.

«Du kannst dich hinsetzen, weißt du?» Ihre Lippen verzogen sich zu dem, was er ihr *Zähme-das-Biest*-Lächeln nannte. Vorsichtig, aber entschlossen.

Er konnte nicht gezähmt werden. Das sollte sie besser schnell kapieren. «Ich bin verschwitzt.»

Sie lehnte sich in ihrem Stuhl zurück und verschränkte die Arme vor ihren Brüsten. Wer hätte gedacht, dass Flanellhemden so sexy sein konnten? «Na und? Setz dich, bitte. Genieß dein Essen.»

Er zwang eine Erdbeere durch seine zugeschnürte Kehle, wobei er Olivias Blick auswich. Sie anzusehen, würde nur dafür sorgen, dass er das Erste aussprach, was ihm in den Kopf kam. Wie zum Beispiel, dass er Essen noch nie genossen hatte. Weil es nur darum ging, genug zu bekommen.

Sobald er geduscht hatte und wieder nach unten gegangen war, folgten sie demselben Weg wie gestern, nur dass er diesmal außerhalb des Friedhofes wartete, während sie mit Justin redete. Redete, als führe sie ein normales Gespräch mit ihrem Bruder; als hätte Nate ihn nicht umgebracht. Verdammt, er wusste einfach nicht, was er von Olivia halten sollte.

Bones trottete auf dem Rückweg neben ihnen her. Der Hund wich seit dem ersten Moment auf der Veranda quasi nicht von seiner Seite. Nate wusste auch in diesem Fall nicht, was er davon halten sollte. Er hatte Bones heute Morgen erneut vor seiner Schlafzimmertür entdeckt, und der Hund hatte ihn auch auf seinem Lauf begleitet.

Nakos stand vor der Scheune, als sie sich näherten. Er wirkte kein Stück begeisterter als gestern, Nate zu sehen. Der Vorarbeiter begrüßte Olivia mit einem Wort, das wie *Hehbeh* klang, und ignorierte Nate vollkommen. Für ihn war das okay.

Nur dass ihm absolut nicht gefiel, wie Nakos Olivia ansah und wie sich die beiden ganz ohne Worte unterhalten konnten. Es gab ein ganzes Gespräch nur aus Blicken, die er ungefähr so deutete: *Er ist immer noch da ... Ja, komm darüber hinweg ... Ich bin nicht glücklich ... Zur Kenntnis genommen.* Nate konnte nicht sagen, ob Olivia auf den Vorarbeiter stand; aber umgekehrt war die Sache klar. Der Kerl war definitiv in sie verliebt.

Nate hätte Liebe bei sich selbst nicht mal erkannt, wenn sie ihm ins Gesicht springen und sich an ihm festklammern würde, aber er konnte sie bei anderen so mühelos identifizieren, wie er Unkraut ausriss. Es war eine Gabe.

Sie glitten in dieselbe Routine wie gestern. Nakos hielt die Schafe, und Olivia schor. Doch diesmal stand Nate nicht einfach nur herum und drehte Däumchen. Stattdessen nahm er ihr die Wolle ab, schüttelte sie, wie er es gestern beobachtet hatte, und rollte sie auf die gleiche Weise, wie Olivia es getan hatte.

Nach zehn Schafen sah Olivia über die Schulter zu ihm. «Du bist dran.»

Nate sah von dem auf dem Rücken liegenden Schaf zu seiner Chefin. «Was?»

«Ich werde es dir zeigen. Komm her.»

Mit einem spöttischen Grinsen ließ Nakos sich dazu herab, das Wort an ihn zu richten. «Wenn du es verbockst, könntest du das Tier verletzen oder den Wert der Wolle mindern.»

Nate ignorierte den selbstgerechten Trottel und konzentrierte sich stattdessen auf Olivia. Sie hatte ihr Haar im Nacken zu einem Pferdeschwanz gebunden, war von Kopf bis Fuß voller Schmutz und weißer Wollflocken, trug kein Make-up und war trotzdem fähig, sein Herz zum Stillstand zu bringen. «Bist du dir sicher?»

Sie zog nur die Augenbrauen hoch.

Er ging neben ihr in die Hocke, doch sie schob sich zwischen seine Beine, bis sie an seine Schenkel gedrückt vor ihm kauerte. Ihr an Regen erinnernder Duft verband sich mit dem Heugeruch und erfüllte seine Welt. Die intime Berührung ihres schlanken Körpers in dieser Position sorgte dafür, dass ihm das Schlucken schwerfiel.

Nate war nicht an Berührungen gewöhnt. Er war es schlicht und einfach nicht gewohnt. Er war nicht in einer Umgebung aufgewachsen, in der Umarmungen vorkamen, und sein Leben mit der *Disciples*-Gang als Jugendlicher war auch nicht besonders kuschelig gewesen. Selbst wenn er mit einer Frau zusammen war, bevorzugte er schnellen, harten Sex ohne Liebkosungen, weshalb er alle Versuche der jeweiligen Frau, die in eine zärtliche Richtung gingen, unterband.

Aber bei Olivia war das anders. Bis auf die kurze Umarmung auf der Veranda und ein paar beiläufige Berührungen am Arm hatte es auch mit ihr kaum Körperkontakt gegeben. Doch wann immer es dazu gekommen war, hatte er nicht den Drang verspürt, sich zurückzuziehen. Stattdessen hatte jede Zelle seines Körpers nach ... *mehr* geschrien.

Sie war sich seiner Gefühle scheinbar nicht bewusst, als sie nach der Schermaschine vor ihren Füßen griff. «Die Wolle am Bauch ist am dreckigsten und besitzt kaum Wert, deswegen fangen wir dort an.» Sie nahm seine Hand und schloss seine Finger um die Schermaschine, dann legte sie ihre Hand über seine. Das brummende Gerät vibrierte in seiner Handfläche. Olivia nahm seine andere Hand und führte seine Fingerspitzen zu den Klingen. «Du kannst dich damit nicht schneiden, wenn du es im richtigen Winkel hältst.» Sie drehte den Kopf und sah ihn an. «Hast du ...»

Ihre Gesichter waren nur Zentimeter voneinander entfernt. Nate erstarrte, während das Raum-Zeit-Kontinuum implodierte. Er hatte schon unter Feindbeschuss gestanden, der ihn weniger verstört hatte als Olivias Nähe. Er konnte den Blick nicht von ihren kornblumenblauen Augen lösen, die von langen rotblonden Wimpern umrahmt wurden. Bis ihn der Rest ihrer Züge ablenkte. Da war eine winzige weiße Narbe auf ihrer Oberlippe – ein feiner weißer Strich, den man erst bemerkte, wenn man ihr so nahe kam.

Während seiner Musterung stieß sie einen zitternden Atemzug aus, der über sein Kinn glitt. Sein Herz durchbrach fast die Rippen, als er den Blick auf ihren Mund konzentrierte. Ihre Lippen waren nicht besonders voll oder sinnlich, aber sie besaßen diese Wölbung, die hundertprozentig anbetungswürdig war. Absolut verlockend.

Ein lautes Räuspern von Nakos ließ sie zusammenzucken.

«Ähm ...» Olivia blinzelte mehrmals und starrte ihre übereinanderliegenden Hände an, als wäre sie gerade aus einem Mittagsschläfchen erwacht. Röte bildete sich auf ihrem Hals und erfüllte ihre Wangen.

«Du hast gerade erklärt, wie man die Schermaschine hält und führt», erklärte Nakos in einem scharfen Tonfall, der dafür sorgte, dass Nate mit den Zähnen knirschte.

«Richtig», hauchte sie, dann räusperte sie sich. «Fang am Brustbein auf der rechten Seite an und führ das Gerät bis hinunter zur Flanke.»

Er hatte nicht viel zwischen «Du bist dran» und «Ähm» mitbekommen, aber er nickte.

Sanft hob sie ihre übereinandergelegten Hände und bedeutete ihm, sich führen zu lassen. Zusammen entfernten sie einen Streifen Wolle am Bauch. Sie wiederholte die Bewegung auf der linken Seite, dann in der Mitte, bevor sie sich der Innenseite der Hinterbeine, der Leistengegend und dem Schwanz zuwandte. Nakos drehte das Schaf, dann schoren Olivia und Nate zusammen die Schultern und Außenseiten der Beine. Zwei weitere Positionswechsel, mehrere Züge der Maschine über den Rücken, dann waren sie fertig.

Nate bevorzugte die Fitnessübungen in der Army, aber es war trotzdem befriedigend, etwas Neues zu lernen. Nach mehreren weiteren Schafen unter Olivias Führung schor er zum Abschluss des Tages die letzten beiden Schafe allein.

Als sie aus der Scheune nach draußen gingen, stoppte Nakos Olivia und drückte ihr einen gefalteten Zettel in die Hand, während Nate ein paar Schritte entfernt wartete.

Sie warf einen Blick auf das Papier und gab es zurück. «Ich hab's dir doch gesagt.»

Nakos ging davon. «Was die Diskussion betrifft, die du verschieben wolltest ... Betrachte sie als beendet, Little Red.»

Nate hatte keine Ahnung, was gerade passiert war, aber nach der Art zu schließen, wie Olivias Schultern nach unten sackten und sie den Kopf hängen ließ, war es nichts Gutes. Als sie die Hände vors Gesicht schlug und tief seufzte, begann Nates Puls zu rasen.

«Was ist los?» Er trat vor sie, obwohl er sie vermutlich besser in Ruhe gelassen hätte. Was auch immer da zwischen ihr und ihrem Vorarbeiter lief, es ging ihn nichts an – wie alles auf der Ranch.

Sie ließ die Hände fallen und rieb sich über die Oberschenkel. «Ich bin fies, und ich habe Mist gebaut.»

Sein erster Impuls war zu lachen. Ihre und seine Definition von «fies» hatten definitiv nichts miteinander gemeinsam. Doch sie wirkte ziemlich aufgebracht, also hielt er die Klappe.

«Ich brauche noch ein bisschen frische Luft. Willst du mitkommen?»

«Sicher.» Er wusste nicht, was sie vorhatte, bis sie ihn in die Scheune führte und einen der Ranch-Arbeiter dabei unterbrach, sein Pferd abzusatteln. Sie und der dunkelhaarige, unglaublich dürre Junge machten Smalltalk, während sie sich weiter um das Tier kümmerten, also sah Nate sich um.

Die Tore an beiden Seiten des langen, schmalen Stallgebäudes standen offen, sodass eine leise Brise hereinwehen konnte. Die Abendsonne erfüllte den Raum mit warmem Licht. Es gab fünfzehn Boxen auf jeder Seite. In manchen standen Pferde, andere waren leer. An der hinteren Wand waren Heuballen aufgestapelt. Für eine Scheune wirkte alles sehr ordentlich.

«Kyle, das ist Nate.» Lächelnd drehte sie sich zu ihm um, nachdem sie das Pferd in eine Box gebracht hatten. «Kyle ist der kleine Bruder meiner Freundin Amy.»

«Jep, ich habe schon von dir gehört.» Kyle streckte ihm die Hand entgegen. «Ich glaube, ich werde dich *Gigantor* nennen.»

Nicht wenn er wollte, dass Nate reagierte. Trotzdem schüttelte er dem Jungen die Hand. «Freut mich.»

Olivia warf einen Blick zu einem Notizbrett an der Wand. «Irgendetwas, worauf ich achten müsste?»

Kyle starrte nachdenklich an die Decke. «Nein, aber wenn du Richtung Devil's Cross reitest, achte auf das Gefälle am Flussufer. Das Wasser steht ziemlich niedrig.»

«Geht klar. Kannst du beim Haus vorbeischauen und Mae sagen, dass wir ausreiten?»

«Klar.» Olivia und er stießen die Fäuste aneinander, dann joggte der Junge aus der Scheune.

Olivia holte nacheinander zwei Pferde aus ihren Boxen, sattelte sie und brachte sie dann durch das hintere Stalltor nach draußen. Langes Präriegras bog sich im Wind, während das Pink des Himmels in Blau überging. Sie band das braune Pferd an einem Pfosten fest und führte das Schwarze zu ihm.

«Das ist Midnight. Er ist ein drei Jahre alter Hengst und sehr sanft. Komm näher.» Nachdem Nate ihrer Aufforderung gefolgt war, umfasste sie sein Handgelenk und führte seine Hand über die Nase des Pferds. Im Gegenzug stupste Midnight Nate gegen die Schulter. Olivia lachte. «Siehst du, er mag dich.»

Sie erklärte ihm, wie man aufstieg, und er kletterte in den Sattel. Sie schwang sich ebenfalls in den Sattel – viel eleganter –, dann lenkte sie ihr Pferd neben seines.

«Dieser Junge hier ist Pirat, ein zwei Jahre alter Wallach. Da du schon weißt, wie man Motorrad fährt, hast du einen Vorteil.» Sie drückte eine Hand an Nates Bauch und legte die andere auf seinen Unterarm, sodass er nach Luft schnappte.

«Beim Motorradfahren setzt man sein Gleichgewicht und die Arme ein. Du beugst dich in die Kurven, richtig? Bei einem Pferd ist es im Grunde umgekehrt.» Damit glitten ihre Hände auf seine Schenkel. Er verspannte sich. «Dein Unterkörper und die Schwerkraft machen die Arbeit. Benutz deine Beine genauso zum Lenken wie die Zügel.»

Sein Unterkörper? Jep, der war bereit zu arbeiten. Nates Herz raste, und er bekam kaum Luft, doch er versuchte, sich auf Olivias Worte zu konzentrieren. Er hatte den Verdacht, dass sie ihn in den nächsten tausend Jahren jede Minute berühren könnte und er sich trotzdem niemals daran gewöhnen würde.

Kleine Falten bildeten sich auf ihrer Stirn. «Du wirkst nervös. Weißt du, was? Dieses erste Mal reiten wir zusammen.»

Nervös reichte als Beschreibung längst nicht aus. Und das lag nicht an dem Pferd. Er hatte sein ganzes Leben noch vor nichts Angst gehabt. Hatte sich immer kopfüber in alles gestürzt, als wären Höllenhunde hinter ihm her. Wahrscheinlich, weil das irgendwie auch stimmte. Doch dann war diese schlanke Rothaarige mit den unschuldigen Augen aufgetaucht, und Panik hatte Besitz von ihm ergriffen.

Bevor er protestieren oder irgendeine sinnvolle Erklärung für seine Reaktion finden konnte, war sie bereits abgestiegen und hatte ihr Pferd zurück in die Scheune geführt. Kurz darauf tauchte sie mit einem beruhigenden Lächeln auf dem Gesicht wieder auf, stellte den Fuß in seinen Steigbügel und kletterte vor ihm auf sein Pferd.

Den Rücken an seine Brust gedrückt, grinste sie ihn über die Schulter an. «Besser?»

Nein. Ja. Herrgott, ihn hatte ein Blitz getroffen. «Sicher», presste er hervor.

Mit einem Nicken nahm sie seine Hände und legte sie an die Zügel, dann legte sie ihre Finger über seine, die Arme an seine gedrückt. Über ihre Schulter hinweg, während der Geruch ihres Shampoos ihn förmlich in den Wahnsinn trieb, starrte er ihre kurzen Fingernägel und langen, zarten Finger an. Nur dass sie Schwielen auf den Handflächen hatte, die dem zerbrechlichen Eindruck widersprachen.

«Okay, folge einfach meinem Beispiel. Es ist ein wenig wie das Lenken deines Motorrads.»

Das war absolut nicht wie seine Harley, mal abgesehen von der Kraft unter ihm und dem befreienden Gefühl der Vorwärtsbewegung.

Sie trieb Midnight in einen gemächlichen Trott, dann ritten sie auf die Ebene, über ein paar Hügel und auf einen Höhenrücken zu. Er vergaß ihre Nähe - beinahe - und konzentrierte sich stattdessen auf die Aussicht. Schatten tanzten am Horizont, umhüllten die Berge und die weite Landschaft, während das Licht verblasste und die ersten Sterne am Himmel aufleuchteten.

Nichts. Kein Lärm, keine Sirenen, keine Schüsse. Einfach … nichts.

Kopfschüttelnd fragte er sich, ob er das seltsame Gefühl der Ruhe, das er empfand, Olivia zu verdanken hatte oder der Umgebung. Wahrscheinlich beidem. Eine frische Brise trug den Geruch von Kiefern und Schnee von den Bergen heran, und er atmete tief durch. Sie waren fast kontinuierlich bergauf geritten, und als sie nun anhielten, konnte er von hier oben fast die gesamte Farm überblicken.

Etwas knisterte, und eine Stimme störte die Stille. «Bist du da, Boss?»

«Mist.» Sie drehte sich im Sattel, schlang einen Arm um

Nates Hüfte und beugte sich so weit vor, dass er schon befürchtete, sie würde fallen. Sie zog ein Funkgerät aus einer Tasche an der Flanke des Pferds und sprach hinein. «Ich bin hier, Rico. Was ist los?»

«Nakos will wissen, wo du bist, und Mae, wann du zurück sein wirst.»

Sie stieß ein ungeduldiges Brummen aus. «Ich bin oben beim Blind Ridge und spätestens in einer Stunde zurück. Sag Nakos, er soll eine Beruhigungspille schlucken. Ich habe das Satellitentelefon, das Funkgerät und einen Revolver.» Sie hielt inne. «Danke, Rico. Geh nach Hause.»

Sein Lachen erklang im Lautsprecher. «Verstanden. Sei vorsichtig.»

«Ja, ja», murmelte sie, als sie das Funkgerät zurück in die Tasche steckte. Sie drehte sich, bis sie seitwärts im Sattel saß, ihre Hüfte an Nates Schritt gedrückt, und stieß ein müdes Seufzen aus. «Das ist mein Lieblingsplatz auf der Ranch.»

Er verstand, warum. «Du hast eine Schusswaffe?»

Sie grinste und warf ihm einen Seitenblick zu. «Jep. Und, ja, ich kann auch damit schießen.»

«Gibt es viele Gelegenheiten, bei denen du eine Waffe zücken musst?» Was zur Hölle musste sie ins Visier nehmen? Staubmäuse?

«Es ist nur eine Vorsichtsmaßnahme. Wegen Schwarzbären und so etwas.» Sie sah ihn an und lachte. «Keine Sorge. Überwiegend lassen sie Menschen in Ruhe.»

«Eigentlich habe ich mir gerade vorgestellt, wie du einen Bären erlegst.» Er rieb sich den Nacken, weil er sich fragte, wieso dieses Bild so sexy war. «Ist Nakos immer so besorgt um dich?»

«Traurigerweise ja. So ist er schon, seit wir Kinder waren.»

Ihr Blick glitt über die Umgebung. «Aber seit du aufgetaucht bist, nimmt sein Beschützerinstinkt ungeahnte Ausmaße an. Du solltest wissen, dass er dich auf Vorstrafen hat checken lassen.»

Okay, die beiden kannten sich schon sehr lange. Zur Kenntnis genommen. Und der Check würde nichts ergeben. Nates Jugendstrafakte war unter Verschluss und nicht öffentlich einsehbar. «Er steht ziemlich auf dich.»

Sie schloss die Augen. «Ich weiß.» Sie strich sich eine Strähne aus dem Gesicht, dann sah sie ihn an. «Wo wir gerade von Nakos sprechen – was, bitte, war da gestern los? Dieser Hahnenkampf zwischen euch beiden?»

«Instinkt.» Vielleicht war er ja verrückt, aber sein Drang, auf sie aufzupassen, ging jetzt schon über das Versprechen, das er Justin gegeben hatte, hinaus. Sobald sie in seiner Nähe war, konnte er nichts anderes denken als *meins*. Und es schien einfach nicht möglich, seinen Trieben klarzumachen, dass Olivia niemals ihm gehören würde. Und auch nicht sollte. Zwei Tage, und er begehrte sie mit einer Wildheit, die ihm vollkommen fremd war. Mit Lust konnte er umgehen, doch hier ging es um mehr. «Ich bin nicht sexistisch, und ich halte Frauen nicht für schwach ... aber in manchen Situationen reagiere ich einfach aus Instinkt.»

«Das ist nicht die ganze Geschichte, oder?»

Sie durchschaute ihn schon viel zu gut. «Es gab da ein Mädchen. Wir sind zusammen in den Mühlen des Pflegesystems gelandet, wurden oft in dieselben Familien gesteckt.» Er konnte vor seinem inneren Auge immer noch Darlas Blutergüsse sehen und hätte am liebsten laut geflucht. Sie war fast so etwas wie eine Schwester für ihn gewesen. Bis sie irgendwann verschwunden war. Und als er sie Jahre später wiedergesehen hatte – inzwischen war sie zu einer der Huren der *Disciples* geworden –, hatte er ihr genauso wenig helfen können wie als Kind. «Sie war ziemlich schüchtern, und ich habe mein Bestes gegeben, um auf sie aufzupassen.»

Nur dass Darla trotzdem gestorben war. In einer Gasse, mit einer Nadel im Arm.

«Im Pflegesystem? Du hast keine Familie?»

Verdammt. Wieso hatte er in Olivias Nähe keinerlei Kontrolle darüber, was er sagte? «Wenn ich ja sage, wirst du dann Mitleid mit mir haben?»

«Nein.» Sie schluckte schwer, während ihr Blick über das Land hinwegglitt. «Hätte es Tante Mae nicht gegeben, wäre Justin und mir das Gleiche passiert. All das hier», sie deutete um sich, «wäre verkauft worden. An irgendeinen Fremden.» Stirnrunzelnd legte sie den Kopf schief. «Das hätte mir das Herz gebrochen. Vier Generationen von Cattenachs haben dieses Land bewirtschaftet.»

Er konnte seine Familie nicht weiter zurückverfolgen als bis zu einer cracksüchtigen Mutter, die ihn in der Notaufnahme geboren hatte und dann abgehauen war. Aber er verstand. Und anscheinend galt das auch für Olivia. Wenn er nicht aufpasste, würde er sie zu tief in seine Seele vordringen lassen. Und dann wäre er verloren.

«Ich glaube, deswegen geht mir der Streit mit Nakos so an die Nieren.» Sie suchte erneut seinen Blick. «Vor einigen Tagen habe ich die Möglichkeit angesprochen, dass aus uns vielleicht mehr werden könnte. Wenn ich keine Kinder bekomme, stirbt dieses Vermächtnis mit mir. Nakos ist ein guter Mann, aber ich glaube, er hat sich beleidigt gefühlt.» Sie schenkte ihm ein hoffnungsloses trauriges Lächeln. «Wir hätten wunderschöne Babys bekommen.»

66

Aber sie liebte den Kerl nicht, so viel war offensichtlich. Nate war die letzte Person, die ihr Ratschläge geben sollte, doch der Gedanke, dass diese hinreißende Frau sich mit einem bloßen Kompromiss zufriedengeben wollte, verursachte ihm Magenschmerzen. Es würde sie verändern. Die Mittelmäßigkeit würde dieses Strahlen in ihr ersticken.

Ihre Hand landete auf seinem Bizeps. Die Berührung sorgte dafür, dass sein gesamter Körper plötzlich unter einer Art elektrischen Spannung zu stehen schien. Hitze durchströmte ihn. Ließ ihn nach Halt suchen. Weil er mehr wollte und doch unfähig war, es zu ertragen.

Ihre hübschen Augen wurden groß, und sie schlug scheinbar entsetzt eine Hand vor den Mund. «Oh Gott. Du hast heute beim Scheren in der Scheune genauso reagiert und vorhin, als ich dir die Körperhaltung beim Reiten erklärte, auch. Und jetzt ... Ich dachte, du wärst nervös, aber ...» Sie ballte die Hände unter dem Kinn zu Fäusten. «Du hasst es, berührt zu werden, richtig? Es tut mir so leid. Und ich dachte ...»

Sie machte Anstalten abzusteigen, doch er schlang einen Arm um ihre Taille, um sie aufzuhalten – frustriert und verwirrt. «Was tust du?»

«Ich steige ab. Ich werde Midnight zurückführen, damit du nicht mit mir reiten musst.»

Den Teufel würde sie tun. Es waren mindestens drei Kilometer bis zum Haus.

Scheiße. Wie sollte er seine körperliche Reaktion auf sie erklären? Sie hatte den Eindruck, sie hätte etwas falsch gemacht, obwohl in Wirklichkeit er das Arschloch war. «Es ist okay.»

Sie kaute auf ihrer Unterlippe herum. «Greif hinter dich

und pack den Sattel. Aber halt dich gut fest. Ich werde schneller reiten als auf dem Hinweg, damit wir früher ankommen.»

«Olivia ...»

«Es tut mir wirklich leid.» Sie drehte sich wieder nach vorne und packte die Zügel. «Halt dich fest.»

5

Olivia fühlte sich tagelang schuldbewusst. Dumm. Und unsensibel. Ach ja, und dumm. Im Lauf der Woche hatten sie die Schur abgeschlossen und die Wolle für den Großhändler verpackt. Dabei hatte Olivia alles in ihrer Macht Stehende getan, um jeden Körperkontakt zu Nate zu vermeiden. Sie war sich gar nicht bewusst gewesen, wie oft sie ihre Hände einsetzte, bis sie plötzlich gezwungen gewesen war, über jede Bewegung nachzudenken. Der beste Weg, jemandem etwas beizubringen, lag darin, es ihm zu zeigen.

Sie rollte sich im Bett vom Bauch auf den Rücken und starrte an die Decke. Das war schon die dritte schlaflose Nacht, und nichts schien zu helfen. Sie hatte alles bis auf das Offensichtlichste getan, um ihr Gewissen zu beruhigen. Weil sie ein Feigling war.

Ganz oben auf ihrer Liste? Sie musste mit Nakos reden, um reinen Tisch zu machen. Was unmöglich war, solange sich Nate ständig in ihrer Nähe aufhielt. Sie war mit Nakos befreundet, seit sie Kinder waren. Auch wenn sie seine romantischen Gefühle nicht teilte, hatte er Respekt verdient.

Himmel. Und Nate? Was zum Teufel sollte sie sagen, sollte sie tun, nachdem sie das über ihn erfahren hatte? Er war ein Waisenkind im Pflegesystem gewesen. Sie fragte sich, wie lange wohl. Was war mit seinen Eltern geschehen? Hatte er keine sonstige Familie? Hatte er schlechte Erfahrungen gemacht? Um ein Haar wäre ihr dasselbe zugestoßen.

Ihr Gespräch oben beim Blind Ridge lief immer wieder in ihrem Kopf ab wie eine hängengebliebene Schallplatte. Die Art, wie er sich bei ihrer Berührung versteift hatte, ließ Mitleid in ihr aufsteigen. Vielleicht hing das mit den Verletzungen während seiner Einsätze in Übersee zusammen? Möglicherweise zuckte er bei Berührungen automatisch zurück, weil er an die erlittenen Schmerzen dachte. Aber was, wenn es noch schlimmer war? Wenn diese Reaktion aus seiner Kindheit stammte? Sie hatte Horrorgeschichten über das Leben von Pflegekindern gehört ... Und Chicago konnte ein raues Pflaster sein.

Doch statt sich die Zeit zu nehmen, seine Signale zu deuten – sicherzustellen, dass er sich wohlfühlte und gut einlebte –, hatte sie ihn bedrängt.

Sie wollte so dringend mit ihm sprechen. Seine Schmerzen mildern. Justin hatte Nate aus gutem Grund auf die Wildflower Ranch geschickt, und es lag nicht in Olivias Natur, untätig zu bleiben, wenn jemand litt. Und Nathan Roldan musste offensichtlich mit einer Menge Probleme klarkommen. Alles – von seinen seltsamen Essgewohnheiten über seine Albträume bis zu seinem stillen Auftreten – ließ vermuten, dass etwas ihn von innen heraus zerfraß. Sie hatte keine Ahnung, wie sie ihm helfen sollte, und er war nicht gerade eine Plaudertasche.

Außerdem schien er ihre Hilfe gar nicht zu wollen.

Bones rannte ins Zimmer und stieß Olivias Arm mit seiner kalten, feuchten Nase an. Dann biss er in eine Ecke ihrer Decke und zog sie vom Bett, als wollte er Olivia sagen, dass sie aufstehen sollte.

Sie rollte sich auf die Seite. «Was ist denn, Junge?»

Er bellte, trottete zur Tür und kam zurück. Dann stieß er erneut ihren Arm an.

«Okay. Dann mal los.» Sie stieg aus dem Bett und folgte dem Hund in den Flur, dann zur Treppe.

Es gab in der Hintertür genau wie in ihrer eine Hundeklappe, also musste Olivia ihn nicht nach draußen lassen. Das konnte er selbst. Sie war sich ziemlich sicher, dass es nicht um einen Einbrecher oder ein sonstiges Problem auf dem Grundstück ging, weil Bones dann zugebissen und erst danach Fragen gestellt hätte.

Der Hund stoppte auf dem Treppenabsatz, damit sie aufholen konnte, dann lief er in den ersten Stock und hielt vor Nates Tür an. Bones sah zu ihr auf und kratzte am Türspalt, als versuche er, sich einen Weg ins Zimmer zu graben.

«Du hast wirklich eine Schwäche für unseren Gast, hm?» Nur dass ihr Hund fast panisch wirkte. Er bellte einmal und grub weiter, sodass Kratzer auf dem Boden entstanden. «Okay. Warte.»

Sie drückte ihr Ohr an die Tür, hörte aber nur schweres Atmen und das Rascheln einer Decke. Ihr Gesicht wurde heiß. Bereitete Nate sich gerade … selbst Vergnügen? Moment. Dummer Gedanke. Bones wäre nicht so entschlossen, in den Raum zu kommen, wenn alles in Ordnung wäre. Vielleicht hatte Nate wieder einen Albtraum?

Sie klopfte und rief Nates Namen, doch er reagierte nicht. Es wäre eine absolute Verletzung seiner Privatsphäre, einfach seine Tür zu öffnen. Was, wenn er gar keine Probleme hatte, sondern sie ihn bei irgendetwas störte? Sie biss sich auf die Unterlippe.

Bones bellte wieder.

«Wenn er nackt ist, schiebe ich alle Schuld auf dich.» Leise drehte sie den Türknauf. Sofort schoss Bones durch die Öffnung.

Im Zimmer war es dunkel, abgesehen von einem schwachen Lichtschein, der aus dem angrenzenden Bad fiel. Nate lag schlafend auf dem Rücken in dem großen Bett an der gegenüberliegenden Wand. Nur dass er nicht still lag. Er spannte sich immer wieder an, sein Rücken bog sich durch, bis er kaum noch die Matratze berührte. Seine Finger waren in der Decke an seiner Hüfte vergraben, als hinge sein Leben davon ab.

Olivia blieb im Türrahmen stehen. Sie drückte sich eine Hand an die Brust, ihre Kehle wie zugeschnürt. Wie herzzerreißend es war, einen so großen, starken Mann zu sehen, der schutzlos seinem eigenen Unterbewusstsein ausgeliefert war. Muskeln und breite Schultern. Tätowierte Arme und weitere Tattoos auf der Brust, von denen sie noch gar nichts gewusst hatte. Kahlgeschorener Kopf und ein permanenter Dreitagebart auf seiner markanten Kinnpartie. Es schien einfach nicht richtig und nicht möglich, dass irgendetwas ihn kleinkriegen konnte.

Bones sprang auf das Bett, setzte sich an Nates Seite und bellte zweimal schrill.

Nates Lider öffneten sich abrupt, dann starrte er an die Decke. Mit weit aufgerissenen Augen, ohne zu blinzeln. Seine Brust hob und senkte sich ein paar Sekunden lang in schweren, ungleichmäßigen Atemzügen, bevor er die Augen schloss und sich das Gesicht rieb.

Bones stieß seinen Arm an und legte sich neben ihn.

Nate drehte den Kopf und musterte den Hund verwirrt. «Hey, du. Wie bist du hier reingekommen?» Er hob die Hand und kraulte dem Hund den Kopf.

Olivia schlich sich in den Flur, dann ging sie nach unten in die Küche, um Nate ein wenig Privatsphäre zu gönnen. Sie vermutete, dass er nicht so verletzlich gesehen werden wollte. Es war eine Sache, die Albträume in einem beiläufigen Gespräch zu erwähnen, aber etwas ganz anderes, wenn jemand sie mitbekam. Nate erschien ihr nicht die Art von Mann, der sich anderen öffnete oder problemlos Hilfe annahm.

Immer noch erschüttert stand sie vor der Spüle und füllte ein Glas mit Wasser. Dann nippte sie daran und starrte aus dem großen Fenster. Zur Rechten konnte sie eine Ecke von Tante Maes leerem Kräutergarten erkennen, der dieses Jahr erst noch bepflanzt werden musste. Dahinter und zur Linken erstreckte sich die weitläufige grüne Hügellandschaft, die zum Friedhof führte. In der Dunkelheit war es ruhig auf der Ranch, ganz anders als die Gefühle, die in Olivia tobten.

Sie konnte sich nur vage ausmalen, was Nate während seiner Militärzeit alles gesehen haben musste. Justin hatte immer versucht, sie vor diesem Aspekt seines Lebens zu schützen, daher hatte er nie viel über seinen Dienst berichtet. Doch die vage Distanziertheit ihres Bruders, wann immer er von einem Einsatz zurückkehrte, war nichts gegen Nates Verhalten. Der gequälte Ausdruck in seinen Augen brachte sie fast um.

«Also hat der Hund doch nicht plötzlich Daumen entwickelt.»

Aufkeuchend zuckte sie zusammen. Das Glas entglitt ihren Fingern und zerbrach in der Spüle. Sie wirbelte zu der leisen, heiseren Stimme herum und blinzelte Nate an. Er hatte sich ein T-Shirt übergezogen – wie schade –, und ein Paar Nylonshorts spannten sich über seinen muskelbepackten Oberschenkeln. Mehrere rote Narben zogen sich über die Haut dort und verschwanden unter dem Saum der Hose. Seine Füße waren nackt und … riesig.

«Ich wollte dich nicht erschrecken.» Er trat auf die andere Seite der Kücheninsel, sodass die Arbeitsfläche zwischen ihnen lag.

«Ist okay. Ich war in Gedanken versunken.»

Er nickte. «Du hast Bones in mein Zimmer gelassen.»

Unsicher, wieso sie sich plötzlich so nervös fühlte, legte Olivia den Kopf schräg. Er wirkte nicht wütend, doch ihr Herz raste, und sie zitterte. «Vielleicht hat er sich selbst reingelassen.»

«Ich habe die Tür geschlossen, als ich ins Bett gegangen bin.»

Ihre Knie schlotterten förmlich. «Vielleicht hast du sie nicht ganz zugemacht.»

«Ich bin mir meiner Umgebung immer bewusst. Ich habe die Tür geschlossen.»

«Woher willst du wissen, dass ich es war?» Sie hatte keine Ahnung, wieso sie mit ihm diskutierte, doch ihre Nervosität wurde immer schlimmer. Wahrscheinlich, weil sie allein waren, mitten in der Nacht, und beide kaum bekleidet. Ihr Tanktop und die kurzen Shorts zeigten mehr Haut, als sie bedeckten.

Und er ... Verdammt, er war wirklich ein anbetungswürdiges, erregendes, wunderbares Exemplar von einem Mann.

Ein kurzer Moment verging, dann hob sich einer seiner Mundwinkel zu einem amüsierten Lächeln. «Mal abgesehen von der Tatsache, dass du wach bist und in der Küche stehst, habe ich dich vor meinem Raum gerochen.»

Olivia öffnete und schloss ein paarmal den Mund. «Ich stinke?»

«Nein, du ...» Er stieß ein frustriertes Seufzen aus und fuhr sich mit der Hand über den kahlen Kopf. «Es ist dein Shampoo oder dein Parfüm. Es duftet irgendwie nach Regen. Der Geruch ist unverwechselbar.»

«Muss mein Duschgel sein. Oder die Bodylotion. Die Serie heißt irgendwas mit Wasserfall.» Sie hatte keine Ahnung gehabt, dass der Geruch so auffällig war. Peinlich berührt kaute sie auf der Unterlippe herum. «Ich werde aufhören, es zu benutzen.»

«Bitte nicht.»

«Aber du hast gerade gesagt ...»

«Ich habe gesagt, dass der Geruch unverwechselbar ist, nicht, dass ich ihn nicht mag.» Seine Nasenflügel blähten sich bei einem tiefen Atemzug, dann schüttelte er den Kopf, als könnte er nicht glauben, dass er das zugegeben hatte. «Es spielt keine Rolle, was ...» Er senkte den Blick auf ihre Hände. «Du blutest.»

«Was?» Sie folgte seinem Blick und entdeckte tatsächlich Blut an ihrer linken Hand. Eine Menge. «Oh. Ich muss mich geschnitten haben, als das Glas zerbrochen ist.»

Plötzlich wurde sein Blick glasig und abwesend.

«Nate?»

Er zuckte zusammen. Bevor Olivia wusste, wie ihr geschah, stand sie mit dem Gesicht zur Spüle, eingeklemmt zwischen Nate und der Arbeitsfläche, und er hielt ihre Finger unter den Wasserstrahl. Sein warmer, harter Körper drückte sich an ihren Rücken, und seine muskulösen Arme rahmten sie von beiden Seiten ein. Während er das Blut abwusch, versuchte sie, sich wieder zu fangen ... und versagte kläglich.

Sie war von ihm umgeben. Umschlossen. Der Duft seiner Seife. Sein heißer Atem auf ihrem Hals. Die unnachgiebige Stärke seines muskulösen Körpers an ihrem. Er hatte den Kopf über ihre Schulter geschoben, um zu sehen, was er tat.

Aus den Augenwinkeln musterte sie erst sein Profil, dann seine Tätowierungen. Die auf seinen Armen schienen Tribal-Motive oder etwas in der Art zu sein.

Sie legte ihre linke Hand auf seine und drehte sie, um die Innenseite seines Unterarms zu mustern. Die Muster überzogen auch dort seine Haut. Sobald er seinen Arm bewegte, schienen sich die Linien zu drehen und zu winden, als wären sie lebendig. Aus der Nähe betrachtet, sah es wunderschön aus. Sie verlor sich in den Mustern, folgte ihnen mit den Fingerspitzen von der Armbeuge zum Handgelenk und zurück.

Er verschränkte ihre Finger mit seinen, immer noch unter dem Wasserstrahl. Sie verlagerte ihre Aufmerksamkeit auf seine Hände. Wie seine Füße waren auch sie riesig. Die Haut erschien mehrere Schattierungen dunkler als ihre, und neben seinen Händen sahen ihre winzig aus. Starke Hände. Die auch unendlich sanft sein konnten – wie Olivia merkte, als er ihre Finger streichelte.

Während die intime, erregende Berührung Hitzewellen durch ihren Körper schießen ließ, drückte Nate ihre Hände aneinander, Handfläche an Handfläche, und umschloss sie mit seinen Fingern. Der Kontrast war unglaublich. Seine dunkle tätowierte Haut vor ihrer helleren. Verglichen mit ihm wirkte sie zerbrechlich.

Als würde der Anblick Nate faszinieren, ließ er seinen Daumen über ihren gleiten, begleitet von einem zitternden Atemzug an ihrem Ohr. Gänsehaut huschte über ihre Arme, doch er war es, der erschauerte.

«Ist dir kalt?»

Er ließ seine Stirn an ihre Schläfe sinken. «Ganz im Gegenteil.» Seine Nase glitt über ihre Wange, als er den Kopf senkte, was nun auch einen Schauer über ihren gesamten Körper jagte. «Ganz im Gegenteil», wiederholte er, seine raue Stimme kaum mehr als ein Flüstern.

Mit einem Kopfschütteln drehte er den Wasserhahn aus und griff nach einem Küchentuch. Er trocknete ihre Hände, als wäre sie ein Kleinkind, das Hilfe brauchte, dann nahm er die verletzte Hand und sah sich die Wunde näher an. Sie hatte nur einen winzigen Schnitt außen an der Handfläche, der aber stark geblutet hatte.

Nate drückte das Papiertuch auf den Schnitt und hielt es dort fest. «Ist nicht tief genug, um genäht werden zu müssen.»

Olivia nickte, während sie sich an seine erste Reaktion erinnerte. «Macht dir der Anblick von Blut etwas aus?» Die Hälfte ihrer Ranch-Arbeiter fiel beim Anblick von Blut fast um. Männer konnten ziemliche Babys sein.

«Normalerweise nicht.»

«Du hast aber eben ein wenig erschüttert gewirkt.»

«Justin ist neben mir gestorben. Für eine Sekunde war ich wieder dort.» Er richtete sich plötzlich auf, fluchte und murmelte etwas, was für sie wie *Filter* klang. «Tut mir leid. Ich weiß nicht, warum ich das gesagt habe.»

Sie drehte sich in seinen Armen, nur um festzustellen, dass er die Augen geschlossen und die Zähne zusammengebissen hatte. Bei all den Gefühlen, die Nates Auftauchen in ihr ausgelöst hatten, hatte sie sich nie Gedanken über seine Trauer um ihren Bruder gemacht. Sie hatte Justin beerdigen müssen; doch Nate war derjenige, der dort gewesen war, als Justin getötet wurde. So etwas hinterließ Narben auf der Seele.

«Entschuldige dich nicht. Du kannst mit mir reden.»

Er öffnete die Augen und sah sie an. Schüttelte den Kopf. «Du bist nicht meine Therapeutin. Und der Kommentar war unsensibel.»

«Wenn wir Freunde werden wollen, solltest du dir nicht ständig auf die Zunge beißen müssen.»

«Freunde.» Sein verwirrter Gesichtsausdruck ließ vermuten, dass ihm das Konzept fremd war.

Himmel, sie brauchte einen ordentlichen Drink und eine Beruhigungspille. In dieser Reihenfolge. «Du weißt schon. Freunde. Die ganze Nacht wach bleiben und sich gegenseitig das Haar flechten.»

Er runzelte die Stirn, doch nach einem Moment verzogen sich seine Lippen zu einem Lächeln. «Ich habe keine Haare.»

Sie sah kurz zu seinem Schädel. «Stimmt. Du machst einen auf ‹Hell's Angel trifft Meister Proper›. Du siehst viel härter aus als dieser Putz-Fuzzi.»

Seine Lippen öffneten sich, als wolle er lachen – oder stöhnen. Doch kein Geräusch erklang.

«Ich schwöre, dass ich dir irgendwann ein Lächeln entlocken werde.»

«Ich lächele.» Er runzelte die Stirn, als hätte sie ihn beleidigt.

«Nein, du reizt mich hin und wieder mit der Andeutung eines echten Lächelns, doch bisher habe ich dich nur gequält lächeln sehen, wenn du höflich sein wolltest.» Sie pikte ihn in die Brust, wobei sie sich fast den Finger brach. Verdammt, dieser Kerl bestand aus Beton. «Ich vermute, wenn du wirklich mal grinsen würdest ... aus vollem Herzen ... könntest du Unterhosen zum Schmelzen bringen.»

«Unterhosen ...» Das Geräusch, das ihm aus der Kehle drang, schwankte irgendwo zwischen einem Stöhnen und einem Lachen, dann räusperte er sich.

«Tu nicht so, als hättest du keine Ahnung, wovon ich spreche. Wenn du nicht willst, dass die Frauen reihenweise schwach werden, hättest du früher darüber nachdenken sollen, Mr. *Perfekte-weiße-Zähne*. Jetzt ist es zu spät. Wie soll man bitte die heißen Tätowierungen, die starken Arme und die Bauchmuskeln aus Stahl ignorieren?»

«Ehrlich gesagt habe ich irgendwie den Anschluss an dieses Gespräch verloren.»

Olivia seufzte theatralisch. «Nun, wir werden einfach die Art von Freunden sein, die sich gegenseitig die Zehennägel lackieren.»

Er senkte leicht das Kinn und musterte sie, als wäre sie vollkommen irre geworden. «So verlockend das klingt, ich fürchte, ich muss auch in diesem Punkt passen.» Er musterte sie. «Ich habe angefangen zu trainieren, um Muskeln aufzubauen und nie wieder für schwach gehalten zu werden. Außerdem hilft der Sport gegen Frust. Diese ... *Bauchmuskeln aus Stahl*? Die sind nur ein Nebeneffekt.»

Sie starrte ihn an, wieder einmal vollkommen aus der Fassung gebracht von dem, was er da andeutete. Vor allem, da er diese Dinge über sein Leben so beiläufig erwähnte, als würde er grad über das Wetter sprechen. «Wer hat behauptet, du wärst schwach?» Sie würde demjenigen die Augen auskratzen.

Er bleckte die Zähne und richtete den Blick an die Decke. «Himmel, in deiner Nähe ist es, als würde ich unter Hypnose stehen und einfach alles ausplappern.»

Ihr Herz war kurz davor zu brechen. Erneut. Er schien niemand anderen in seinem Leben zu haben. Dabei brauchte dieser Mann weiß Gott jemanden, mit dem er reden konnte. Warum nicht sie? Sie würde ihn nie verurteilen oder weitererzählen, was er gesagt hatte.

«Nate.» Sie umfasste sein angespanntes Kinn, doch er versteifte sich und schloss die Augen. Sofort ließ sie die Hand sinken und ballte sie zur Faust. «Es tut mir leid. Ich habe es vergessen.»

«Olivia, hör zu ...»

«Nein, es ist mein Fehler. Ich habe versprochen, damit aufzuhören. Ich werde mehr darauf achten, was ich mit meinen Händen anstelle. Ich weiß, dass du Berührungen hasst, und ich will nicht, dass du dich hier jemals unwohl fühlst.»

«Ich ...» Er wandte den Blick ab und rieb sich den Nacken. «Nur, um das klarzustellen, ich hasse es nicht, berührt zu werden. Es tut mir leid, dass ich dich habe glaubenlassen, du hättest etwas falsch gemacht.»

«Aber du ...»

«Ich bin nicht daran gewöhnt, okay?»

Nein, nicht okay. «Was bedeutet das?» Sie musste fragen, denn seine Aussage ließ Raum für die Möglichkeit, dass er sich, irgendwann, an Berührungen *gewöhnen* konnte. Aber welcher Mensch war nicht an Berührungen gewöhnt? Andererseits war sie sich gar nicht sicher, ob sie das wirklich wissen wollte.

Er antwortete nicht, doch die Anspannung seines Körpers ließ plötzlich nach. Als hätte er sich mit der Situation abgefunden, entspannten sich seine Schultern und die angestrengten Falten in seinem Gesicht verschwanden. Den Blick irgendwo über ihren Kopf hinweg in die Ferne gerichtet, seufzte er. Aber er schwieg.

«In Ordnung. Eins nach dem anderen.» Sie wartete, bis er sie wieder ansah. «Lass Bones von nun an bei dir schlafen.»

«Er ist dein Hund, Olivia.»

«Ich habe schon im Kindergarten zu teilen gelernt.»

In seiner Miene zeigte sich eine Mischung aus Frustration

und Erheiterung. «Ich kann nicht mit offener Tür schlafen. Er wird nicht kommen und gehen können.»

«Mein Zimmer hat eine Hundeklappe in der Tür. Wir werden morgen früh meine Tür gegen deine austauschen. Das kannst du, oder? Türen aushängen und wieder einhängen?»

«Sicher, wenn sie dieselbe Größe haben. Sonst muss ich sie vielleicht kürzen. Aber ich ...»

«Problem gelöst.»

Er kniff die Augen zusammen. «Und wie soll Bones in dein Zimmer kommen?»

«Ich werde einfach die Tür offen lassen. Hör auf, mit mir zu diskutieren.» Sie grinste, um seine Irritation zu vertreiben. Was nicht funktionierte, also wurde sie wieder ernst. «Er hat dich heute Nacht aus deinem Albtraum geweckt. Er scheint deine Stimmungen zu spüren. Du schläfst vielleicht besser, wenn du weißt, dass er dich aufweckt, bevor es zu schlimm wird.»

Nate musterte sie so lange, dass sie kurz davorstand, sich unter seinem Blick zu winden. Manchmal wirkte seine Intensität fast ein wenig einschüchternd. Nicht dass sie befürchtete, er könne sie verletzen. Doch die Gedanken, die ihm in diesen Momenten durch den Kopf schossen, waren offensichtlich nichts für Feiglinge. Er musste ihrer Miene etwas angemerkt haben, denn nun wurde sein Blick sanfter: Wie eine Liebkosung huschte er über ihr Gesicht, bevor Nate die Augen abwandte.

Nate griff erneut nach ihrer Hand, entfernte das Küchentuch, das sie umklammert hielt, und legte es hinter ihr auf die Arbeitsfläche. Sein Daumen glitt über ihre Handfläche, als er die Schnittwunde ein weiteres Mal untersuchte. «Die Blutung hat aufgehört.»

Ihr Herz raste immer noch. Es pochte gefährlich schnell in ihrer Brust. Nach kaum einer Woche hatte dieser innerlich gebrochene Soldat Gefühle in ihr ausgelöst, die sie in dieser Form noch nicht gekannt hatte. «Ja, alles in Ordnung ...»

Sie senkte in dem Moment den Kopf, als er aufsah, sodass ihre Wangen sich berührten. Sofort umfasste er ihren Nacken und hielt sie fest. Sie war sich nicht sicher, ob er sie davon abhalten wollte, den Kopf zu drehen und ihre Lippen auf eine Höhe zu bringen, oder ob er dafür sorgen wollte, dass sie sich nicht zurückzog.

Was auch immer der Grund sein mochte, ihr Puls hämmerte, und sie wurde sich ihrer Umgebung plötzlich übermäßig bewusst. Die Uhr an der Wand tickte laut und gleichmäßig. Sie hörte das Geräusch, das seine Bartstoppeln an ihrer Haut machten. Bemerkte, dass seine Brust sich ungesund schnell hob und senkte. Spürte, wie ihre Brüste an ihn gedrückt wurden, sodass die Spitzen sich aufrichteten. Die Härte seiner Muskeln unter der weichen warmen Haut. Er roch nach Seife und Jeansstoff und ...

«Beweg dich nicht», presste er hervor.

«Das habe ich nicht.»

«Ich meinte mich selbst.» Seine vollen Lippen berührten beim Reden ihre Wange, eine unfaire erotische Verlockung.

Sie zitterte. «In Ordnung. Warum redest du mit dir selbst?»

Seine Finger gruben sich in ihr Haar. «Um mich daran zu erinnern, dass ich ignorieren muss, was mein Körper mir sagt.»

«Was sagt er denn, dein Körper?» Denn wenn das mit dem übereinstimmte, was ihrer sagte ...

Nate stöhnte. Sie spürte das tiefe Rumpeln in seiner Brust. «Dass ich dich gegen die Arbeitsfläche drängen und dich so lange küssen soll, bis du nicht mehr aus eigener Kraft stehen kannst.»

Himmel. Olivia entkam ein leises Wimmern. «Warum tust du es nicht?» Ihr Unterleib zog sich zusammen. Es war Ewigkeiten her, dass sie zum letzten Mal so … Nein. Sie war noch nie so erregt gewesen.

«Weil ich nicht der richtige Mann für dich bin.» Er atmete tief ein. «In zehn Sekunden werde ich mich zurückziehen und nach oben gehen. Abgesehen davon, dass du ein Pflaster auf den Schnitt klebst, wirst du vergessen, dass das hier je passiert ist.»

«Nate …» Verdammt, sie konnte nicht klar denken.

«… neun, zehn.» Abrupt beendete er jeden Körperkontakt und stiefelte aus dem Raum.

6

Während Olivia vor der Scheune mit Nakos sprach, lehnte Nate mit verschränkten Armen ein paar Schritte entfernt an einem Quad. Vorgeschnittene Pfähle und Bretter aus Kiefernholz lagen auf einem Anhänger. Eigentlich war geplant, dass Nate mit Olivia zur südlichen Weide fuhr, um Zaunpfosten auszutauschen.

Nur dass sie – wie so oft in letzter Zeit – die gemeinsame Arbeit mit ihm hinauszögerte. In den letzten zwei Wochen, während er sie begleitet und sich mit der Wildflower Ranch vertraut gemacht hatte, hatte sie kaum mit ihm geredet, geschweige denn ihm in die Augen gesehen. Wenn das Erlernen einer neuen Tätigkeit eine praktische Einweisung erforderte, hatte sie das an ihren Vorarbeiter delegiert. Langsam begann dieses Verhalten, ihn wütend zu machen. Doch er hatte es ganz allein verbockt.

Wann immer sich andeutete, dass sie gleich allein sein würden, schaffte sie ihren perfekten Hintern aus seiner Nähe. Und bei zufälligen Berührungen? Zuckte sie zusammen, als hätte sie einen Stromschlag bekommen, und sprang weit genug von ihm weg, dass der Grand Canyon zwischen sie gepasst hätte. Und wenn er ein Gespräch beginnen wollte, erhielt er nur einsilbige Antworten. Sie schien sich auf die Zunge zu beißen, damit sie nur ja nicht zu viel sagte.

Und das Schlimmste an alldem? Sie schien das nicht zu tun, weil sie nervös war oder weil es für sie natürlich war.

Nein, sie war offenbar davon überzeugt, nur zu tun, was *er* wollte. Irgendwie war sie zurückgefallen in ihr Verhalten vor diesen ersten Abend auf der Veranda, bevor sie sich vorsichtig angenähert hatten. Nach dieser Nacht in der Küche, wo er fast den Verstand verloren und sich seinen niederen Instinkten hingegeben hatte, schien sie zu denken, er wolle sie nicht in seiner Nähe haben.

Nichts war falscher als das.

In Wahrheit war sie das Einzige, worauf er sich freute, wenn er morgens aus dem Bett stieg. Auf ihr süchtig machendes Lächeln. Den Singsang ihrer Stimme. Diese Augen …

Aber es war bestimmt besser so. Sie waren sich ein wenig zu … nahe gekommen. Und Gott wusste, dass er kein Stück des Glücks verdient hatte, das sie ihm schenkte. Und doch wollte er mehr von ihr. Mehr von allem.

In jedem wachen Moment.

Und verdammt, sie hatte ihm mit seinen Albträumen geholfen. Besser gesagt: Bones hatte das getan, auf ihren Vorschlag hin. Seitdem er den Hund bei sich übernachten ließ, konnte Nate unbesorgter einschlafen, weil er wusste, dass Bones ihn beim ersten Anzeichen von Ärger wecken würde.

«Das ist das letzte Quad, das noch frei ist, Little Red.» Nakos rückte seinen Cowboyhut zurecht. «Wir sind heute knapp dran. Die meisten Jungs mussten sich auch ein Fahrzeug teilen, weil wir die Hälfte der Pferde neu beschlagen müssen. Der Tierarzt kommt nächste Woche zum halbjährlichen Check-up.»

Nate starrte in den Himmel, in dem Versuch, sich herauszuhalten. Wieder fühlte er sich zerrissen zwischen dem Drang, alles für Olivia in Ordnung zu bringen, und ihr nicht zu nahe zu kommen. Die Sonne brannte auf sein Gesicht, und eine kühle Brise glitt von den Bergen heran, geschwängert mit dem Duft von Kiefern.

Nakos seufzte. «Ist alles okay?»

Aus den Augenwinkeln beobachtete Nate unverwandt Olivia. Doch ihre einzige Antwort bestand aus dem Einziehen des Kopfs und einem Nicken. Das frühe Morgenlicht glänzte auf ihrer hellen Haut und dem kastanienroten Haar, das sie im Nacken geflochten hatte. Sie sah aus wie die engelhafte Version eines Cowgirls. Ein körperbetontes Flanellhemd, superenge Jeans und kniehohe braune Stiefel verstärkten diesen Eindruck noch weiter.

Das war noch so etwas. Sie zeigte selten Haut, doch dank dieser Episode in der Küche wusste er, was sich unter ihrer Kleidung verbarg und wie verdammt phantastisch sie sich an seinem Körper angefühlt hatte.

Sie hielt sich die Hand über die Augen. «Ich werde hierbleiben und die Pferde beschlagen. Du dürftest bei der Zaunreparatur sowieso effektiver sein.»

Nakos warf einen kurzen Blick zu Nate, dann beäugte er Olivia ungläubig. «Bist du dir sicher?»

«Jep.»

«Wie du willst.» Nakos zeigte mit dem Daumen über die Schulter zur Scheune. «Es ist alles schon vorbereitet. Funk mich an, wenn du etwas brauchst.»

Nate richtete sich auf und wartete, bis Nakos auf das Quad gestiegen war, bevor er sich hinter ihn setzte. Er hielt sich am Sitz fest, während Nakos über die Ebene in Richtung der südlichen Weide fuhr. Was trotz ihrer Geschwindigkeit zehn Minuten dauerte. Es verschlug Nate immer noch die Sprache, wie viel Land zur Wildflower Ranch gehörte.

So viel … Platz zum Atmen. Ehrlich, er konnte sich an keine

86

Zeit in seinem Leben erinnern, wo er frei hatte durchatmen können. Das war ein Luxus, der ihm bisher nie vergönnt gewesen war.

Nakos parkte neben dem ersten Pfosten eines langen Zauns und stieg ab, während Nate sich umsah. Olivia hatte ihn bisher nicht mit zum südlichen Teil der Ranch genommen. Die Laramie-Berge waren von hier aus klarer zu sehen, erhoben sich am Horizont wie eine Festung. Das gelbe Gras, das sich in alle Richtungen erstreckte, verfärbte sich langsam grün, und auf einem Hügel ästen ein paar Rehe. Im Westen erhob sich eine zweistöckige Hütte.

«Ist das dein Haus?» Nate deutete mit dem Kinn auf das Gebäude.

«Ja.» Der Vorarbeiter hob zwei Kiefernholzbretter aus dem Anhänger und musterte den Zaun. Die Zaunpfosten waren im Abstand von ungefähr zweieinhalb Metern angebracht, mit jeweils zwei horizontalen Latten dazwischen, die den eigentlichen Zaun bildeten. «Mae hat es bauen lassen, als meine Familie angefangen hat, für die Cattenachs zu arbeiten.»

«Wann war das?» So wie Nate die Situation einschätzte, mussten er und dieser Kerl miteinander klarkommen, wenn er hierbleiben wollte. Dass Olivia sie gemeinsam losgeschickt hatte, schien eine gute Gelegenheit zu sein, Nakos besser kennenzulernen.

«Wir haben das Reservat ungefähr ein Jahr nach dem Unfall verlassen, bei dem Olivias Eltern umgekommen sind. Meine Eltern sind ins Reservat zurückgekehrt, als Justin zur Army gegangen ist.» Nakos zog noch einen Werkzeugkasten aus dem Anhänger, dann trat er neben den Zaun. «Dieser ganze Abschnitt muss erneuert werden. Wir können uns am Zaun entlangarbeiten.»

«Okay.» Nate folgte den Anweisungen des Vorarbeiters. Mit einem Vorschlaghammer entfernten sie die Bretter, die morsch oder lose waren, dann hielt Nate ein neues Brett fest, während Nakos es festnagelte. Sie arbeiteten eine Weile lang schweigend, bevor Nate fragte: «Wo liegt das Reservat?»

«Ungefähr auf halber Strecke zum Thunder Basin National Grassland.» Nakos deutete nach Norden. «Arapaho-Stamm.»

Nate hatte noch nie davon gehört. Er und Justin hatten mit einem Mann gedient, der halb Cherokee war, aber damit erschöpfte sich Nates Wissen über die amerikanischen Ureinwohner auch schon. «Was bedeutete das Wort, das du jeden Morgen zu Olivia sagst?»

«*Hebe?* Das bedeutet *hallo*.» Der Vorarbeiter brummte, als er ein Brett festnagelte. «Die Ältesten versuchen, der neuen Generation unsere Sprache beizubringen. Inzwischen beherrscht nur noch die Hälfte von uns etwas anderes als Englisch.»

Drei Stunden später warf Nakos Nate eine Flasche Wasser aus dem Anhänger zu und kontrollierte das Satellitentelefon. Auch das Funkgerät ließ Nakos nicht aus dem Blick, obwohl es bisher nur zwei Funksprüche gegeben hatte.

Nate nahm die Baseballkappe ab, wischte sich mit dem Unterarm den Schweiß von der Stirn und setzte sich die Kappe wieder auf. «Wieso machst du dir Sorgen um Olivia, wenn ich hier bin?»

Nakos starrte über das Land hinweg und seufzte. «Wenn du sie besser kennen würdest, dann würdest du dir auch Sorgen machen.»

Mehr als ein wenig überrascht davon, dass der Vorarbeiter ihm für seinen Kommentar nicht an die Kehle sprang, verschränkte Nate die Arme vor der Brust. «Was soll das bedeuten?» Olivia wirkte so, als würde sie sehr gut allein klarkommen. Er hatte bisher nicht bemerkt, dass sie unnötige Risiken einging oder Ähnliches. Abgesehen davon hatte Nate sie gerade erst getroffen und hätte jetzt schon eine Kugel für sie eingesteckt, um sie zu retten. Er musste sie nicht besser kennenlernen. Er würde alles für sie tun.

Nakos reichte Nate eine kleine Tüte Chips und ließ sich auf den Boden sinken, den Rücken an einen Zaunpfosten gelehnt. «Sie will niemandem zur Last fallen. Wenn sie also um Hilfe bittet, steckt sie für gewöhnlich schon bis zum Hals in Problemen. Sie kümmert sich. Um alles und jeden. Zu sehr, weswegen sie selten auf ihre eigenen Bedürfnisse achtet.»

Nate setzte sich neben den Vorarbeiter, zog die Beine an und legte die Ellbogen auf die Knie. «Es gibt schlimmere Charakterzüge.»

«Dem widerspreche ich nicht.» Mit einem Nicken nahm Nakos sich eine Handvoll Chips und kaute. «Doch wenn man bedenkt, dass sie keine Familie mehr außer Mae hat ... Wer passt auf Olivia auf, während sie sich um alle anderen kümmert?» Er warf seinen Hut neben sich und strich sich mit den Fingern über den kurzen Pferdeschwanz in seinem Nacken. «Als wir zwölf waren, sind wir schwimmen gegangen, im Fluss am Devil's Pass. Sie hat ein Reh gefunden, das sich in einem Stacheldrahtzaun verfangen hatte, und hat das Tier gerettet. Sobald sie es befreit hatte, hat es vor Panik um sich getreten und Olivia erwischt. Sie ist einen Abhang hinuntergestürzt und hat sich den Knöchel gebrochen. Ich wollte ihr helfen, aber nein, sie musste unbedingt selbst laufen. Damals war ich kurz davor, sie bewusstlos zu schlagen, damit ich sie nach Hause tragen kann.» Sein Blick bekam etwas Abwesendes. «Von Zeit zu Zeit tut ihr der Knöchel immer noch weh, nicht dass sie etwas sagen würde.»

Die Geschichte enthüllte eigentlich keine neue Facette von Olivias Charakter, doch sie zeigte die Dynamik zwischen den beiden und wie weit die Freundschaft zurückreichte.

Im Militär hatte Nate sich auf seine Einheit verlassen und ihr vertrauen müssen, weil sonst Männer starben. Manchmal hatte er das Gefühl gehabt, man hätte sie am Ende der Welt ausgesetzt und einfach verlassen. Doch nie – nicht ein einziges Mal in seinem Leben – hatte es einen Menschen in seinem Leben gegeben, mit dem er teilte, was Olivia und Nakos teilten. Nate war noch keinen Monat in der Stadt, und Olivia bedeutete ihm jetzt schon mehr, als sie sollte. Wenn er sie – wie Nakos – bereits seit einundzwanzig Jahren gekannt hätte, hätte er sie wahrscheinlich in Polsterfolie eingewickelt und in ihrem Zimmer eingesperrt. Zu dem nur er einen Schlüssel besaß.

«Und ich bin hier nicht der Einzige mit einem Beschützerinstinkt ihr gegenüber.» Nakos zog die Augenbrauen hoch. «Wer im Glashaus sitzt und so ...»

Nate rieb sich das Gesicht und lachte. «Touché. Wieso seid ihr beide nicht verheiratet und habt Kinder? Sie bedeutet dir offensichtlich etwas.»

«Sie hat mich nie so angesehen, wie sie es bei dir tut.» Nakos zog die Augenbrauen hoch, als Nate erstarrte. «Ja, ich habe Augen im Kopf.» Er stand auf und griff nach Nates leerer Chipstüte, um sie zusammen mit seiner eigenen in eine Tasche am Quad zu schieben. «Wenn es dazu käme, dann nur, weil sie es für das Richtige hält, nicht, weil sie es wirklich will. Und das wird nicht passieren.»

Nate stand auf und klopfte sich die Erde von den Jeans. «Zwischen ihr und mir wird auch nichts passieren.» Auf Nakos' zweifelnden Blick hin, zuckte er nur mit den Achseln.

«Wird es nicht. Aber solange ich hier bin, passt noch jemand auf sie auf.»

Nakos musterte Nate einen langen Moment, als würde er dessen Worte abwägen. Schließlich schnappte er sich seinen Hut und setzte ihn wieder auf. «Der einzige Grund, warum wir dieses *Kumbaya*-Gespräch führen, ist, weil Justin geschrieben hat, dass man dir trauen kann, und unser Sheriff keine Leichen in deinem Keller finden konnte. Aber mach mich sauer, und du wirst feststellen, dass ich es ernst damit gemeint habe, dass sie deine Leiche nie finden werden.»

Verdammt, Nate wollte plötzlich lächeln. «Ich kann eine Fliege vom einem Eselarsch schießen, der fünf Kilometer entfernt ist.»

«Dann verstehen wir uns.» Nakos beugte sich vor, um nach dem Hammer zu greifen, als das Funkgerät knisternd zum Leben erwachte.

«Nakos?» Olivias verzweifelte Stimme traf Nate wie ein Rammbock in die Brust. «Ich brauche dich. Sofort.»

Beide eilten zum Funkgerät, doch Nakos erreichte das Quad als Erster. Nur dass Olivia nicht mehr antwortete, egal, wie oft er sie auch anfunkte. Nate schaltete sofort in den Panikmodus.

Während Nakos immer wieder versuchte, sie zu erreichen, wobei er neben dem Quad auf und ab tigerte, löste Nate den Anhänger vom Quad und startete den Motor. «Lass uns fahren. Du kannst es auf der Fahrt weiter versuchen.»

Himmel, sie waren gute zehn Minuten vom Haus entfernt. Er hatte noch nie diesen Tonfall in Olivias Stimme gehört, und er wollte verdammt sein, wenn er in seinem Leben schon mal etwas Schlimmeres hatte hören müssen. Und die Funkstille war fast noch beängstigender als ihr verzweifelter Ton.

Was zur Hölle konnte passiert sein? Sie sollte in der Scheune sein und Pferde beschlagen.

Er fuhr so schnell wie nur möglich über Hügel und Wiesen, aber Nate bildete sich ein, dass er schneller hätte laufen können als das verdammte Ding fuhr. Nakos funkte alle Ranch-Arbeiter an, doch niemand war näher dran als sie beide.

«Gott verdammt», knurrte Nakos. «Sie reagiert nicht, und Mae geht auch nicht ans Haustelefon.»

«Ich fahre, so schnell ich kann.» Aber das war nicht schnell genug.

Als Beschützer machte er sich echt beschissen, dachte Nate. Er hatte Olivia aus den Augen gelassen, und jetzt war sie in Schwierigkeiten. Ihm schossen furchtbare Szenarien durch den Kopf, und Magensäure brannte heiß in seiner Kehle.

Schließlich bog er um eine Kurve und stoppte das Quad nicht weit von der Scheune entfernt. Sowohl er als auch Nakos sprangen vom Fahrzeug und rannten zu Mae, die neben der Scheune auf und ab tigerte. Der Wind blies ihr immer wieder das weiße Haar ins Gesicht, doch sie entdeckte sie sofort.

Mae eilte ihnen entgegen und fing sie auf halber Strecke ab. Mit großen blauen Augen drückte sie einen Finger an die Lippen, um darauf hinzuweisen, dass sie leise sein sollten. «Amy ist vor ungefähr einer halben Stunde in die Scheune gestolpert und zusammengebrochen, von Kopf bis Fuß mit Prellungen überzogen. Wir haben Hank angerufen. Der Doc ist unterwegs.»

«Wer ist Amy?» Oder Hank, wenn sie schon dabei waren?

Mae seufzte, ihre Stirn besorgt gerunzelt. «Kyles Schwester und Olivias beste Freundin.»

Mit grimmiger Miene versuchte Nakos, um Mae herum zu treten, doch sie packte seinen Arm. «Hör mir zu.» Sie stieß ein verzweifeltes Stöhnen aus. «Nachdem wir den Doc angerufen hatten, ist Amys Ehemann Chris aufgetaucht. Mit einer Pistole. Er hält die Mädchen in der Scheune fest. Ich habe Rip angerufen, aber er ist eine halbe Stunde entfernt, wegen eines Verkehrsunfalls.»

Nates Herz hatte so abrupt gestoppt, dass es wahrscheinlich Bremsspuren in seiner Brust hinterließ.

Nakos, der offensichtlich genug gehört hatte, stampfte zum Quad, zog einen Revolver aus der Tasche, löste das Gewehr vom Gepäckträger und gab Nate die kleinere Schusswaffe. «Du gehst vorne rein. Ich komme von hinten. So decken wir beide Ausgänge ab.»

Nate kontrollierte die Patronenkammer, stellte fest, dass die Waffe geladen war, und nickte. Er sah kurz zu Mae. «Warte hier.»

Damit stiefelte er mit großen Schritten zum offenen Scheunentor. Sein Herz raste. Fast atemlos vor Furcht, dass Olivia verletzt sein könnte – oder Schlimmeres –, schob er den Kopf in das Gebäude und zwang sich, sein Army-Training die Kontrolle über seine Gefühle übernehmen zu lassen.

Olivia saß auf dem Boden, ziemlich in der Mitte der Scheune. Vor ihr lag eine dunkelhaarige Frau, den Kopf auf Olivias Schoß gebettet. Auf dem Boden neben ihr entdeckte er ein zerschmettertes Funkgerät. Soweit Nate sehen konnte, war die gesamte rechte Seite der Frau, bei der es sich wohl um Amy handelte, grauenvoll zugerichtet worden. Blutige Nase, zugeschwollenes Auge, aufgeplatzte Lippe. Sie schien kaum bei Bewusstsein.

Der Ehemann stand ein wenig seitlich, zu nah für Nates Geschmack, eine 9 mm-Pistole auf den Boden gerichtet. Seine Jogginghose war dreckig und sein Sweatshirt kaum in besserem Zustand. Der Gestank von Bier überlagerte den Duft von Erde und Heu und brannte in Nates Nase. Der Mistkerl war außerdem ziemlich dürr.

Zorn pulsierte in Nates Schläfen, doch er versuchte, das Gefühl zu unterdrücken, um klar denken zu können. Nur ein jämmerlicher Wichser schlug eine Frau. Wenn es hier denn um häusliche Gewalt ging – wonach es aber aussah. Und dann noch mit einer Waffe herumzuwedeln und eine andere Person in die Sache zu verwickeln … All das sorgte dafür, dass der Drecksack es in Nates Augen nicht mal wert war, sich die Füße auf ihm abzutreten.

Nakos schob seinen Kopf um den Torrahmen auf der anderen Seite, nickte Nate zu und hob das Gewehr. «Lass die Waffe fallen, Chris.»

Der Kerl zuckte zusammen und drückte die Pistole gegen Olivias Stirn. Sie schloss wimmernd die Augen. Gleichzeitig rann eine Träne über ihr viel zu bleiches und schmutziges Gesicht.

Oh, zur Hölle, nein.

Nate hob den Revolver mit beiden Händen. «Er hat gesagt, lass die Waffe fallen.»

Chris drehte den Kopf und schwankte zur Seite, was dafür sorgte, dass Nates Herz fast aus der Brust sprang. «Wer bis 'su?»

Super. Der Typ lallte, konnte kaum aufrecht stehen und war sturzbetrunken. Diese Sache wurde ja immer besser.

«Nimm die Waffe runter, oder du wirst es nie herausfinden.» Langsam wagte sich Nate weiter ins Innere der Scheune vor.

Nakos folgte seinem Beispiel, bis sie Chris zwischen sich gefangen hatten.

«Das is' 'ne Privatsache.» Chris rammte den Lauf seiner Waffe so hart gegen Olivias Schläfe, dass ihr Kopf zur Seite geschleudert wurde.

Sie schnappte zitternd nach Luft.

Die Eier dieses Kerls würden bald Bekanntschaft mit Nates Stiefel machen. Und mit seinen Fäusten. «Privatsphäre kannst du in deiner Gefängniszelle haben.» Nach einem langen Krankenhausaufenthalt. «Lass die Waffe fallen. Sofort.»

«Nate.» Nakos' entschlossener Blick traf ihn, bevor er wieder zu Chris glitt. «Ich sehe keine Fliege, aber der Eselarsch ist direkt vor uns.»

Nate dachte an das Gespräch zurück, das er mit Nakos am Zaun geführt hatte. Kapiert. Aber Chris' Finger könnte am Abzug zucken ... «Bist du sicher?»

«Positiv.»

«Wassu' Hölle ...?» Chris wirbelte herum, der Lauf löste sich von Olivias Schläfe ...

Und da war seine Gelegenheit.

«Olivia, Baby. Beweg dich nicht.» Nate feuerte einen Schuss auf die Krempe des hellen Cowboyhuts ab, den dieser Trottel trug, und katapultierte die Kopfbedeckung so auf den Boden.

Wiehern erfüllte die Scheune. Hufe stampften in den Boxen.

Während Chris überrascht die Waffe fallen ließ, trat Nate mit großen Schritten vor, stopfte sich den Revolver in den Hosenbund und warf Chris mit dem Gesicht nach vorne in den Staub. Er rammte ihm ein Knie zwischen die Schultern, legte eine Hand in seinen Nacken, um ihn festzuhalten, und trat gleichzeitig die Pistole zur Seite.

Dann konzentrierte er sich ganz auf Olivia. «Hat er dich verletzt?» *Himmel, bitte sag nein.* Er ließ seinen Blick auf der

Suche nach Wunden über sie gleiten, konnte jedoch nichts entdecken. Aber das bedeutete nicht ...

Olivia schüttelte den Kopf. Tränen hinterließen helle Spuren auf ihrem staubbedeckten Gesicht. Sie sah zu ihrer Freundin hinunter. «Aber Amy hat er übel zugerichtet.»

Nakos stellte das Gewehr ab und ging neben den Frauen in die Hocke. «Du hast schon besser ausgesehen, Ames.»

Sie versuchte zu lächeln, was dafür sorgte, dass ihre Lippe wieder aufplatzte und Blut über ihr Kinn rann.

«Mae!», rief Nakos und ließ dann die Hände sanft über Amys Arme und Beine gleiten. «Glaubst du, es ist etwas gebrochen?»

Amy schüttelte leicht den Kopf und schloss die Augen.

«Hank ist da.» Mae rannte in die Scheune, erfasste die Situation mit einem Blick und kniete sich neben Nakos. «Rip fährt auch gerade vor. Wir sorgen dafür, dass es dir bald wieder besser geht, Süße.»

«Lass mich los!» Chris wand sich hilflos.

Nate presste sein Knie fester gegen die Wirbelsäule des Mistkerls. «Wenn du deine Beine jemals wieder benutzen willst, hältst du jetzt die Klappe.»

Es stellte sich heraus, dass Hank eine gut hundert Kilo schwere, ungefähr fünfzig Jahre alte Frau mit schwarzem Haar war, das ihr bis über den Hintern fiel. Als sie die Scheune betrat, trug sie eine Arzttasche bei sich, die aussah, als würde sie aus dem Jahr 1900 stammen.

«Also, jetzt macht mal ein bisschen Platz.» Sie stellte die Tasche ab, öffnete sie und kniete sich auf der anderen Seite neben Amy, um ihr mit einer kleinen Taschenlampe in die Augen zu leuchten. «Wo hat er dich geschlagen und womit?»

«Mit seinen Fäusten.» Amy atmete ein und verzog sofort

das Gesicht. «Hat mich in die Seite getreten. Und ins Gesicht geboxt.»

«Nichts an Rücken oder Hals? Bist du irgendwann gestürzt?»

«Nein.» Amy schloss die Augen.

«Sie braucht einen Krankenwagen.» Nate musste Mordgedanken unterdrücken, als er die Verletzungen der jungen Frau sah. Bilder von Darla blitzten vor seinen Augen auf, und unbewusst packte er Chris' Nacken fester. Der Kerl schrie auf, und Nate lockerte seinen Griff wieder.

«Das nächstgelegene Krankenhaus ist in Casper. Wir kommen schon klar.» Hank seufzte. «Olivia, hättest du ein Zimmer für sie? Ich muss sie genauer untersuchen.»

«Ja.» Olivia sah zu Mae. «Wir können sie im freien Gästezimmer unterbringen.»

«In Ordnung.» Hank stand auf. «Nakos?»

«Ja. Ich habe sie.» Nakos schob ein Arm unter ihre Knie und den anderen hinter ihren Rücken. Dann hob er Amy hoch und zog sie sanft an seine Brust. Als sie zusammenzuckte, erstarrte er. «Tut mir leid. Ich werde mich langsam bewegen.»

Ein Mann Mitte vierzig mit einem Fu-Manchu-Bart und einer braunen Uniform humpelte in die Scheune. Offenbar war eins seiner Beine nicht ganz in Ordnung. Er fuhr sich mit einer Hand durch das schütter werdende braune Haar. «Die Verzögerung tut mir leid. Die Hendersons dachten, es wäre eine gute Idee, ihren Minivan in den Graben der Garrisons zu fahren und dabei auch gleich den Briefkasten zu erledigen.» Er sah von Nate zu Chris zu Amy in Nakos Armen, dann senkte sich sein Blick auf Olivia. «Sieht aus, als hättet ihr alles im Griff.»

«Ich bringe Amy ins Haus.» Nakos stiefelte davon, dicht gefolgt von Mae und Hank.

Chris wand sich wieder in Nates Griff. «Ich hab nichts g'tan, Rip.»

Der Sheriff zog die dichten Augenbrauen hoch. «Das Gesicht deiner Frau sieht nicht nach nichts aus. Ist sie von ganz allein gegen die Wand gelaufen? Ungefähr hundert Mal? Willst du mir diese Geschichte verkaufen?»

Nate biss die Zähne zusammen. «Als Nakos und ich hier angekommen sind, hat er Olivia und Amy mit einer Waffe bedroht.»

«Und wer bist du, Sohn?»

«Nathan Roldan, ehemals U. S. Army und jetzt ihr neuer … Handwerker.»

Rip richtete den Blick wieder auf Olivia. «Stimmt das?»

«Ja.» Sie erhob sich unsicher, wobei sie aussah, als könnte das leiseste Lüftchen sie umwerfen.

Nate schüttelte den Kopf und biss die Zähne zusammen, bis er das Gefühl hatte, sie würden zerbröseln. «Könnten Sie ihm bitte Handschellen anlegen?» Er musste sich um Olivia kümmern, bevor das Adrenalin aus ihren Adern verschwand und sie zusammenbrach. Nur mühsam beherrschte er das Verlangen, sofort aufzustehen und sie an sich zu ziehen, um damit sie beide gleichzeitig zu beruhigen.

Schweigend zog Rip die Handschellen von seinem Gürtel und legte sie Chris an, während Nate ein Stück zur Seite rutschte. «Jetzt setz dich auf.»

Mit bockiger Miene folgte Chris der Anweisung.

Nate stand auf und streckte sich, dann sammelte er die Waffen ein. Er hob das Gewehr. «Nakos'.» Den Revolver. «Meiner.» Und die 9 mm-Pistole. «Von dem Mistkerl.»

«Erzähl mir die Kurzversion.» Rip nahm die 9 mm, steckte sie in eine Tüte, die er aus seiner Hosentasche zog, und starrte Olivia an. «Die Details kannst du mir später auf dem Revier nachliefern.»

Sie rieb sich mit zitternder Hand die Stirn, während Nate die beiden Waffen auf den Boden legte. «Ich war hier bei den Pferden, als Amy in die Scheune gestolpert ist und aussah wie ...» Ihre Stimme brach, und Tränen traten ihr in die Augen. «Sie ist zusammengebrochen. Ich nehme an, sie ist den ganzen Weg hierhergelaufen, auch wenn ich nicht weiß, warum sie das getan hat. Sie hat nicht viel gesagt. Dann ist Chris aufgetaucht. Er hat uns mit der Waffe bedroht. Nakos und Nate sind gekommen. Und ...» Sie zuckte mit den Achseln. «Haben das Problem gelöst.»

«Das reicht mir fürs Erste. Lass uns gehen, Chris.» Rip zerrte den Kerl auf die Beine. «Sag Amy, dass ich ihre Aussage morgen aufnehme, wenn sie sich fit genug dafür fühlt.»

Olivia nickte. Sobald Rip verschwunden war, schloss sie die Augen und stieß das schrecklichste Schluchzen aus, das Nate je gehört hatte.

Und das war er. Der Tropfen, der das Fass zum Überlaufen brachte.

Er überbrückte den kurzen Abstand zwischen ihnen und zog sie an sich. Sie vergrub ihr Gesicht an seiner Brust, während er die Arme fest genug um sie schlang, um ihr ein paar Rippen zu brechen. Er atmete zum ersten Mal seit einer Viertelstunde tief durch und kämpfte gegen den Drang, sie aus schierer Erleichterung zu küssen. Ein Zittern überlief ihren Körper, und er drückte ihr einen Kuss auf den Scheitel, ließ seine Lippen auf ihrem nach Regen duftenden Haar ruhen.

Mit der Hand strich er sanft über ihren Zopf und schloss

dabei die Augen. «Dir ist nichts passiert. Alle sind sicher.» Wenn er das noch ein paar tausend Mal aussprach, würde er es vielleicht selbst glauben.

«Sicher», murmelte sie an seiner Brust, dann erstarrte sie. Ihre Finger vergruben sich in seinem T-Shirt, als sie langsam den Kopf hob. Ihre kornblumenblauen Augen glitten über sein Gesicht, groß und ohne zu blinzeln. «Sicher», wiederholte sie wieder. Eine kleine Falte bildete sich zwischen ihren Brauen, als hätte sie eine Antwort gefunden, ohne sich ganz sicher zu sein, wie die Frage lautete.

«Oh Gott.» Sie löste die Finger aus dem Stoff seines Shirts und trat so schnell zurück, dass er fast ein Schleudertrauma bekam. «Ich habe es schon wieder getan und …» Sie wedelte mit der Hand zwischen ihnen hin und her. «Es tut mir leid. Ich kann nicht …» Damit drehte sie sich um und lief zum Tor.

Verdammt. «Olivia.»

Aber sie war bereits verschwunden.

7

Nachdem die Ärztin gegangen war und Olivia sich versichert hatte, dass es Amy im Gästezimmer gut ging, nahm sie eine Dusche und ging dann wieder nach unten. Bequem gekleidet in Trainingshose und Tanktop wollte sie sich noch eine Tasse Tee machen, bevor sie ins Bett ging. Ihre Gliedmaßen waren so weich wie Wackelpudding, und sie hatte das Gefühl, jeden Moment zusammenzubrechen.

Das Haus war still und dunkel, doch in der Küche brannte Licht, und sie hörte gedämpfte Stimmen. Als sie den Raum betrat, entdeckte sie Tante Mae, Nakos und Nate am Tisch, jeweils mit einem Kaffee vor sich. Alle sahen auf und begannen, gleichzeitig zu sprechen.

Olivia hob die Hand. «Ich habe Amy geholfen, sich ein wenig zu waschen. Sie versucht jetzt, sich zu entspannen. Ihr Bruder Kyle ist bei ihr.» Sie lehnte sich gegen den Türrahmen und ließ den Kopf an das Holz sinken. «Hank sagt, dass keine Knochen gebrochen sind, nur geprellt. Sie hat Amy ein Schmerzmittel gespritzt und ihr etwas verschrieben. Ich werde das Medikament morgen besorgen, wenn ich Klamotten aus ihrem Haus hole.»

«Glaubst du, sie will etwas essen?» Mae stand auf und ging zum Kühlschrank. «Eine Suppe vielleicht?»

Sie nickte. «Etwas Leichtes wäre gut, denke ich.»

Nakos stand auf. «Ich bringe sie ihr rauf. Wie geht es dir, Little Red?»

«Ich bin ...» Sie wusste es nicht. Verwirrt. Voller Schuldgefühle. Zittrig. «Es geht mir gut. Ich hatte keine Ahnung, dass Chris gewalttätig ist. Habt ihr irgendwas vermutet?»

Nakos und Mae schüttelten die Köpfe. Nate starrte sie an, als würde der seidene Faden, an dem seine Kontrolle hing, jeden Moment reißen.

«Ich auch nicht. Ich meine, er war immer jähzornig, aber ich habe Amy noch nie mit blauen Flecken gesehen oder ...» Verdammt. Und sie hatte gedacht, sie hätte die Heulerei im Griff. «Gott, was er ihr angetan hat.» Sie konnte vor Tränen kaum sprechen. «Ich hätte es wissen müssen. Ich bin ihre beste Freundin. Wie konnte ich nicht ...»

Mae zog sie in die Arme und strich ihr über das vom Duschen feuchte Haar. «Das könnte das erste Mal gewesen sein, Kleine. Und wenn nicht, dann ist es trotzdem nicht deine Schuld. Amy hat dir nur gezeigt, was sie dir zeigen wollte. Du kennst sie doch. Stur wie ein Maulesel.»

Mit einem schluchzenden Lachen löste sich Olivia aus der Umarmung und wischte sich die Augen. «Es tut mir leid. Ich brauche ein wenig frische Luft.»

Nakos, eine Suppenschale in der Hand und auf dem Weg nach oben, blieb neben ihr stehen. «Du musst auch etwas essen. Du siehst aus wie ein Gespenst.»

Sie warf ihm einen Blick zu – *Ich-habe-keinen-Hunger* –, den er mit einem Blick seinerseits – *Als-ob-mich-das-interessieren-würde* – beantwortete. Sie sah an ihm vorbei zum Tisch. Jep. Nate hatte immer noch die Zähne zusammengebissen und sah aus, als wolle er einen Mord begehen. Noch mehr Schuldgefühle stiegen in ihr auf, wegen ihres Verhaltens in der Scheune. Wie sie in sein T-Shirt geheult und sich dabei quasi an ihm festgeklammert hatte.

Gott. Mit einem Kopfschütteln konzentrierte sie sich auf den Cowboyhut, der neben Nates Arm lag. Er gehörte nicht Nakos, und Nate trug immer nur seine schwarze Baseballkappe. «Was ist das?»

Nakos drehte sich um und grinste. «Das ist ein Erinnerungsstück. An einen tollen Schuss.» Er sah sie an und wurde wieder ernst. «Jetzt mal ehrlich. Geht es dir gut?»

Der Vorfall in der Scheune blitzte in unzusammenhängenden Bildern vor ihrem inneren Auge auf. Amys zerschlagener Körper. Die Beleidigungen. Das Gefühl kalten Metalls an ihrer Stirn. Mit rasendem Herzen starrte sie den Cowboyhut mit dem Loch in der Krempe an. Das Nate hineingeschossen hatte. Um sie zu schützen. Nachdem Chris ...

Ihr wurde schwindelig. Sie versuchte, sich zu räuspern, doch das Geräusch, das aus ihrer Kehle drang, war eher ein Wimmern. «Ich gehe nach draußen, frische Luft schnappen.»

Trotz der Proteste der Männer verließ sie auf zitternden Beinen die Küche und durchquerte auf dem Weg zur Vordertür das Wohnzimmer. Auf der Veranda sog sie tief die kühle Nachtluft in die Lunge, dann ließ sie die Hände auf das Geländer sinken und stützte sich ab.

Alles war in Ordnung. Genau, wie Nate es ihr vorhin gesagt hatte. Sie war ... sicher.

Wie vorhin auch schon, stolperten ihr Hirn und ihr Herz über dieses Wort. *Sicher.*

Seltsam. Sie hatte dieses Wort nie in Bezug auf sich selbst benutzt. Erst recht nicht als etwas, das ihr fehlte. Abgesehen vom Tod ihrer Eltern hatte sie eine ruhige Kindheit auf einem wunderschönen Fleckchen Land gehabt, mit genug zu essen und einem Dach über dem Kopf. Tante Mae hatte Olivia und Justin alles gegeben, was sie brauchten – von Umarmungen bis hin zu Pflastern auf aufgekratzten Knien. Nakos war an ihrer Seite gewesen und war es immer noch, als stiller Beschützer. Dank Amy hatte sie ein Mädchen im gleichen Alter zur Gesellschaft gehabt. Sie beide hatten sich vor langer Zeit angefreundet, verbunden durch Girlpower und tiefe Zuneigung.

Wieso also empfand sie jedes Mal, wenn Nate sie im Arm hielt, dieses allumfassende Gefühl der Sicherheit? Von tiefem Frieden? Er war quasi ein Fremder, der in ihr nicht so etwas hervorrufen sollte. Etwas, von dem sie nicht einmal gewusst hatte, das es ihr fehlte. Ja, Nate war groß und stark. Ja, er war trotz seiner Größe unendlich zärtlich. Doch in seinen Augen erkannte sie auch dunkle, hässliche Schatten, die ihr verrieten, dass er alles andere war als sicher.

Olivia versuchte, sich zu erinnern, wann sie sich zum letzten Mal so gefühlt hatte, doch es fiel ihr nicht ein. Niemand hatte sie bisher so durcheinandergebracht wie Nate und ihr gleichzeitig eine solche Ruhe geschenkt, wann immer er sie berührte. Das war eine vollkommen irre Kombination, die wahrscheinlich sogar Sigmund Freud zur Verzweiflung getrieben hätte.

Jede Person in ihrem Leben hatte eine Funktion; jede brachte etwas Besonderes mit in die Beziehung. Und plötzlich war Nate aufgetaucht und hatte alles aus der Bahn geworfen. Dabei schien er ihre Gegenwart nicht einmal zu mögen – obwohl er ihr das bei diesem Treffen in der Küche versichert hatte.

Die Fliegengittertür schlug zu, und sie wusste, ohne sich umzusehen, wer hinter ihr stand. Nate strahlte eine Energie aus, die sie wie eine Art Summen wahrnehmen konnte. Sie hätte schwören können, dass sie seinen Blick spürte, egal wann und wo. Seit er hier aufgetaucht war, hatte sie ständig im Fokus seiner Aufmerksamkeit gestanden. Und das war kein unangenehmes Gefühl.

«Mae hat gesagt, sie geht ins Bett. Nakos ist oben bei Amy und Kyle.»

Sie nickte, ohne den Blick von der stillen Landschaft vor sich abzuwenden, während ihr Magen sich nervös verkrampfte. «Und du hast den Job als Babysitter bekommen.»

«Du brauchst keinen Babysitter, und niemand hat mich gebeten, hierherzukommen.» Seine Stiefel kratzten über den Holzboden, als er näher trat. «Worüber denkst du nach?»

Aha. Jetzt wollte er reden? Wenn sie ihm die Wahrheit sagte, würde er sich nur wieder hinter seinen Schutzmauern verkriechen.

Sie wandte sich ihm zu, um ihm zu versichern, dass es ihr gut ging, doch er drängte sie unvermittelt gegen die Säule an der Veranda und sah stirnrunzelnd auf sie hinab. Kantiges Holz grub sich in ihrem Rücken, und ihr Atem stockte. Nate ließ eine raue Fingerspitze mit solcher Zärtlichkeit über die Beule an ihrer Stirn gleiten, dass ihr das Herz bis zum Hals schlug. Seine Finger zitterten, als er sie sinken ließ.

Er atmete tief durch. «Das hat mir eine Todesangst eingejagt. Ich habe dieses Arschloch über dir stehen sehen und wäre vor Angst fast gestorben.»

«Du hast nicht verängstigt gewirkt.» Überhaupt nicht. Er hatte mit fast unheimlicher Ruhe das Kommando übernommen und die Situation geklärt.

«Glaub mir. Ich war es.»

Irgendwie schien er Trost nötiger zu haben als sie. «Du und Nakos, ihr hab mich gerettet. Und Amy auch. Es spielt keine Rolle, wie viel Angst du hattest. Wichtig ist nur, wie du gehandelt hast, trotz deiner Furcht.»

Er starrte sie an, dann schüttelte er den Kopf. «Wie machst du das? Du verdrehst immer alles und versuchst, dich um mich zu kümmern. Du bist diejenige, die mit einer Waffe bedroht wurde.»

«Und ich stehe nur deinetwegen jetzt hier.»

Nate schloss für einen Moment die Augen und seufzte, dann musterte er erneut die Beule an ihrer Stirn. «Du dekomprimierst langsam, oder?» Auf ihren fragenden Blick hin, schob er ihr eine Haarsträhne hinters Ohr. «Dekomprimieren. Der Druck lässt nach, der Adrenalinspiegel sinkt, und das Zittern beginnt. Dir ist gleichzeitig heiß und kalt. Du willst die Lider schließen und schlafen, aber vor deinem inneren Auge blitzen ständig Bilder dessen auf, was passiert ist.»

Die Beschreibung traf den Nagel auf den Kopf. Und sorgte dafür, dass sie sich fragte, wie oft er das wohl selbst erlebt hatte.

«Komm, wir machen einen Spaziergang.» Er trat zurück und streckte ihr die Hand entgegen. Verständnis stand in seinen Augen, während er geduldig wartete.

«Wo gehen wir hin?»

«Nicht weit.» Er wackelte auffordernd mit den Fingern, und sie schob ihre Hand in seine.

Er führte sie von der Veranda und um das Haus herum, wobei sein Daumen langsam über ihren Handrücken glitt, als wolle er sie trösten. Sie fragte sich, ob er sich dessen überhaupt bewusst war. Sie allerdings verzehrte sich nach kleinen liebevollen Gesten wie dieser.

Was für ein Rätsel Nathan Roldan doch darstellte. Auf den ersten Blick Grizzlybär, darunter großer Teddy.

Sie gingen schweigend durch die Nacht, mit den Sternen über ihren Köpfen und knirschendem Kies unter ihren Füßen.

Eine Brise ließ das Gras wogen und die Blätter über ihren Köpfen rauschen. Auch wenn die Temperaturen noch mild waren, war Olivia doch nicht für draußen gekleidet. Gänsehaut bildete sich auf ihren nackten Armen, und sie zitterte.

Ohne ein Wort zu sagen, zog Nate seine Kapuzenjacke aus, unter der er ein schwarzes T-Shirt trug, und hielt sie so, dass Olivia hineinschlüpfen konnte. Gerührt schob sie die Arme in die Ärmel und drehte sich mit brennenden Wangen zu ihm um. Sie konnte nur hoffen, dass die Dunkelheit die Röte ihres Gesichts verbarg. Bevor sie es selbst tun konnte, schloss er den Reißverschluss der Kapuzenjacke, ergriff erneut ihre Hand und setzte sich wieder in Bewegung.

Schließlich stoppte er vor einer der Scheunen und löste den Riegel, dann öffnete er das Tor. Schweigend beobachtete er sie, als warte er darauf, dass sie etwas tat.

Olivia starrte in den dunklen Innenraum. Das einzige Licht kam vom Mond, dessen Strahlen durch das Deckenfenster fielen. Silbernes Licht glänzte auf den Gittern der Boxen. Der Duft von Erde und Heu und Pferd stieg ihr in die Nase. Vertraut. Doch gleichzeitig raste ihr Herz, und ihre Brust wurde eng. Kleine Punkte tanzten am Rand ihres Sichtfeldes.

«Ich weiß ein wenig über PTBS.»

Sie riss den Kopf zu ihm herum. «Aber mir ist nichts passiert.»

Er trat einen Schritt näher. «Deine Freundin ist blutüberströmt hier aufgetaucht, dann hat jemand eine Waffe auf deinen Kopf gerichtet.» Ein Muskel an seinem Kiefer zuckte. «Dir ist auf jeden Fall etwas passiert.»

Olivia konzentrierte sich wieder auf die Scheune. Sie hatte sich eine Million Mal in diesem Gebäude aufgehalten. Dort gab es nur Stroh und Erde und Holz. Ihre geliebten Pferde.

Nichts Beängstigendes. Ihr dämlicher Puls allerdings raste in ihrem Hals. «Was heute hier passiert ist, kann bei weitem nicht so schrecklich sein wie die Dinge, die du erlebt hast.»

«Schau mich an.» Er hob ihr Gesicht mit einem Finger unter ihrem Kinn an. «Das hier ist kein Wettbewerb. Du hast in den Lauf einer Waffe gestarrt, und dein Leben wurde bedroht. Vertrau mir einfach. Je länger du es leugnest, desto schwerer wird es werden. Geh da rein. Ich bin bei dir.»

Sie richtete den Blick nach vorne, als er die Hand sinken ließ, holte tief Luft und tat, worum er sie gebeten hatte. Doch das Geräusch ihrer Schuhe auf dem festgestampften Erdboden hallte in ihrem Kopf wider, und sie blieb abrupt stehen.

Seine warme Hand glitt beruhigend über ihren Rücken. «Ich bin da, Baby.»

Baby. So hatte er sie auch vorhin genannt ... Bevor er auf Chris geschossen hatte.

Sie hatte nie viel von Kosenamen gehalten, doch wenn Nate sie *Baby* nannte, umfing sie das Wort wie eine warme Decke. Tröstend. Einzigartig. Besonders.

Und deshalb schaffte sie es, einen Fuß vor den anderen zu setzen, bis sie mitten in der Scheune stand. Genau dort, wo es passiert war. Der Gestank von Bier. Chris' lallende Worte. Der scharfe Aufprall des Metalls auf ihrer Haut.

Warme Hände umfassten ihr Gesicht, und verschwommen tauchte Nates Kopf vor ihr auf. «Schließ die Augen. Ja, gut.» Seine heisere, leise Stimme war wie eine Liebkosung. «Erinnere dich an ein glückliches Erlebnis. Eines, das hier stattgefunden hat.»

Sofort fiel ihr Justins Grinsen ein. Einmal hatten sie nach einem Ritt die Pferde abgerieben, und er hatte sie mit dem Schlauch nass gespritzt. Nur dass ihr Bruder nicht auf seine

Füße geachtet hatte und über einen Eimer gestolpert war. Himmel, sie hatte so heftig gelacht, dass sie Bauchweh bekommen hatte.

«Genau so.» Nate umfasste ihre Handgelenke. «Lass die Augen zu.» Er führte sie ein paar Schritte vorwärts und trat hinter sie. Dann nahm er ihre Hand und legte sie auf etwas Weiches. «Der Sinneseindruck hilft, die positive Erinnerung zu verankern. Halte sie fest, während du das hier tust.» Sie spürte seine Wärme hinter sich, während er sie ... streicheln ließ, was auch immer sich unter ihrer Hand befand. «Öffne die Augen.»

Sie standen vor einer der Boxen. Leia, ihre jüngste Stute, hatte die Nase über den Boxenrand geschoben und genoss die Aufmerksamkeit wie die Prinzessin, nach der sie benannt war.

Lächelnd streichelte Olivia erneut das Pferd. «Wo hast du das gelernt?»

«In der Therapie. Ich wurde nach der Verletzung dazu gezwungen.» Sein Atem strich über ihr Haar.

«Nun, es funktioniert.» Bei ihr zumindest.

Seine Hände legten sich auf ihre Schultern. «Du wirst das vielleicht noch ein paarmal wiederholen müssen.» Er hielt inne, als würde er über etwas nachdenken, dann schob er ihr Haar zur Seite. «Erinnerungen zu überschreiben, ist eine Technik.» Sanft begann er, mit den Daumen ihren Nacken zu massieren. «Das Ziel ist, an einen Ort zurückzukehren und die schlechten Gefühle durch gute zu ersetzen.»

Oh Gott. Seine Hände fühlten sich phantastisch an. Und er war talentiert. Mit festen, beruhigenden Berührungen strich er über ihre Haut. «Gefühle zu ersetzen?», hauchte sie.

Er senkte den Kopf, bis ihre Wangen sich leicht berührten. Seine Bartstoppeln kratzten über ihre Haut und ließen jeden

Nerv vibrieren, als er näher an sie herantrat und sie an seinen Körper zog. «Hast du jetzt gerade Angst? Bist du panisch oder verstört?»

«Nein.»

«Fühlst du dich gut?» Sein heißer Atem strich über ihr Kinn.

Sie stöhnte und drängte sich enger an ihn, während sie den Kopf in den Nacken fallen ließ. «Ja.» So unglaublich gut. Sie spürte, wie sie feucht wurde. «Ja», wiederholte sie. Flehte sie fast.

Seine Hände strichen von ihren Schultern zu ihren Schlüsselbeinen, um unter das Kapuzenshirt zu gleiten. Schwer atmend drückte Nate seine Nase gegen ihr Ohr, bevor er seine Lippen folgen ließ. «Ich verstehe nicht, wie du das anstellst. Aber, Himmel, du sorgst dafür, dass ich mich auch gut fühle.»

Sie streckte die Arme nach hinten und umfasste seine Oberschenkel, was mit einem tiefen, rumpelnden Stöhnen belohnt wurde. Sie spürte durch den Jeansstoff hindurch, wie hart seine Muskeln waren. Doch seine Berührungen waren sanft. Nates Finger glitten tiefer, folgten dem Ausschnitt ihres Tanktops, während sein Mund über ihren Hals strich. Federleichte Küsse und unausgesprochene Worte liebkosten ihre Haut. Ihre Knie wurden weich.

Sofort schlang er einen Arm um ihre Taille, um sie festzuhalten. «Es tut mir leid. Ich hätte nicht ...» Das Gesicht in ihrem Haar vergraben, seufzte er. «Ich kann nicht denken, wenn wir uns so nahe sind.»

Da war er nicht der Einzige. Und wieso war das schlecht?

Sie drehte sich in seinen Armen. Er packte das Gitter der Box über ihrem Kopf und stützte sich daran ab. Seine Lider sanken nach unten, als ... Schuldgefühle? ... über seine Miene huschten. Der Duft nach Seife und warmem Mann stieg ihr in die Nase. Sein Geruch war ihr bereits vertraut. Sie wollte ihr Gesicht an seinem Hals vergraben, bis sie nichts mehr riechen konnte außer ihm.

Dieses Gefühl – die Anziehung zwischen ihnen – war gewachsen und hatte sich entwickelt. Bis zu diesem Moment, eingeschlossen zwischen seinen Oberarmen und seiner Brust, an einem Ort, wo vor wenigen Stunden etwas Schreckliches geschehen war. Doch sie konnte an nichts anderes denken als daran, wie sehr sie Nate begehrte. Und er schien nicht anderes tun zu können, als das zu leugnen. Mit all seiner Kraft.

«Ich verstehe dich nicht.» Sie presste die Lippen aufeinander, biss sich auf die Unterlippe.

Er öffnete die Augen, den Blick zur Decke gerichtet. «Dito.»

«Ich meine, du hast gesagt, du könntest das nicht tun, dass es nicht richtig wäre und …»

«Ich weiß, was ich gesagt habe, Olivia.» Er weigerte sich immer noch, sie anzusehen. Seine Haltung war steif und unnahbar.

«Ich habe dir Raum gegeben.» Sie schob sich mit einer frustrierten Geste die Haare aus dem Gesicht. «Ich habe mich von dir ferngehalten, weil ich dachte, das wäre es, was du willst. *Vergiss, was passiert ist.* Das hast du gesagt.»

Sein Bizeps spannte sich an, als er das Gitter fest umklammerte. Der Muskel an seinem Kiefer zuckte im Takt ihres Herzschlags, und seine Nasenflügel blähten sich wie bei einem wütenden Stier.

«Ist es das, was du möchtest? Willst du, dass ich es vergesse?»

Er schüttelte den Kopf, dann rieb er das Kinn über seine eigene Schulter, eine Geste, die ihr verriet, dass er kurz davor stand, die Kontrolle zu verlieren. Die Sehnen und Adern an seinem Hals traten deutlich hervor, und die Tätowierungen bewegten sich im Gleichklang mit seinen Muskeln.

«Du hast behauptet, du wärst nicht der richtige Mann für mich. In der einen Minute benimmst du dich, als würde meine Nähe dir Schmerzen bereiten, und in der nächsten berührst du mich, als wolltest du der richtige Mann sein.» Seine einzige Reaktion war eine Beschleunigung seiner Atmung. «Wenn du es nicht versuchen willst ...»

«Das tue ich», knurrte er und stieß sich vom Gitter ab. Er stiefelte ein paar Schritte zur Seite und kam zurück. «Alles, was ich gesagt habe, ist wahr. Aber du bringst mich zum Brennen, Olivia.» Er drückte eine Faust auf die Stelle über seinem Herz. «Ich verstehe es nicht, und ich gebe mein Bestes, dagegen anzukämpfen. Aber aus irgendeinem Grund hast du dich zur Besessenheit für mich entwickelt. Also, ja, ich will es versuchen. Aber das darf ich nicht.»

Unbehagen stieg in ihr auf und sorgte dafür, dass ihr kalt wurde. Nicht wegen seiner Wut oder seines nervösen Herumtigerns, sondern weil etwas absolut nicht stimmte, wenn er sich etwas verbot, das er sich wünschte. Sie ging im Kopf die wenigen Gespräche durch, die sie geführt hatten, und sprach das eine Thema an, das zu passen schien.

«Wieso bist du nicht an Berührungen gewöhnt?»

Nate fluchte, stemmte die Hände in die Hüften und starrte auf den Boden, als hoffe er, dass die Erde sich auftun und ihn verschlingen würde.

Da. Eine Antwort, ohne dass er etwas gesagt hatte. «Tut es weh? Wenn ich dich berühre, meine ich?» *Oh bitte, Gott, bitte lass es nichts mit Missbrauch in seiner Kindheit zu tun haben.*

«Nein.»

«Sorgt es dafür, dass du dich unwohl fühlst?» Es musste eine stichhaltige Erklärung geben. Die paar Male, dass sie sich berührt hatten, hatte sein Mund das eine und sein Körper etwas vollkommen anderes gesagt. Sie wusste nicht, worauf sie hören sollte.

«Himmel», murmelte er und rieb sich den Nasenrücken. «Nein, verdammt, nein. Ich speise dich hier nicht mit Sprüchen ab. Es liegt an mir, nicht an dir.» Er trat einen Schritt nach vorne, bis er so nah vor ihr stand, dass ihre Körper sich berührten. Seine goldbraunen Augen waren dunkel, die Pupillen so groß, dass sie fast schwarz wirkten. «Niemand hat mich je berührt.»

Was? «Das kannst du nicht ernst meinen.»

Seine Miene blieb unerbittlich und hart.

Und ihr Herz brach. In tausend Stücke. «Niemals? Wie …?»

«Ich war ein Pflegekind, Olivia. Seit ich ein Säugling war, wurde ich von einem Ort an den nächsten verschoben. Umarmungen waren nicht Teil des Systems.»

Er brachte sie um. Brachte. Sie. Um.

Sie atmete zitternd aus und rieb sich die Stirn. «Und nach deiner Volljährigkeit?» Sicherlich hatte er Sex gehabt. Freundinnen. Irgendetwas.

«Minimal.» Er deutete auf sie, als hätte er ihre Gedanken gelesen. «Nein. Ich bin keine verdammte Jungfrau, und ich bin verdammt gut im Bett. Das bedeutet nur nicht, dass ich viel von Streicheleien und solchen Dingen halte.»

Dann war er nie wirklich mit jemandem intim gewesen, richtig intim, egal ob Frau oder Mann. War er nicht … liebkost worden? Im Arm gehalten? Sie konnte sich das einfach nicht vorstellen. Himmelherrgott, dieser arme Mann war nie geliebt worden. Bedeutete er irgendjemandem etwas?

«Ich würde sagen, wir erklären diese Übung für erfolgreich abgeschlossen.» Er deutete Richtung Ausgang. «Lass uns gehen. Du brauchst Schlaf, und ich brauche einen Drink.»

Sie wusste genau, was er brauchte, und das war nicht Alkohol. Doch sie vermutete, dass er ihr nicht erlauben würde, es ihm zu zeigen.

8

Die Decke über Nates Kopf knirschte zum achthundertsten Mal von Olivias Herumgetigere. Er rieb sich die Augen und sah zu dem Hund neben sich. «Heute Nacht solltest du besser bei ihr schlafen statt bei mir.»

Bones wedelte mit dem Schwanz und ließ den Kopf auf die Matratze sinken.

Zwei Stunden waren vergangen, seitdem sie aus der Scheune zurückgekehrt waren, und anscheinend würde keiner von ihnen Ruhe finden. Zur Hölle, Olivia brauchte den Schlaf. Und doch wanderte sie in ihrem Zimmer auf und ab. Und wanderte. Und wanderte. Nate fragte sie, ob sie wegen seiner Worte so ruhelos war oder wegen der Geschehnisse des Tages. Und was wäre schlimmer?

Und ... super. Vor seinem inneren Auge stieg wieder das Bild von Olivia mit einer Waffe am Kopf auf. Nichts würde es je vertreiben können. Bei Gott, er konnte sich nicht erinnern, jemals solche Angst gehabt zu haben. Falls doch, fiel es ihm jedenfalls nicht mehr ein.

Vielleicht, dachte Nate, lag es an seiner Freundschaft mit Justin oder an der täglichen Nähe auf der Ranch, aber Tatsache war, dass für ihn die Sonne mit Olivia Cattenach auf- und unterging. Sosehr er sich auch bemühte, er konnte es nicht erklären, und er sah auch keinen Ausweg. Das Gefühl wurde nur stärker, mit jeder Sekunde, die verging. Er wollte sie bewachen. Sie verteidigen. Noch schlimmer – und ihm vollkommen neu – war der Drang, sie an sich heranzulassen. Ihr sein Herz und seinen Geist zu öffnen.

Er hatte auch Justin schützen wollen, allerdings nicht in diesem Ausmaß. Als er Olivias Bruder bei der Army kennengelernt hatte, hatte Nate nicht verstanden, wieso er sofort eine Verbindung zu ihm empfand. Der Junge war auf charmante Art eine Nervensäge gewesen und hatte trotz der schrecklichen Einsätze nie seinen Optimismus verloren. Justin und Olivia waren sich so ähnlich, dass es schon unheimlich war. Mitfühlend, aufrichtig, nachsichtig.

Zur Hölle, Nate vermisste den kleinen Mistkerl so sehr, dass die Trauer ihn in einen dunklen Abgrund zog. Aber das musste er mit sich selbst ausmachen. Er hatte kein Recht, Justin seinen Freund zu nennen. Und sicherlich stand es ihm nicht zu, sich nach Olivia zu verzehren.

Eine Tür im oberen Stockwerk öffnete sich. Nate warf die Decke zur Seite und schlüpfte in eine Jogginghose. Olivias Schritte brachten die Treppen zum Knirschen. Er öffnete schnell die Tür, um sie abzufangen, bevor sie an seinem Zimmer vorbei war. Seine Intuition verriet ihm, was sie plante. Er lehnte sich abwartend in den Türrahmen seines Zimmers, und Bones setzte sich brav neben ihn.

Sie tauchte in seinem Sichtfeld auf und zögerte auf der letzten Stufe. Ihr Blick glitt über seine nackte Brust und seine nackten Füße. Sie biss sich auf die Unterlippe, schluckte und betrachtete dann seine Arme, wo ihr Blick hängenblieb. Warum, war Nate nicht klar. Doch selbst mit dem dämmrigen Licht in ihrem Rücken konnte er sehen, wie ihre Pupillen sich weiteten. Und, Himmel, jetzt bildete sich eine leichte Röte auf ihrem Hals und wanderte von da aus in ihre Wangen.

Er hatte keine Ahnung, was sie in ihm sah. Genau wie

bei ihrem Bruder war Nate ihr mit höflicher Zurückhaltung begegnet. Und wie ihr Bruder hatte Olivia Löcher in seine Kevlarweste gerissen, um zu dem Mann dahinter vorzudringen. Selbst wenn man von seinem überdimensionierten Bodybuilder-Körperbau absah, war Nate nicht gerade der Typ Mann, zu dem sich jemand wie sie hingezogen fühlen sollte. Tätowiert, übersät mit Narben und distanziert. Doch hier stand sie, ihre Leidenschaft so greifbar wie ein lebendes Wesen, das seine Krallen immer tiefer in ihn grub.

Ihr kastanienrotes Haar war zu einem unordentlichen Dutt gebunden, und sie trug dasselbe verdammte ... *Nichts* wie damals in der Küche. Kriminell enge Shorts, die kaum ihren Hintern bedeckten, und ein Tanktop, das genug von der Schwellung ihrer Brüste erkennen ließ, dass er ein Stöhnen unterdrücken musste.

«Ich konnte nicht schlafen.» Ihre leise Stimme war eine Kombination aus Unsicherheit und Verführung, was nicht dazu beitrug, Phantasie Nummer siebenundvierzig aus seinem Kopf zu vertreiben ... in der er sie direkt auf der Treppe nahm.

«Das dachte ich mir. In ein paar Stunden hättest du den Boden durchgelaufen gehabt.»

Sie warf einen Blick zur Decke hinauf. «Tut mir leid, wenn ich dich wach gehalten habe. Ich will nur kurz nach Amy schauen, dann gehe ich ins Bett. Versprochen.»

Genau, wie er vermutet hatte. «Ich habe bereits nach ihr gesehen. Amy schläft. Kyle ist bei ihr, falls sie etwas braucht.»

Sie zog einen Schmollmund, halb bezaubernd und absolut sexy, obwohl er sich ziemlich sicher war, dass sie das nicht beabsichtigte. «Geht es ihr gut? Ich werfe nur einen kurzen Blick ins Zimmer und ...»

Er trat vor, umfasste ihre Schultern und drehte sie um. «Amy erholt sich. Es ist nicht hilfreich, sie zu stören. Sie braucht Ruhe, und dasselbe gilt für dich. Nach oben. Los.» Als sie ihm über die Schulter einen von Hilflosigkeit erfüllten Blick zuwarf, seufzte er. «Ich komme mit. Geh vor.» Er würde ihr eine Tasse Tee machen und sie reden lassen. Das sollte helfen.

Sie seufzte ebenfalls, dann stieg sie die Stufen wieder nach oben. Nate folgte ihr, den knackigen Hintern genau vor Augen. Sein Puls raste. Als sie oben angekommen waren, trottete Bones hinter Olivia her, und Nate schloss leise die Tür.

Er sah sich um, dann brummte er überrascht. «Du hast hier eine richtige kleine Wohnung.» Es gab eine winzige Küchenzeile, die in ein Wohnzimmer überging. Dielenboden, wie unten, nur dass die Wände hier verputzt waren und nicht mit Holz verkleidet. An einer Seite befand sich eine Tür, von der er vermutete, dass sie in ihr Schlafzimmer führte. «Setz dich auf die Couch. Ich bin gleich da.»

Gehorsam ließ sie sich auf die gelben Polster sinken und wickelte sich in eine Decke ein.

Er trat zu dem Herd mit zwei Platten, füllte ihren Wasserkessel und setzte ihn auf. «Wo ist dein Tee?» Er wusste, dass sie das Zeug trank, weil Mae ihr nach dem Abendessen immer eine Tasse machte.

«Schau mal in den Schrank neben dem Kühlschrank. Könnte sein, dass da welcher ist.»

Er fand einen Karton mit Kamillentee und ein paar Tütchen mit Fertigkakao. «Hast du irgendwas Vernünftiges hier oben?»

«Nein, die guten Sachen sind unten. In dem Schrank direkt vor deinen Füßen ist eine Flasche Baileys.»

Igitt. Dann würde es wohl heiße Schokolade statt Tee geben. Er kontrollierte das Datum auf der Likörflasche, stellte fest, dass sie noch verschlossen und nicht abgelaufen war, und goss einen ordentlichen Schuss in eine Tasse. Als der Kessel pfiff, fügte er das Wasser hinzu, rührte den Kakao ein und brachte ihr die dampfende Tasse.

«Trink», befahl er und nickte zufrieden, als sie einen Schluck nahm.

Über den Tassenrand hinweg landete ihr Blick auf seiner Brust. Von dort aus glitt er über seine Bauchmuskeln, dann seine Arme entlang. Da er Anerkennung in diesem Blick entdeckte – und ihm das gefiel –, ging er rasch zu der Wand, um ihre Fotos zu betrachten. Auf mehreren davon waren sie und Justin in verschiedenen Altersstufen zu sehen. Auf ein paar wenigen waren die beiden als Kinder zusammen mit einem Paar abgebildet, von dem Nate vermutete, dass es sich um ihre Eltern handelte.

«Du siehst aus wie deine Mom.» Atemberaubendes kastanienrotes Haar, helle Haut mit leichten Sommersprossen, schmaler Körperbau und ein Lächeln, das die Erdrotation stoppen könnte.

«Abgesehen von meinen Augen. Die habe ich von Dad.»

Kornblumenblau und sehr ausdrucksstark. Ja, er hätte schon blind sein müssen, um diese Augen zu übersehen. Zu oft hatte sie ihn mit einem einzigen Blick fast von den Beinen gerissen.

Sie waren eine gutaussehende Familie. Oder waren es gewesen. Gesund. Glücklich. Dieses Konzept war Nate so fremd wie Berührungen, doch seine Brust wurde eng, als er sich vorstellte, wie es wohl gewesen wäre, jemanden zu haben, der sich für ihn interessierte. Vielleicht hätte er sich dann anders entwickelt, wäre zu einem Mann geworden, der die Bewunderung in ihren Augen verdiente.

An der zweiten Wand hingen Naturaufnahmen. Grashalme in Großaufnahme, mit Tautropfen daran, die in der Sonne glitzerten. Ein Foto von einer Pferdenase. Der Atem, der aus den Nüstern aufstieg, hing weiß in der Luft, und im Hintergrund war verschwommen Schneefall zu erkennen. Und dann noch ein Foto von alten Holzplanken mit einem Marienkäfer darauf.

«Die sind gut.» Sehr gut sogar.

Sie nickte. «Amy hat sie gemacht. Sie behauptet, sie würde nur ein wenig herumspielen. Aber ich sage ihr immer, sie sollte die Fotografie ernsthaft angehen. Ich habe sie schon lange nicht mehr mit einer Kamera gesehen.»

«Das ist eine Schande.» Nicht dass er etwas von Kunst verstanden hätte, aber er erkannte Dreck, wenn er ihn sah, und diese Bilder zählten nicht dazu. Er wollte sich gerade wieder zu ihr umdrehen, als eine Eckvitrine seine Aufmerksamkeit erregte. Hinter den Glastüren standen mehrere Figuren, die ... «Das Ungeheuer von Loch Ness?»

Diese Frau überraschte ihn immer wieder. Er hätte Schmetterlinge erwartet oder Hufeisen oder etwas in der Art. Wer sammelte schon hässliche Figuren eines mythischen Wesens? Wo konnte man so was überhaupt kaufen? Andererseits, sie hatte insgesamt auch nur ungefähr zehn Figuren.

«Wir Schotten nennen es Nessie.» Lächelnd nippte sie an ihrem Kakao.

«Stimmt ja. Cattenach ist ein schottischer Name.» Mit einem Brummen ließ er sich auf das andere Ende der Couch fallen, wobei er sorgfältig darauf achtete, Abstand von ihr zu halten. «Ergibt Sinn bei deiner Haarfarbe.»

Bones rollte sich auf dem Teppich vor dem Couchtisch zusammen und schloss die Augen. Kluger Hund. Was Nate an etwas denken ließ ...

«Was hat dich wach gehalten? Darüber reden, wird sicher helfen.» Er verschränkte die Arme, während er sich fragte, an wie vielen Ästen er sich den Kopf angeschlagen hatte, als er vom Baum des Wahnsinns gefallen war. Für gewöhnlich hätte er sich lieber die Pest eingefangen, als zu reden.

«Weil Reden bei dir ja solche Wunder bewirkt hat und du jetzt total ausgeglichen bist.» Blinzel, blinzel, blinzel. Grins.

Nate hatte Sarkasmus schon immer gemocht. Diese Bemerkung von Olivia, verbunden mit einem frechen kleinen Lächeln, das er von ihren Lippen küssen wollte, sorgte dafür, dass ihm der Atem stockte. Als sein Schwanz zuckte, befahl er ihm im Kopf *Aus, Junge*, dann seufzte er. «Bring mich nicht dazu, dass ich es bereue, mitgekommen zu sein. Ich werde dir den Kakao wegnehmen.»

Ihr Grinsen verstärkte sich. Es brachte ihre Augen zum Leuchten. «Ich habe ihn schon ausgetrunken. Zu dumm.» Sie stellte die Tasse auf den Tisch. «Da war genug Baileys drin, um einen Iren umzuwerfen.»

Er lachte und ... Verdammt sollte sie sein. Er lachte tatsächlich. Das Geräusch klang ein wenig rostig, selbst in seinen eigenen Ohren, doch gleichzeitig löste sich etwas in seiner Brust. Seltsam.

«Schweig still, mein Herz.» Sie legte einen Arm über die Rückenlehne des Sofas und ließ ihre Wange darauf sinken. «Er ist tatsächlich fähig zu lachen. Seufz.»

Wer sprach das Wort *seufz* laut aus? Verdammt. Das war total süß.

«Okay, okay. Ich werde aufhören, dich aufzuziehen.» Sie rückte die Decke um ihren Körper zurecht und wurde ernst.

«Ich habe über Amy nachgedacht. Deswegen war ich wach. Es treibt mich in den Wahnsinn. Ich frage mich ständig, wie lange Chris sie schon geschlagen hat und warum sie mir nichts davon erzählt hat.»

Er rieb sich über die Stoppeln am Kinn, als die Bilder der Geschehnisse des heutigen Tages wieder vor seinem geistigen Auge auftauchten. «Du wirst die ganze Geschichte erst erfahren, wenn du morgen mit ihr redest. Es macht keinen Sinn, dir deswegen Vorwürfe zu machen.» Nicht dass sie damit aufhören würde, nur weil er das sagte. Sie trug ihr Herz auf der Zunge und lud sich die Bürden aller Menschen um sich herum auf die Schultern. Am liebsten hätte Nate sie gebeten, damit aufzuhören. Nur brauchte die Welt mehr Menschen wie sie. Menschen, die sich um andere kümmerten. «Außerdem, egal, wie lange das schon geht, du kannst niemanden dazu zwingen, Hilfe anzunehmen, die er nicht will.»

Olivia musterte ihn einen Moment. «Und du willst keine Hilfe. Ist es das?»

«Wir sprechen nicht über mich.»

Ihre Lippen verzogen sich zu einem Lächeln. «Nur für den Fall, dass du den Themenwechsel verpasst hast: Jetzt tun wir das.»

Ein klügerer Mann wäre einfach aufgestanden und geflüchtet. Doch er war noch nie klug gewesen und konnte seinen Körper einfach nicht dazu bringen, den Befehlen seines Hirns zu folgen. Genau genommen konnte er gerade gar nicht denken, weil …

Weil sie es schon wieder tat. Ihr Blick glitt über seinen Oberkörper. Musterte ihn, mit Interesse und Faszination in ihren kornblumenblauen Augen. Dann öffnete sie die Lippen leicht, holte tief Luft und suchte erneut seinen Blick.

Je länger sie ihn anstarrte, desto mehr knisterte die Luft zwischen ihnen.

Nate hatte sich nie groß Gedanken um seinen Körper gemacht, doch die Art, wie Olivia ihn ansah, sorgte dafür, dass er sich nervös und entblößt fühlte. Und scharf wurde. Noch seltsamer war die Mischung aus Gefühlen, wenn sie den Blick auf sein Gesicht richtete. Die Hälfte der Zeit kam er einfach nicht mit. In dieser speziellen Sekunde hätte er schwören können, dass sie die Schatten in seinem Geist durchleuchtete und in den Ecken nach Geheimnissen suchte.

Schließlich nickte sie, als hätte sie etwas entdeckt. «Du hast vorhin gesagt, du wärst nie berührt worden.»

Sein Herzschlag setzte für einen Moment aus. Sie musste ihre Hände nicht mal benutzen, damit er sie fühlen konnte. Ihr Blick allein reichte schon aus. Und worauf wollte sie damit hinaus?

«Du magst es, wenn wir uns berühren. Das habe ich inzwischen erkannt.» Ihre Augen verengten sich ein wenig. «Gleichzeitig behauptest du, du könntest nicht mit mir zusammen sein. Was hat die Tatsache, dass es dir früher an Berührung gemangelt hat, damit zu tun, dass du dich weigerst, es jetzt auszuprobieren?»

«Ich habe dir das erzählt, damit du verstehst, warum ich mich so benommen habe, als wir uns nahe gekommen sind.» Und damit endlich in ihren sturen Schädel drang, dass sie absolut nichts falsch gemacht hatte. Es war ja nicht so, als würde er es hassen, ihr nahe zu sein. Ganz im Gegenteil. Er verzehrte sich danach.

«Was nichtssagende Antworten angeht, bekommst du für die hier vier von fünf Sternen.» Sie zog die Augenbrauen hoch, um ihn wissenzulassen, dass er noch nicht vom Haken war.

«Ich habe es dir schon einmal gesagt, Olivia. Ich bin nicht der Richtige für dich.»

«Sollte ich nicht auch etwas zu dem Thema zu sagen haben? Sollte ich das nicht selbst entscheiden dürfen?»

Nein. Denn wenn sie ihn auch nur ein bisschen besser kennen würde, hätte sie ihn nicht in ihr Haus gelassen. Und ganz bestimmt hätte sie ihm nie erlaubt, dass er ihr nahe genug kam, um diese paar intensiven Momente miteinander zu teilen.

Er wandte das Gesicht ab und presste sich die Handflächen auf die Augen. Ihr auch nur einen Bruchteil der Wahrheit zu sagen, bedeutete, eine Tür zur Vergangenheit zu öffnen, die er vor langer Zeit versiegelt hatte. Auf der anderen Seite dieser Tür lag ihr Bruder. Und der Grund, wieso er tot war.

«Ich bin kein guter Mann.» Nate zwang sich dazu, Olivia anzusehen, um diesen Punkt unmissverständlich klarzumachen, für sie und für sich. «Alles, was ich berühre, verwandelt sich in etwas Hässliches. Wenn du dich auf mich einlässt, werde ich dich auf mein Niveau herunterziehen, und du wirst nie wieder aus diesem Loch entkommen. Ich bin kein Held und kein Ritter auf dem weißen Pferd und sicherlich nicht die Art von Mann, nach der du suchen solltest.»

Sie starrte ihn unverwandt an. «Wenn du solche Dinge sagst, sorgst du dafür, dass ich ...»

Er erkannte eine Falle, wenn er sie sah, doch er tappte trotzdem hinein. Er musste nachfragen, also sie stockte: «Was?» Sein gesunder Menschenverstand war wie alkoholisiert, wenn Olivia in seine Nähe kam. Vielleicht sollte er einfach einen Drink kippen und die Sache mit dem logischen Denken aufgeben.

«Du sorgst dafür, dass ich dir beweisen will, wie falsch

du liegst.» Sie warf die Decke zur Seite und kroch auf Händen und Knien über das Sofa, bis sie sich neben ihm auf die Polster kniete. «Manchmal entpuppt sich der Held als Biest, als Frosch oder als Oger. Vielleicht suche ich gar nicht nach einem Ritter.»

Er konnte verdammt noch mal nicht atmen. «Olivia.»

Sie kletterte auf seinen Schoß und setzte sich rittlings über seine Schenkel.

Sauerstoff? Spielte keine Rolle mehr.

Sein Hinterkopf knallte gegen den Sofarand. Keuchend starrte er sie an, die Hände neben seinem Körper zu Fäusten geballt. Sein Schwanz pochte im selben hektischen Takt wie sein Herz.

Und dann gab sie ihm den Rest. Sie legte die Hände auf seinen Kopf und spreizte die Finger. Als er sich nicht bewegte, streichelte sie ihn – als wäre er eine Katze. Und er dachte tatsächlich darüber nach zu schnurren. Es war schwer zu sagen, wer die Situation mehr genoss. Obwohl ihre Wangen gerötet und ihre Augen halb geschlossen waren, schien Olivia sich vor allem für seine Reaktion zu interessieren.

Nate versuchte zu schlucken und versagte kläglich, dann gab er der Versuchung nach und senkte den Blick. Ihre festen Brüste befanden sich genau vor seinem Gesicht. Die Spitzen waren als harte kleine Hügel unter dem Stoff des Tops zu erkennen. Olivias durchtrainierte Schenkel pressten sich an seine, und die Schwellung in seiner Hose befand sich in Stoßdistanz zu ihrer Hitze. Er fürchtete, dass er sie bereits genommen hätte, würden sie keine Kleidung tragen. Zu einer anderen Zeit, an einem anderen Ort und bei einer anderen Frau wäre es eine klare Sache gewesen. Dann hätte sie inzwischen bereits ihren zweiten Orgasmus herausgeschrien.

Doch dies hier war Olivia. Er hatte in seinem Leben noch nie die Kontrolle abgegeben. Doch bei dieser winzigen hellhäutigen, heißen Rothaarigen konnte er nur die weiße Flagge schwenken. Tatsächlich war er sich nicht einmal sicher, ob er eine Wahl hatte.

Ihre Hände senkten sich langsam, glitten über seine Ohren zu den Seiten seines Gesichts. Sie hielt ihn fest und strich mit den Daumen über seine Lippen. Ihr lustverhangener Blick folgte der Bewegung. Nate stöhnte, als er das Verlangen in ihren Augen brennen sah. Ihre Finger streichelten tiefer, und der Drang, sie zu berühren, erzeugte ein Rauschen in seinem Kopf. Sanft liebkoste sie seinen Hals, seine Kehle. Fast hätte er die Kontrolle verloren.

Er packte ihre Handgelenke und hielt sie fest. «Du hast keine Ahnung, was für ein gefährliches Spiel du spielst, Baby.»

Bevor er wusste, wie ihm geschah, beugte sie sich vor. Sie stoppte, kurz bevor ihre Lippen seine berührten, doch sie teilten dieselbe Atemluft, nur einen Hauch von einem Kuss entfernt.

«Was für ein Spiel soll das sein?» Ihr warmer Atem umschmeichelte mit jedem Wort seine Lippen. Während er von der Anstrengung, sich zurückzuhalten, zitterte, legte sie den Kopf schräg, sodass ihre Nasenspitzen sich berührten. «Scrabble? Monopoly?» Ihr gehauchtes Flüstern und die humorvolle Antwort entrissen ihm erneut ein Stöhnen. «Nein, ich weiß! Flaschendrehen.»

Ach, zum Teufel. Jeder Mann kam irgendwann an seine Grenze. Sie rüttelte bereits seit der Begegnung in der Küche an den Gitterstäben seiner Selbstkontrolle. Sie wollte spielen? Okay, dann würde er spielen.

Er vergrub die Finger in ihrem Haar, löste den Dutt und hielt ihren Kopf fest, sodass ihre Lippen nur Millimeter von seinen entfernt waren. «Krieg, Baby.» Und damit stürzte er sich auf sie.

Doch statt ihren Mund zu erobern und seine Aussage zu unterstreichen, ließ er sich von der Weichheit ihrer Lippen und ihrer zärtlichen Reaktion verwirren. Himmel, er war noch nie zuvor verführt worden, doch genau das schien sie zu tun. Er meinte, jedes rote Blutkörperchen in seinen Adern zu fühlen. So überdeutlich nahm er seine Umgebung wahr, so … verloren fühlte er sich.

Sie öffnete leicht den Mund, ließ ihn über seinen gleiten und küsste ihn erst auf die Ober-, dann auf die Unterlippe. Er überließ ihr die Führung, runzelte die Stirn und hielt still. Sie stürzte sich nicht voller Leidenschaft auf ihn. Sie erzählte ihm eine Geschichte. Und er wollte verdammt sein, wenn diese Geschichte nicht mit *Es war einmal* anfing. Als wolle Olivia ihm beweisen, dass er eine Art Held war. Genauer gesagt: *ihr* Held.

Sie schob ihre Arme unter seine und umfasste von hinten seine Schultern. Er schnappte nach Luft – heftig –, als das Gefühl ihrer warmen Hände auf seiner nackten Haut ihn überwältigte. Ihre Finger glitten über seinen Bizeps, folgten den Wölbungen seiner Muskeln, als sie den Kopf schief legte und den Kuss vertiefte.

Seine Eingeweide verbrannten in dem Moment zu Asche, als ihre Zunge seine berührte. Lockend, neckend. Zärtlich und voller Versprechungen. Sie schmeckte nach Baileys und Kakao, so süß, dass er sofort eine Schwäche dafür entwickelte. Wie ein Süchtiger kehrte er immer wieder zurück, um sich mehr zu holen.

Himmel, es war, als wäre sie überall. Ihr Duft in seiner

Nase. Ihre Berührung auf seiner Haut. Blitze in seinem Bauch. Lava in seinem Blut. Gewöhnlich hielt er nicht allzu viel von Küssen. Das war zu intim, zu persönlich. Niemand hatte sich je die Zeit genommen, ihm zu zeigen, dass er wichtig war; dass Nate es wert war, etwas zu lernen. Ob nun körperlich oder geistig. Doch Olivia gelang es nur mit einem Kuss, ihn fast davon zu überzeugen, dass er ihrer wert war.

Doch das war er nicht.

Er wollte sich zurückziehen, aber sie hatte andere Vorstellungen. Sie drängte sich näher an ihn, bis sie quasi an seiner Brust lag, ihre Brüste an seinen Körper gedrückt. Rein instinktiv umfasste er ihre Hüften, nur um sofort zu verstehen, dass das ein Fehler gewesen war. Denn jetzt berührte er sie. Selbst ein Heiliger hätte an seiner Stelle fleischliche Sünden begangen.

Ihr Kuss wurde noch intensiver, als sie seinen Mund erkundete. Er erwiderte die Liebkosungen, versank in ihrer heißen Süße. Wie von selbst glitten seine Hände an ihre Taille, um dann an ihrer Wirbelsäule entlang nach oben zu wandern, bis seine Finger in ihren weichen Strähnen vergraben waren.

Die Sache mit dem Küssen war wirklich nicht so schlecht. Unglaublich heiß, aber zahmer als das, woran er gewöhnt war. Vorspiel. Verführung. Nate war vollkommen in ihr versunken und auf dem besten Weg in die Besinnungslosigkeit, als sie sich schließlich zurückzog. Seine Finger packten unwillkürlich ihre Haare fester. Verdammt, ihr Blick traf ihn wie ein Schlag. Da war so viel Sehnsucht.

«Sag mir noch mal, dass wir nicht richtig füreinander sind», flüsterte sie. «Versuch, mich zu überzeugen, dass wir das zwischen uns nicht erkunden sollten. Dass du es nicht willst.»

Er wusste nicht einmal, wo oben und unten war, und sie wollte, dass er redete? Vernünftige Sätze bildete?

Ihr zufriedenes Lächeln war der Todesstoß in dieser Schlacht. «Tja, wusst ich's doch.» Sie kletterte von seinem Schoß. Er hätte am liebsten geweint. «Fortsetzung folgt. Gute Nacht, Nate.»

Gute ... Was?

Er senkte den Blick auf seine Erektion, dann sah er Olivia hinterher, als sie in ihrem Schlafzimmer verschwand.

9

Als Hank Amy am nächsten Morgen noch einmal untersuchte, beschloss Olivia, in der Zwischenzeit ein paar Sachen für ihre Freundin aus deren Haus zu holen. Leider stieß der Plan bei Nakos und Nate auf einigen Widerstand. Die beiden hatten sich offenbar gegen sie verschworen. Daher saß jetzt Nate neben ihr auf dem Beifahrersitz. Gott bewahre, dass sie irgendwo allein hinfuhr.

«Weißt du, Atmen ist an den meisten Tagen durchaus notwendig.» Sie sah kurz zu ihm, dann richtete sie ihren Blick wieder auf den zweispurigen Highway. «Du solltest es mal versuchen.» Der arme Kerl war so angespannt, dass seine Muskeln vermutlich kurz vorm Zerreißen waren.

«Ich atme.»

«Ein und aus? Nacheinander?»

Er drehte den Kopf und kniff drohend die Augen zusammen. «Das Atmen würde mir leichter fallen, wenn du nicht versucht hättest, dich zu dem Haus des Mannes davonzuschleichen, der dir eine Waffe an den Kopf gehalten hat.»

Hurra. Noch ein Nakos. Auf Anabolika.

«Es geht mir gut, Nate. Chris sitzt im Gefängnis. Und ich bin nicht geschlichen.»

Er richtete den Blick wieder nach vorne, ohne etwas dazu zu sagen.

Okay. Sie mussten sowieso über andere Dinge sprechen. «Willst du über gestern Abend reden?»

«Nein.»

Zu dumm. «Warum nicht?»

«Weil ich immer noch hart bin.» Er murmelte einen Fluch und drehte ruckhaft den Kopf zur Seite, um aus dem Beifahrerfenster zu starren. «Vergiss, dass ich das gesagt habe. Du hättest mich nicht küssen sollen.»

«Warum nicht?»

Schließlich hatte er sich nicht unbedingt gewehrt. Und ... wow. Dieser Mann konnte küssen. Jede Zelle in ihrem Körper erinnerte sich an seinen heißen Mund und seine geschickte Zunge. Das Gefühl seiner festen Muskeln unter ihren Fingern, während seine Hände so zärtlich über ihren Körper glitten. Sie vermutete, dass ihn das einiges an Zurückhaltung gekostet hatte, so viel Anspannung, wie er ausgestrahlt hatte, und wie sein Körper gezittert hatte. Sie war immer noch etwas aus der Bahn geworfen von seiner ersten Reaktion. Als hätte er nicht wirklich gewusst, was er tun sollte. Er hatte ihr die Führung überlassen, und sie hätte schwören können, dass er keine Ahnung gehabt hatte, was Küssen eigentlich bedeutete.

Den Rest der Nacht hatte sie sich voller Sehnsucht von einer Seite auf die andere gedreht ... und war jeden Moment im Kopf noch einmal durchgegangen. Letztendlich war sie zu dem Schluss gekommen, dass er sie begehrte, sich aber selbst dafür hasste.

Als er nicht antwortete, warf sie erneut einen kurzen Blick zu ihm. «Warum nicht?»

«Weil ich es wieder tun will.»

Bei seiner leisen Erklärung in diesem gequälten Tonfall wurde ihre Kehle eng. Was war mit ihm geschehen, dass er sich ein so grundlegendes menschliches Bedürfnis nicht gestatten wollte? Beziehungen. Nähe. Glück. Er benahm sich, als müsste er sich selbst bestrafen.

Da Olivia nicht wusste, was sie sagen sollte, fuhr sie den Rest zu Amys kleiner Ranch schweigend, dann benutzte sie ihren Ersatzschlüssel, um die Haustür zu öffnen. Im Wohnzimmer stoppte sie abrupt und keuchte auf. Nate trat neben sie, die Zähne zusammengebissen.

Der Raum war vollkommen verwüstet. Tische lagen umgeworfen auf dem abgetretenen Teppich. Lampen waren zerbrochen. In einer Wand klaffte ein Loch. Überall Unordnung. Was Amy durchgemacht haben musste … Dann senkte Olivia den Blick auf den Boden neben dem Fernsehtisch – und schrie auf.

«Nein. Oh Gott, nein.» Sie sank neben Amys zerstörter Kamera auf die Knie. Der Fotodrucker lag in Stücke zertreten daneben. «Sie hat zwei Jahre lang gespart, um sich das zu kaufen.»

Chris sollte zur Hölle fahren. In die tiefste verdammte Hölle.

Nate ging neben ihr in die Hocke und sah sich die Kamera genauer an. «Die ist hinüber. Aber vielleicht können wir die Bilder auf der Speicherkarte retten.»

Mit zitternden Fingern rieb Olivia sich über die schmerzende Brust. «Ich werde diesen Bastard umbringen.»

Chris war immer ein selbstsüchtiger Mistkerl gewesen, aber sie hatte nicht gewusst, dass er grausam war. Und das jemandem gegenüber, den er angeblich liebte. Er und Amy waren erst ein paar Jahre verheiratet. Chris arbeitete im Laden von Amys Eltern in der Stadt und war relativ neu in Meadowlark. Er war noch nicht lange in der Gegend gewesen und nur ein paar Monate mit Amy ausgegangen, bevor die beiden geheiratet hatten.

«Stell dich hinten an.» Nate zog sein Handy heraus und schoss ein Foto von der Kamera, dann vom Drucker. «Ich werde ihm als Erster den Arsch aufreißen.» Kopfschüttelnd stand er auf. «Such für Amy ein paar Sachen zum Anziehen zusammen. Ich werde noch ein paar Fotos machen und dann ein wenig aufräumen.»

Nachdem sie nichts anderes tun konnte, nickte Olivia und ging ins Schlafzimmer. Dort zog sie einen Koffer aus dem Schrank und packte mehrere Outfits, Pyjamas und Unterwäsche für Amy ein, bevor sie einen Beutel mit Kosmetika füllte. Da sie davon ausging, dass Amy sich darüber freuen würde, stopfte Olivia noch ein paar Bilder ihrer Familie in den Koffer. Wenn ihre Freundin sonst etwas brauchte, konnte Olivia jederzeit noch mal hier vorbeifahren. Für den Moment reichte das.

Als sie ins Wohnzimmer zurückkehrte, standen alle Möbel wieder an ihrem Platz, und Amys zerstörte Fotoausrüstung war verschwunden. Olivia ging in die Küche und entdeckte die Bruchstücke auf dem Tisch. Dieser Raum war nicht verwüstet worden, allerdings waren der Boden und die Eichenschränke ziemlich heruntergekommen.

Nate stand an der Spüle und wusch Geschirr ab. Sie starrte seinen Rücken an und kämpfte plötzlich gegen Tränen. Dass er sauber machte, war nur eine kleine Sache, aber gleichzeitig bedeutete es so viel. Es war so aufmerksam. Wenn es Amy gut genug ging, um zurückzukommen – falls sie das wollte –, würde sie zumindest ein sauberes Haus vorfinden.

Kein guter Mann? So ein Quatsch.

Nates graues T-Shirt lag eng an seinem Oberkörper an, sodass sie das Spiel der Muskeln bei jeder Bewegung sehen konnte. Geschmeidig. Effizient. Für einen so großen Mann war er still wie eine Maus und sehr unaufdringlich. Seine abgewetzten Jeans hingen tief auf den Hüften. Sie legte den Kopf schräg, um den Anblick seines knackigen Hinterns unter dem Stoff zu genießen. Heute hatte Nate auf die schwarze Baseballkappe verzichtet, die er sonst immer trug. Sie musterte die Hinterseite seines kahlen Schädels und fragte sich, warum er sich wohl die Haare abrasierte. Nicht dass es ihr etwas ausmachte. Der Look stand ihm sehr gut.

«Brauchst du meine Hilfe beim Tragen, oder beobachtest du mich einfach so?»

Erwischt. «Einfach so. Du bist ein ziemlich hübscher Anblick, Nate.»

Einen Moment lang hielt er inne, die Wirbelsäule steif, dann wusch er die letzten Teller ab. Er drehte den Wasserhahn ab, griff nach einem Handtuch und drehte sich um. Er musterte sie, während er sich die Hände abtrocknete. Seine Miene verriet nichts über seine Gedanken, doch je länger er starrte, desto wachsamer wurde sein Blick.

Seine Wimpern waren lang und sanft geschwungen, fast wie bei einer Frau. Oder wie bei einem Welpen. Goldene Flecken in der Iris, die verhinderten, dass das dunkle Schokoladenbraun zu finster wirkte. Und sein Mund? Volle Lippen, wie geschaffen, um sie zu küssen.

Mit einem Seufzen warf er das Handtuch auf die Arbeitsfläche, wandte den Blick ab und räusperte sich. «Bist du bereit, wieder zu fahren?»

«Ja. Wir müssen nur den Koffer und den Beutel aus dem Schlafzimmer holen.»

Er stieß sich vom Tresen ab. «Ich hole sie. Wir treffen uns draußen.»

Sie schwor, je mehr er sich ihr und der Anziehungskraft zwischen ihnen widersetzte, desto mehr wollte sie ihn in eine

Ecke treiben. Olivia hatte sich selbst nie als dominant betrachtet, aber etwas an ihm brachte sie dazu, die Initiative zu übernehmen. Irgendwann, irgendwie würde sie dafür sorgen, dass er einknickte. Und dann würden die Funken zwischen ihnen ein Inferno entfachen. Es war unvermeidbar. Vielleicht würde Nate ihr danach ein wenig mehr vertrauen. Sie helfen lassen. Sich selbst so sehen, wie sie es tat, statt an dem finsteren Bild festzuhalten, das er anscheinend von sich selbst gezeichnet hatte.

Nathan Roldan war verletzt worden. Ohne Zweifel. Wie schlimm und für wie lange Zeit, das musste sie noch herausfinden. Doch er war kein verlorener Fall. Er hatte ihr in den letzten Wochen mehr Aufmerksamkeit und Mitgefühl entgegengebracht als die meisten Menschen in ihrem gesamten Leben.

Doch jetzt würden sie erst mal zum Polizeirevier fahren und bei Rip ihre offizielle Aussage machen. Als sie auf dem Revier ankamen, bemühte sich Olivia, den Gestank von verbranntem Kaffee und Donuts zu ignorieren – genauso wie die Tatsache, dass Chris am Ende des Flurs in einer Zelle saß. Nate schickte Rip von seinem Handy aus die Fotos, die er in Amys Haus geschossen hatten.

Als sie gerade gehen wollten, musterte Rip Nate von oben bis unten. «Bist du interessiert an einem Job?»

Nate zuckte zusammen. «Hier? Als Deputy?»

«Ja.» Rip strich sich über seinen Fu-Manchu-Bart. «Du hast das gestern ziemlich gut gemacht. Ich könnte noch einen Hilfssheriff gebrauchen. Hab zwar noch zwei andere Deputys, aber die kannst du an den meisten Tagen in der Pfeife rauchen. Unser County ist nicht groß. Meist passiert nicht viel. Du warst in der Army, hast du gesagt?»

Leicht verwirrt nickte Nate. «Ehrenhaft entlassen, aufgrund einer Verletzung.»

«Bist du mal mit dem Gesetz in Konflikt gekommen?»

Nate zögerte, und Olivias Herz geriet aus dem Takt. Er sah kurz aus den Augenwinkeln zu ihr, dann rammte er die Hände in die Hosentaschen und sah wieder Rip an. «Ich habe eine Jugendstrafakte.»

Rip kniff die Augen zusammen. «Weswegen?»

Ein kalter Schauder glitt über Olivias Rücken. Justin hatte nichts davon gesagt, dass Nate ein Straftäter war. Ihr Atem stockte. Sie fragte sich, ob ihre Menschenkenntnis plötzlich den Geist aufgegeben hatte.

«Dealen.» Der Muskel an Nates Kiefer zuckte.

«Waffen?»

Olivia sah zwischen den beiden Männern hin und her, ihr Magen ein harter Knoten.

«Kokain.»

Rip nickte langsam. «Bist du jetzt clean?»

«Ich habe nie Drogen genommen.» Nate verlagerte sein Gewicht von einem Fuß auf den anderen. «Ich habe getan, was man mir gesagt hat, und Päckchen zu bestimmten Orten gebracht. Ich saß achtzehn Monate im Jugendknast, wurde volljährig und bin in die Army eingetreten. Ende der Geschichte.»

«Und das kann ich nachprüfen?» Rip verschränkte die Arme.

«Ja. Ich kann Ihnen den Namen meines Bewährungshelfers und das Empfehlungsschreiben meines Captains geben.»

«In diesem Fall: Willst du den Job, vorausgesetzt, diese Leute erzählen mir dasselbe wie du gerade?»

Nate musterte ihn einen langen Moment, dann zog er sein Handy aus der hinteren Hosentasche. Seine Daumen glitten über das Display, während Olivia immer noch versuchte, diese neuen Informationen zu verarbeiten. «Ich habe Ihnen eine E-Mail geschickt. Jim Foggerty war mein Bewährungshelfer und Ken Wainright mein Captain. Ihre Kontaktdaten sind angehängt.» Er rieb sich den Nacken. «Was den Job angeht, ich werde darüber nachdenken. Es mit …», er wedelte mit der Hand in Olivias Richtung, «… besprechen.»

Eine Minute später, als sie zum Auto gingen, stoppte Nate sie mit einer sanften Hand am Arm, bevor sie einsteigen konnte. «Ihr habt die Verhaftung bei eurem Hintergrundcheck nicht gefunden, weil ich noch minderjährig war und die Akte unter Verschluss ist. Ich kann in drei Minuten meine Sachen zusammenpacken und von der Ranch verschwinden, wenn du das willst.»

Sie musterte seine besorgt gerunzelte Stirn und seine zusammengepressten Lippen. Ihr erster Impuls war es, sich an ihn zu klammern, um ihn hier festzuhalten. Jetzt, wo sie etwas Zeit gehabt hatte, um die Fakten zu verarbeiten, hatte sich ihr Magen wieder beruhigt. Sie kannte die Umstände nicht, doch er war ein Kind gewesen, als all das geschehen war. Allem Anschein nach hatte er sich seitdem nichts zuschulden kommen lassen.

«Wieso hast du mir das nicht erzählt?»

Er richtete den Blick zum Himmel. «Das ist nicht gerade etwas, worauf ich stolz bin, Olivia.»

Diese Aussage sprach Bände. Und er versuchte auch nicht, sein Handeln zu entschuldigen. «Wie alt warst du?»

Er starrte auf seine Füße. «Sechzehn. Ich wurde in etwas hineingezogen, was ich nicht verstanden habe, und hatte keine andere Wahl. Ich war dämlich.» Er hob wieder den Kopf, die Verzweiflung in seinem Blick war deutlich zu erkennen. «Mehr musst du nicht wissen ... außer dass ich nie, niemals etwas tun würde, um dich zu verletzen oder die Ranch in Schwierigkeiten zu bringen.» Er hielt inne, und sie hätte schwören können, dass er das Atmen einstellte. «Sag ein Wort, und ich bin weg.»

Panik schnürte ihr die Kehle zu. Da hatte sie ihre Antwort. Sie wollte genauso wenig, dass er verschwand, wie er offensichtlich gehen wollte. «Wo willst du hin?»

Er schüttelte den Kopf. «Spielt keine Rolle.»

«Natürlich tut es das.» Er hatte niemanden. Sie hatte das schon vermutet, doch die Vorstellung störte sie immer mehr, je besser sie ihn kennenlernte.

«Ich spiele keine ...» Er schloss die Augen und seufzte.

«Du spielt keine was? Keine Rolle?» Himmel, ihr Magen rebellierte. Je länger er schweigend vor ihr stand, desto mehr brannten ihre Augen. Ihr Herz brach beim Gedanken an das verängstigte Kind, das er einmal gewesen, und den gebrochenen Mann, zu dem es herangewachsen war.

«Ich werde tun, was auch immer du willst, Baby. Sag es mir einfach.»

«Bleib.» Sie tat einen Schritt auf ihn zu, schlang die Arme um seine Hüften und grub die Finger in den Stoff seines T-Shirts. «Ich will, dass du bleibst.»

Nate stand für einen Moment wie erstarrt da, dann sackte er erleichtert in sich zusammen. Er vergrub eine Hand in ihrem Haar, legte die andere an ihr Kreuz. «Ich habe deinem Bruder versprochen, dass ich auf dich aufpassen werde.»

Ja, das hatte er vielleicht. Nur hatte er nicht verstanden, worum es wirklich ging. Dass er sich jetzt auf der Wildflower Ranch befand, war ein Versuch von Justin gewesen, sich um Nate zu kümmern. Sie kuschelte ihre Wange an Nates Brust, atmete tief den Duft von Seife und warmem Mann ein. «Dann lass uns nach Hause gehen.»

Er ließ sein Kinn auf ihren Scheitel sinken und verweilte noch einen Moment lang so. «Okay.»

Als sie endlich zu Hause ankamen, saßen Tante Mae und Amy am Küchentisch und tranken Tee.

«Hey, du.» Olivia umarmte ihre Freundin vorsichtig, bevor sie sich setzte. «Nein, bleib sitzen. Es ist schön zu sehen, dass du aus dem Bett raus bist. Wie geht es dir?»

«Mir tut noch alles weh, aber insgesamt okay. Danke.»

«Wo ist Kyle? Hast du ihn überredet, arbeiten zu gehen?»

Tante Mae verschränkte die Finger auf dem Tisch. «Er und Nakos beschlagen die Pferde.»

«Ich werde das hier nach oben bringen.» Nate deutete mit dem Kinn auf den Koffer und den Beutel in seinen Händen und verschwand.

Amy seufzte. «Ich dachte gestern, meine Augen hätten mir einen Streich gespielt, aber er ist wirklich so groß. Verdammt, Olivia.»

Olivia lachte, doch nach allem, was sie gerade erfahren hatte, und dem damit einhergehenden Gefühlschaos klang es gezwungen. «Er ist ein netter Kerl.» Olivia konzentrierte sich wieder auf ihre Freundin. Sofort verkrampfte sich ihr Magen, als sie die Prellungen auf Amys Gesicht musterte. Zumindest war ihr rechtes Auge heute nicht mehr komplett zugeschwollen. «Wir haben deine Schmerzmittel abgeholt und dir ein paar Sachen aus dem Haus gebracht. Das mit deiner Kamera tut mir leid.»

«Ja.» Amy starrte in ihre Teetasse, während Nate schweigend zurückkehrte und sich in eine Ecke stellte. «Damit hat … das alles angefangen.» Sie deutete mit einer Geste auf sich selbst, die all ihre Verletzungen einschloss. «Chris war sauer, weil mir die Kamera angeblich mehr bedeutete als er – oder irgendein Mist dieser Art. Er hat sie mit einem Hammer bearbeitet. Einfach so. Ich habe zwei Jahre lang jeden Job gemacht, den ich nur bekommen konnte, und jeden Penny gespart, und jetzt war all die Arbeit umsonst.»

Olivia wechselte einen besorgen Blick mit Tante Mae. «Der Drucker ist auch kaputt. Deinen Laptop konnte ich nirgendwo entdecken.»

«Der liegt in der Garage. Unter einem Reifen seines Trucks. Das war das Erste, was er zerstört hat.» Amy schloss die Augen. «Er hat vor sechs Monaten aufgehört, die Hypothek abzuzahlen. Das Haus geht in die Zwangsversteigerung.»

Bevor Olivia antworten konnte, ergriff Tante Mae Amys Hände. «Dann wirst du hierbleiben. Solange du willst.»

«Ich kann mich euch nicht aufdrängen.»

«Sag so was nie wieder.» Olivia sah Amy direkt an. Amys Eltern waren kalte und hartherzige Menschen. Eher würde die Hölle einfrieren, als dass sie ihre Tochter wieder ins Haus ließen. Besonders, nachdem Amy etwas verursacht hatte, was in ihren Augen einen Skandal darstellte. Amy würde nirgendwohin gehen. «Du wirst hierbleiben. Punkt.»

«Danke. Aber ich weiß gar nicht, was ich hier tun soll. Es ist ja nicht so, als bräuchtet ihr meine Hilfe. Und in der Stadt gibt es im Augenblick keine Jobs.»

Tante Mae zuckte mit den Achseln. «Du kannst kochen, richtig? Und putzen? Wenn du wieder so weit auf dem Damm bist, kannst du mir einfach helfen … und mehr ist nicht zu sagen.»

«Ihr seid großartig. Danke. Ich werde mir bald überlegen, wie es weitergehen soll, versprochen.» Amy fuhr sich mit den Fingern durch ihr kakaofarbenes Haar und verzog das Gesicht. «Ich glaube, ich nehme jetzt das Schmerzmittel, Liv. Wenn es dir nichts ausmacht?»

«Natürlich nicht.» Amy war die einzige Person, die Olivia Liv nannte. Sie mochte den Spitznamen nicht besonders, aber daran musste sie ihre Freundin nicht gerade jetzt erinnern. Mal abgesehen davon, dass Amy ohnehin nicht auf Olivia gehört hätte.

Tante Mae stand auf und öffnete die Pillendose, die Nate schon auf die Arbeitsfläche gestellt hatte. Sie schüttelte eine Tablette in ihre Hand und gab sie Amy. «Olivia wird dich nach oben bringen und deine Koffer auspacken. Du solltest dich ausruhen.»

Amy schluckte die Tablette mithilfe von etwas Tee. «Ich kann euch gar nicht genug danken.» Sie sah Nate an. «Dir auch. Wie du in die Scheune gestürmt bist? Das war unglaublich.»

Er starrte sie an. Scheinbar fühlte er sich unwohl, doch als er sprach, war sein Tonfall fest und entschieden. «Es war nötig, und jeder andere hätte dasselbe getan.»

«Da bin ich mir nicht so sicher. Auf jeden Fall vielen Dank.»

Sein Blick glitt zu Olivia, dann wieder zu Amy. «Erhol dich. Das ist Dank genug.» Er stieß sich von der Wand ab. «Ich werde mal schauen, ob Nakos Hilfe braucht.» Nate warf Olivia einen strengen Blick zu. «Verlass das Haus nicht, ohne jemandem Bescheid zu sagen.»

Als die Tür hinter ihm ins Schloss fiel, stieß Amy den Atem aus und fächelte sich selbst Luft zu. «Mann. Ist er immer so intensiv?»

«Ja», sagten Tante Mae und Olivia gleichzeitig.

Olivia lachte. «Stell dir Nakos' Beschützermasche vor und

multipliziere sie mit zehn, dann ergänze das Ganze um eine militärische Ausbildung.»

«Huh. Ich hoffe nur, du kriegst Sex. Er ist heiß, Liv.»

Sofort schossen Tante Maes Augenbrauen nach oben. «Genau meine Worte.»

«Und das war mein Stichwort.» Olivia stand auf. «Komm. Lass uns deine Sachen auspacken.»

Sobald sie oben angekommen waren, kletterte Amy in das Doppelbett und rollte sich auf der gelben Tagesdecke zusammen, während Olivia Shirts und Pullis faltete und in Schubladen einräumte. Viel zu lange stammte das einzige Geräusch im Raum von Olivias Schritten auf dem Holzboden. Schweigen hatte in ihrer Freundschaft eigentlich nie einen Platz gehabt.

«Wie lange ging das schon so, Amy?»

«Das war das erste Mal, dass er mich geschlagen hat, falls du das wissen willst.» Amy hob einen Arm über den Kopf, nur um sofort das Gesicht zu verziehen und die andere Hand an die Rippen zu drücken. «Ich mag ja dämlich genug gewesen sein, den Arsch zu heiraten, aber ich bin keine komplette Idiotin. Ich hätte ihn sofort verlassen.»

Olivia verspürte Erleichterung, dass sie nichts Derartiges übersehen hatte. Vorsichtig setzte sie sich neben Amy aufs Bett. Ihr gefiel überhaupt nicht, wie zerbrechlich ihre Freundin aussah. Amy hatte immer so viel Lebensmut und Tatkraft ausgestrahlt, und Olivia hatte versucht, ihr nachzueifern. «Was ist passiert?»

«Das habe ich schon Rip und Kyle erzählt.»

«Erzähl es mir auch noch mal.»

Amy seufzte und schloss die Augen. «Ich habe die Ankündigung der Zwangsversteigerung von der Bank gefunden. Er hat nie erwähnt, dass es so schlimm steht. Wir haben uns gestritten. Er wollte meine Ausrüstung verkaufen, ich habe mich geweigert. Das Geld hätte sowieso keinen Unterschied mehr gemacht.» Sie öffnete die Lider und starrte böse an die Decke. «Und bevor ich wusste, wie mir geschah, ist er total durchgedreht. Hat sich meinen Laptop geschnappt und ihn überfahren. Hat meine Sache mit einem Hammer zerschlagen. Als ich versucht habe, ihn aufzuhalten, hat er seinen Zorn an mir ausgelassen.»

Sie drehte den Kopf und suchte Olivias Blick. «Irgendwann ist er verschwunden. Ich bin hierhergelaufen. Den Rest weißt du.»

Olivia kämpfte gegen die Tränen, ihre Kehle wie zugeschnürt. «Es tut mir so leid.»

Amy zuckte mit den Schultern, als spiele es keine Rolle. «Chris wird morgen nach Casper überführt und vor Gericht gestellt. Er plädiert auf unschuldig. Ich muss einen Ort finden, an dem ich meine Sachen unterbringen kann, bevor die Bank sich das Haus holt. Und ich brauche einen Scheidungsanwalt. Was für ein Chaos.»

«Du kannst deine Sachen in unseren Keller stellen. Wir benutzen ihn sowieso nur im Herbst für die ganzen Einweckgläser.» Olivia nahm Amys Hand und verschränkte die Finger mit ihren. «Und mit dem Rest kommen wir auch klar.»

10

N ate saß im Wohnzimmer auf einem Sessel und kraulte Bones, während er auf Olivia und Amy wartete. Jeden Abend machten sie nach dem Essen einen Spaziergang ... und er hatte gelernt, dass er sich besser in der Nähe bereithielt, weil sie sonst ohne ihn gingen. Vielleicht war er paranoid, aber das interessierte ihn nicht die Bohne. Er würde damit erst aufhören, wenn sein Herz nicht mehr jedes Mal anfing zu rasen, sobald er Olivia aus den Augen ließ.

Die Frauen kamen aus der Küche und setzten sich aufs Sofa. Amys Prellungen verfärbten sich langsam gelb und grün, und jeden Tag waren ihre Bewegungen ein bisschen weniger steif. Immerhin etwas: Ihr Anblick sorgte nicht mehr jedes Mal dafür, dass er einen mordlüsternen Anfall bekam. Und Chris würde wahrscheinlich fünf bis zehn Jahre im Gefängnis in Casper absitzen. Damit konnte Nate leben.

Mae brachte Olivia eine Tasse Tee und warf einen Blick zu Nate. «Möchtest du auch etwas?»

«Ich brauche nichts. Vielen Dank.» Sie fragte ihn jedes Mal, als wäre es ihre Aufgabe, ihn zu bedienen. Ihm gefiel das nicht, aber für sie schien es einfach eine Gewohnheit zu sein.

«Geht ihr noch raus?»

«Nope. Ich bin zu müde, um mich zu bewegen. Außerdem hat es angefangen zu regnen.» Amy sah sich um, dann blieb ihr Blick stirnrunzelnd an einem Paket vor dem Kamin hängen. «Was ist das?»

«Oh.» Mae stand auf. «Das hätte ich fast vergessen. Das wurde heute für dich geliefert.»

Sie wollte es hochheben, doch Nate stand auf und schob die ältere Frau sanft zur Seite, um das selbst zu tun. Schließlich wusste er genau, was sich in dem Paket befand und wie viel es wog. Er stellte es vor Amys Füßen ab und setzte sich wieder, weil er davon ausging, dass es verdächtig wirken würde, wenn er jetzt ging.

«Für mich? Von wem denn?», fragte Amy. Sie musterte das Etikett, doch Nate hatte sichergestellt, dass es keine Rücksendeadresse gab. «Das ist seltsam. Hier steht nichts.»

Olivia half ihr, den Karton zu öffnen. Amys Keuchen, gefolgt von überwältigten Glückstränen, machte den ganzen Mist der letzten Woche irgendwie besser. Amy zog den Laptop aus dem Karton, gefolgt von der Kamera, dann starrte sie beide Geräte an.

«Ich verstehe das nicht.» Sie sah noch einmal in den Karton. «Oh mein Gott. Da ist auch noch ein neuer Drucker.» Olivia zog ihn aus dem Paket, als sich herausstellte, dass das Gerät für Amy zu schwer war. «Es gibt keine Nachricht und nichts.» Amy wischte sich die Tränen von den Wangen und sah erst Olivia an, dann Mae.

Mae zuckte mit den Achseln. «Deine Eltern vielleicht? Oder Chris, der versucht, sich zu entschuldigen?»

Amy schüttelte den Kopf. «Meine Leute können sich so was nicht leisten und haben die Sache mit der Fotografie nie unterstützt. Genau wie Chris. Außerdem ist er eingesperrt.» Sie blinzelte Olivia an.

«Schau mich nicht an.»

«Oder mich.» Mae lächelte. «Aber egal, wer es war, es ist eine sehr nette Geste.»

«Ich kann das nicht annehmen. Die Geräte müssen Tausende Dollar wert sein.»

Fünftausend, um genau zu sein. Doch es war das Geld wert zu sehen, wie der niedergeschlagene Ausdruck von Amys Gesicht verschwand. Kein Arschloch hatte das Recht, ihre Träume zu zerstören oder sie blutig zu schlagen.

Oder sich seiner Olivia auch nur auf zehn Meter zu nähern. Verdammt. Er tat es schon wieder. Sie war nicht sein, und doch meldete sich ständig der Höhlenmensch in ihm zu Wort.

Nate stand auf. «Falls ihr mich braucht, ich bin eine Weile draußen.»

Mit Bones neben sich ging er zu dem Schaukelstuhl am äußersten Ende der Veranda. Vor dem Dach prasselte der Regen vom Himmel. Eine Warmluftfront war über die Gegend hinweggezogen, hatte die Temperatur tagsüber fast bis auf die zwanzig Grad hochgebracht, die sich wegen der hohen Luftfeuchtigkeit wärmer anfühlten. Der Geruch von nassem Gras und Schlamm verband sich mit dem Duft der Blütenknospen in dem kleinen Garten an der Ecke. Nate atmete tief durch und lauschte auf das Geräusch der Tropfen.

Nach einer Weile schnappte er sich den Eimer, in den er seine Sachen getan hatte, während der Hund sich zu seinen Füßen zusammenrollte. Er hatte eine gute Verwendung für die Bretter gefunden, die er und Nakos vom Zaun abgebaut hatten. Statt verbrannt zu werden, hielt das Kiefernholz Nates Hände und Geist beschäftigt, wenn er schnitzte, sobald Olivia im Bett war. Er hatte zwei kleine Figuren von Bones angefertigt, mehrere Hufeisen und einen Baum, der der großen Pappel beim Friedhof nachempfunden war. Seine Schnitzereien waren sicher nichts Besonderes, aber er fand die Arbeit entspannend.

Er war gerade dabei, die Form einer Pferdeflanke zu schnitzen, als die Fliegengittertür aufging und Olivia herauskam, Tränen in den wütenden Augen.

Vorsichtig legte er Figur und Messer zurück in den Eimer und stand auf. Sein Herz schlug wie wild gegen seine Rippen. «Was ist ...»

«Du», knurrte sie und kam mit großen Schritten näher. «Du hast ihr diese Sachen gekauft.»

Scheiße. Woher ...

Sie sprang ihn an, schlang die Beine um seine Hüfte und umfasste seine Wangen.

Stöhnend stolperte Nate rückwärts. Dann fand er sein Gleichgewicht wieder und packte unwillkürlich ihren Hintern, damit sie nicht herunterfiel. Verdammt. Das konnte nicht gut enden. «Olivia ...»

«Erzähl mir nie wieder, du wärst kein guter Mann.» Bevor er antworten oder widersprechen oder auch nur blinzeln konnte, presste sie ihre Lippen auf seine.

Licht aus. *Sayonara*, Vernunft.

Anders als letzte Woche auf ihrer Couch gab es diesmal keine Zärtlichkeit, kein langsames Erkunden. Sie stürzte sich auf seinen Mund, als wäre sie vollkommen ausgehungert. Verzehrte sich nach ihm. Ihre Hände waren überall – auf seinem Gesicht, seinem Hals, seinen Schultern. Sie legte den Kopf schräg und stöhnte. Dann begann sie, an seiner Unterlippe zu knabbern, und ließ ihre Zunge in seinen Mund gleiten, um seine zu finden. Heiß, feucht, tief.

«Gottverdammt», murmelte er und wirbelte herum, auf der Suche nach etwas, wogegen er sie pressen konnte. Seine Hand fand den Stützpfeiler der Veranda. Sanft drängte er sie dagegen, sodass er auch die zweite Hand frei hatte, um ihren Körper zu erkunden.

Olivia drängte die Hüften gegen seine wachsende Erektion. Er stöhnte seine Überraschung in ihren Mund. Doch sie hörte nicht auf. Stattdessen öffnete sie die Beine weiter, verwandelte dieses heiße Geplänkel in etwas fast Pornographisches. Jeder Muskel in seinem Körper spannte sich an, und er war härter als Eisen. Olivia erkundete seinen Mund, streichelte mit ihrer Zunge die seine, saugte daran.

Und ihre Hände. Ooh, ihre Hände. Die Art, wie sie seinen Kopf streichelten, war seltsam erotisch. Oder der feste Halt ihrer Arme um seinen Hals, als wollte sie ihn für sich beanspruchen und verhindern, dass er sich ihr entzog.

Er glitt mit den Händen über ihre schmale Taille und schob die Hand unter ihr Hemd, um dort warme, weiche Haut zu finden. Während sie seinen Mund eroberte, glitten seine Finger weiter, bis sie auf Satin stießen. Er hätte getötet, um herauszufinden, welche Farbe der BH hatte, der ihre perfekten Brüste verbarg. Das Bedürfnis, sie anzusehen, war überwältigend. Doch er gab sich damit zufrieden, seinen Daumen über die harten Spitzen gleiten zu lassen und zu stöhnen, als sie sich noch mehr verhärteten.

Gott steh ihm bei. Sie würde ihn noch umbringen. Ihre warme Haut. Ihr heißer Mund. Ihr Körper, der im Vergleich zu seinem so schlank war. Er war auf dem besten Weg, sich ihr zu ergeben, doch plötzlich interessierte ihn das überhaupt nicht mehr.

Da er dringend Sauerstoff brauchte, riss er seinen Mund von ihrem und presste die Lippen stattdessen an ihren Hals. Sie keuchte und drängte sich ihm ein weiteres Mal entgegen, bis seine Erektion in den Jeans fast schmerzhaft wurde. Noch nie hatte er sich mehr nach Schmerz gesehnt. Ihre Haut roch wie eine süßere Version des Wolkenbruchs hinter ihnen.

Knabbernd und leckend bahnte er sich einen Weg über ihre Kehle auf die andere Halsseite.

«Ich kann nicht glauben, dass du das getan hast», hauchte Olivia und umfasste seine Schultern. «Du hast sie so glücklich gemacht.»

Er wollte im Moment wirklich nicht über eine andere Frau reden. Trotzdem hob er den Kopf und sah ihr tief in die kornblumenblauen Augen. Die Gefühle, die er dort erkannte, ließen seine Kehle eng werden. «Wie hast du es herausgefunden?»

Ihre Daumen glitten über seine Unterlippe, und selbst das kostete ihn fast den Verstand. «Die Kamera und der Drucker waren genau dieselben Modelle wie diejenigen, die Chris zerstört hat. Es kann niemand anderes gewesen sein.»

«Sag es ihr nicht, okay?» Über die Jahre hatte er eine Menge Geld angespart, weil er nie Miete gezahlt oder andere Ausgaben gehabt hatte. Er wollte nicht, dass irgendein Wirbel um sein Geschenk gemacht wurde. Doch das sah Olivia offenbar anders.

«Ich verstehe dich nicht.» Mit gerunzelter Stirn musterte sie sein Gesicht.

Die Tatsache, dass sie überhaupt versuchte, ihn zu verstehen, war für ihn schon etwas vollkommen Neues. Gut möglich, dass sie die Erste war, die sich dieser hoffnungslosen Aufgabe stellte. «Du musst mich nicht verstehen. Der Versuch ist den Frust nicht wert.»

Mit verletztem Blick öffnete sie die Lippen, als wolle sie etwas sagen, doch dann schüttelte sie nur den Kopf. Sie legte eine Hand oben auf seinem Kopf, verfolgte die Bewegung mit den Augen. Langsam ließ sie ihre Finger zu seiner Stirn, über seine Nase, Wange und über seinen Mund gleiten, bis sie die

Bewegung an seinem Kinn stoppte. Im Anschluss tat sie dasselbe mit der anderen Hand, als wollte sie sich die Konturen seines Gesichts einprägen. Sein Herz verkrampfte sich in seiner Brust.

Mit Zärtlichkeiten konnte er einfach nicht umgehen.

Es kostete ihn zwei Versuche, etwas zu sagen, und als es ihm schließlich gelang, klang seine Stimme rau. «Was tust du da?»

«Ich berühre dich.» Sie fuhr seine Augenbrauen, seine Lippen nach.

Er konnte nicht atmen. Weil er ein Mann war, dem nie die geringste Zuneigung entgegengebracht worden war, wusste er nicht, was er mit ihrer anfangen sollte. Seine Brust wurde eng, und das Blut rauschte in seinen Ohren. Er hatte das nicht verdient – hatte *sie* nicht verdient –, doch er konnte sich nicht dazu bringen, sie wegzuschieben. Olivia war gleichzeitig Balsam für seine Seele und eine gefährliche Verlockung. Der Widerspruch war fast schmerzhaft.

Keuchend kämpfte er gegen den Tumult in seinem Kopf an. «Warum, Baby?»

Sie begann erneut mit ihren zärtlichen Berührungen, als hätte sie die ganze Nacht Zeit und wolle nichts anderes tun als das. «Weil niemand es je gemacht hat und es mir Freude bereitet.» Während er mit dieser Antwort kämpfte, machte sie weiter, als hätte sie ihm nicht gerade den Boden unter den Füßen weggezogen. «Mir ist egal, was du sagst. Du bist es wert.»

Himmel. «Olivia ...»

«Kein Wort.» Sie pikte ihn in die Brust, dann machte sie sich von ihm los. «Komm mit.» Sie ging in Richtung der Stufen zum Kiesweg, und er rief ihren Namen. «Ich habe gesagt, kein Wort.»

«Es schüttet.» Wie aus Eimern.

Sie winkte ihn mit einem Finger heran und stieg die Stufen nach unten, dann wartete sie auf ihn. Sofort war ihr kastanienrotes Haar durchnässt, und das gelbe Hemd klebte an ihrem schlanken Körper. Ihre engen Jeans, die vorher schon eng gesessen hatten, glichen jetzt einer zweiten Haut.

Zum Teufel! Sein Verlangen war ein fauchendes, scharrendes Monster, das sich von den Ketten befreien wollte, an die er es gelegt hatte. Mehr noch, er empfand eine ... Leidenschaft, die viel tiefer ging als das.

Es spielte keine Rolle, was er tat oder nicht tat. Olivia startete einfach den nächsten Angriff. Und er war so unglaublich versucht nachzugeben. Wieso sich wehren? Ihn erwartete ohnehin nichts als Feuer und Schwefel, und er wünschte sich aus tiefstem Herzen, vorher etwas Gutes zu erleben. Nur ein Mal.

«Vertrau mir, Nate.» Ihre weiche, singende Stimme drang durch die Regentropfen an sein Ohr.

Und da passierte etwas Seltsames. Er erkannte, dass er ihr tatsächlich vertraute.

Er trat in den Regenguss und folgte ihr auf die andere Seite des Hauses, zu einem Hain aus Bäumen. Der Regen klang hier anders, als sie an mehreren Eichen vorbeigingen und schließlich unter einem Baum anhielten, an dem eine Strickleiter hing. Er sah nach oben, als sie begann hinaufzuklettern, und entdeckte ein Baumhaus zwischen den Ästen.

Mit einem Kopfschütteln folgte er ihr. Das Baumhaus war vielleicht gerade mal zwei Meter breit und hatte kein Dach, aber die dichten Blätter und Zweige darüber schufen einen kleinen geschützten Zufluchtsort. Es roch leicht nach Moder und altem Holz, doch insgesamt wirkte das Bauwerk stabil.

«Das war mein geheimer Ort als Kind. Nicht weil niemand

davon wusste, sondern weil ich hergekommen bin, um meine Geheimnisse laut auszusprechen. Hinterher habe ich mich immer besser gefühlt.»

Er musterte sie, bis auf die Haut durchnässt. Langsam ergriff Angst Besitz von ihm. «Manche Geheimnisse sind einfach zu hässlich, um sie auszusprechen.» Und Olivia war so schön, dass es fast weh tat.

«Nichts an dir ist hässlich.» Sie drängte ihren Körper gegen seinen und packte den Saum seines Shirts. «Zieh es aus.» Unerbittlich schob sie den nassen Stoff nach oben, bis Nate keine andere Wahl blieb, als sich das Shirt über den Kopf zu ziehen, weil Olivia ihn sonst erwürgt hätte. Mit einem nassen Klatschen landete es auf dem Boden. «Setz dich.»

«Olivia, was tun wir hier?»

Wider besseres Wissen tat er, worum sie gebeten hatte, um dann fast seine Zunge zu verschlucken, als Olivia sich rittlings auf seine Schenkel setzte. Sie legte eine Hand auf seine Schulter und drückte dagegen, um ihn dazu zu ermuntern, sich hinzulegen. Vermutlich wog sie nicht viel mehr als sechzig Kilo, was die Frage aufwarf, wie es sein konnte, dass sie die Dominantere von ihnen war. Andererseits ... wenn sie ihn gebeten hätte, den Mond anzuheulen, hätte er es getan.

Er schob einen Arm hinter den Kopf und stieß ein Zischen aus, als die kühlen Holzplanken seinen Rücken berührten. Olivia lehnte sich über ihn, ihr nasses Haar ein Vorhang um sie herum, und in diesem Moment atmete er gar nicht mehr. Der Regen hatte aufgehört, doch aus dem Blätterdach fielen immer noch Tropfen. In dieser Umgebung sah sie aus wie eine sexy Version eines Waldgeists.

«Du hast mir in der Scheune etwas über das Austauschen von Erinnerungen beigebracht. Ich werde jetzt dasselbe für dich tun.» Sie küsste ihn aufs Kinn. Er schloss die Augen, verwirrt und fasziniert. «Wieso hast du für Leute gearbeitet, die Kokain verkauft haben?»

Er riss die Augen wieder auf. «Olivia. Das ist nicht ...»

«Antworte mir, und ich werde dich belohnen.»

Er erstarrte, rang mit der Versuchung. «Wie willst du mich belohnen?» *Wieso zur Hölle dachte er überhaupt darüber nach?*

Sie schenkte ihm ein träges Lächeln und spreizte die Finger auf seiner Brust. Unvorstellbare Hitze ging von ihren Handflächen aus, sodass er stöhnte. «Soll ich weitermachen?»

Feuer schien über seine Haut zu züngeln. Die Antwort platzte aus ihm heraus, weil er mehr von ihr wollte. Mehr brauchte. «Ich hatte keine Wahl. Ich hatte mich zwei Jahre zuvor einer Gang mit dem Namen *The Disciples* angeschlossen, um Schutz zu finden. Chicagos Southside ist kein angenehmes Pflaster.»

Und einfach so senkte sie den Kopf und ließ ihre heiße, feuchte Zunge um seine Brustwarze kreisen. Keuchend drängte er sich ihrem Mund entgegen, vergrub eine Hand in ihrem Haar, während er mit der anderen ihren Körper an seinen presste.

Diese neuen, aufwühlenden Empfindungen überluden sein Hirn und sorgten dafür, dass all seine guten Absichten sich in Luft auflösten. Er hatte nie zuvor im Zentrum solcher sexueller Aufmerksamkeit gestanden und zitterte vor Verlangen. Bei früheren Partnerinnen hatte immer er die Kontrolle ausgeübt und hatte nicht zugelassen, dass sie ... spielten. Das hier war ... sie war ...

Scheiße. Gleich würde er sterben.

«Mochtest du es, in der Gang zu sein?» Diesmal stellte sie ihre Frage, ohne den Kopf zu heben.

Schwer atmend starrte er auf das Blätterdach über sich. «Zuerst schon, aber das hat sich schnell geändert. Ich gehörte endlich irgendwo dazu, aber das hatte seinen Preis. Meine Zeit gehörte nicht länger mir, und sie haben mir das bisschen Menschlichkeit gestohlen, das mir geblieben war.» Messerstechereien und Revierkämpfe. Frauen waren Objekte gewesen, die man besaß und in die Unterwerfung fickte. Ständig hatte er darum kämpfen müssen, seine Miene ausdruckslos zu halten, während sein Magen rebellierte ...

Olivia saugte an seinem Nippel. Hielt ihn mit den Zähnen fest und ließ ihre Zunge darüber gleiten. Die Erinnerungen an zerbrochene Flaschen und Graffiti verschwanden. Blut, Angst und Schreie lösten sich in nichts auf, weil er nur noch Olivias süßen Mund spürte und die Art, wie sie sein Herz aus einem ganz anderen Grund zum Rasen brachte. Er senkte den Blick und strich ihr über das Haar, während er sich gleichzeitig fragte, was mit ihm geschah.

Sie wandte sich seiner anderen Brustwarze zu, dann hielt sie inne. «Was wäre passiert, wenn du nein gesagt hättest? Wenn du einfach gegangen wärst?»

«Wenn man einmal dabei war, gab es kein Zurück mehr. Sie hätten mich umgebracht.» Auf schmerzhafte Art. Er hatte das mehr als ein paarmal mitbekommen. Folter. Messerstiche. Das Gangsymbol, das in Haut geritzt wurde. Jungs, die um ihren Tod bettelten ...

Olivia ließ die Hände an seinen Seiten nach oben gleiten, während sie nun an der anderen Brustwarze saugte. Blitze schossen durch seinen Körper, löschten alles aus, bis nur noch Olivia in seiner Welt existierte. Er litt. Himmel, wie er litt. Sehnte sich danach, dass sie weitermachte; danach, dass sie aufhörte, ihn ... fühlen zu lassen.

«Aber du bist am Leben. Du bist entkommen.»

Verdammt, es war unmöglich, sich zu konzentrieren. Kühle Regentropfen fielen aus den Blättern auf seine heiße Haut. Fast wunderte es ihn, dass sie nicht verdampften. «Sobald ich im Jugendknast saß, war ich entbehrlich. Direkt nach meiner Entlassung bin ich in die Army eingetreten und nie zurückgekehrt.»

Sie zog eine Spur aus Küssen über seine Brust bis knapp unter seinen Kiefer. Doch die Realität durchdrang langsam wieder den Nebel. Er drehte den Kopf, vergrub beide Hände in ihrem Haar und zwang Olivia, ihn anzusehen.

«Ich habe schreckliche Dinge getan, Olivia. Dinge, die du nicht ungeschehen machen kannst.»

Sie musterte ihn ernst. «Wenn du zurückgehen und alles noch mal machen könntest, würdest du dich der Gang anschließen?»

«Nein.»

«Bereust du die Dinge, die du getan hast?»

«Ja.» Jede Sekunde jeder Minute jeden Tages.

Sie ließ ihre Finger über sein Gesicht gleiten, als wollte sie die Vergangenheit wegwischen. «Du warst noch ein Junge. Ein verängstigter, hilfloser Junge. Die Tatsache, dass du Schuld empfindest – dass dich das alles noch heute quält –, sollte dir verraten, was hier drin ist.» Sie drückte ihre Hand über sein Herz. «Gute Leute tun aus allen möglichen Gründen böse Dinge. Aus Angst, aus Verzweiflung. Aber das macht dich nicht zu einem schlechten Menschen.»

Nate schüttelte hilflos den Kopf. Er hatte ihr nichts entgegenzusetzen.

«Wenn diese Bilder das nächste Mal in dir aufsteigen, denk stattdessen an das hier.» Sie küsste ihn, langsam und sanft und mit solcher Andacht, dass er die Augen schließen musste. «Und an das hier.» Sie legte die Hände auf seine Brust, und er öffnete die Augen wieder. Ohne seinen Blick freizugeben, ließ sie ihre Finger langsam über seine durchtrainierten Bauchmuskeln gleiten. «Erlaube dir, dich gut zu fühlen, Nate. Genauso gut, wie ich mich mit dir fühle.»

Jesus Christus. Sie war … Er wusste es nicht.

Er biss die Zähne zusammen, legte die Hände an ihre Arme und schüttelte sie leicht. «Du solltest weglaufen, Baby. Wo ich bin, ist der Schmerz nicht weit.»

Sie stemmte die Hände neben seinen Schultern auf den Boden und beugte sich über ihn, bis er nichts anderes mehr sah als sie. «Du nennst mich Baby, wenn du frustriert, erregt oder verängstigt bist. Bist du dir dessen bewusst? Ich glaube nicht.»

Er runzelte die Stirn. Nein, er hatte keine Ahnung gehabt, dass er das getan hatte. Kosenamen waren nicht sein Ding. Andererseits, von allen Begriffen, die er hätte verwenden können, war *Baby* der … besitzergreifendste. Eine Erklärung, dass sie ihm gehörte. Dass sie wichtig war.

«Es …» Nein. Es tat ihm eigentlich nicht leid. Und auch wenn der Pfad, auf den Olivia ihn führte, garantiert in Schmerz enden würde, konnte er nicht aufhören, sie zu begehren. Auch wenn er es weiß Gott versucht hatte. «Willst du, dass ich damit aufhöre?» Er würde irgendwie einen Weg finden, sich zusammenzureißen.

«Nein.» Sie beugte sich vor und sprach direkt an seinen Lippen. «Es gefällt mir.»

Er stöhnte. Mit den Händen, die immer noch an ihren Armen lagen, zog er sie ganz an sich. Sofort öffnete sie den Mund für ihn, als würde sie spüren, was er brauchte … und wünsche sich nichts mehr, als es ihm zu geben. Auch das hatte er in ihren wenigen Begegnungen bereits gemerkt. Ihre Küsse waren wie ihr Charakter: Freundlich. Großzügig. Clever. Sexy. Oder – wenn sie emotional an die Grenzen ihrer Belastbarkeit kam – wild.

Und sie schien ihm immer etwas sagen zu wollen. Wie jetzt in diesem Moment, wo sie seine Wange umfasste und seine Lippen leicht mit ihrer Zunge liebkoste. *Ich-passe-auf-dich-auf* in Kombination mit *Du-kannst-dich-fallenlassen*. Damit konnte sie einen erwachsenen Mann zum Weinen bringen.

Mit einem erregenden kleinen Summen zog sie sich zurück. «Wieso rasierst du dir den Kopf?»

Er blinzelte wegen des plötzlichen Themenwechsels, dann kratzte er sich am Kinn. «Im Jugendknast bin ich in eine Prügelei geraten. Ein Kerl hat meine Haare gepackt und mich so besiegt. Seitdem rasiere ich sie mir ab.»

«Interessant. Ich dachte, du würdest etwas über eine fliehende Stirn oder kahle Stellen sagen.»

In einem Moment trieb sie ihn fast in den Wahnsinn, im nächsten brachte sie ihn zum Lachen. «Nein. Oder, na ja, vielleicht ist das inzwischen so. Ich weiß es nicht.» Er starrte sie an, weil er sich fragte, ob es ihr vielleicht nicht gefiel. «Warum?»

Sie zuckte mit den Achseln. «Ich war einfach neugierig.» Wieder legte sie die Hände an seinen Kopf. Streichelte ihn. «Das ist sexy.»

«Sexy», wiederholte er, weil er ihr einfach nicht folgen konnte.

«Heiß, attraktiv …»

«Ich weiß, was sexy bedeutet.» Verdammt, er grinste tatsächlich. Sie war bezaubernd. «Ich verstehe nur einfach nicht, wieso du das denkst.» Nicht zum ersten Mal fragte er sich, was sie an ihm fand. Er war kein Cowboy, kein typisch amerikanischer Junge – und das war die Art von Mann, den er sich an ihrer Seite vorstellte.

«Vermutlich bin ich einfach klüger als du.»

Er gab auf. Frauen zu verstehen – besonders diese –, war wie der Versuch, die Kernfusion zu verstehen, während man Whiskey trank. Sinnlos.

Er atmete tief durch, legte seine Hände auf ihre Schenkel und ließ die Daumen über die feuchten Jeans gleiten. «Wenn wir jetzt mit dieser Foltersitzung durch sind, sollten wir wieder ins Haus gehen, bevor du krank wirst.»

Sie presste die Lippen aufeinander, weil sie offensichtlich gegen ein Grinsen ankämpfte.

Sicher, okay. Sie konnte ruhig über ihn lachen, weil er sich Sorgen machte. Aber sie war vollkommen durchnässt, und die Temperatur sank.

«Ich weiß nicht, womit ich dich zuerst aufziehen soll – mit dem Folterkommentar oder der großmütterlichen Besorgnis.» Ihre kornblumenblauen Augen leuchteten vor Erheiterung und vertrieben die letzten Reste des Unbehagens aus seiner Brust.

Er verpasste ihr einen festen Klaps auf den Hintern, sodass sie quietschte. «Nach Hause, Olivia, oder ich trage dich.»

11

Olivia lehnte sich gegen die Boxentür, die Nakos gerade geschlossen hatte, und stieß ein tiefes Seufzen aus. «Ich bin von dem Tag heute so durch, dass es schon lächerlich ist.» Sie rieb sich die linke Schulter, während sie sehnsüchtig an eine heiße Dusche dachte. Und an ein Kilo Schokolade. Dazu noch ein Glas Wein, und der Tag würde vielleicht mit einer positiven Note enden.

Gary, ihr Tierarzt, war zur halbjährlichen Untersuchung der Pferde auf die Wildflower Ranch gekommen. Olivia mochte den Mann, aber sie hasste die Untersuchungen. Manche der Pferde wurden nervös, wenn der Tierarzt da war. Außerdem dauerte es ewig, alle Pferde einzeln aus den Boxen zu holen und sie später zurückzubringen. Sie waren so lange beschäftigt gewesen, dass ihr am Nachmittag kaum genug Zeit geblieben war, zum Haus zu joggen, um sich – auf Nakos' Drängen hin – als vorgezogenes Abendessen ein Sandwich zu schnappen, nachdem sie das Mittagessen ausgelassen hatte.

«Geht es dir gut?» Nakos stemmte die Hände in die Hüften und musterte sie mit gerunzelter Stirn.

«Sicher. Nur ein bisschen gezerrt, denke ich. Firestorm hat den Kopf hochgerissen, als Gary ihm die Spritze gesetzt hat. Dabei hat er mir ein wenig den Arm überdehnt.» Für ein Vollblut war Firestorm ein ziemliches Riesenbaby. Andererseits ... Er war männlich. Was konnte man da schon erwarten.

Nakos nickte. «Dann lass uns dich mal nach Hause bringen. Du kannst eine Schmerztablette nehmen und dir ein Bad gönnen.»

«Guter Plan.» Wenn sie es bis zum Haus schaffte. Der Heuballen da in der Ecke wirkte sehr einladend.

Sie schlossen die Scheunentore und wanderten im verblassenden Tageslicht den Weg entlang, wobei sie einen Haufen Schindeln umrunden mussten, die von der dritten Scheune stammten. Nate hatte angefangen, die Dächer neu zu decken. Eigentlich hatte sie dafür jemanden anheuern wollen, doch kaum hatte er das mitbekommen, hatte er darauf bestanden, dass er das erledigen konnte.

«Er ist ziemlich gut vorangekommen, hm?»

Sie nickte zustimmend, dann sog sie die feuchte Luft in ihre Lunge. Der Frühling schien endlich bleiben zu wollen, wofür sie dankbar war. Die Winter in dieser Gegend konnten wirklich lang sein.

Nakos brummte. «Er ist effizient, das muss man ihm lassen.»

Olivia musterte ihren Vorarbeiter aus den Augenwinkeln. «Ihr beiden scheint inzwischen besser klarzukommen. Ich habe seit mindestens einer Woche keine Todesdrohungen mehr gehört.»

Nakos hielt an und drehte sich zu ihr um, sodass sein Pferdeschwanz unter dem Cowboyhut im Wind schwankte. «Jeder, der sich in die Schusslinie begibt, während ein Arschloch dein Leben bedroht, ist meiner Meinung nach in Ordnung.»

«Er war nicht der Einzige, der zu meiner Rettung geeilt ist. Habe ich mich schon bei dir bedankt?»

Ein Mundwinkel zuckte. «Nur achtzigmal. Und es war eine rein instinktive Reaktion. Ich würde es wieder tun.»

«Ich weiß.» Genau deswegen gehörte er zu den besten Menschen, denen sie je begegnet war. Sie seufzte, erfüllt von tiefer Zuneigung. «Ich werde dich jetzt umarmen, und du wirst es zulassen.»

Seine Antwort bestand darin, die Arme zu öffnen. Sie trat dicht an ihn heran, legte die Wange an seine Brust und schloss für einen Moment die Augen, als er sie drückte.

«Ich liebe dich.» Sie atmete den Duft von Heu und Sonnenschein ein. Er war immer für sie da gewesen, und sie hatte keine Ahnung, wie sie ohne ihn klarkommen sollte. «Ich sage dir das nicht oft genug.»

«Ebenso, Little Red.» Er zog an ihrem Pferdeschwanz – etwas, was er in ihrer Kindheit oft getan hatte.

«Das, was ich vor ein paar Wochen gesagt habe, tut mir leid.» Die Sache nagte seitdem an ihr. Es wurde wirklich Zeit, dass sie sich dem stellte.

«Ich verstehe es. Aber jetzt hör mir mal zu.» Er schob sie ein Stück nach hinten, die Hände auf ihren Schultern. «Wenn ich davon ausgegangen wäre, dass du das wirklich willst, hätte ich dein Angebot angenommen. Oder ich hätte dir meinerseits ein ähnliches Angebot gemacht. Und zwar schon vor Jahren. Aber so ist es nicht, und das ist okay. Wie es jetzt ist, ist es gut. Ich weiß schon lange, dass ich nicht der richtige Mann für dich bin.»

«Das bekomme ich in letzter Zeit häufiger zu hören.» Sie zog einen Schmollmund.

«Lass mich raten. Ein bestimmtes Individuum mit Army-Hintergrund und einer Harley versucht, sein Interesse zu zügeln?»

Olivia lachte. «Ja.» Und sie wusste auch warum. Oder hatte zumindest eine Ahnung. Sie hatte allerdings keinen Schimmer, wie sie Nate klarmachen sollte, dass seine Vergangenheit sie nicht interessierte. Die einzige Möglichkeit war, es ihm immer wieder zu sagen, bis sie endlich zu ihm durchdrang.

«Stört es dich? Er und ich, meine ich.»

«Was ich denke, sollte keine Rolle spielen. Aber nein, es stört mich nicht.» Er schenkte ihr ein nachdenkliches Lächeln. «Weißt du, warum? Wenn du nur halb so viel für ihn empfindest, wie in seinen Blicken steht, wenn er dich ansieht, dann ist *das* die Person, mit der du zusammen sein solltest.»

Verdammt. «Wann bist du so weise geworden?» Nur leider war sie sich in Bezug auf Nates Gefühle nicht ganz so sicher. Sie vermutete, dass es für ihn hauptsächlich um Lust ging. Wenn da mehr war, dann war es unter einem Haufen anderer Emotionen vergraben, die anzuerkennen er sich weigerte.

«Ich war schon immer klüger als du.»

Sie lachte erneut, dann ging sie mit Nakos weiter zum Haus. Drinnen trottete sie mit einem erschöpften Winken an allem und jedem vorbei, stieg die Treppen zu ihrer kleinen Wohnung nach oben, warf zwei Ibuprofen ein und ließ sich kurz darauf ins heiße Wasser der Badewanne sinken. Als sie schließlich nach unten zurückkehrte, hatten sich Mae und Amy bereits in ihre Zimmer zurückgezogen. Olivia fand Nate auf der Veranda vor.

Sie schob vorsichtig die Tür auf und trat in den Rahmen, das Fliegengitter an ihrer Schulter. Nate saß im Schaukelstuhl an der Ecke, Bones zu seinen Füßen, und sah nachdenklich in die Nacht hinaus. Er wirkte zufrieden. Das hatte sie noch nicht oft bei ihm gesehen. Er klopfte geistesabwesend mit dem Daumen auf seine Jeans, als er den Kopf nach hinten sinken ließ, und sie nahm sich einen Moment Zeit, ihn zu beobachten.

Mehr als alles andere wünschte sie sich, dass er wenigstens

einen Anflug des Friedens fand, der ihm in der Vergangenheit scheinbar nie vergönnt gewesen war. Sie hatte Bruchstücke seiner Geschichte gesammelt, und was sie bis jetzt wusste, sorgte dafür, dass ihr das Herz weh tat. Offensichtlich nagten eine Menge Erinnerungen an ihm. Für einen Mann, der so gut aussah wie er, schien er keine besonders hohe Meinung von sich selbst zu haben.

Ihr Blick glitt über die Tätowierungen, die seine muskulösen Unterarme zierten, bis dahin, wo sie am Bizeps unter seinem T-Shirt verschwanden. Sie musterte die festen Bauch- und Brustmuskeln, die sich unter dem enganliegenden T-Shirt abzeichneten, wobei sie sich daran erinnerte, wie sich das alles unter ihren Händen angefühlt hatte. Nates Reaktion auf ihre Berührung hatte dafür gesorgt, dass sie feucht geworden war ... und es jetzt schon wieder wurde. Er war so empfänglich gewesen.

Auf seinen Wangen erzeugten Bartstoppeln einen dunklen Schatten, und sie musste lächeln, als sie Nates volle Lippen betrachtete. Sie sprachen die unglaublichsten Dinge aus, diese Lippen. Manchmal Erinnerungen, die ihr Herz zum Stocken brachten, oft trockene und schlagfertige Kommentare und hin und wieder etwas, was so alpha und sexy war, dass sie die Schenkel zusammenpressen musste. Diese Bemerkungen waren selten, aber wenn er sein Verlangen sichtbar werden ließ, dann war Olivia hundertprozentig verloren. Hundertprozentig sein.

Niemand hatte je zuvor so mit ihr gesprochen – in diesem heiseren, gebieterischen, sehnsüchtigen Tonfall.

Nachdem er die Ruhe zu genießen schien, machte Olivia Anstalten, wieder ins Haus zurückzukehren, doch Nate drehte den Kopf und sah sie an. Gefangen von seinem Blick erstarrte sie im Türrahmen, überrascht von dem Mangel an Abwehr in seinem Blick. Hin und wieder war er offen genug gewesen, dass sie aus seinem Blick erahnen konnte, was er dachte, doch trotzdem war das anders gewesen als jetzt.

Keine Schutzmauern. Keine Abwehrmechanismen. Nur ... er. Und seine vielen Widersprüche.

Verlangen und Widerwillen. Zuneigung und Reue. Optimismus und Verzweiflung.

Das war nicht das erste Mal, dass er sich nach etwas zu sehnen schien. Nach etwas suchte. Vielleicht nach ihr oder nach etwas Tiefergehendem, das seiner Meinung nach außer Reichweite lag. Ihr Herz schlug unregelmäßig hinter ihren Rippen, weil sie sich nichts mehr wünschte, als dass Nate den Arm ausstreckte und sich einfach nahm, was er wollte. Er war fähig, so viele Reaktionen in ihr auszulösen, doch sie konnte nicht allzu viel tun, wenn er ihr nicht glaube, dass er Gutes verdient hatte.

Dabei könnten sie zusammen so unglaublich gut sein.

«Ich wollte dich nicht stören.» Sie lächelte, dann nickte sie, um sich zu verabschieden.

«Du störst mich nicht. Was stimmt nicht mit deinem Arm?»

Sie hatte gar nicht gemerkt, dass sie sich schon wieder geistesabwesend die Schulter rieb. «Nur eine Muskelzerrung.»

Nate musterte sie einen Moment, als schätze er eine Reaktion ab. «Komm her.» Er beugte sich vor und tätschelte Bones' Kopf, dann zeigte er neben sich. «Platz, Junge.» Nachdem der Hund aufgestanden und sich auf der Seite des Stuhls niedergelassen hatte, deutete Nate auf den Boden zwischen seinen Beinen und sah sie an.

Olivia ließ die Fliegengittertür hinter sich zufallen und kam zu ihm. Sein Blick huschte über ihre Shorts und das Tanktop, die Zähne zusammengebissen. Er schien eine Art Hassliebe für ihre Schlafkleidung zu empfinden. Auf sein Nicken hin setzte Olivia sich vor seinem Stuhl auf die Veranda, mit dem Rücken zu ihm, eingeschlossen zwischen zwei massiven Schenkeln. In ihrem Kopf verpasste sie sich selbst eine mentale Ohrfeige, weil es sie so glücklich machte, dass er diesmal die Initiative ergriffen hatte.

Zwei große warme Hände landeten auf ihren Schultern. Olivia atmete tief durch. Seine Daumen strichen über die Muskeln, die zu ihrem Hals führten, dann bewegten sich seine Finger in einer kreisenden Bewegung über ihre Schultern und wieder zurück.

Ihr Kopf fiel nach vorn. «O mein Gott. Hör nicht auf.»

Ein leises amüsiertes Glucksen erklang, dann schob er die Finger unter die Träger ihres Tops, um sie weiter zu massieren. Himmel, seine Hände waren erstaunlich. Rau, ein wenig schwielig und riesig. Die Berührung sollte nicht erregend sein, aber Olivias Haut erhitzte sich, und ihre Nerven kribbelten, während ihre Muskeln sich gleichzeitig entspannten. Die Anspannungen des Tages verschwanden in kaum fünf Sekunden aus ihrem Körper.

Sie stöhnte. Sofort hielt er inne. «Zu fest?»

«Gott, nein. Mach weiter. Könnte nur sein, dass ich gleich vor Wonne ins Koma falle.»

Wieder lachte er leise, bevor er mit seiner liebevollen Massage fortfuhr. «Ich habe das noch nie gemacht. Sag, wenn ich dir weh tue.»

Sie spürte einen Stich im Magen. Nate hatte den ersten Schritt getan und sie gebeten, zu ihm zu kommen. Aber nicht nur das, er hatte auch die Grenzen seiner Komfortzone übertreten, um dafür zu sorgen, dass sie sich besser fühlte. Auf seine ganz eigene – süße, ungeschickte – Art kümmerte er sich um sie. Olivia fragte sich, ob ihm eigentlich bewusst war, wie viel seines Charakters er mit dieser einfachen Handlung enthüllte.

Sie schloss die Augen und ließ den Kopf an sein Knie sinken, um ihm besseren Zugang zu der schmerzenden Schulter zu verschaffen. Jeansstoff und Gras und Seife. Er schaffte es irgendwie immer, sie zu umschließen, ob nun durch seine Größe oder seinen Duft oder seine schiere Präsenz. Olivia, die an die Weite der Prärie mit jeder Menge Raum zum Atmen gewöhnt war, fand es fast schockierend, dass so viel Nähe keine Erstickungsanfälle bei ihr auslöste.

«Du schläfst nicht wirklich ein, oder?»

«Vielleicht.» Sie seufzte wohlig, als er ihren Oberarm mit in die Massage einschloss, bevor er zu ihrer Schulterpartie zurückkehrte. «Du machst das unglaublich gut.» Bones schob seinen Kopf auf ihren Schoß. «Da ist jemand eifersüchtig.» Mit einem Grinsen kraulte sie dem Hund die Ohren.

Nate brummte. «Wo ich hingehe, geht er auch hin. Es ist seltsam, wie er mir überallhin folgt.»

«Das ist nicht seltsam. Er mag dich.» Sie sog tief die feuchte Luft in die Lunge. Es herrschte leichter Wind, und man spürte die Wärme des Tages noch in der Luft. Es war ein perfekter Frühlingsabend. «Schläfst du besser, seitdem er jederzeit in dein Zimmer kann?»

«Ja, tatsächlich.» Das tiefe Rumpeln seiner Stimme jagte einen Schauer über ihre Haut. So wunderbar. «Ist dir kalt?»

«Nein. Deine Stimme ist sexy.»

«Meine Stimme ist …» Er erstarrte für einen Moment, als müsste er das erst verarbeiten. «Was?»

«Du hast mich schon verstanden. Sexy. Also sprich bitte weiter.»

«Ich habe vergessen, worüber wir geredet haben.» Die Verwirrung, Erheiterung und Erschütterung, die gleichzeitig in seiner Stimme mitklangen, brachten sie zum Lachen.

«Über den Hund in deinem Zimmer.»

«Stimmt. Er hat mich mehrmals geweckt, als die Albträume gerade anfingen, und ich konnte danach sofort wieder einschlafen.»

Himmel, das war Musik in ihren Ohren. «Sprich mir nach. *Du hattest recht, Olivia. Von nun an werde ich immer auf dich hören.*»

Sanft umfasste Nate ihr Kinn und neigte ihren Kopf nach hinten, bis sie ihn über sich sah. Sein Gesicht schwebte nur Zentimeter über ihrem, und seine ernsten, dunklen Augen glitten wie eine Liebkosung über ihr Gesicht, während sein Daumen ihre Wange streichelte.

Nach dieser genauen Musterung seufzte er. «Manchmal bist du einfach bezaubernd. Das ist nervig.»

Sie grinste.

Er brummte, dann drückte er ihr einen Kuss auf die Stirn, bevor er seine Nasenspitze über ihre gleiten ließ. «Du hattest recht, Baby. Von nun an werde ich – in angemessenem Rahmen – auf dich hören. Besser?»

«Definiere diesen Rahmen.»

Ein Grinsen erstrahlte auf seinem Gesicht, so schnell, dass sie bezweifelte, dass er sich dessen bewusst war. Heilige Scheiße. Das breite Lächeln veränderte seine gesamte Erscheinung, brachte die goldenen Flecken in seinen Augen zum Leuchten und sorgte dafür, dass ihr ganzer Körper kribbelte. Von innen heraus. Die harten Kanten in Nates Gesicht verschwanden, sodass er plötzlich zugänglich und charmant wirkte.

«Ich hatte recht», hauchte sie. «Dein Grinsen könnte wirklich Unterhosen zum Schmelzen bringen.»

Nate zuckte zusammen und runzelte die Stirn.

«Buh. Und schon ist es wieder weg.» Sie zuckte mit den Achseln, obwohl sie der Verlust bis in die Zehenspitzen schmerzte. «Irgendwann werde ich es wieder hervorkitzeln.»

Er schüttelte den Kopf. «Was zum Teufel soll ich mit dir anfangen?»

«Alles, was du willst.» Als er die Augen zusammenkniff und seine Nasenflügel sich weiteten, lächelte sie. Anscheinend konnte die Rüstung dieses Mannes doch durchdrungen werden. «Oh, die Frage war rhetorisch. Mein Fehler.»

Er stieß ein Knurren aus, öffnete wieder die Augen und ließ sie los. «Geh ins Bett, Olivia.»

Zufrieden, weil sie erneut ein paar Risse in seinen Schutzmauern erzeugt hatte, stand sie auf und streckte sich. Die Schmerzen in ihrer Schulter waren fast verschwunden. «Magst du Sci-Fi?»

«Was?»

«Science-Fiction.» Ihn aufzuziehen, entwickelte sich zu ihrer Lieblingsbeschäftigung. Sie wedelte mit der Hand. *«Widerstand ist zwecklos.»*

«Himmel.» Er massierte sich den Nasenrücken. «Und jetzt zitiert sie *Star Trek*. Was kommt als Nächstes?»

Sie wollte gerade gehen, als sie aus den Augenwinkeln etwas bemerkte, das ihre Aufmerksamkeit erregte. «Was ist das?»

Er sah kurz zu dem Metalleimer, dann wieder zu ihr. «Etwas, womit ich meine Gedanken beruhige, bevor ich schlafen gehe.»

Okay, jetzt war sie wirklich neugierig. Sie kniete sich hin, griff nach dem Eimer und zog ihn zu sich. Darin lagen ein paar Werkzeuge, die aussahen wie aufwendige Eispickel, zusammen mit ein paar messerartigen Geräten. Sie zog einen großen Gefrierbeutel heraus und hielt inne.

Schnitzereien. Interessant.

Sie öffnete die Tüte, dann lächelte sie, als sie eine geschnitzte Version von Bones herauszog, kaum größer als ihr Daumen. «Du hast das gemacht?»

Nate nickte, wobei er mit den Fingern auf die Oberschenkel trommelte.

«Die sind gut.» In dem Beutel befand sich eine weitere Bones-Figur sowie ein Pferd, ein Baum und ein paar Hufeisen aus Holz. Sie erinnerte sich an die Kiste, die er gemacht hatte, um ihr Justins Sachen zurückzubringen. «Du hast wirklich Talent, Nate.»

«Kaum. Wie ich schon sagte, Schnitzen beruhigt mich.»

Sie legte den Kopf schräg. «Amy hat so was Ähnliches über ihre Fotografien gesagt. Dass sie nur herumspielt. Sie irrt sich. Und das Gleiche gilt für dich.»

Schweigend starrte er sie an. Sie hatte den Eindruck, dass er sich ganz auf seine Atmung konzentrierte, um nicht zu reagieren. Warum? Hatte niemand ihm je genug Beachtung geschenkt, um zu erkennen, wie begabt er in dieser Hinsicht war? Hatte ihm nie jemand ein Kompliment gemacht?

Plötzlich traurig, warf sie einen Blick zu Bones. «Schau mal, das bist du.» Sie zeigte dem Hund die Figur und grinste, als er bellte. «Bones gefällt es.»

«Er leckt sich den eigenen Hintern und schnüffelt an denen von anderen Hunden. Verzeih mir, wenn mein Enthusiasmus sich in Grenzen hält.»

Sie verdrehte die Augen. «Kann ich die hier haben?»

«Du kannst sie alle haben, wenn du sie wirklich willst.»

«Das tue ich.» Sie stand auf, legte die Schnitzereien zurück in den Eimer, um sie sich später zu holen, und schob den Behälter zur Seite. Dann stützte sie sich auf den Armlehnen von Nates Stuhl auf und beugte sich vor. «Ich werde dir jetzt einen Gutenachtkuss geben.»

Er blinzelte nur.

«Was? Kein Widerspruch?»

«Ich habe es aufgegeben, mich gegen dich zu wehren. Es hat keinen Sinn. Ich drehe mich nur im Kreis.» Sein Adamsapfel hüpfte, als er schwer schluckte. «Doch es gibt immer noch gute Gründe, warum wir das nicht tun sollten, Olivia. Wir sollten es nicht. Punkt.»

Sein Widerstand ließ nach. Sie konnte seine leichte Erheiterung an der Kurve seiner Lippen und dem Mangel an Anspannung in seinem Körper erkennen. Langsam drang sie zu ihm durch. Gut. Er hatte vom ersten Tag an ihr Interesse erregt. Doch er war noch nicht so weit, sich zu nehmen, was er wollte. Bis er diesen Punkt erreicht hatte, würde sie sich an seine Geschwindigkeit anpassen.

«Willst du damit sagen, ich sorge dafür, dass dir schwindelig wird?» Sie ließ ihre Lippen über seine gleiten, während er sie mit zusammengekniffenen Augen beobachtete. Die zwei Male, als sie sich geküsst hatten, hatte er ebenfalls die Augen offen gelassen. Zumindest für ein paar Augenblicke. Sie fragte sich, warum.

Seine Finger umklammerten die Stuhllehnen, bis seine Knöchel weiß hervortraten. «Wenn du mit *schwindelig* eigentlich total frustriert meinst, dann ja.»

Sie lächelte an seinem Mund und setzte sich seitlich auf seinen Schoß, was mit einem scharfen Atemzug belohnt wurde. Dann legte sie eine Hand an seine Wange und verstärkte den Druck ihrer Lippen.

Er runzelte kurz die Stirn, um dann die Augen zu schließen. Sein Mund öffnete sich, und er vertiefte den Kuss. Sie stöhnte, als sie die erste vorsichtige Berührung seiner Zunge fühlte. Nates Körper blieb steif und unbeweglich, er erkundete sie ausschließlich mit seinem Kuss.

Schließlich atmete er tief ein und zog sich zurück, um sie anzusehen. Sein suchender Blick bohrte sich in ihren, während sein Körper von etwas zum Erzittern gebracht wurde, das sie nur als entfesselte Energie beschreiben konnte. Als wäre die Entscheidung für ihn getroffen worden, schlang er einen Arm um ihre Taille, um sie an sich zu drücken, während die andere Hand ihre Wirbelsäule entlang- und dann in ihr Haar glitt.

Er legte den Kopf schräg und schloss die Lücke zwischen ihnen wieder; eroberte ihren Mund mit verzweifelter Gier. Seine Finger packte ihr Haar fester, und sein Stöhnen übertrug sich von seiner Brust auf ihre, als hinge seine Selbstkontrolle nur noch an einem seidenen Faden. Sein Kuss wurde wütend, harsch, und ihre Erregung allumfassend. Jede Zelle in ihrem Körper erwachte zum Leben. Bisher hatte sie nicht geahnt, dass ein derartiges Verlangen, eine solche Hitze überhaupt existierte.

Nate nahm und nahm und nahm, alles, was sie hatte, um ihr im Austausch nur einzelne Stücke von sich zu schenken. Fast grob öffnete er ihren Mund weiter, drang tiefer vor. Verlangen brannte in ihr. Primitive Macht strahlte von ihm aus, doch er weigerte sich, sie von der Leine zu lassen. Zerrte nur daran, bis ...

Keuchend drückte er seine Stirn an ihre, seine Augen fest geschlossen. «Es tut mir leid.» Sein zitternder Atem glitt über ihr Gesicht, als er den Kopf schüttelte. «Himmel, es tut mir leid.»

«Was?» Und warum? Sie wünschte sich nichts sehnlicher, als dass er genau das hier wieder tat.

«Das war kein Gutenachtkuss. Das war nicht mal mehr menschlich.»

Sie vergrub ihr Gesicht an seinem Hals und schloss die Augen. Das war mehr Leidenschaft gewesen, als sie je erlebt hatte ... Und er wollte sich entschuldigen. «Mir tut es nur leid, dass du aufgehört hast.»

«Verdammt, Olivia.» Doch der Fluch war nur ein halbherziges Murmeln. «Ich tue das nicht allzu oft.»

Sie hob verwirrt den Kopf.

«Intimität. Sich lieben, Sex, Vorspiel. Ich tue das nicht. Gar nicht. Genauso wenig wie Küssen.» Er runzelte die Stirn, mit diesem Blick in den Augen, der ihr seinen Wunsch verriet, das Thema nie angesprochen zu haben. «Vergib mir die Ausdrucksweise, aber ich ficke. Das war's.»

Verständnis flackerte in ihr auf. Sie hatte etwas in der Art schon nach ihrem ersten Kuss vermutet, doch die Worte aus seinem Mund zu hören, war ... Tja, als hätte ihr die Realität eine Ohrfeige verpasst. «Magst du es, wenn wir zusammen sind?»

«Ich habe dich fast verschlungen, und du stellst mir diese Frage?»

Sie schenkte ihm ein beruhigendes Lächeln. «Ich wiederhole: Mir tut es nur leid, dass du aufgehört hast. Lass uns eine Abmachung treffen: Wenn du mich irgendwie bedrängst, werde ich es dir sagen. Und wenn du Zeit brauchst, um einen

Aspekt unseres Zusammenseins zu verarbeiten, tust du dasselbe.»

«Das hier ist falsch, du und ich. Mir ist egal, wie richtig es sich anfühlt.» Er zog sie enger an sich, dann, nach einem Moment des Zögerns, stieß er den Schaukelstuhl an, als sie den Kopf auf seine Schulter sinken ließ. «Ich dachte, du wolltest ins Bett.»

Das sanfte Wiegen des Stuhls, kombiniert mit seiner Körperwärme, die sie umgab, ließ sie schläfrig werden. «Ich arbeite daran.» Sie gähnte.

«Deine Arbeitsmoral könnte besser sein.»

Sie lächelte an seiner Haut und murmelte zustimmend. Im Moment war das alles, wozu sie noch genug Energie hatte.

Nate drückte ihr einen Kuss auf die Schläfe. Dann seufzte er tief und ließ seinen Kopf gegen die Lehne sinken.

Während sein Daumen ihren Arm streichelte und die Finger seiner anderen Hand sanft über ihr Haar strichen, ließ sie sich in die Dunkelheit und die Sicherheit hineingleiten, die nur er ihr vermittelte.

Um dann am nächsten Morgen in ihrem eigenen Bett zu erwachen, mit der Figur von Bones auf ihrem Nachttisch.

12

Die Temperatur hatte heute kaum zehn Grad erreicht, und jetzt, kurz vor Sonnenuntergang, drohte sie weiter zu sinken. Der Wind war schneidend und trug den Geruch von Schnee heran. Nate war im Mittleren Westen aufgewachsen, wo man nur einmal blinzeln musste, und schon hatte sich das Wetter geändert. Doch Wyoming war auf eine ganz andere Weise wechselhaft.

Nachdem er von allen drei Scheunen die Schindeln entfernt und ein Gebäude neu gedeckt hatte, stieg er die Leiter hinunter, um es für den heutigen Tag gut sein zu lassen. Morgen Abend sollte er den Großteil der Arbeit erledigt haben. Er hätte vielleicht noch eine halbe Stunde arbeiten können, doch seine Arme fühlten sich schlapp an, und Olivia mochte es nicht, wenn er so spät am Tag noch allein weitermachte. Außerdem gefiel ihm gar nicht, wie Olivia und Nakos sich auf der umzäunten Weide gegenüberstanden.

Sobald er auf dem Boden stand, wischte er sich den Schweiß von der Stirn und ging zu den beiden, als Olivia gerade auf ein Pferd stieg. «Was ist los?»

«Ich reite rüber zum Dead Man's Pass, um Kyle und George eine Rolle Stacheldraht zu bringen.»

Nakos biss die Zähne zusammen. «Du weißt, dass ich dich nicht begleiten kann, und in weniger als einer Stunde wird es dunkel. Du brauchst eine halbe Stunde bis dorthin.»

Der Blick in Olivias kornblumenblauen Augen wurde hart.

Hart im Sinne von *Ich-trete-dir-gleich-dahin-wo's-weh-tut.* «Hör auf, Nakos. Es reicht.»

Nate hob eine Hand, um sich einzuschalten. «Wieso kannst du nicht mit ihr reiten?»

«Jemand muss hierbleiben und die Funkgeräte bemannen, für den Fall eines Notrufs.» Nakos warf Olivia einen bösen Blick zu. «Wir haben hier nicht umsonst das Zwei-Mann-System als Sicherheitsmaßnahme. Deine Regeln, die ich komplett unterstütze. Und du verstößt gerade dagegen.»

Nate kratzte sich am Kinn. «Ich kann sie begleiten.»

«Nein. Du hast den ganzen Tag gearbeitet. Ich will nur kurz etwas abliefern. Mir passiert nichts.» Olivia drehte sich auf ihrem Pferd und warf einen Blick über die Schulter zurück. «Ich habe alles Nötige dabei, inklusive eines Revolvers.» Damit beugte sie sich vor und trieb das Pferd in einen schnellen Trab.

«Verdammt soll sie sein.» Nakos pfiff nach dem Hund und deutete mit dem Finger auf das trabende Pferd, als Bones aus einer Scheune herbeigelaufen kam. «Folgen, Junge. Los.»

Als sowohl Hund als auch Frau hinter dem nächsten Hügel verschwunden waren, drehte sich Nate zu Nakos um. «So wütend habe ich sie noch nie gesehen.» Er fand es heiß. All dieses Feuer, das unter der Oberfläche tobte, passend zu ihrem Haar.

«So benimmt sie sich nur, wenn man ihr sagt, dass sie etwas nicht tun darf.»

Das klang einleuchtend. «Soll ich ihr folgen? Ich kann mir ein Quad schnappen.»

Nakos seufzte. «Verlockende Idee, aber nein. Das würde sie uns nie vergessen lassen. Und außerdem hat sie recht. Die Jungs können mit ihr zurückreiten.»

Nate musterte die angespannte Miene des Vorarbeiters,

und sein Magen verkrampfte sich vor Sorge. «Aber du fühlst dich trotzdem nicht wohl damit.»

«Hier draußen kann alles Mögliche passieren. Deswegen haben wir ja diese Vorsichtsmaßnahmen. Je näher der Sonnenuntergang heranrückt, desto aktiver werden zum Beispiel Bären. Besonders am Dead Man's Pass. Und das ist nur eine von unzähligen Möglichkeiten.»

Scheiße. «Konnte das mit dem Stacheldraht nicht warten?»

Nakos nahm seinen schwarzen Cowboyhut ab, kratzte sich am Kopf und setzte den Hut wieder auf. «Theoretisch schon. Aber Kyle hat gesagt, am Fluss fehlt ein ganzer Zaunabschnitt. Er hält die wilden Tiere draußen und die Schafe drinnen. Wir könnten Tiere verlieren, wenn sie den Zaun nicht heute noch notdürftig flicken.»

Mit einem unangenehm engen Gefühl in der Brust sah Nate zur Scheune, dann zu dem Hügel, hinter dem Olivia verschwunden war. «Ich glaube, es ist Zeit, dass du mir beibringst, wie man die Funkgeräte bedient.»

«Ja.» Nakos starrte auf seine Füße, dann schloss er für einen Moment die Augen. «Jetzt haben wir nicht genug Zeit, aber folge mir. Ich werde dir schon mal eine kurze Einführung geben.»

Direkt hinter dem Eingang zur Scheune hingen eine Korkwand und eine Schreibtafel. Über einer Reihe von Klemmbrettern war eine riesige Karte der Ranch befestigt. Nate hatte das alles natürlich schon bemerkt, hatte aber nie groß darauf geachtet.

«Die Wildflower Ranch ist in vier Abschnitte eingeteilt. Norden, Süden, Westen, Osten, doch jeder Bereich ist noch mal in sich unterteilt.» Nakos deutete auf eine Stelle im Südosten. «Da will Olivia hin.» Er fuhr mit dem Finger die gewundene blaue Linie nach, die der Devil's Creek war. «Hier ist das Ufer sehr steil, und wegen der Nähe zu den Bergen gibt es jede Menge wilde Tiere.»

Nakos deutete mit dem Kinn auf die Tafel. «Wir haben zehn Vollzeitangestellte, die in fünf Teams arbeiten. Ihre Aufgaben werden täglich auf der Tafel notiert. Sie melden sich mindestens zweimal pro Schicht, manchmal auch häufiger, wenn sie etwas zu berichten haben. Niemand reitet allein, und sie kehren eine halbe Stunde vor Einbruch der Dunkelheit zurück, außer, es steht etwas Großes an. Der Handy-Empfang hier draußen ist meist nicht existent. Jedes Team hat eine Waffe, ein Satellitentelefon, einen Erste-Hilfe-Kasten und ein Funkgerät dabei. Wer, wo und was kannst du hier nachlesen.»

Die Ranch war gut organisiert, so viel war mal sicher. Jede Telefonnummer war notiert, zusammen mit den Namen der Arbeiter, ihren Aufenthaltsorten und der Arbeit, die sie dort erledigten. Nate war beeindruckt. Es war offensichtlich, dass sowohl Olivia als auch Nakos ihre Mitarbeiter am Herzen lagen.

«Manchmal machen Olivia oder die Jungs in ihrer Freizeit allein einen Ausritt. Sie müssen sich an- und abmelden, damit immer jemand weiß, wo sie sich aufhalten. Das hier ist der Bereich, den wir als sicher eingestuft haben.» Nakos deutete auf ein großes Areal südlich des Hauses. «Das Empfangsgerät des Telefons und das Funkgerät trage ich immer am Körper. Oder eben derjenige, der sonst hier die Stellung hält. Jegliches Problem wird auf der Tafel vermerkt, damit ich die nötigen Arbeitsaufträge vergeben kann.» Er zeigte Nate ein winziges Büro, in dem Akten untergebracht waren, zusammen mit einer Liste von Notfallnummern. «Wir brauchen noch eine Akte für dich. Ich weiß nicht, wen wir anrufen sollen, falls dir etwas zustößt.»

«Ich habe keine Familie.» Oder Freunde. Trotzdem zog Nate ein leeres Formular auf dem winzigen Schreibtisch zu sich und füllte alles aus, von ehemaligen Arbeitgebern über die Kästen für Ausbildung und Fähigkeiten. Als Kontakt gab er Jim an. Nate redete nur einmal alle Jubeljahre mit seinem ehemaligen Bewährungshelfer, um zu hören, was so los war, aber der Mann hatte ihn in all den Jahren immer gut behandelt. Er sollte wahrscheinlich erfahren, falls sein ehemaliger Schützling verletzt wurde. «Bitte.»

Stirnrunzelnd musterte Nate die spärlichen Informationen, äußerte sich aber nicht dazu.

Zwanzig Minuten später kehrten die ersten Teams zurück. Sie schienen die Abläufe perfekt zu beherrschen. Ein Mann verstaute die Ausrüstung, während der andere die Pferde abrieb oder die Quads parkte. Nakos inspizierte Hufe auf Verletzungen, dann brachte er die Pferde in ihre Boxen und fütterte sie. Sobald alles fertig war, trugen sich die Männer auf der Tafel aus.

Jedes Mal wenn Nakos zum Scheunentor sah, verkrampfte sich Nates Magen. Sie beide mochten keinen guten Start gehabt haben, aber der Vorarbeiter wusste, was er tat. Und Olivia war ihm offensichtlich sehr wichtig. Wenn er sich Sorgen machte, sollte Nate das auch tun.

Kyle und George tauchten auf, Kyle auf einem Pferd und George auf einem Quad. Beide stiegen ab und fingen an, alles auszuladen. Nur Olivia war nirgendwo zu sehen.

Nakos beäugte die zwei Männer. «Wo ist Olivia?»

Kyle stoppte mit dem Sattel in den Händen. «Ist sie nicht

bei euch? Als sie bis zum Ende der Schicht nicht aufgetaucht war, dachte ich, du hättest die Zaunreparatur auf morgen verschoben.»

Nakos Blick wurde mörderisch. «Und dir ist nicht in den Sinn gekommen, erst mal bei mir nachzufragen?» Seine sonst so ruhige Stimme war laut genug, um im Inneren der Scheune widerzuhallen. Er zog das Funkgerät vom Gürtel. «Olivia, melde ich.»

Georges rundes Gesicht wurde bleich. «Sie hat nicht gesagt, dass wir warten sollen, als sie sich per Funkgerät gemeldet hat.»

Kyle rieb sich den Nacken und seufzte. «Ich weiß. Lass das Quad stehen, für den Fall, dass wir es brauchen. Und dann besorg dir etwas zu essen. Ich werde hierbleiben.»

Der untersetzte Mann trottete mit hängenden Schultern davon, während Kyle Nate ansah. «Ich dachte, Nakos würde sie so kurz vor Sonnenuntergang nie losreiten lassen. Nicht mal einen von uns hätte er noch losgeschickt. Aber es geht ihr gut. Ich bin mir sicher ...»

«Melde dich sofort, Little Red!» Nakos tigerte vor dem Scheunentor auf und ab, während Nate das Herz in die Hose rutschte.

Schließlich knisterte das Funkgerät, und Olivias Stimme erklang. «Mir geht es gut. Ich habe den Zaun ausgebessert. War nicht so schlimm, wie ich dachte. In einer Sekunde mache ich mich auf den Rückweg.»

Nakos' Schultern sanken nach unten, begleitet von einem tiefen, erleichterten Seufzen. Die Luft war inzwischen so abgekühlt, dass sich eine Wolke vor seinem Gesicht bildete. «Du meldest dich alle fünf Minuten. Hast du mich gehört?»

Kyle warf den Sattel wieder auf sein Pferd. «Nur für den

Fall.» Er tätschelte dem Pferd die Flanke. «Letzten Herbst waren Rico und ich draußen bei Blind Man's Bluff. Wir haben uns getrennt, um Zeit zu sparen, und ich habe mich verletzt. Glücklicherweise war ich nicht allzu weit von Rico entfernt, aber Nakos ist trotzdem ausgeflippt. Unfälle können schnell passieren, weißt du?»

Nate nickte mit klopfendem Herzen. Durch seine Adern schien Eiswasser zu fließen, und die feinen Haare auf seinen Armen standen senkrecht in die Luft. Er hätte Olivia folgen sollen, egal, wie sauer sie hinterher geworden wäre. Tausende *Was-wäre-wenn*-Szenarien schossen ihm durch den Kopf, und sein Magen drohte, das Sandwich wieder von sich zu geben, das er zum Mittag gegessen hatte.

«Ich werde sie umbringen», knurrte Nakos und führte das Funkgerät wieder an den Mund. «Olivia?» Als sie nicht antwortete, sah Nakos Nate an und schüttelte den Kopf. «Sie ist wütend und wird nicht reagieren.»

Kyle verschränkte die dünnen Arme vor der Brust. Plötzlich glich er seiner Schwester. Genau so sah Amy aus, wenn sie versuchte, die Starke zu mimen. «Tut mir leid, Mann. Ich wusste nicht, dass sie auf dem Weg ist. Aber das wird schon. Sie hat gesagt, sie ist unterwegs.»

Zwanzig Minuten vergingen, dann dreißig, und jede Bewegung des Minutenzeigers sorgte dafür, dass Nates Herz heftiger schlug, bis er kurz vor einem Infarkt stand. Er konnte nur inständig hoffen, dass sie alle an Paranoia litten. Doch wenn Olivia nur einen halbstündigen Ritt entfernt war, sollte sie inzwischen wieder zurück sein. Während er unbeweglich dastand, den Blick unverwandt in die Ferne gerichtet, hielt Kyle die Zügel seines Pferds, und Nakos tigerte in nervösen Kreisen über den Platz vor der Scheune.

Als fünfunddreißig Minuten vergangen waren, versuchte Nakos erneut, sie anzufunken. Keine Reaktion.

«Egal, wie wütend sie ist, sie würde dir nicht solche Sorgen bereiten, indem sie deine Funksprüche ignoriert.» Kyle rückte seinen Hut zurecht und sah Nate an. «Aber vielleicht solltest du es mal versuchen?»

Nakos gab ihm das Funkgerät, und Nate rief ihren Namen in das Mikrophon. Nichts.

«Olivia, Baby. Bitte.» Säure zerfraß ihm den Magen. Kyle hatte recht. Selbst wenn sie stinksauer war, würde sie ihnen nicht absichtlich Angst einjagen. Irgendetwas stimmte nicht. «Wir gehen sie suchen.»

Nakos nickte und drehte sich zu Kyle um. «Bleib hier. Funk uns an, wenn du irgendetwas hörst oder siehst. Wir nehmen den Hero's Trail zum Bergrücken. Das ist die direkte Route und wahrscheinlich auch die, über die sie geritten ist. Ruf Mae an und erzähl ihr, was los ist.»

Während Nate auf das Quad stieg und Nakos auf das Pferd, ließ Kyle seinen Blick über den sich verdunkelnden Horizont gleiten. «Seid vorsichtig.»

Nate folgte Nakos über die Prärie, über Gras und ein paar Hügel und auf einen ausgetretenen Pfad. Die Navigation wurde dadurch erschwert, dass in den letzten zehn Minuten auch die letzten Spuren des Tageslichts verschwunden waren. Dass Neumond war, machte die Sache nicht einfacher. Nate konnte nur mit Mühe um die fünf Meter weit sehen. Ein kalter Wind biss in seine Wangen, und eisige Luft brannte in seiner Lunge. Seit sie aufgebrochen waren, war die Temperatur um einige Grad gefallen. Olivia hatte nur Jeans und eine leichte Jacke getragen, als sie losgeritten war.

Verdammt, seine Brust war wie zugeschnürt. Panik machte

ihm das Atmen schwer, und ihm war schlecht. Nate hasste den Aufruhr in sich und wusste absolut nicht, wie er damit umgehen sollte. Abgesehen von wenigen Ausnahmen hatte er sich nie Sorgen um jemand anderen als sich selbst machen müssen, aber das war schon das zweite Mal in wenigen Wochen, dass Olivia ihm Todesangst einjagte.

Nakos stoppte bei einer größeren Gruppe von Bäumen und stieg eilig ab, um dann zwischen die Eichen zu rennen.

Nate schaltete den Motor aus und folgte ihm, ohne einen blassen Schimmer zu haben, was der Vorarbeiter gesehen hatte. Die Luft roch nach Schnee. Über den Wind und das Rauschen der Blätter hinweg konnte er das leise Gluckern von Wasser hören. Erst da wurde ihm klar, dass sie wahrscheinlich den Devil's Creek erreicht hatten. Aber er konnte Olivia weder sehen noch hören ...

Sein Blick landete auf einem Pferd, das an einem Baum angebunden stand. Dem Pferd, das sie geritten hatte, um genau zu sein. Doch ... verdammt, Olivia war immer noch nirgendwo zu sehen.

Nakos fummelte an den Satteltaschen des Pferdes herum, um erst Olivias Funkgerät, dann ihr Telefon herauszuziehen. «Fuck.» Er riss den Kopf herum, um mit zusammengekniffenen Augen die Umgebung abzusuchen. «Sie hat Firestone hier angebunden, also muss sie in der Nähe sein. Olivia!»

Es war nichts zu hören außer den Geräuschen der Natur. Nates Herz blieb fast stehen. Ein Stacheldrahtzaun zog sich an einer Reihe Bäume vorbei, und direkt dahinter glänzte der Fluss im Sternenlicht. Die Wasserfläche war vielleicht dreißig Meter breit, und der Fluss schien nicht besonders tief zu sein, aber die Böschung war felsig. Und extrem steil. Es ging fast sechs Meter in die Tiefe.

«Sie würde ihr Pferd nicht hierlassen.» Nakos hob sein Funkgerät. «Kyle, hast du was gehört?»

Das Mikrophon knisterte. «Nein. Sie ist nicht zurückgekommen. Mae ist bei mir.»

Nakos starrte Nate an, als er das Gerät erneut hob. Seine Miene war sorgenverzerrt, was Nates Panik perfekt ergänzte. «Wir haben Firestorm gefunden. Bisher kein Zeichen von ihr. Ruf Rico und mach ein paar Quads fertig. Ich werde euch anfunken, falls ich euch brauche.»

«Roger.»

«Olivia!» Nakos drehte sich einmal im Kreis. «Olivia!»

Nate hätte seinen Herzschlag nicht beruhigen können, wenn sein Leben davon abgehangen hätte. Wind brannte in seinen Augen, und heiße Furcht schnürte ihm die Kehle zu. Er schwor bei Gott, wenn ihr etwas passiert war …

«Bones ist bei ihr. Würde er nicht Hilfe holen?» Der Hund war intelligent und verspürte nicht nur Nate, sondern auch Olivia gegenüber einen starken Beschützertrieb.

«Nein. Er würde bei ihr bleiben und Wache halten.» Nakos riss den Hut vom Kopf und zerrte an seinem Pferdeschwanz. «Verdammt soll sie sein. Okay, ich gehe nach Norden, du nach Süden. Lass dein Funkgerät an und folge dem Zaun.»

Nate rannte zum Quad, schnappte sich das Walkie-Talkie und eine Pistole, dann eilte er in die entgegengesetzte Richtung von Nakos davon.

«Olivia!» Er ließ seinen Blick abwechselnd über das Ufer, den Fluss und die Bäume zu seiner Linken und die Schafweide zu seiner Rechten gleiten, aber die Nacht machte es unmöglich, viel zu erkennen. Aber da war nichts, nur absolute Einsamkeit und allumfassende Stille. «Olivia!»

Lieber Gott, bitte lass ihr nichts zugestoßen sein. Und er schwor bei sämtlichen Heiligen, dass er sie nie wieder aus den Augen lassen würde. Alles. Er hätte verdammt noch mal alles dafür gegeben, wenigstens zu wissen, dass sie noch atmete.

Es waren kaum fünf Minuten vergangen, und er tickte komplett aus. Nirgendwo war ein Hinweis auf Olivia zu finden. Er stieß ein Brüllen aus, eine Mischung aus Wut und Panik, dann beschleunigte er seine Schritte. Nach einer Weile begann er, statt nach Olivia nach dem Hund zu rufen, in der Hoffnung, so eine Reaktion zu erhalten.

Er hatte gerade eine Stelle erreicht, wo keine Bäume mehr standen und die Uferböschung weniger steil war, als er ein Bellen hörte. Er erstarrte.

«Bones! Olivia!»

Wieder hörte er zwei scharfe Belllaute in der Ferne. Genau das tat Bones auch, um Nate aus einem Albtraum zu wecken. Er rannte auf das Geräusch zu und fand Bones am Rand des Flusses. Neben dem Hund …

Scheiße. *Nein, nein, nein.*

Nate umrundete ein paar Findlinge und stieg eilig die Böschung hinunter, wobei seine Schuhe über feuchtes Gras und Steine rutschten. Schlitternd kam er neben Olivia zum Halten. Sie lag mit dem Gesicht nach unten, ihre untere Körperhälfte im Wasser. Nate ließ sich neben ihr auf ein Knie fallen und rieb sich schwer atmend die Brust. Ein scharfer verzweifelter Schrei drang über seine Lippen, dann ballte er die Hände zu Fäusten.

Sei nicht tot, Baby. Sei nicht tot.

Mit zitternden Händen fühlte er nach einem Puls. Als er ihn fand, hätte er fast geweint. Das Pochen war langsam und schwach, aber spürbar.

«Olivia?» Verdammt, sie bewegte sich nicht. Vorsichtig

drehte er sie auf den Rücken, wobei er ihren Kopf stützte. Direkt unter ihrem Haaransatz klaffte eine Platzwunde, die immer noch blutete. Sie war nur ein paar Zentimeter lang, aber tief. «Olivia? Baby? Mach die Augen auf.» *Bitte, Jesus.*

Sie stöhnte, und ihre Lider flatterten. Es kostete sie Mühe, doch schließlich öffnete sie ihre kornblumenblauen Augen. «Was ist passiert?»

Er keuchte. «Sag du es mir, Baby.» Verflucht, sie war so bleich wie Schnee.

«Ich habe mir die Hände gewaschen und ...» Sie runzelte die Stirn. «Ich weiß nicht. Wann ist es dunkel geworden?»

«Vor ungefähr einer Stunde.» Sie sprach deutlich, aber viel langsamer als normal und sehr leise. Nate konnte sie über das Rauschen in seinen Ohren hinweg kaum hören. Er zog ein Halstuch aus seiner hinteren Hosentasche, um eine Ecke davon in den Fluss zu tauchen. «Du hast dir ziemlich den Kopf angeschlagen.» Er wischte ihr das Blut von Wange und Schläfe, dann drückte er das Tuch an die Platzwunde.

Sie verzog das Gesicht

«Tut mir leid.» Er versuchte zu schlucken, um die Heiserkeit aus seiner Stimme zu vertreiben, doch er schaffte es nicht. «Nakos und ich haben nach dir gesucht. Wir hatten fürchterliche Angst. Du hast nicht auf Funksprüche reagiert ...»

Scheiße. Er schnappte sich das Walkie-Talkie vom Gürtel. «Nakos, ich habe sie gefunden. Ungefähr zehn Minuten von unserer ursprünglichen Position entfernt. Sie hat sich den Kopf angeschlagen. Sie ist gerade so bei Bewusstsein, aber grundsätzlich in einem Stück.» Olivias glasiger Blick und die blauen Lippen ließen ihm schon wieder die Brust eng werden. «Wahrscheinlich unterkühlt. Bring die Decke vom Quad mit und folge der Baumlinie. Wo sie endet, findest du uns.»

«Bin unterwegs.»

Danach hörte er, wie Nakos auf der allgemeinen Frequenz Kyle anfunkte, um ihm zu sagen, dass er die Ärztin rufen sollte. Verdammt, auch daran hatte Nate nicht gedacht. Der andere Mann ging mit dieser Notsituation eindeutig besser um als er selbst.

«Bones, hol Nakos. Los, Junge. Hol Nakos.»

Der Hund bellte ein Mal, als hätte er verstanden, dann sprang er die Böschung hinauf und verschwand.

Nate konzentrierte sich wieder auf Olivia. «Tut dir der Nacken oder der Rücken weh?» Sie schüttelte den Kopf, also ließ er die Hände über ihre Arme und Beine gleiten. Ihre Kleidung war vollkommen durchnässt. «Fühlst du, dass ich dich berühre?»

«Ja.» Ihre Zähne klapperten.

Anscheinend keine Wirbelsäulenverletzung, Gott sei Dank.

«Wir müssen dich aufwärmen.» Sie befand sich unter Schock, und die Unterkühlung könnte ihr Herz zum Aussetzen bringen, wie es die Angst mit seinem getan hatte. Nur dass Olivia sich nicht wieder erholen würde.

Mit einem Arm um ihren Rücken und dem anderen unter ihren Knien hob er Olivia hoch und drückte sie an seine Brust. Vorsichtig trug er sie die Böschung nach oben, um sie dort ins Gras zu legen.

Sie lächelte. «Ich ... hab's dir doch gesagt. Ich hatte ... recht. Du bist ein ... Held.»

Er schüttelte den Kopf, bevor er ihr einen kurzen Kuss auf den Mund drückte. Ihre Lippen waren eiskalt. «Hör auf zu reden und schone deine Kräfte.» Dieser Heldenunsinn musste aufhören.

«Du hast ... mich jetzt zweimal ... gerettet.» Ihre Zähne klapperten, weil ihr Körper so heftig zitterte.

«Scheiße, Baby. Vergib mir.» Er musste ihre Körpertemperatur anheben, sonst bekam sie echte Probleme.

Nate streifte sich seine Jacke ab und zog das Kapuzen-Sweatshirt darunter aus, dann schälte er Olivia aus ihrer Jacke und dem T-Shirt. Er warf die feuchte Kleidung zur Seite und zog ihr sein Shirt über den Kopf. Ohne auf seine zitternden Finger zu achten, öffnete er ihre Jeans und schob sie nach unten. Er ignorierte Olivias schlanke Kurven und helle Haut. Aber zur Hölle, es fiel ihm schwer. Selbst unterkühlt und blutend war sie schön. Er schob ihr seine Socken über die Füße, sobald er ihre Schuhe entfernt hatte, dann zog er seine eigenen Schuhe barfuß wieder an, bevor er seine Jacke über ihre Beine legte und ihre Gliedmaßen rieb, um die Durchblutung anzuregen.

«Endlich ziehst du mich ... aus. Wurde auch ... Zeit.»

«Sehr witzig, Baby.» Er bekam kaum Luft, und sie riss Witze. Nate hob sie auf seinen Schoß, um seine Körperwärme mit ihr zu teilen, und atmete ihren Duft ein. Hielt sie fest. Brach vor Erleichterung fast zusammen. Sein Herz schlug langsam wieder in einem normaleren Takt, aber es würde sich von diesem Schock nie ganz erholen.

«Du hast mich zehn Jahre meines Lebens gekostet.» Sie tatsächlich in den Armen zu halten, schenkte ihm ein wenig Ruhe.

Das Geräusch von Schritten auf der felsigen Böschung erklang. Nakos eilte heran, Bones hinter sich. «Wie geht es ihr?»

«Es geht mir ... gut.» Sie vergrub ihre kalte Nase an Nates Hals.

«Wunderbar.» Nakos kniete sich neben die beiden und sah

sich die Wunde an. «Jetzt, wo ich weiß, dass du noch atmest, kann ich dich umbringen.»

Olivia schenkte ihm ein schwaches Lächeln. «Hab dich auch lieb.»

Nachdem er ihr in seine Jacke geholfen hatte, zog Nakos ihr die Kapuze über das Haar und wickelte ihre Beine in eine Decke ein. «Ich werde ihre Kleidung einsammeln», sagte er. «Kannst du sie tragen?»

«Klar.» Nate stand mit Olivia in den Armen auf und ging zurück in die Richtung, aus der sie gekommen waren. «Ist die Ärztin unterwegs? Diese Wunde muss genäht werden, und ich bin mir sicher, dass sie eine Gehirnerschütterung hat.» Sie sollte in ein verdammtes Krankenhaus gebracht werden, aber anscheinend musste man sich in dieser Gegend schon einen Arm abhacken, bevor der Trip sich lohnte.

«Hank sollte vor uns ankommen. Mae lässt bereits ein heißes Bad ein.»

Nate hätte selbst eine heiße Dusche gebrauchen können. Jetzt, wo sich die eisigen Klauen der Angst aus seinen Eingeweiden zurückgezogen hatten, spürte er die eisige Luft deutlich. Olivia trug den Großteil seiner Kleidung. Doch es spielte keine Rolle, dass er fror. Nur sie zählte.

Als sie endlich das Quad erreichten, stieg Nakos auf sein Pferd und schnappte sich die Zügel des zweiten Tiers. «Folge mir.»

Mit Olivia auf dem Schoß startete Nate das Quad. «Halt dich an mir fest, so gut du kannst.» Sie reagierte nicht. Als er den Blick senkte, stellte er fest, dass ihre Augen geschlossen waren. «Baby, bleib wach.»

«Ich bin wach.» Aber sie öffnete nicht die Augen.

«Olivia.» Schließlich hoben sich ihre Lider, und er wollte

verdammt sein, wenn seine eigenen Augen nicht brannten. Vertrauen und Zuneigung leuchteten in ihrem kornblumenblauen Blick. Nate holte tief Luft und schüttelte den Kopf, weil er sich fragte, wie er sich je hatte einbilden können, er könne sich von ihr fernhalten. «Bleib bei mir. Halt die Augen offen.»

13

Ein Vorschlaghammer schien sich in ihrem Kopf auszutoben, und ihre Zunge klebte an ihrem Gaumen, als Olivia mühsam die Augen öffnete. Gleißendes Sonnenlicht blendete sie. Sie verzog das Gesicht und stöhnte.

Kleidung raschelte. «*Hebe.* Willkommen zurück, Little Red.»

Wieder stöhnte sie, dann sah sie mit zusammengekniffenen Augen Nakos an. «Hi.» Ihr Schädel pochte, als sie sich umsah, in dem Versuch, sich trotz ihrer Kopfschmerzen zu orientieren. Ihr Schlafzimmer. Okay. Wie war sie hierhergekommen? Wieso lag sie im Bett? «Wie spät ist es?»

«Mittag.» Ihre Matratze senkte sich unter Nakos' Gewicht, als er sich neben sie setzte. Sein besorgter Blick wanderte über ihr Gesicht. «Du warst zwei Tage lang außer Gefecht.»

«Was?» Sie versuchte, sich aufzusetzen, doch sofort wurde sie von Übelkeit erfasst.

Er legte eine Hand auf ihre Schulter, schwer und warm, um sie wieder in die Kissen zu drücken. «Entspann dich. Du hast acht Stiche am Kopf, und das Fieber hat erst gestern Nacht nachgelassen. Ganz zu schweigen von der Gehirnerschütterung.»

Richtig. Sie hatte sich am Fluss den Kopf angeschlagen. Vage konnte sie sich daran erinnern, dass Hank nach ihr gesehen hatte. Außerdem daran, dass Tante Mae, Nakos und Amy sie immer wieder geweckt hatten. Aber ... zwei Tage?

Sie stemmte sich auf einen Ellbogen. Ihre Arme und Beine waren schwer, und ihr Rücken tat weh. «Ich muss mich aufsetzen.»

Nakos half ihr, indem er sie sanft bei den Schultern packte. «Der Doc hat gesagt, du sollst Paracetamol nehmen, wenn du aufwachst.» Er gab ihr zwei Tabletten und ein Glas Wasser.

Sie zwang die Tabletten hinunter, dann genoss sie das Wasser. Himmel, war sie durstig. «Danke.» Sie blinzelte, immer noch ein wenig benebelt.

Nakos stellte das Glas wieder auf den Nachttisch und seufzte. «Dich wach zu sehen, ist ein wirklich erfreulicher Anblick. Du hast uns allen ziemliche Angst eingejagt.»

«Tut mir leid.» Olivia hob eine Hand und betastete vorsichtig den Verband an ihrer Stirn. «Könnten wir die Standpauke bitte verschieben, bis der Raum sich nicht mehr um mich dreht?» So, wie sie Nakos kannte, würde er ihr bis ans Ende ihrer Tage vorhalten, dass sie allein losgeritten war. Dass er recht hatte, machte die Sache nicht besser.

Ihre Haut fühlte sich klamm an, und ihre Schlafklamotten klebten am Körper. Das musste wirklich übles Fieber gewesen sein. Wem musste sie drohen, um baden zu dürfen? Sie konnte sich nur ausmalen, wie sie aussah. Nakos trug natürlich wie immer ein T-Shirt unter einem Flanellhemd und dazu Jeans. Aber keinen Cowboyhut. Sein Haar war im Nacken zu dem üblichen Pferdeschwanz gebunden. Und er starrte sie an. Intensiv.

«Ich werde dir keinen Vortrag halten.» Er nahm ihre Hand und umfasste ihre Finger mit beiden Händen, seine olivfarbene Haut in starkem Kontrast zu ihrer hellen. «Ohne dich würde meine Welt aufhören, sich zu drehen. Ganz einfach. Wir sind befreundet, seitdem ich denken kann, und … ich glaube, du hast mir schon etwas bedeutet, bevor wir uns je begegnet sind. Du bist meine Familie.»

Himmel. Ihre Augen brannten, als sie versuchte, gegen die Tränen anzublinzeln. «Nakos ...»

«Ich bin noch nicht fertig.» Sein dunkler Blick bohrte sich in ihren. «Also stell dir vor, wie ich mich gefühlt habe, als du nicht ans Funkgerät gegangen bist und wir in Dunkelheit und Kälte verzweifelt nach dir suchen mussten. Als wir nur beten konnten, dass du noch am Leben bist, um dich dann blutend, bewusstlos und fast erfroren zu finden. Hättest du nur eine halbe Stunde länger da draußen gelegen, befändest du dich jetzt neben Justin auf dem Friedhof.»

Heiße Tränen sammelten sich in Olivias Augen und rannen über ihre Wangen. Schuldgefühle und Scham bildeten einen Knoten in ihrem Magen, während ihr Herz förmlich brach.

«Nein, Little Red. Ich werde dir keinen Vortrag halten.» Er drückte ihre Hand. «Ich werde dir etwas versprechen. Wenn du je noch mal etwas so Dummes, Stures tust, werde ich dich fesseln und für alle Ewigkeit in der Scheune einsperren. Verstanden?»

Mit einem Nicken ließ sie sich gegen seine Brust sinken und vergrub die Finger im Stoff seines Hemds. «Es tut mir leid.»

Er streichelte ihr das Haar. «Ich weiß. Hör auf zu weinen. Du bist bereits dehydriert.» Seine Brust hob und senkte sich in einem tiefen Atemzug. «Und jetzt, wo wir das geklärt haben, solltest du dich besser auf den Moment vorbereiten, wenn Nate bemerkt, dass du aufgewacht bist.»

Gott, der arme Nate. Er hatte sie aus dem Fluss geholt und ihr seine eigene Kleidung angezogen, um sie warm zu halten. Wieder einmal war er zu ihrer Rettung herbeigeeilt. Und nach dem wenigen, woran sie sich erinnern konnte, war er vollkommen verzweifelt gewesen.

«Er ist sauer, hm?» Schniefend richtete Olivia sich auf und wischte sich die Tränen von den Wangen.

«*Sauer* ist nicht das Wort, das ich benutzen würde.» Nakos gab ihr noch ein Glas Wasser und nickte ihr zu – ein stummer Befehl, das Glas auszutrinken. «Er hat die ersten vierundzwanzig Stunden in diesem Stuhl direkt neben deinem Bett verbracht, ohne zu essen oder zu schlafen. Am zweiten Tag haben wir ihn dazu überredet, kurz zu duschen, doch er hat nur unter der Bedingung zugestimmt, das in deinem Bad tun zu dürfen. Er hat sich geweigert, sich mehr als zehn Meter von dir zu entfernen. Heute Morgen konnte er sich nicht mehr wach halten, nachdem Mae ihn gezwungen hat, etwas zu essen. Doch weiter als bis zu deiner Couch ließ er sich nicht bewegen.»

Nakos deutete mit dem Daumen über die Schulter. Sie sah durch die offene Tür zu dem riesigen Mann, der auf ihrem Wohnzimmersofa schlief.

Nate lag ausgestreckt auf dem Rücken, ein Arm über dem Gesicht und ein Fuß auf dem Boden, als wolle er jeden Moment aufspringen. Seine Brust hob und senkte sich in gleichmäßigen Atemzügen, während Bones neben ihm saß und ihn aufmerksam betrachtete.

Wie Nakos war Nate ein wenig zu sehr darauf bedacht, sie zu beschützen. Aber hatte er wirklich zwei Tage lang neben ihrem Bett Wache gehalten? Kaum gegessen? Oder geschlafen?

«Nein. *Sauer* ist nicht das richtige Wort.» Nakos zog die Augenbrauen hoch, als sie ihn ansah. «Besessen. Fixiert. Besorgt. Such dir etwas aus. Ich persönlich finde, *total irre* trifft es am besten.» Seine Lippen zuckten. «Little Red, du hast diesen Mann in die Knie gezwungen. Und er ist bisher nicht wieder aufgestanden.»

Olivia sah erneut zu Nate, weil sie nicht wusste, was sie denken sollte. Die meiste Zeit hatte sie vermutet, dass diese Anziehung zwischen ihnen für Nate nur körperlich war. Doch je mehr Zeit sie miteinander verbrachten, desto jämmerlicher erschien ihr dieser Gedanke. Zweimal hatte sie ihn inzwischen unter Druck gesetzt, in der Hoffnung, dass er die Kontrolle verlor und sich nahm, was er wollte. Aber er hatte sich gezügelt, als müsse er ihr unbedingt Respekt erweisen. War unendlich sanft gewesen, um genau zu sein. Der beste Beweis dafür, dass Größe nicht automatisch rohe Kraft bedeutete.

Nathan Roldan war ein solches Rätsel. Er konnte sarkastisch sein, witzig und unendlich intensiv. Manchmal schien er von ihr amüsiert zu sein und bei anderen Gelegenheiten vollkommen fasziniert. Olivia konnte sich des Eindrucks nicht erwehren, dass niemand ihn je beachtet hatte; dass niemand vor ihr ihn wirklich angesehen hatte. Nach allem, was er ihr erzählt hatte, stimmte das wahrscheinlich sogar.

Sie zwang sich, den Blick von Nate abzuwenden und erneut Nakos anzusehen. «Er hat keine Familie.»

«Ja, er hat mir neulich etwas Ähnliches gesagt.»

«Ehrlich gesagt, glaube ich, Justin war so ungefähr der einzige echte Freund, den er hatte.» Sie konnte nicht verhindern, dass ihr Blick erneut zu Nate glitt.

«Wenn das der Fall ist, weiß er wahrscheinlich einfach nicht, was er mit Aufmerksamkeit anfangen soll.» Auch Nakos sah kurz über die Schulter zu Nate, bevor er sich wieder zu ihr umdrehte. «Und auch nicht, wie er mit seinen Gefühlen umgehen soll. Er hat Glück, dass gerade du es warst, die ihm unter die Haut gegangen ist. Es gibt niemanden, der so viel Geduld hat wie du.»

Sie lächelte. «Außer dir.»

«Er ist nicht mein Typ.» Nakos grinste. «Aber du bist sein Typ.» Er senkte die Stimme, um Nate nachzuahmen. «*Olivia, Baby.*»

«Halt den Mund.» Sie lachte, nur um das Gesicht zu verziehen, als das Hämmern in ihrem Kopf schlimmer wurde. «Aua.»

Nakos wurde wieder ernst. «Das Medikament sollte bald anschlagen. Du wirst dich besser fühlen, sobald du was gegessen hast.»

«Ja. Aber erst muss ich duschen. Ich fühle mich wie etwas, was wir vom Scheunenboden gekratzt haben.»

«Und du siehst auch so aus.»

«Haha.» Sie schob die Decke zur Seite.

Nakos drückte ihre Schulter und erhob sich, als sie sich an den Rand des Bettes schob. «Bist du sicher, dass du schon aufstehen kannst?»

«Nein, aber ich werde es trotzdem tun.» Langsam und mit zitternden Beinen kam sie auf die Füße.

Sofort setzte der Diskokugel-Effekt ein, und der Raum begann, sich um sie zu drehen. Eilig streckte sie den Arm aus, und Nakos griff nach ihrer Hand. Die Ränder ihres Blickfelds wurden grau, und ihr Magen hob sich. Sie schwankte.

Schwere Schritte erklangen, und plötzlich wurde ihr Gesicht gegen etwas Hartes gedrückt. Etwas Warmes. Das nach Seife roch. Arme schlossen sich um sie und hielten sie ganz fest. Sie schloss die Augen, als der Schwindel abrupt nachließ und Wärme sie umhüllte. Geborgenheit.

«Wieso zur Hölle hast du mir nicht gesagt, dass sie wach ist?» Die harte Oberfläche vibrierte an ihrer Wange, und Nates Stimme erfüllte ihren Kopf. Tief. Heiser. Wunderbar.

«Weil sie gerade erst aufgewacht ist und du geschlafen hast.» Nakos seufzte und ließ ihre Hand los. «Geht es dir gut, Little Red?»

Sie nickte, weil sie sich bereits besser fühlte. «Ich werde duschen gehen. Bin gleich zurück.»

«Den Teufel wirst du.» Nate schob sie ein kleines Stück nach hinten und starrte auf sie herunter, die Hände an ihrer Taille. «Du kannst kaum stehen.»

«Dann werde ich baden.» Als sich Runzeln auf seiner Stirn bildeten, verdrehte sie die Augen. «Das ist nicht verhandelbar.»

Mit zusammengebissenen Zähnen sah er Nakos an. «Kannst du Amy bitten, hochzukommen und ihr zu helfen?»

«Amy hat einen Termin beim Scheidungsanwalt. Und bevor du fragst, Mae hat sie begleitet, nachdem Olivia nicht zur Verfügung stand. Was glaubst du, wieso ich hier oben bin, statt zu arbeiten?»

Moment. Olivia rieb sich die Stirn. «Amy sollte den Anwalt erst am …»

«… Donnerstag treffen?» Nakos stemmte die Hände in die Hüften. «Wir haben Donnerstag. Du warst zwei Tage außer Gefecht, schon vergessen?»

Stimmt. Verdammt, sie sollte Amy in dieser Situation beistehen. Stattdessen war sie zusammengebrochen. «Ich bin eine schreckliche Freundin.»

«Nein, bist du nicht.» Nate hob ihr Kinn an, bis sie ihm in die Augen sehen musste. «Du bist eine schreckliche Patientin. Geh zurück ins Bett.»

«Auf keinen Fall.» Ihr war vollkommen egal, wie, sie würde sich den Dreck vom Körper waschen. Selbst wenn die Ranch-Arbeiter Tribünen in ihrem Bad aufbauten und Karten für die Show verkauften. «Wenn du darauf bestehst, dass jemand auf mich aufpasst, kannst du gerne mitkommen.»

Nates Körper versteifte sich. Er warf Nakos einen hilfesuchenden Blick zu.

«Schau nicht mich an.»

Olivia schnippte mit den Fingern, um Nates Aufmerksamkeit zu erregen, bevor sie vor Erschöpfung zusammensackte. «Du hast mich schon halb nackt gesehen. Nakos noch nicht. Ich werde ins Bad gehen, ob du das willst oder nicht.»

«Ich verschwinde dann mal.» Nakos deutete mit dem Kinn Richtung Wohnzimmer. «Mae hat eine Suppe für dich in den Kühlschrank gestellt. Ich werde sie aufwärmen und auf dem Herd stehenlassen. Und du wirst sie essen, verstanden?» Er wartete, bis sie nickte, dann wandte er sich zum Gehen. «Ich rufe Hank an und sage ihr, dass du wach bist, damit sie vorbeikommt und dich untersucht.»

«Danke.» Olivia löste sich aus Nates Armen. Als ihr nicht sofort schwindelig wurde, ging sie langsam zu ihrer Kommode.

Sobald sich die Tür hinter Nakos geschlossen hatte, trat Nate hinter sie. «Mir wäre wirklich lieber, wenn du auf Amy oder Mae warten würdest.»

Olivia zog eine graue Trainingshose und ein weißes T-Shirt aus einer Schublade. Sobald sie die anhatte, würden Nate und sie aussehen wie Zwillinge, denn er trug die gleiche Kombi. «Es ist ja nicht so, als hättest du das meiste nicht schon gesehen, aber bleib ruhig hier draußen, wenn du willst.» Sie war müde, hatte Schmerzen und war sich ziemlich sicher, dass sie stank. Das Letzte, was sie im Augenblick kümmerte, war Nates Problem damit, sie nackt zu sehen.

«Dich in halb bewusstlosem Zustand auszuziehen, um etwas gegen deine Unterkühlung zu tun, ist etwas ganz anderes, als dich in der Badewanne zu beobachten, Olivia.»

«Dann mach die Augen zu.» Sie schnappte sich noch eine saubere Unterhose, schloss die Schublade und drehte sich um. Sofort kreiste der Raum wieder um sie. «Wow. Das ist, als wäre ich betrunken, nur ohne den Spaß.»

Mit einem Knurren nahm er ihr die Kleidung ab. «Stur wie ein Esel. Du hast Glück, dass ich so erleichtert bin, dass du wach bist. Im Moment will ich dir alles geben, was du möchtest, solange du nur wach bleibst.» Er schlang einen Arm um ihre Taille. «Komm.»

Sie gingen ins Bad, wo er ihre Sachen auf die geschlossene Toilette legte. Während sie sich mit angewidertem Gesicht im Spiegel betrachtete, ließ er ein Bad ein. Er musterte die Flaschen auf dem Rand, dann goss er gefühlt zwei Liter Schaumbad ins Wasser.

Er zuckte zusammen, als er ihr Grinsen sah. «Was?»

«Nichts.» Anbetungswürdiger Mann. Olivia konzentrierte sich wieder auf ihr Spiegelbild, nur um sich sofort zu wünschen, sie hätte es nicht getan. «Himmel, ich sehe schrecklich aus.» Ein Verband verbarg einen großen Teil ihrer Stirn, ihr Haar war strähnig und verklebt, und die dunklen Schatten unter ihren Augen hatten in etwa die Ausmaße der Saturnringe.

«Auch wenn das rührselig klingt: Dass du die Augen offen hast und nicht mehr im Bett liegst, ist das Schönste, was ich seit Tagen gesehen habe.»

«Oh. Sei ruhig öfter rührselig.»

«Jag mir seltener Todesangst ein, und ich werde darüber nachdenken.»

Sie suchte seinen Blick im Spiegel, besorgt und erschöpft, dann sanken ihre Schultern nach unten. «Tut mir leid. Ich wollte das natürlich nicht. Es war ein Unfall, aber es tut mir trotzdem leid.»

Ohne etwas zu sagen, trat Nate hinter sie, dann drehte er sie mit den Händen an der Taille sanft zu sich herum. Er hob die Hände, sodass seine kräftigen Oberarme ihr Gesicht umrahmten, und machte sich an ihrem Verband zu schaffen.

«Doc hat gesagt, der Verband kann heute abgenommen werden. Aber du solltest versuchen, die Naht trocken zu halten.» Vorsichtig löste er das Klebeband und entfernte die Bandage. Der Stoff fiel unbeachtet zu Boden, als er erstarrte. «Himmel», murmelte er, dann ließ er eine zitternde Fingerspitze über ihre Augenbraue gleiten, um sich dann langsam ihrem Haaransatz zu nähern. Nach einem Moment schluckte er schwer und blinzelte.

«Du hast wirklich hübsche Augen», meinte Olivia. Sie liebte es, wie dunkel sie bei Nacht wirkten, genauso wie die goldenen Flecken, die das Sonnenlicht in das Braun zauberte. «Ich schaue sie gerne an.»

Erneut runzelte er die Stirn, als er ihren Blick einfing. Er strich ihr eine Strähne aus dem Gesicht und ließ seine Finger dann an ihrem Kinn ruhen. «Das musst gerade du sagen. Es gibt keine Worte, die dem Blauton deiner Augen gerecht würden.» Er schüttelte den Kopf. «Und es ist wirklich schön, sie wiederzusehen.»

Jetzt, wo sie ihn genauer ansah, wurde ihr klar, wie fertig er gewesen sein musste. «Du wirkst vollkommen erschöpft.»

«Na ja, ich habe nicht viel geschlafen.» Er ließ seine Finger über ihren Arm nach unten gleiten, um ein Pflaster zu entfernen, das sie bisher gar nicht bemerkt hatte.

«Was macht denn das da?»

«Doc hat gestern eine Infusion gelegt. Antibiotika und irgendetwas, damit du nicht dehydrierst.»

Gott, sie hatte wirklich gar nichts mehr mitbekommen. «Normalerweise werde ich nicht krank. Aber diesmal muss es wirklich heftig gewesen sein.»

«In einen Fluss zu fallen und stundenlang in der Kälte zu liegen, kann so was auslösen.» Nate wich ihrem Blick aus, hob die Verbände auf und warf sie in den Müll. Als er sie schließlich wieder ansah, wirkte er unendlich verzweifelt. «Du hast Fieber bekommen, und es wollte sich einfach nicht senken lassen. Kurzzeitig war es bei einundvierzig Grad.»

Wow. «Ich ...»

In diesem Moment klopfte es an der Tür. «Olivia? Hier ist Hank. Kann ich reinkommen?»

Nate beugte sich vor, um das Badewasser abzudrehen, dann öffnete er die Tür.

Hank beäugte Nate, dann warf sie ihr langes schwarzes Haar über die Schulter nach hinten. «Nakos hat gesagt, du wärst wach und auf den Beinen. Wie geht es dir?»

«Gut. Besser. Danke.»

Nate lehnte sich gegen das Waschbecken und verschränkte die Arme. «Sie kann kaum stehen. Ihr ist schwindelig geworden. Fast wäre sie umgekippt.»

Hank nickte, ohne den Blick von Olivia abzuwenden. «Das war zu erwarten.» Sie stellte ihre schwarze Arzttasche auf die Schminkkommode und öffnete sie, um eine kleine Taschenlampe herauszuholen, mit der sie Olivia in die Augen leuchtete. «Gleich große Pupillen, die normal reagieren.» Als

Nächstes kontrollierte sie Puls und Blutdruck, um dann die Temperatur zu messen. «Alles normal. Wie steht es um das Kopfweh?»

«Noch da. Nakos hat mir Paracetamol gegeben. Jetzt ist es besser.»

«Gut. Übelkeit?»

«Ein wenig.»

Hank packte ihre Ausrüstung zurück in die Tasche. «Das sollte verschwinden, sobald du Essen im Bauch hast.» Sie untersuchte die Naht. «Ich werde nächste Woche vorbeischauen und die Fäden ziehen. Bis dahin solltest du dich schonen. Bück dich möglichst nicht, sondern halt den Kopf oben, und heb in den nächsten Tagen nichts, was schwerer ist als ein Milchkarton. Steig nicht allein Treppen. Trink jede Menge und iss heute nur leichte Kost. Wenn du dich übergeben musst, ruft mich sofort an.»

«Okay. Danke, Hank.»

Nate räusperte sich. «Könnten Sie ihr mit ...», er wedelte mit der Hand Richtung Badewanne, «... damit helfen?»

Hank zwinkerte ihm zu. «Aber klar.»

Er sah Olivia an. «Ich werde nach deiner Suppe schauen.» Schnell schloss er die Tür hinter sich, und seine Schritte verklangen.

«Ich dachte schon, ich müsste dem Jungen eine Beruhigungsspritze verpassen.» Hank deutete mit dem Daumen auf die Tür. «Er ist fast die Wände hochgegangen. Oder herumgetigert wie ein Raubtier im Käfig. Nakos war nicht viel besser.»

«Habe ich schon gehört.» Olivia rieb sich die Augen. Sie fühlte sich so schon schlecht genug. «Die beiden machen sich immer Sorgen.»

«Nicht in diesem Ausmaß. Dein riesiger Soldat hier hat

ständig gemurmelt: *Ich dachte, sie wäre tot. Ich dachte, sie wäre tot.*»

«Oh Gott.» Olivias Kehle wurde eng, und sie musste ein Schluchzen unterdrücken. Sie hatte keine Ahnung gehabt, dass es so schlimm gewesen war.

«Ich dachte, du solltest das wissen.» Hank drückte Olivias Arm. «Und jetzt komm. Wasch dich. Danach fühlst du dich wieder wie ein Mensch.»

Mit Hanks Hilfe zog Olivia sich aus und stieg in die Badewanne. Sie stöhnte, als das warme Wasser ihren wunden Körper umspülte, und schloss die Augen. «Himmlisch.»

Hank lachte und gab ihr einen trockenen Waschlappen. «Leg das über die Naht. Dann waschen wir dir die Haare.»

Sobald sie fertig waren und Olivia wieder Kleidung trug, führte Hank sie zum Küchentisch und kontrollierte noch einmal alle Vitalparameter. «Alles in Ordnung. Halt dich an meine Anweisungen. Ich werde morgen wieder vorbeischauen.»

Kaum war die Ärztin verschwunden, stellte Nate bereits eine Schale Hühnersuppe mit Nudeln vor Olivia ab, zusammen mit einem Glas von dem isotonischen Getränk, das er so liebte. «Iss. Trink.»

Sie beäugte ihn, als er sich ihr gegenübersetzte. «Du solltest auch etwas essen.»

«Mach dir keine Sorgen um mich.»

«Jemand sollte es tun.» Als er sie nur ausdruckslos anstarrte, biss sie sich auf die Unterlippe. «Nakos hat gesagt, du hättest dich geweigert zu essen und …»

«Ich habe mir gerade einen Teller gegönnt, während du im Bad warst. Mir geht es gut.» Er deutete auf ihre Suppe. «Iss.»

Sobald sie ein paar Löffel gegessen hatte, schien Nate zufrieden und stemmte die Ellbogen auf den Tisch. Dann ließ er den Kopf in die Hände sinken und presste sich die Handballen auf die Augen. Er hatte so große Hände, passend zum Rest seines Körpers. Seine Tätowierungen bewegten sich zusammen mit seinen Muskeln, und sein enges weißes T-Shirt betonte die muskulöse Brust. Spannung erfüllte seinen Körper. Als er schließlich den Kopf wieder hob und sich über den kahlen Kopf strich, war seine Miene ebenso angespannt.

«Mir geht es jetzt wirklich wieder gut, dank dir.»

Er rieb sich den Mund und musterte sie. Sein Blick glitt prüfend über ihr Gesicht. Langsam ließ die Sorge in seiner Miene nach. «Ich habe nichts getan, außer herumzustehen und mich nutzlos zu fühlen.»

«Du hast mich aus dem Fluss gezogen, mich warm gehalten und mich nach Hause gebracht.»

Er schloss abrupt die Augen. Die Bewegung seiner Lider war so heftig, dass Olivia sich kurz fragte, ob sie gleich einen Windhauch spüren würde. «Erinnere mich bitte nicht daran.» Er öffnete die Augen wieder und sah sie an, sein Blick erfüllt von tiefer Hilflosigkeit. Dann schüttelte er den Kopf. «Bitte, iss. Und das Gatorade wird dabei helfen, deinen Elektrolyte-Haushalt auszugleichen und die Flüssigkeit zu ersetzen, die du verloren hast.»

Und schon wieder kümmerte er sich um sie. Er war offensichtlich vollkommen durcheinander, doch er achtete nur auf sie. Sie warf einen Blick auf den Suppenteller vor sich. Je eher sie tat, was er wollte, desto schneller konnte sie sich darum kümmern, den Aufruhr in ihm zu beruhigen.

Sie leerte den Teller und das Glas, dann stand sie auf. «Du musst schlafen.»

Nate ignorierte sie, trug Teller und Glas zur Spüle und

räumte die Reste in den Kühlschrank. Im Anschluss beschäftigte er sich damit, das wenige Geschirr abzuspülen. Dann, als hätte er das Ende seiner Geduld erreicht, packte er die Spüle, beugte sich vor und ließ den Kopf hängen.

Ihr Herz verkrampfte sich. Nakos hatte recht gehabt, genauso wie sie mit ihrem Verdacht. Es schien, als hätte Nate noch nie in seinem Leben jemanden gehabt, der ihm etwas bedeutete, sodass er im Angesicht echter Gefühle einfach nicht wusste, wie er damit umgehen sollte. Was war ihm alles zugestoßen, diesem sanften Riesen? Wie konnte eine Person ein gesamtes Leben vollkommen ... allein verbringen?

Doch noch mehr beschäftigte sie die Frage, wie sie diese Art von Schaden beheben sollte.

14

Nate spürte, wie Olivias warme Hand vorsichtig an seinem Arm nach oben glitt. Er presste die Augen noch fester zu und umklammerte mit aller Kraft den Rand der Spüle. Die Mischung aus Schmerz und Vergnügen, die ihre Berührung in ihm auslöste, ließ ihn die Schultern hochziehen. Um sich zu schützen. Oder sie.

Zweieinhalb Tage lang hatte er mit angesehen, wie sie im Bett lag, leichenblass. Er hatte solche Angst gehabt, dass sie niemals wieder aufwachen würde. Jeder Versuch von Mae oder Amy oder Nakos, sie aufzuwecken, war in dieser ersten Nacht die reinste Folter gewesen. Sein Herz hatte jedes Mal stillgestanden, bis Olivia endlich die Augen geöffnet und ein paar Silben gemurmelt hatte, um dann wieder einzuschlafen.

Und dieses Fieber? Die Notwendigkeit einer Infusion? Wie sie sich verschwitzt hin und her gewälzt hatte, heißer als die verdammte Wüste, aus der er entkommen war? Er hatte gedacht, er müsse sterben. Scheiße, ihm wäre der Tod lieber gewesen. Tausendmal hätte er fast ihrem Schlafzimmer ein neues Aussehen verpasst, indem er Löcher in die Wände boxte.

Keine seiner bisherigen Erfahrungen hatte ihn auf so etwas vorbereitet. In einer Pflegefamilie als Kind fast zu verhungern ... in seinen Teenager-Jahren Mitläufer bei zahllosen Gewalttaten als Mitglied einer Gang ... Justins Hand zu halten, während sein Leben langsam verlosch. Himmel.

Nate hätte jederzeit jede Minute seines jämmerlichen Lebens noch einmal durchgestanden, wenn das bedeutet hätte, dass er nicht weiter auf diese Weise neben ihrem Bett ausharren musste.

Vollkommen machtlos. Absolut ... verdammt ... hilflos.

Es hatte in den letzten zwei Tagen kein Ventil für diese Gefühle gegeben, und auch jetzt gab es keines. Es fühlte sich an wie Insekten, die unter seiner Haut krabbelten. Wie Messer, die sich in seine Brust bohrten. Eine Schraubzwinge, die seine Lunge zusammenpresste. Schmirgelpapier in seiner Kehle. Bilder, unzählige Bilder schossen ihm durch den Kopf.

Olivia duckte sich unter seinem Arm hindurch und schob sich zwischen ihn und die Spüle.

Er bewegte sich nicht, öffnete nicht einmal die Augen. «Olivia, Baby, ich bin ernsthaft in Gefahr durchzudrehen.»

Ihre Arme schlangen sich um seine Hüfte, und sie drückte sich an ihn. Während er mit dem durch ihre Berührung ausgelösten Sauerstoffmangel kämpfte, stellte sie sich auf die Zehenspitzen und vergrub ihr Gesicht an seinem Hals.

Ihr warmer, weicher Körper. Ihr Duft nach Regen. Ihr heißer, flacher Atem, der seine Haut liebkoste.

Seltsam. Nate war immer der Meinung gewesen, dass ihn die Hölle erwartete, doch Olivia Cattenach war quasi der Inbegriff des Himmels. Ein Engel minus die Flügel. Die hatte sie wahrscheinlich irgendwo zur zukünftigen Verwendung verstaut.

«Alles ist gut», flüsterte sie.

Verdammt! Wieso versuchte sie, ihn zu beruhigen? Sie war doch diejenige, die sich verletzt hatte, krank gewesen war. Wieso sollte ...

«Alles ist gut», wiederholte sie. «Du bist in Sicherheit.»

Scheiße. Weil es genau das war, was er hören musste, deswegen.

Er holte tief Luft, um den dringend benötigten Sauerstoff in seine Lunge zu saugen, schlang einen Arm um ihren Rücken und vergrub eine zitternde Hand in ihrem Haar. Er umfasste ihren Hinterkopf und zog Olivia so eng an sich, dass kein Blatt Papier mehr zwischen sie gepasst hätte. Und dann …

Endlich. Sein Herz hörte auf, seine Rippen brechen zu wollen, und plötzlich konnte er wieder atmen. Die Knoten in seinem Bauch lösten sich. Seine Schultermuskulatur versuchte nicht mehr, Stahlbeton zu imitieren.

Sobald er das Gefühl hatte, wieder sprechen zu können, lehnte er sich zurück und sah sie an. «Fühlst du dich besser, jetzt, wo du etwas gegessen hast?»

«Ja. Komm, leg dich mit mir hin. Du musst dich ausruhen, und ich bin auch müde.»

Sie war zwei Tage lang bewusstlos gewesen und wollte jetzt weiterschlafen? «Miteinander schlafen ist keine gute Idee.»

«Nicht das schon wieder.» Sie verdrehte die Augen, begleitet von einem Lächeln, dann ließ sie ihre Finger über seinen Rücken nach unten wandern. «Ich meinte wirklich nur schlafen. Aber wenn du …»

«Das habe ich auch gemeint.» Er schob einen Arm nach hinten und stoppte ihre Hand, bevor sie seinen Hintern erreichen konnte. «Ich vertraue mir selbst nicht. Ich könnte dich aus Versehen verletzen, wenn ich einen Albtraum habe.»

«Oh.» Blinzel, blinzel. Schmollmund. «Ist dein Zimmer verwüstet, wenn du aufwachst? Zerstörst du Möbel?»

«Nein.»

«Weckt Bones dich immer noch, bevor es zu schlimm wird?»

«Ja.» Nate kniff die Augen zusammen. Sie stellte ihm

erneut eine Falle, und er lief hinein. Doch die Verlockung, neben ihr zu liegen, war einfach zu groß. Besonders jetzt, wo er sich endlich beruhigt hatte und sie nicht mehr in Gefahr war. «Ich kann mich auf die Couch legen, wenn du mir versprichst, nicht herumzulaufen oder dich in Schwierigkeiten zu bringen, während ich schlafe.»

«Wenn du neben mir schläfst, kannst du jedes potenziell unanständige Verhalten direkt unterbinden.» Sie duckte sich unter seinem Arm hindurch und machte die ersten Schritte Richtung Schlafzimmer. Nur, um abrupt zu stoppen und sich an den Kopf zu fassen. «Memo an mich selbst: Keine schnellen Bewegungen.»

Er sah, wie sie schwankte. Himmel. Hastig hob er sie hoch und trug sie zu ihrem Bett, wo er sie ablegte. Dann kletterte er neben sie und zog die Decke über sie beide. Der Hund trottete in den Raum, sprang ans Fußende und machte es sich dort gemütlich.

Olivia rollte sich auf die Seite, mit dem Gesicht zu ihm. «Du hast das Bett neu bezogen.»

Nate brummte. «Während du im Bad warst. Ich dachte, frische Laken wären schön.» Er strich eine Strähne von der Wunde weg, wobei er bemerkte, dass die Schwellung bereits nachgelassen hatte und die Haut nicht mehr ganz so rot leuchtete. Aber trotzdem hatte sie eine fiese Prellung. «Schlaf, Baby.»

Mit einem Seufzen schloss sie die Augen, während er den Kopf in die Hand stützte, um sie zu beobachten. Weil er die Ruhe genoss, die er dabei empfand, strich er ihr sanft durch die kastanienroten Haare.

Ihr Gesicht wirkte so verletzlich, besonders wenn sie schlief. Das hatte er bemerkt, während er sie in den letzten

Tagen unverwandt angestarrt hatte. Doch jetzt war er ihr viel näher, was die Eindrücke nur verstärkte. Stupsnase. Lippen, die immer ein wenig trotzig wirkten und von Natur aus ein kräftiges Rosa hatten. Sie brauchte keine Schminke, um schön zu sein. Tatsächlich konnte er sich nicht erinnern, sie je geschminkt gesehen zu haben.

«Hör auf, mich anzustarren, und schlaf.»

Er lächelte. «Wie merkst du das mit geschlossenen Augen?»

«Weil du weißt, dass meine Augen geschlossen sind, ganz einfach.» Olivia lächelte leicht. «Außerdem sind deine Wimpern kriminell lang und erzeugen bei jedem Blinzeln einen kleinen Tornado.»

Ein Lachen drang über seine Lippen. «Ach, tatsächlich?»

«Mhm. Ehrlich, Nate, es geht mir gut. Dir geht es auch gut. Der Hund liegt direkt am Fußende.»

Wenn sie das noch eine Million Mal wiederholte, würde er ihr vielleicht glauben. Aber er war so unglaublich erschöpft, und sein Adrenalinpegel sank langsam.

Er ließ den Kopf auf das Kissen sinken und legte einen Arm über Olivias Taille. Er hatte noch nie mit jemandem in einem Bett geschlafen, stellte aber fest, dass es ihm nichts ausmachte. Da war kein erstickendes Gefühl, als hätte er zu wenig Platz oder zu wenig Privatsphäre, wie er es erwartet hatte. Es wäre bestimmt schön, mit Olivia aufzuwachen. Er musterte ihre Wunde, die Verfärbung, die Naht, und sofort beschleunigte sich sein Pulsschlag wieder.

Erneut sah er vor sich, wie sie in diesem Fluss gelegen hatte. All das Blut. Die blauen Lippen und die klappernden Zähne.

Ungewollt und ohne sich dessen bewusst zu sein, hatte sie seine PTBS-Bilder mit schlimmeren ergänzt. Es gab keine

Stunde, in der sich nicht Justins Gesicht in seine Gedanken drängte, gefolgt von lähmenden Schuldgefühlen. Und jetzt sah er auch noch Olivia mit einer Pistole an der Stirn oder blutend und unterkühlt auf dem Boden.

Die Cattenachs waren sein Kryptonit. So musste es sein. Beide Geschwister hatten sich in sein Herz geschlichen, so tief, dass er sie nie wieder herausreißen konnte. Er wusste nicht, ob er deswegen wütend oder dankbar sein sollte.

Olivia öffnete ein Auge. «Muss ich Hank anrufen, damit sie dir doch eine Beruhigungsspritze setzt?»

«Was?»

«Hank hat angeboten, dich mit Betäubungsmitteln auszuknocken.» Als ihm dazu nichts einfiel, schob Olivia sich näher an ihn heran, bis ihre Nasen sich berührten. «*Ich dachte, sie wäre tot.* Hank hat mir erzählt, dass du das immer wieder gesagt hast.»

Verdammt. Er seufzte, weil ihm die Worte fehlten.

Sie hob seinen Arm und drückte seine Handfläche an ihre Brust. «Fühlst du das? Mein Herz schlägt.»

Nur konnte dieser Beweis die Erinnerung nicht verdrängen. «Ich fühle es.» Er fühlte sie überall und ständig.

«Schließ die Augen. Mach es.» Er gehorchte. Sie schob einen Schenkel zwischen seine Beine und ließ ihre Fingerspitzen träge über seine Brust gleiten. «Erinnerst du dich an unseren ersten Kuss?»

Als könnte er das je vergessen. «Auf der Couch in deinem Wohnzimmer.»

«Und ist das eine gute Erinnerung?»

Er hob die Lider. Sofort raubten ihm ihre kornblumenblauen Augen die Sprache, genauso wie ihr Duft nach Regen und die sanfte Berührung ihrer Finger.

«Ist es?», wiederholte sie die Frage.

Er räusperte sich. «Ja.» Er hatte nicht viele gute Erinnerungen, an denen er sich festhalten konnte, aber die Küsse von Olivia standen ganz oben auf dieser kurzen Liste. Nicht nur weil sie heiß gewesen waren wie die Hölle, sondern weil sie zu den einzigen Momenten in seinem Leben gehörten, wo er etwas so Intimes getan hatte. Oder hatte tun wollen. «Beängstigend und frustrierend. Aber gut.»

Irgendwann würde er sich vielleicht sogar daran gewöhnen, wie sein Mund sich von seinem Hirn loslöste, sobald er sich in ihrer Nähe aufhielt. Der Scheiß, den er ihr ständig gestand, war wirklich beschämend.

«Schließ die Augen, denk daran und schlaf ein.» Sie ... drückte ihm einen Kuss auf die Nase und kuschelte sich an ihn. Ihre Lider sanken nach unten, als wolle sie ihrem eigenen Ratschlag folgen.

Na schön. Er legte einen Arm um sie, drückte seine Lippen an ihre Stirn und schloss die Augen. Als er sie wieder öffnete, war der Raum dunkel, weil vor dem Fenster die Nacht hereingebrochen war. Und er ... war hart.

Olivia hatte das Gesicht an seinem Hals vergraben, wie sie es so gerne tat, und jede ihrer weichen Kurven drückte sich an seinen Körper. Sie lagen immer noch einander zugewandt auf der Seite unter der Decke, doch jetzt nahezu ineinander verknotet. Auf keinen Fall konnte er sich befreien, ohne sie zu wecken.

Wie lange waren sie eingenickt? Er sah zum Wecker und war schockiert, als er feststellte, dass es nach Mitternacht war. Er hatte fast zehn Stunden geschlafen. Und das ohne Albträume.

Nate spürte einen Stich in der Brust. Er konnte sich nicht

erinnern, sich je für … Kuscheln interessiert zu haben. Oder was auch immer sie hier taten. Noch seltsamer war die Tatsache, dass er sich nicht bewegen wollte.

Der Hund hatte allerdings andere Vorstellungen. Bones stand vom Fußende auf, streckte sich und sprang zu Boden, um sich im Türrahmen wieder niederzulassen.

Olivia gab ein leises Stöhnen von sich und bewegte sich. Ihre Hand, die zwischen ihren Körpern gefangen war, glitt zu seinem Bauch und schob sich unter sein T-Shirt. Fingernägel glitten über seine Rippen hinauf zu seiner Brust.

Er konnte nicht sagen, ob sie schlief oder nicht, also blieb er still liegen – bis diese verdammt wundervollen Finger wieder nach unten wanderten. «Olivia, was tust du da?»

«Wenn du das nicht erkennst, bin ich mehr außer Übung, als ich dachte.»

Himmel, ihre Stimme war fast so verführerisch wie ihre Berührung. Sinnlich und sanft. Der Tonfall machte ihn noch härter. Aber sie war verletzt, verdammt noch mal.

Er legte eine Hand über ihre, um die Folter zu stoppen, bevor sie den Gummizug seiner Trainingshose erreichte. Dann schluckte er schwer. «Wie fühlst du dich?»

«Toll. Bis du mich aufgehalten hast. Oder sollte ich sagen, *du* hast dich toll angefühlt?»

«Das habe ich nicht gemeint.» Er atmete harsch ein, als ihre Zunge über die Sehne an seinem Hals glitt und damit ein Feuer in ihm entzündete. «Olivia», warnte er.

«Nate», ahmte sie ihn nach. Sie drückte ihn auf den Rücken und streckte sich auf ihm aus, ihr Kinn auf seinem Brustbein. «Du hast eine Tätowierung auf der Brust. Sie ist ganz anders als die Muster auf deinen Armen.»

Mit einem Brummen versuchte er, ihrem abrupten Themenwechsel zu folgen, während seine pulsierende Erektion sich an ihren Bauch drückte und ihr Körper zwischen seinen Beinen lag.

Während er noch den Stellungswechsel verarbeitete, schob sie sein T-Shirt hoch und musterte das fragliche Tattoo. Nachdem das einzige Licht im Raum von der Lampe im Wohnzimmer stammte, konnte sie unmöglich viel sehen, trotzdem fuhr sie die Flügel nach, die sich über seine Brustmuskulatur spannten. Schließlich kamen ihre Finger kurz über seinem Nabel zum Halten.

«Warum ein Adler?» Olivia legte den Kopf schräg, um das Bild genauer zu betrachten.

Er hatte ein Brandzeichen getragen. Die Gang hatte ihn dazu gezwungen, und er hatte es überdecken wollen. «Habe ich mir stechen lassen, als ich mich verpflichtet habe. Ein Symbol für meine Heimat oder so. Es war mein Erstes.»

Sie nickte und setzte sich auf, nur um ihm das T-Shirt ganz über den Kopf zu ziehen und ihre Position wieder einzunehmen. Er wusste nicht, wieso er das zuließ, doch anscheinend machte er alles bereitwillig mit, was Olivias Berührung beinhaltete.

Sie warf sein T-Shirt auf den Boden. «Und die anderen? Die auf deinen Armen?»

Er hatte den Schmerz genossen. Oder zumindest hatte es so angefangen. Nach einem Tribal auf Schulter und Bizeps hatte er mehrere Sitzungen lang weitergemacht, bis er von außen genauso hässlich war wie im Inneren. Viele Leute mochten Tätowierungen, fanden sie sexy, doch er hatte das nie so gesehen. Für ihn waren die Tattoos eine sichtbare Erinnerung daran, dass seine Sünden nie vergeben werden konnten.

«Nate?»

Er seufzte, weil er sie nicht anlügen wollte. Es fiel ihm schwer, Dinge zu verschweigen, wenn sie besorgt war. «Eine Art Strafe, schätze ich.»

«Wofür?» Zwischen ihren Brauen bildete sich eine kleine Falte. Als sie den Blick zu seinen Augen hob, verwandelte sich die ehrliche Neugier darin in Verständnis. «Himmel, Nate. Du warst doch nur ein Kind.»

Auf keinen Fall wollte er schon wieder über dieses Thema reden. Dann hätte sie eine Ausrede, ihn freizusprechen. Nur dass sie keine Ahnung hatte, dass er der Mann war, der den Tod ihres Bruders zu verantworten hatte. Was unverzeihlich war. Dass er ihr überhaupt erlaubte, ihm so nahe zu kommen, war wahrscheinlich die schlimmste Sünde, derer er sich je schuldig gemacht hatte.

Er suchte verzweifelt nach einem Thema, um sie abzulenken. «Hast du Tätowierungen?» Vielleicht würde sich seine Sicht auf Tattoos dann ändern. Andererseits wurde ihm bei dem Gedanken fast schlecht, dass etwas ihre wunderbare Haut verunzieren könnte.

«Nein. Aber ich habe darüber nachgedacht.»

Nachdem er ihr nicht seine Meinung aufdrängen wollte, spielte er Interesse vor. «Und was für ein Motiv?»

Sie lächelte. «Keine Ahnung. Vielleicht Nessie als Arschgeweih.» Sie wackelte mit den Augenbrauen.

Überrascht lachte er. «Was hat es mit dieser Obsession für das Loch-Ness-Ungeheuer auf sich?»

«Unsere Familie stammt ursprünglich aus der Nähe vom Loch Ness.» Sie zuckte mit den Achseln. «Und mir gefällt die Vorstellung, dass sich irgendwo eine mysteriöse Kreatur versteckt, die noch niemand entdeckt hat.»

«Wie Bigfoot?»

«Quatsch. Der lebt mit Elvis in Atlantis. Außerdem ist es in der Nähe der Berge nicht weiter schwer, riesengroße behaarte Kerle zu finden.»

«Himmel.» Er rieb sich das Gesicht, weil er so heftig lachen musste, dass es weh tat. «Du bist wirklich eine Nummer.» Nate wurde wieder ernst und ließ einen Daumen über ihre Wange gleiten. Verdammt, sie war wunderschön. Selbst angeschlagen und kurz nach einem heftigen Fieber gab es nichts, was er lieber angesehen hätte.

«Bist du kitzelig, Nathan Roldan?»

«Ähm ...» Das wusste er nicht so genau. «Vielleicht. Warum?»

«Ich will dich noch mal lachen hören.» Sie ließ ihre Finger über seine Seiten gleiten. «Ich dachte, dein Grinsen wäre schon höschengefährdend, aber dein Lachen lässt sie zu Staub zerfallen.»

Und wieder kamen Komplimente zum Einsatz. Er umfasste ihre Handgelenke und drückte sie an seine Hüften. «Wenn ich mir besagtes Höschen jetzt ansehen würde, müsste ich dann feststellen, dass du lügst?» Mit klopfendem Herzen starrte er in ihre Augen, in denen Humor und Hitze brannten, wobei er sich fragte, wie sie es geschafft hatte, ihn von erheitert zu *Muss-sie-innerhalb-von-fünf-Sekunden-haben* zu bringen.

Olivia wackelte mit den Armen, in einer stummen Bitte, freigegeben zu werden. Als er ihr die Bitte erfüllte, setzte sie sich rittlings auf ihn. Ihre Lippen schwebten über seinen, als sie auf ihn herunterstarrte. «Finde es heraus.»

Super. Eine Herausforderung.

Er legte seine Hände flach auf ihren Rücken, dann stieß er mit den Hüften nach oben. Ein Zischen entwich ihm. Verdammt, er wollte sie, aber nicht so bald nach ihrem Unfall. Doch er könnte ihre Lust stillen.

«Baby, ist dir schwindelig, schlecht oder hast du Kopfweh?» Er leckte über ihre Lippen und stöhnte, als sie den Mund für ihn öffnete.

«Nein.» Sie knabberte an seiner Unterlippe. «Aber ich spüre dieses schreckliche Pochen.» Sie rieb sich an seiner Erektion und küsste ihn gleichzeitig. «Willst du wissen, wo?»

«Das weiß ich bereits.» Er presste seine Lippen auf ihre und versank in ihrem Mund, liebkoste ihre Zunge mit seiner. Sobald sie wieder hundertprozentig auf dem Damm war, würde er sie auf jede vorstellbare Weise nehmen. Er hatte sich lange gewehrt, aber sie hatte ihn besiegt. «Ich weiß genau, wo, Baby.»

Er drehte sich mit Olivia im Arm, sodass sie unter ihm zu liegen kam. Dann stützte er sich auf einem Unterarm ab, ohne die Lippen von ihren zu lösen. Vorsichtig schob er eine Hand unter ihr Hemd, spreizte die Finger und war – wieder einmal – überrascht, wie winzig sie im Vergleich zu ihm war. Seine Hand war fast so breit wie ihre Taille.

Sie stöhnte in seinen Mund, feuerte ihn an. Sanft schob er seine Hand in ihre Hose und ließ sie zu der Stelle zwischen ihren Beinen gleiten. Olivia drängte ihm die Hüften entgegen. Gleichzeitig umklammerte sie seinen Kopf und vertiefte den atemberaubenden Kuss, bis Nate das Gefühl hatte, er würde gleich ein Sauerstoffzelt benötigen.

«Dein Höschen ist nicht zu Asche verbrannt, Baby. Sondern feucht.» Feucht und heiß. Ihr Schamhügel war kaum behaart, und dieses geschwollene kleine Bündel aus Nerven streckte sich fast bettelnd seinen Fingern entgegen. Nate keuchte an Olivias Lippen. Sein Schwanz schmerzte, seine Haut brannte. «Wie feucht kann ich dich machen?»

Als Antwort spreizte sie die Beine und legte eines davon um seinen Schenkel.

Er stöhnte zustimmend, doch er musste ihre Stimme hören. «Willst du das?» Er erhöhte den Druck auf ihre Klitoris.

«Ja.» Sie öffnete die Augen. Die Pupillen waren so groß, dass das Blau ihrer Iris fast nicht mehr zu erkennen war, und Lust brannte in ihrem Blick. «Mehr, Nate. Bitte.»

Es war ihre Bitte, die sein Herz rasen ließ. Doch sein Untergang war der Klang seines Namens auf ihren Lippen. Er teilte ihre Falten und versenkte einen Finger in ihr. Verdammt, sie war eng. Und heiß. Und weich. Sofort zog sie sich um seinen Finger zusammen, auf der Suche nach mehr. Nate drang mit einem zweiten Finger in sie ein, dann senkte er den Kopf, um ihren Hals zu küssen und seine Zunge über die pochende Ader gleiten zu lassen. Ihr Atem ging keuchend, und ihre Hüften bewegten sich auf und ab.

Doch plötzlich drehte sie den Spieß um und umfasste ... ihn. Durch die Hose hindurch streichelte sie ihn vom Ansatz bis zur Spitze.

Er keuchte. «Nein, Baby. Es geht nicht um mich.»

Sie ließ nicht los. Stattdessen schob sie die Hand in seinen Hosenbund und schloss ihre Finger um ihn.

Haut auf verdammter Haut.

«Heilige Scheiße.» Er stieß sich in Olivias Hand, weil in diesem Moment nichts mehr zählte als ihr fester Griff und dass sie instinktiv genau zu wissen schien, wie viel Druck er brauchte.

Um sich zu revanchieren, begann er, seine Finger rhythmisch in ihre feuchte Hitze zu stoßen, und presste bei jeder Vorwärtsbewegung den Ballen seiner Hand auf ihre Klitoris.

Sie imitierte seinen Takt und ließ den Daumen über die Spitze gleiten.

Verdammt, er würde in seiner Hose kommen wie ein Teenager.

Als hätte sie seine Gedanken gelesen, zerrte Olivia die Hose nach unten, um sofort wieder seine harte Länge zu umfassen. Und ihn zu streicheln, zu reiben, die Spitze zu reizen. Er stieß sich schneller in ihre Hand, und in seinem unteren Rücken begann es, warnend zu kribbeln. Nate rollte sie beide auf die Seite, einander zugewandt, ohne innezuhalten.

Er fickte ihre Hand, während er sie mit den Fingern nahm. Gleichzeitig eroberte er ihren Mund in einem Kuss, der jeden klaren Gedanken unmöglich machte. Sekunden später krampften sich ihre Muskeln um seine Finger zusammen, und sie erbebte. Erstarrte. Schrie an seinen Lippen auf. Sie runzelte die Stirn, als würde sei konzentriert über etwas nachdenken, dann warf sie den Kopf zurück. Scheiße, wenn sie kam, war sie sogar noch schöner.

Er folgte ihr in den Höhepunkt, unfähig, sich dagegen zu wehren. Begleitet von einem schockierten Stöhnen kam er in ihrer Hand. Er zog seine Finger aus ihr zurück und umfasste Olivias Hintern, weil er sich an ihr festhalten musste. Angespannt und zitternd öffnete er die Augen, nur um festzustellen, dass sie ihn beobachtete. Etwas in ihren Augen, so nah vor seinen, sorgte dafür, dass es bei diesem Akt plötzlich weniger um Lust ging als um ... Nähe.

Keuchend kehrte er auf den Boden der Realität zurück, ohne Olivias Blick freizugeben. Zeit verging. Zur Hölle, soweit es ihn anging, hätte eine Dekade vergehen können. Voller Ehrfurcht starrte er sie an, während er sich fragte, was gerade geschehen war. Er hatte Frauen gehabt, und er hatte sich um den Verstand gevögelt. Aber nichts, was er je getan hatte, ähnelte ...

«Olivia.» Er ließ seine Fingerknöchel über ihre geröteten Wangen gleiten. «Ich bin mir nicht sicher, was ich sagen soll.»

Sie lächelte und griff hinter sich zum Nachttisch, um ein Papiertaschentuch hervorzuholen. Dann ... säuberte sie ihn und zog seine Hose wieder nach oben. Zu verwirrt, um etwas dagegen zu unternehmen, ließ Nate es geschehen.

Danach stemmte sie den Kopf in die Hand und grinste. «Ich möchte fürs Protokoll festhalten, dass ich deine Hände liebe.»

«Deine sind auch nicht schlecht.» Er ließ den Blick über ihr Gesicht gleiten, bis er ihre Naht erreichte. «Geht es dir gut?» Sie sollte es eigentlich langsam angehen lassen.

«Nein.»

Er riss erschrocken die Augen auf, und ein flaues Gefühl breitete sich in seinem Magen aus.

«Es geht mir nicht gut, es geht mir phantastisch.» Ein langsames Lächeln verzog ihre Lippen. «Bis auf die Tatsache, dass ich Hunger habe, natürlich.»

15

Während Nate sich im Bad säuberte, ging Olivia langsam in ihre winzige Küche, um etwas zu essen aufzutreiben. Nachdem sie so lange geschlafen hatte, um dann auf diese höchst angenehme Weise aufzuwachen, war sie hungrig genug, um ihre eigene Hand anzuknabbern. Oder selbst zu kochen.

Sie fand einen Teller mit frischen Früchten im Kühlschrank, den wahrscheinlich Tante Mae dort hingestellt hatte, und einen Teller mit Brownies auf dem Tisch. Perfekt. Schokolade war ohnehin die wichtigste Lebensmittelgruppe. Sie trug gerade beides zur Couch, als Nate wieder auftauchte.

Gott, er war atemberaubend. Bis auf die Trainingshose, die tief auf seinen Hüften hing, trug er nichts. Nackte Füße, nackte Brust. Sie liebte sogar seinen kahlen Kopf ohne die übliche schwarze Baseballkappe. Bevor er in ihr Leben geplatzt war, hatte sie eigentlich keine Meinung zu Tätowierungen gehabt, doch jetzt liebte sie sie. Besonders auf seiner bronzefarbenen Haut mit all diesen Muskeln.

Er setzte sich ihr gegenüber, mit seiner Version eines amüsierten Lächelns. «Brownies und Ananas?»

«Und Erdbeeren.» Sie schob sich eine Frucht in den Mund, dann musterte sie ihn. «Hungrig?» Sie hielt ihm den Teller entgegen.

«Nein, danke.»

Ihres Wissens nach hatte er nur einen Teller Suppe gegessen, und das vor Stunden. «Ich habe vielleicht unseren Schlafrhythmus durcheinandergebracht, aber grundsätzlich ist nichts falsch an einem Mitternachtssnack.»

«Ich esse nur zu bestimmten Zeiten.»

Olivia störte sich an dem Thema-beendet-Ton in seiner Stimme. Schon lange juckte es sie, nach diesen seltsamen Essgewohnheiten zu fragen, an denen er so eisern festhielt. «Wegen des Militärs? Ist es Gewohnheit?»

Er wandte den Blick ab. «Zum Teil.»

«Und der andere Teil?» Was kapierte sie nicht? Gehörte das zu seinem Fitnesstraining? Nach allem, was sie bisher beobachtet hatte, aß Nate nicht gerne mit anderen. Er benahm sich generell, als wäre Nahrung etwas Unangenehmes. Insgesamt aß er für einen Mann seiner Größe sehr wenig.

Er drehte sich zur Seite und verschränkte die Arme. «Ich weiß nicht, wie ich es dir auf eine Weise erklären soll, die du verstehst.»

Und jetzt schrillten Alarmglocken in ihrem Kopf. «Versuch es.»

«Lieber nicht.»

Sie zwang sich, das Stück Ananas in ihrem Mund zu schlucken, obwohl ihr Magen sich plötzlich verkrampfte. «Wenn du solche kryptischen Äußerungen machst, ziehe ich meine eigenen Schlüsse und …»

«So, wie ich aufgewachsen bin, wurden Mahlzeiten zu einem Privileg. Ich habe nie nur aus Genuss gegessen. Ich esse, wenn ich hungrig bin. Okay?»

Nein, nicht okay. «Was soll das bedeuten? So, wie du aufgewachsen bist? Meinst du die Pflegefamilien?»

Er richtete den Blick zur Decke, als bitte er den Himmel um Geduld. «Ja.»

«Und was verstehst du unter Privileg?» Denn für sie klang das ganz fürchterlich danach, als hätte er nicht regelmäßig etwas zu essen bekommen.

Er schloss die Augen und atmete einmal tief durch, dann sah er sie an. «Es fiel mir damals schwer, mich ständig an neue Familien zu gewöhnen. Jede Familie kochte anders, selbst die einfachsten Dinge. Ich habe vermutlich fünfzig verschiedene Versionen von Hackbraten gegessen.»

Okay, das ergab Sinn. Es war traurig, aber nichts, was sich nicht in Ordnung bringen ließ. In gewisser Weise hatte Olivia Tante Maes Kochkünste für selbstverständlich genommen. Etwas, was Nate nie vergönnt gewesen war. Aber eigentlich hatte er ihre Frage nicht beantwortet. Er war ihr nur ausgewichen.

«Erkläre mir das Wort *Privileg*.» Als er sich nur frustriert den Nasenrücken rieb, schüttelte Olivia den Kopf. «Musstest du ... hungern?»

Wieder holte er tief Luft, als müsste er sich wappnen. «Das ist ein harter Ausdruck, aber ich nehme an, in ein paar Fällen könnte man es so bezeichnen. Die meisten Familien, bei denen ich untergebracht war, waren nett. Manche haben Essensentzug als Bestrafung eingesetzt. Haben einen ohne Abendbrot ins Bett geschickt und so was. Und es kam öfter vor, dass ich ohne Vorwarnung von einem Ort an den anderen verschoben wurde. Ich wusste nie, was mich erwartet.»

Gott. Ihre Magen verkrampfte sich, und die Früchte darin drohten wieder nach oben katapultiert zu werden. Welche Art von Mensch enthielt einem Jungen das Essen vor? «Es tut mir leid, dass du das durchmachen musstest.»

«Das ist vorbei. Spielt keine Rolle mehr.»

«Es spielt sehr wohl eine Rolle.»

«Olivia.» Er seufzte. «Du tust das ständig. Drehst die Zeiger der Uhr zurück, zerrst mich wieder an den Anfang. Warum? Das alles liegt in der Vergangenheit.»

«Weil es dich zu der Person gemacht hat, die du heute bist.» Seine Miene zeigte deutlich, dass er von dieser Diskussion genug hatte, aber er musste verstehen, dass seine Kindheit nicht sein Fehler war. Diese Leute waren die Monster, nicht er. «Justin und ich wären auch in eine Pflegefamilie gekommen, wenn es meine Tante nicht gegeben hätte. Angenommen, diese Dinge wären mir statt dir angetan worden, würdest du genauso empfinden? Würdest du mir dieselben Vorwürfe machen, die du dir selbst machst?»

Er starrte sie lange und hart an. Ein Muskel zuckte an seinem Kiefer. Sein gequälter Blick verriet, dass er die Bilder in seinem Kopf Revue passieren ließ und dabei Olivia an seine Stelle setzte. Das schien ihn innerlich zu zerreißen. Als er endlich sprach, war seine Stimme kaum mehr als ein Flüstern. «Nichts davon würde ich dir je wünschen. Keine Sekunde lang.»

«Du bist nicht verantwortlich für das, was dir geschehen ist. Nur dafür, wie du das Leben danach gestaltest.» Ihre Kehle wurde eng, weil sie wusste, *einfach wusste*, dass sie gerade erst die Spitze des Eisberges angekratzt hatte, der sein Leiden war. «Du kannst nicht davor weglaufen, aber du kannst das alles überwinden.» Er schüttelte den Kopf, doch sie machte weiter, weil sie davon ausging, dass sich bisher niemand die Mühe gemacht hatte. «Es spielt keine Rolle, wie sehr du dich widersetzt. Mein Vertrauen in dich ist verdammt groß. Es reicht für uns beide.»

Er erstarrte, die Augen weit aufgerissen und die Nasenflügel gebläht, als hätte er so etwas noch nie gehört. «Du kannst mich nicht von meiner Vergangenheit freisprechen. Und es wäre auch nicht richtig, wenn ich das von dir wollte.»

«Schau mich genau an. Schau hin, Nate! So sieht jemand aus, dem du etwas bedeutest. Mir ist klar, dass du dieses Gefühl wahrscheinlich nicht kennst, aber merk es dir für die Zukunft. Und bilde dir bloß nicht ein, dass ich nie Schmerzen erlitten habe.»

«Genau das meine ich.» Er knurrte und rieb sich den kahlen Kopf. «Du bist schon genug verletzt worden. Ich werde dir nicht noch mehr Schmerzen bereiten.»

«Zu spät. Man leidet mit den Menschen, die einem etwas bedeuten, Nate. Ich habe nicht vor, dich von deiner Vergangenheit freizusprechen. Das kannst nur du selbst. Aber ich kann mich auf dich einlassen und die Schmerzen teilen, diese Bürde mit dir tragen. Was ich tue, ist nicht deine Entscheidung. Ich tue es, weil ich es will. Gewöhn dich dran.»

«Himmel, Olivia.» Stück für Stück zog sich der entschlossene Krieger in den Hintergrund zurück. Seine Miene wurde weich. Der Kerl, der sich mit unendlicher Sanftheit um sie gekümmert hatte, kehrte zurück. Er schluckte schwer. «Justin hat gesagt, du wärst stur, aber ich glaube, das war die größte Untertreibung des Jahrtausends.»

Sie grinste. «Langsam kapierst du es.» Sie ließ ihren Blick über seinen Körper gleiten und räusperte sich. All diese Ecken und Kanten, Muskeln und strengen Konturen. Ihre Haut erhitzte sich. «So schlimm diese Pflegefamilien für dich auch gewesen sein mögen, zumindest haben sie dich Disziplin gelehrt. Falls du dem Ganzen einen positiven Twist verpassen willst, schau in den Spiegel.»

Nates Lippen zuckten, als kämpfe er mit einem Lächeln. «Ich nehme an, es hat mich auf die Army und die EPas vorbereitet. Nachdem ich als Kind so oft Dinge essen musste, die ich nicht mochte, spielt Geschmack für mich keine Rolle.»

«Was sind EPas?»

Er kratzte sich über seine Bartstoppeln. «Einmann-Packungen. Notfallrationen für eine Person. Dosenfleisch zum Beispiel.»

Sie würgte. «Igitt.»

Er lachte, heiser und tief. «Dein Bruder hat am Anfang genauso reagiert. Aber man gewöhnt sich daran. Einige der Jungs nannten sie Reinwürg-Packungen.»

Nachdem er das Thema aufgebracht hatte, stellte sie eine Frage und hoffte, dass er weitersprach. «Wie war es dort drüben? Warst du lange mit Justin zusammen in einer Einheit?»

Er nickte. «Ich habe ihn bei meiner zweiten Tour getroffen. Wir haben seitdem zusammen gedient.» Er wandte den Blick ab, sein Blick finster und in die Ferne gerichtet. «Überwiegend war es nicht so schlimm. Ich glaube, deinem Bruder ist die Anpassung zu Beginn schwergefallen, aber dann ging es immer besser. Alle haben ihn geliebt. Er hat geredet wie ein Wasserfall.»

Sie lachte. «Ich glaube, das musste er lernen, um überhaupt zu Wort zu kommen. Er ist mit zwei Frauen aufgewachsen.»

«Stimmt.» Nates Lächeln verrutschte. «Es gab nicht viel, was ihm die Laune versaut hat. Er hatte ein ansteckendes Grinsen und setzte es oft ein.»

«Ja.» Sie seufzte, weil ihr ihr Bruder so sehr fehlte. «Ich glaube, das vermisse ich am meisten. Sein albernes Grinsen.» Und ein falscher Befehl eines kommandierenden Offiziers hatte bewirkt, dass sie es nie wiedersehen würde. «Wir wussten, dass die Möglichkeit bestand, dass er nicht zurückkommt, aber ich habe diesen Gedanken nie zugelassen. Es hat mich wie ein Schlag getroffen, als die Army-Leute vor unserer Tür aufgetaucht sind, um uns die Nachricht zu überbringen. Ich dachte wirklich, es wäre ein Irrtum. Weil ich es mir so gewünscht habe, nehme ich an.»

«Das ist ein Bewältigungsmechanismus.» Nate rieb sich die Brust, als würde sie schmerzen. «Ich habe jeden Tag dasselbe getan, als ich im Krankenhaus lag und mich von meinen Verletzungen erholte.» Er amtete scharf ein, dann schloss er plötzlich die Augen und schüttelte den Kopf. Als er sie wieder öffnete, war ein Teil seiner Qual verschwunden. Aber nicht alles. «Soll ich das wegräumen?»

Sie warf einen Blick auf ihren Teller. Sie hatte keinen Appetit mehr. «Nein, danke.» Sie dachte wieder an die Dinge, die er über Essen und Pflegefamilien erzählt hatte, an seine Aussage, dass ihm der Geschmack eigentlich egal war. Vielleicht konnte sie da etwas unternehmen. «Bin gleich zurück. Beweg dich nicht.»

Sie ging zu ihrem Nachttisch, schnappte sich die Schlafmaske aus der Schublade und kehrte zurück. «Zeit für ein Experiment.»

Nates Gesicht wurde bleich. «Die setze ich nicht auf, falls du das vorhast.»

Sie legte den Kopf schräg. «Vertraust du mir?»

«Du weißt, dass ich das tue, aber ich fühle mich damit ...»

«Nicht wohl? Weil dir die Sicht zu nehmen, dazu führen könnte, dass du ungewollte Bilder vor deinem inneren Auge siehst?»

Er presste die Lippen aufeinander und verengte die Augen zu Schlitzen. «Ja und ja. Als wir das letzte Mal eines deiner Experimente durchgezogen haben, bin ich auf dem Rücken in einem Baumhaus gelandet, während dein Mund mich in den Wahnsinn getrieben hat.»

Sie lächelte siegessicher. «Und wenn du jetzt an deine Teenager-Zeit denkst, an die Gang, was kommt dir in den Sinn?»

Er öffnete den Mund, als wollte er widersprechen, dann schloss er ihn wieder.

«Genau. Experiment erfolgreich. Du hättest mir keine Bewältigungsmechanismen beibringen dürfen, wenn du nicht willst, dass ich sie anwende.»

«Für dich.» Er lehnte sich nach vorne. «*Dir* sollten sie helfen.»

«Das haben sie. Und jetzt werden sie mir dabei helfen, dir zu helfen.» Sie kletterte rittlings auf Nates Schoß. «Und? Schon irgendwelche Klagen?»

Er ließ den Kopf auf die Lehne der Couch fallen und schloss die Augen. Seine Schultern sackten nach unten, in einer Geste der Kapitulation. «Würde es eine Rolle spielen?» Er sah an seiner Nase entlang zu ihr, zögernd, aber auch neugierig.

«Nein.» Sie ließ ihre Finger über die weiße Seidenmaske gleiten, um ihm eine Minute Zeit zu geben. «Es ist mitten in der Nacht, alle schlafen, wir sind allein, und nichts Schlimmes wird passieren.»

Sofort schossen seine Augenbrauen nach oben. «Wen versuchst du gerade zu überzeugen?» Er nahm ihr die Schlafmaske ab und schob sich das Band über den Kopf, um dann den Stoff über seine Augen zu ziehen. «Mach, was du willst, Baby.»

Oh, das würde sie. Sie schnappte sich den Teller und stellte ihn schweigend neben Nate auf die Kissen. Dann beugte sie sich vor, sodass ihre Brüste gegen ihn gepresst wurden, und küsste ihn. Sie ließ die Finger über seine breiten Schultern gleiten, hinunter zu seinen Oberarmen. Sie liebte diese glatte Haut über den harten Muskeln.

Er verspannte sich, doch irgendwann gab er ihr nach, indem er seine Hände auf ihre Oberschenkel legte und sie mit den Daumen liebkoste. Seine Berührung war so zärtlich wie der Kuss, was sie überraschte. Nate und sie hatten kurze Momente geteilt, in denen die Leidenschaft nicht im Vordergrund gestanden hatte. Aber nie war es so gewesen wie jetzt, wo er mehr daran interessiert schien, ihr einen Teil von sich zu zeigen.

Irgendwann löste er sich von ihr und holte zitternd Luft. «Wenn das hier der Moment ist, in dem du Handschellen herausziehst und …»

«Andere Art von Experiment.»

Er brummte. «Ich bin mir nicht sicher, ob ich erleichtert oder enttäuscht bin.»

Olivia lachte an seinen Lippen. Gleichzeitig nahm sie ein Stück Ananas. «Öffne den Mund.»

Er zögerte, dann folgte er ihrer Bitte.

Sie fuhr seine Lippen mit der Frucht nach. «Nimm einen Bissen.»

Nate atmete schwer, als er die Zähne in der Ananas versenkte und kaute. Ein Tropfen Saft rann über sein Kinn. Er machte Anstalten, den Tropfen wegzuwischen, doch Olivia hielt ihn auf und benutzte ihre Zunge. Leckte einen langsamen Pfad zu seinen Lippen, bis er stöhnte.

«Wie schmeckt es?»

Er runzelte die Stirn. «Nach Ananas?»

«Beschreib den Geschmack.» Während er anscheinend nachdachte, ließ sie ihre Finger wandern. Über seine Kehle, seine Schlüsselbeine, die harten Spitzen seiner Brustwarzen.

Je länger sie ihn streichelte, desto schwerer ging sein Atem.

«Rede mit mir.»

Seine Finger umklammerten ihre Schenkel. «Ähm ... süß. Saftig?»

Als Belohnung küsste sie ihn wieder und drängte ihre Hüften gegen seine wachsende Erektion. Bei dem Intermezzo im Schlafzimmer hatte sie herausgefunden, dass er *überall* groß war. Zwanzig Zentimeter bedeckt von samtiger Haut. Und sie wollte alles davon. Bald. Doch er war noch nicht bereit. Er übernahm immer noch nicht die Initiative.

Ein harscher Atemzug, dann umfasste er ihre Wange, sein Verlangen offensichtlich in der Härte zwischen ihren Beinen.

«Verdammt, Olivia.»

«Mehr?» Sie griff nach einer Erdbeere und führte sie an seine Lippen.

Diesmal biss er, ohne zu zögern, in die Frucht. Während er kaute, glitten seine Hände an ihre Kehle. Dann tiefer. Mit schwieligen Fingern umspielte er den Kragen ihres Tops. «Schmeckt nach Sommer.» Er senkte den Kopf und drückte ihr einen Kuss auf den Hals, was dazu führte, dass ein Zittern tief aus ihrer Mitte aufstieg. «Lass mich das korrigieren. Nach Sommer und Regen. Du sorgst dafür, dass alles besser schmeckt.»

Was bedeutete, dass er schmeckte. Dass er Essen in diesem Moment nicht nur als Grundbedürfnis sah, sondern als etwas Angenehmes. Sie brach ein kleines Stück Brownie ab und wartete, bis er den Kopf hob.

Er ließ sich das Gebäck in den Mund stecken, dann erstarrte er, als wäre er überrascht. «Ich hatte nichts Süßes mehr seit ... Ich kann mich nicht erinnern.» Er schluckte. Bevor sie etwas erwidern konnte, riss er sich die Maske vom Gesicht

229

und starrte sie an. Verwirrung. Interesse. Überraschung. Sein dunkler Blick bohrte sich in ihren. «Ich habe mir nie viel aus Süßigkeiten gemacht.»

«Warum?»

Sein Blick huschte über ihr Gesicht, bevor er mit den Achseln zuckte. «Hatte einfach nicht oft welche, nehme ich an.»

«Und jetzt?» Sie brach noch ein Stück ab und hielt es ihm entgegen.

Er sah von dem Brownie zu ihr und wieder zurück. Fast zögerlich griff er nach ihrer Hand und führte sie an seinen Mund. Ohne den Blickkontakt zu unterbrechen, knabberte er an ihren Fingern, umspielte sie mit der Zunge.

Wow, das war ... sexy. Erotisch und intensiv. Olivia fragt sich plötzlich, wer hier mit wem spielte. Ihre Lunge verweigerte den Dienst, während ihr Puls und ihr Herz rasten und sie mit jeder Millisekunde feuchter wurde.

Nate schluckte, dann zog er langsam ihre Finger aus seinem Mund. «Ich könnte mich daran gewöhnen.» Sein innerer Kampf zeigte sich deutlich in seinem Gesicht. «Mehr als nur gewöhnen.»

Er stieß den Atem aus und ließ erneut seinen Kopf auf die Couchlehne sinken. Sanft schob er Olivia eine Strähne aus dem Gesicht, um die Fingerspitzen dann zur Wunde auf ihrer Stirn gleiten zu lassen. Die schokoladenfarbenen Augen verfolgten die Bewegung seiner Finger, während er nachdenklich den Mund verzog. Er sah aus, als befände er sich gedanklich Millionen Kilometer entfernt.

«Ich dachte, du wärst tot.» Er suchte ihren Blick. «Aber Hank hatte recht, sich Sorgen zu machen. Ich erinnere mich nicht, die Worte laut ausgesprochen zu haben.»

«Ich bin nicht tot. Ich bin direkt hier.»

Er schüttelte leicht den Kopf, als könnte er es immer noch nicht ganz glauben. «Als ich dich gefunden habe, hat mein Herz einen Moment zu schlagen aufgehört. Seitdem gerät es dauernd ins Stolpern. Ich weiß nicht, was du mit mir anstellst oder warum du so entschlossen bist, mich besser zu machen, aber ...» Erneut schüttelte er den Kopf, als wüsste er nicht, wie er den Satz beenden sollte.

«Dich besser zu machen, würde voraussetzen, dass irgendetwas überhaupt besser werden kann.» Schweren Herzens fragte sie sich, ob es möglich war, Wunden zu heilen, die ihm vor so langer Zeit zugefügt worden waren. «Du bist perfekt so, wie du bist, mal abgesehen von den fehlgeleiteten Schuldgefühlen.»

Er warf ihr einen frustrierten *Nicht-das-schon-wieder*-Blick zu, dann wandte er den Kopf ab.

Sie packte sein Kinn mit Daumen und Zeigefinger, um ihn zu zwingen, sie anzusehen. «Erzähl mir etwas Gutes über dich selbst. Etwas, was du gut kannst. Und sag nicht *ficken*.»

Er blinzelte, als hätte ihn das krude Wort aus ihrem Mund überrascht.

«Ja, ich benutzte solche Wörter.» Sie lächelte. «Nicht oft, aber ich bin dazu fähig. Verdammt, verfickt, fuck. Und jetzt erzähl mir etwas Gutes über dich.»

Zuneigung wärmte seinen Blick, während Erheiterung seine Lippen verzog. «Ich bin gut darin, Leute einzuschätzen.»

Interessant. «Vielleicht solltest du dann Rips Jobangebot annehmen. Die Polizeiarbeit würde zu dir passen.» Sie atmete den Duft von Seife und Mann ein. Am liebsten wäre sie in ihn hineingekrochen. Sie war genauso in seine weichen Seiten vernarrt wie in seine Alphapersönlichkeit, die er ständig zügelte. «Was siehst du bei mir, Nathan? Wie schätzt du mich ein?»

Seine Hände fanden ihre Taille. «Ich sehe eine Frau, die früh ihre Eltern verloren und dann alles getan hat, um ihrem kleinen Bruder Sicherheit zu vermitteln. Sie hat sich so darauf konzentriert, dass sie verlernt hat, auf ihre eigenen Bedürfnisse zu achten.» Seine Daumen glitten über dem Top über ihre Rippen. «Sie ist äußerst unabhängig. Außerdem ist sie atemberaubend schön und weiß es auch, ist aber nicht im Geringsten eitel. Sie wird misstrauisch, wenn jemand sich von ihr angezogen fühlt. Sie setzt Humor ein, um Leuten die Befangenheit zu nehmen, selbst wenn sie sich selbst nicht ganz wohlfühlt – und das tut sie, weil sie keine Ahnung hat, wie man nicht selbstlos ist.» Er hielt inne. «Wie mache ich mich bisher?»

Wie machte er sich? Himmel. «Vergiss Rip. Du solltest für das FBI arbeiten.»

Er nickte ernst. «Und die Art, wie du mich manchmal ansiehst, so wie jetzt gerade, voller Wärme und Bewunderung, bedeutet, dass du dich langsam auf gefährliches Terrain bewegst. Je mehr Zeit wir miteinander verbringen, desto fester verankerst du dich in mir. Und das ist falsch. Ich mag das nicht.»

«Ich glaube, du magst es. Zu sehr. Was dir eine Heidenangst einjagt.»

Er erstarrte von einem Moment auf den anderen. Sah sie nur an. «Du bist ein viereckiger Bauklotz, und ich bin ein rundes Loch, Baby. Wir passen nicht zueinander.»

«Dann werden wir uns unsere eigene Welt aufbauen, in der wir doch passen.»

Er schloss die Augen, rieb sich den Nasenrücken, dann atmete er tief durch und ließ die Stirn auf ihre Schulter sinken. «Jesus, du hast eine Antwort auf alles.»

«Nicht auf alles.» Sie mochte an der Oberfläche gekratzt haben, aber sie war immer noch nicht wirklich zu ihm durchgedrungen. Trotzdem schlang sie die Arme um ihn und hielt ihn fest. «Das Leben ist beängstigend. Erst recht, wenn man es allein verbringen muss.»

«Justin hat das auch immer gesagt.» Seine Stimme klang gedämpft, weil sein Mund an ihrem Körper lag, doch sie hörte den brüchigen Ton.

«Das ist eine von Tante Maes Redewendungen.»

Nate drehte den Kopf und küsste ihren Hals. «Er hat ständig von dir gesprochen. Ich dachte, ihr wärt Zwillinge, bis er das irgendwann mal richtiggestellt hat.»

«Wir standen uns so nahe wie Zwillinge. Und sahen uns auch verdammt ähnlich.»

Er brummte. «Ich hatte das Gefühl, dich zu kennen, bevor ich dich je gesehen hatte, aber ich habe mich geirrt.»

Olivia nahm das als Kompliment, auch wenn sie nur hoffen konnte, dass Nate es so meinte. Dann dachte sie an Justins Brief und das, was er darin über Nate gesagt hatte. «Wusste mein Bruder davon? Von deiner Vergangenheit, meine ich?»

«Ich habe ihm vom Jugendknast erzählt, aber nicht, wie ich dort gelandet bin. Und dass ich ein Pflegekind war.»

Das bestätigte nur ihren Verdacht. Dass ihr Bruder Nate gebeten hatte, auf sie aufzupassen, war Olivia von Anfang an seltsam vorgekommen. Justin hatte sehr gut gewusst, dass sie auf sich selbst aufpassen konnte. Vielleicht hatte ein Teil von ihm wirklich zur Abwechslung einmal auf sie aufpassen wollen, aber das war nicht der Punkt. Der Punkt war, dass es in

Wahrheit um Nate ging. Darum, ihm ein Heim, eine Familie, Unterstützung und eine Aufgabe im Leben zu schenken.

Alles, was er in seinem dreißigjährigen Leben nie gehabt hatte.

Nate ließ die Hände über ihren Rücken gleiten. «Ich habe es Verbaldurchfall genannt. Zehn Minuten mit ihm, und er hatte mich zum Reden gebracht. Das hat mich unglaublich genervt.» Er hob den Kopf, die Augenbrauen hochgezogen. «Ein bisschen wie ein anderer Rotschopf, den ich kenne.» Er lächelte, breit. Dieses Lächeln traf Olivia wie ein Hieb in den Magen. «Du bist allerdings viel hübscher anzusehen.»

16

Nate trottete neben Nakos aus der Scheune Richtung Haus, während er seinen Nacken dehnte. Nach dem aufreibenden Unfall von Olivia, gefolgt von einer Woche Dachdecken und Einarbeitung durch den Vorarbeiter, fühlte er sich bereit, eine komplette Flasche Tequila zu kippen. Oder eine Packung Medikamente gegen Sodbrennen einzuwerfen. Beides konnte seinen aktuellen Zustand nur verbessern.

Stiefel knirschten auf dem Kies. Von Norden pfiff ein scharfer Wind heran. Die Luft roch nach Kiefern. Angesichts des plötzlichen Temperatursturzes rechnete Nate fast damit, dass es heute Nacht schneien würde. Doch noch spielte die untergehende Sonne Katz und Maus mit den Wolken.

Nakos stoppte kurz vor dem Haus und drehte sich zu ihm um. «Darf ich dir einen Rat geben?»

Nate musterte den Mann mit dem Cowboyhut und dem Flanellhemd unter seiner Lederjacke, dann zuckte er mit den Schultern. «Sicher.» Es bedeutete ja nicht, dass er den Rat annehmen musste.

«In der ganzen Zeit, seit ich Olivia kenne, hat sie ihre eigenen Wünsche immer zurückgestellt. Hat kaum je um irgendwas gebeten. Und wenn sie es doch mal tat, hat das Leben ihr prompt den Stinkefinger gezeigt.» Nakos stemmte die Hände in die Hüfte. Dunkle Augen sahen Nate unverwandt an. «Sie will dich. Entwickle dich nicht zu einer weiteren Enttäuschung.»

Gott, das war ein Tiefschlag. Es kostete ihn bereits all seine Kraft, Olivia zu widerstehen. Wenn jetzt noch Druck aus anderer Richtung auf ihn ausgeübt wurde, würde er untergehen. Und sie mit sich in die Tiefe reißen.

Nate kratzte sich am Kinn. «Du weißt nichts über mich. Was lässt dich glauben ...»

«Ich weiß genug.» Nakos schob den Hut nach hinten, dann drehte er sich um und ging entspannt davon. «Zum Beispiel weiß ich, dass du sie auch willst.» Ein paar Schritte entfernt stoppte er und wandte sich erneut Nate zu. «Und ich weiß, dass du dich lieber erschießen lassen würdest, als zuzulassen, dass ihr auch nur ein Haar gekrümmt wird. Mir reicht das. Also, steh deinen Mann.»

Kopfschüttelnd beobachtete Nate, wie Nakos um die Hausecke verschwand, während er gleichzeitig versuchte, diesen *Rat* zu verarbeiten. Nakos hatte nicht ganz unrecht. Und Nate wollte Olivia auf keinen Fall etwas vorenthalten. Doch hier ging es nicht einfach nur um Verlangen.

Um die Wahrheit zu sagen, hatte er seine Belastungsgrenze vor einer Woche erreicht. Sie zurückzuweisen, war schwerer, als mit einem Papierflieger auf dem Mond zu landen. Aus genau diesem Grund tat er sein Bestes, ihr aus dem Weg zu gehen. Er zweifelte einfach daran, dass er sich gut genug um Griff hatte. Nie zuvor hatte er vorsichtig oder sanft oder etwas in der Art sein müssen. Und sie war so grazil, so ...

Himmel. Sie konnte ihn mit einer schlichten Berührung in den Wahnsinn treiben. Und dann erst ihre Küsse ... Nein, es ging nicht. Wie sollte er darauf vertrauen, dass er sie nicht aus Versehen verletzen würde, wenn schon ein simples Lächeln von ihr ausreichte, um ihn seinen eigenen Namen vergessen zu lassen? Sie nackt unter sich liegen zu haben ...

Scheiße.

Er ging ins Haus und direkt in sein Zimmer, um zu duschen und dem Abendessen auszuweichen. Und noch ein bisschen nachzudenken, bis ihm fast der Kopf platzte. Eine Stunde verging, dann zwei, und Nate stand einfach vor dem Fenster und starrte ins Leere, mit Bones zu seinen Füßen.

Sobald es im Haus ruhig geworden war, trat er in den Flur und sah die Stufen hinauf zu der halb offenen Tür, die zu Olivias Zimmer führte. Sie tat das jetzt schon seit mehreren Tagen – ließ die Tür ein Stück für ihn geöffnet. Er hatte jede Nacht in dieser Woche auf ihrer Couch verbracht, hatte sich ins Zimmer geschlichen, nachdem sie eingeschlafen war, und wieder hinaus, bevor sie aufwachte.

Hank hatte heute vorbeigeschaut, um die Fäden zu ziehen, und Olivia danach für vollkommen gesund erklärt. Nate musste nicht mehr in ihrem Wohnzimmer schlafen, um auf sie aufzupassen. Doch seit ihrer Gehirnerschütterung und dem Fieber ging er die Wände hoch und tigerte unruhig auf und ab, wann immer er sich nicht in ihrer direkten Nähe aufhielt.

Nachdem er keine Bewegungen mehr von oben hören konnte, stieg er die Stufen hinauf, Bones dicht auf den Fersen. Dann stoppte er abrupt, als er Olivia vor ihrem Couchtisch entdeckte. Sie trug diese verdammten Schlafklamotten, die absolut gar nichts bedeckten, und ihr kastanienrotes Haar war zu einem lockeren Pferdeschwanz gebunden. Ein paar Strähnen waren dem Zopf entkommen und umrahmten ihr Gesicht, als sie etwas in ihrer Hand anstarrte.

«Schließ die Tür, Nate.» Ihre Stimme war so leise, dass er sich anstrengen musste, um sie zu verstehen. Und aus irgendeinem Grund weigerte sie sich, ihn anzusehen.

«Ich wollte nur ...»

«Nach mir schauen? Dich reinschleichen, um auf meinem Sofa zu schlafen?» Sie hob den Kopf und starrte ihn an. «Schließ die Tür, Nate», wiederholte sie.

Verwirrt tat er, worum sie ihn gebeten hatte, und trat vor, bis er nur wenige Schritte vor ihr stand. Aus irgendeinem Grund richteten sich die feinen Haare an seinen Armen auf.

Sie hob eine seiner geschnitzten Figuren hoch – diejenige, die er heute Morgen für sie auf den Nachttisch gestellt hatte. «Was ist das?»

Okay. Zugegeben, er war kein verdammter Michelangelo oder irgendwas, aber so schlecht war seine Arbeit dann doch nicht. «Nessie.» Sie hatte eine Schwäche für diese dämliche mystische Kreatur. Wo lag das Problem?

Olivia nickte langsam. «Und die anderen?»

Verdammt. Sie stellte ihm erneut eine Falle. Er wusste nur nicht genau, wie sie aussah. «Die stellen auch Nessie dar.» In verschiedenen Positionen.

«Diese Woche bist du jede Nacht hier hochgekommen, nachdem ich eingeschlafen war, und hast eine dieser Figuren auf meinen Nachttisch gestellt.»

Jep. Eine Falle, absolut. «Wenn sie dir nicht gefallen, kannst du sie gerne als Feuerholz verwenden. Du wolltest den Mist, den ich schnitze, also habe ich ihn dir gebracht.» Er hatte Beschäftigung gebraucht, um nicht in ihr Schlafzimmer zu gehen, neben ihr unter die Decke zu gleiten und zu beenden, was sie letzte Woche angefangen hatten. Daher diese dämlichen Figuren. Und sie hatte sie überall aufgestellt – auf dem Kaminsims, den Beistelltischen, dem Fensterbrett. «Ich werde nicht beleidigt sein.»

«Nicht gefallen. *Nicht gefallen?*» Je höher ihre Stimme kletterte, desto heftiger schlug sein Herz. «Du hast Zeit darauf verwendet, etwas zu erschaffen, das ich liebe – und ich soll es als Feuerholz verwenden?»

Was zur Hölle war hier los? Selbst mit Hilfe von Google Maps oder einer Gebrauchsanleitung hätte er vermutlich keine Chance gehabt, sich in dieser Situation zurechtzufinden. «Olivia ...»

«Ich war geduldig. Habe dir Zeit gelassen.» Vorsichtiger, als es eigentlich nötig war, stellte sie die Figur ab und verschränkte die Arme. Trommelte mit ihrem winzigen nackten Fuß auf den Boden.

Oh, oh! «Olivia ...»

«Sag meinen Namen nicht auf diese Weise.»

«Wie denn?» Zum Teufel mit der Gebrauchsanweisung. Um ihm hier zu helfen, hätte schon Gott persönlich aus dem Himmel steigen müssen.

«Als würde ich Vulkanisch sprechen.» Sie fing an, wie ein Wasserfall zu reden, wobei sie einen Punkt nach dem anderen an den Fingern abzählte. «Zuerst reist du durchs gesamte Land, um mir persönlich einen Brief meines toten Bruders zu überbringen, den du auch einfach in den Briefkasten hättest werfen können. Du schießt einem Mann den Hut vom Kopf, um mich und meine beste Freundin vor dem Arsch zu retten. Du hast besagter bester Freundin eine superteure Fotoausrüstung gekauft und mir Bewältigungsmechanismen für mein Trauma beigebracht. Hast mich massiert, als ich mir einen Muskel gezerrt hatte. Mich ins Bett getragen, als ich eingeschlafen bin ...»

Sie redete immer weiter, zählte Punkt für Punkt an den Fingern ab, während er vor ihr stand wie ein dämlicher Idiot.

Und als ihr die Finger ausgingen, hielt sie inne, blinzelte und fing noch mal bei ihrem Daumen an.

«Nennst mich ständig *Baby*. Hast mich aus einem Fluss gezogen und bist selbst fast erfroren, um zu verhindern, dass ich weiter auskühle. Hast Wache an meinem Bett gehalten, als ich krank war. Hast gesagt, dass ich schön bin. Und ...» Sie hob den kleinen Finger. «... hast mir Geschenke geschnitzt, wie eine Art Holzfällerversion von Cyrano de Bergerac, nur ohne die riesige Nase.» Sie schnaubte, dann verschränkte sie erneut die Arme.

Er hob kapitulierend die Hände. «Du hast mich irgendwo bei Vulkanisch verloren und bei Cyrano de Bergerac wieder aufgesammelt. Ich habe übrigens keine Ahnung, wer das ist. Es hört sich so an, als würdest du nette Dinge aufzählen, als würde das meine angeblich guten Eigenschaften beweisen, aber was hat das alles mit dem verdammten Ungeheuer von Loch Ness zu tun?»

Und ... Scheiße. Jetzt hatte er etwas Falsches gesagt.

Sie fletschte die Zähne, ihr Blick mörderisch. Er hätte wissen müssen, dass es keine gute Idee war, sich mit einer Frau anzulegen, die schottische Vorfahren besaß. Ihr Temperament war mindestens so feurig wie ihr Haar. Bevor er nach oben gekommen war, hatte sie sich offensichtlich gerade noch zügeln können, doch jetzt schlug sie jede Zurückhaltung in den Wind.

«*Angeblich* gute Eigenschaften?» Sie stampfte zu ihm und pikte ihn mit dem Zeigefinger in die Brust. «Deine ständigen Warnungen, dass du der große böse Wolf bist, sind absolut lächerlich, wenn deine Handlungen in jedem einzelnen Moment das Gegenteil beweisen. Also, Zeit für die Wahrheit. Was willst du, Nathan?»

Was er wollte? Tja, vielleicht nicht völlig den Verstand verlieren. Oder eine Rückspultaste.

Mit herausforderndem Blick ging Olivia ein paar Schritte rückwärts, dann schob sie ihre Daumen in den Gummibund ihrer Shorts. «Was willst du?»

Daraufhin – Herrgott – schob sie die Shorts über ihre Hüften nach unten, mit einer geschmeidigen Bewegung, die seinen Puls schneller von null auf hundert trieb, als es eine Harley vermocht hätte.

«Meine Kontrolle ist kurz vorm Zerreißen, Baby. Um Himmels willen, lass deine Klamotten an.»

Ohne ihn zu beachten – denn wann hörte sie je auf ihn? –, streifte Olivia die knappen Shorts ganz ab, um dann den Stoff an einem Finger baumeln zu lassen. «Darüber rede ich. Kontrolle. Zurückhaltung. Sich Dinge versagen. Zum Teufel damit.» Mit einem Heben ihrer Augenbrauen, das deutlich sagte *Und, was willst du jetzt tun?*, ließ sie den Stoff zu Boden fallen.

Schwer atmend ballte Nate die Hände zu Fäusten. Sein Blick glitt von ihren Füßen aufwärts, über ihre durchtrainierten Schenkel und zu dem winzigen Höschen aus – Gott sei ihm gnädig – schwarzer Spitze. Er könnte es ihr mit einer Bewegung vom Körper reißen und durch den Raum schleudern.

«Ich bin nicht zerbrechlich. Du musst nicht vorsichtig oder zurückhaltend oder irgendetwas anderes sein.» Sie spielte am Saum ihres Tanktops herum, was ihm quasi einen Herzinfarkt bescherte. «Weißt du, was *ich* will? Ich will den Kerl zurück, den ich vor ein paar Wochen in der Küche getroffen habe. Den Mann, der schmutzige Bemerkungen gemacht und mich auf der Veranda mit seinem Kuss quasi verschlungen hat. Verlier die Kontrolle, Nate. Vergiss jede Zurückhaltung. Nimm dir, was du willst.»

Er bekam keine Luft, keine Luft, keine Luft ...

Höher, höher, immer höher schob sie ihr Top. Dann knallte ihm der Stoff ins Gesicht.

Er riss das Shirt zur Seite und warf es zu Boden, während er mit den Zähnen knirschte, bis er dachte, sie müssten zu Staub zerfallen. Sein Herz durchbrach fast seine Rippen, und das Blut kochte in seinen Adern.

Unglaublich schön, das war sie. Und sie schämte sich ihres Körpers kein bisschen, als sie mit in die Hüften gestemmten Händen vor ihr stand. Schlanke Taille und flacher Bauch. Helle Haut mit leichten Sommersprossen. Kleine kecke Brüste und rosige Brustwarzen, an denen er saugen wollte. Ein gieriges Knurren entrang sich seiner Kehle.

Sie wirbelte herum, stiefelte in ihr Schlafzimmer und kam kaum drei Sekunden später zurück. Warf ihm etwas zu, was er reflexartig auffing. Er musste den Gegenstand nicht einmal ansehen. Die Folienpackung, die jedem Mann bekannt war, knisterte in seiner Hand.

Sein Schwanz zuckte. «Olivia, Baby ...»

Sie krümmte den Zeigefinger in einer auffordernden Geste. «Ich will nicht einfach nur, dass du kommst. Ich will, dass du dich vollkommen verlierst. Dir nimmst, was du ...»

Noch bevor sie ihre Herausforderung ganz aussprechen konnte, hatte er sie schon gepackt und sie mit dem Rücken gegen die Wand gepresst, während er ihren Mund eroberte. Sie schob sein T-Shirt nach oben, raubte ihm die Sicht und unterbrach den Kuss so für einen Moment, doch er warf den Stoff zur Seite und stürzte sich wieder auf sie. Er umschloss eines ihrer Handgelenke und presste den Arm über ihrem Kopf an die Wand. Dann tat er dasselbe mit ihrem anderen Arm und stöhnte, als die Bewegung ihre Brüste gegen ihn drängte.

Er küsste sie wild und tief. Olivia erwiderte die Liebkosung mit ebensolchem Verlangen. Sie versuchte, ihm ihre Hüften entgegenzudrängen, doch er presste sie nur fester an die Wand, bis ihr wunderbarer Körper sich der Länge nach an seinen drückte und seine harte Erektion sich in ihren Bauch bohrte.

Er riss sich von ihren Lippen los und starrte sie böse an. Zitternd vor Anstrengung kämpfte er um die letzten Reste seiner Beherrschung. «Das war nicht das Klügste, was du je getan hast, Baby. Du willst, dass ich die Kontrolle verliere? Tja, das hast du geschafft.»

«Versprochen?» Ihre Lider hoben sich langsam, dann fingen kornblumenblaue Augen seinen Blick ein. Augen, in denen Verlangen und eine Herausforderung glitzerten.

Sein Pulsschlag geriet außer Kontrolle. Er starrte sie an, als letzte, schweigende Warnung.

Sie starrte einfach nur zurück.

Ohne den Blick von ihr abzuwenden, senkte er die Hand und schob die Finger unter den Saum ihres Höschens. Dann riss er es ihr mit einer schnellen Bewegung vom Körper.

Ihr Atem stockte, gleich darauf drückte sie keuchend den Rücken durch, um ihm näher zu kommen.

Nate warf den dünnen Spitzenstoff über die Schulter, schob eine Hand zwischen ihre Körper und ließ sie nach unten gleiten, um festzustellen, dass Olivia feucht und bereit war. Und so unglaublich heiß. Sie vergrub die Zähne in seiner Unterlippe, während ihre Augen um mehr bettelten. Um alles.

Er gab ihren zweiten Arm frei, schob seine Trainingshose nach unten und riss mit den Zähnen die Folie auf. Olivias große interessierte Augen senkten sich auf seine Erektion, als er sich das Kondom überrollte. Lust leuchtete in ihrem Blick, gepaart mit Vorfreude und ein wenig Sorge. Um alle drei würde er sich gleich kümmern.

Er packte ihre Oberschenkel, hob sie hoch und spreizte ihre Beine, bis sie keine andere Wahl hatte, als sie um seine Hüften zu schlingen. Dann drückte er sie gegen die Wand und umfasste ihren Hintern, um sie bewegungslos zu halten. Keuchend suchte sie seinen Blick und vergrub ihre Finger in seiner Haut, als wolle sie ihn brandmarken.

Himmel. Er konnte sich nicht erinnern, jemals in seinem Leben etwas oder jemanden so sehr begehrt zu haben. Sie rüttelte seit ihrer ersten Begegnung an seinen Gitterstäben. In ihm kämpfte Biest gegen Mann. Dann gab er auf. Das Biest hatte gewonnen.

Er nahm Olivias Mund in Besitz, verbrannte sie mit einem Kuss, der jede Vernunft sprengte und klare Gedanken unmöglich machte. Als er die Anspannung nicht länger ertragen konnte, brachte er sich in Position und stieß in sie. Hart. Schnell. Nur um fast zusammenzubrechen, als er spürte, wie sie ihn eng, heiß und weich umgab.

Das Gefühl war wunderbar ... qualvoll.

Ihr Schrei erfüllte seinen Mund, und ihre Fingernägel gruben sich fester in seinen Nacken.

Er erstarrte. «Habe ich dir weh getan?»

Sie schüttelte heftig den Kopf.

Während er mit einer Hand weiter ihren Hintern gepackt hielt, stemmte er sich mit der anderen an der Wand ab, dann ließ er seine Lippen über ihre gleiten. Ihre Augen waren fest geschlossen, und ihr unregelmäßiger Atem vermischte sich mit seinem.

«Olivia, Baby, schau mich an.» Bei Gott, falls er jetzt

Schmerz in ihrem Blick entdeckte, würde er sich die Pulsadern aufschneiden.

Ihre Lider öffneten sich flatternd und enthüllten ... verzweifelte ... unendliche ... Lust.

«Hör nicht auf», hauchte sie. «Bitte.» Sie legte die Hände auf seinen Kopf. Ihr Blick wanderte über seine Brauen, Wangen, den Mund und wieder zu seinen Augen. Ihr atemberaubendes kastanienrotes Haar war bereits vollkommen zerzaust. «Bitte, Nate.»

Sein Atem stockte. Niemand hatte jemals beim Sex seinen Namen ausgesprochen. Ihn jetzt von ihren Lippen zu hören, beschleunigte seinen Pulsschlag ein weiteres Mal. Seine Kehle wurde eng. Wahrscheinlich, weil sein Herz ihm bis in den Hals schlug.

Er beobachtete Olivia genau, als er sich aus ihr zurückzog. Ihre Muskeln umklammerten ihn fester, als würden sie sich gegen seinen Rückzug wehren wollen. Kalter Schweiß bildete sich auf seiner Haut. Olivia stieß ein leises Wimmern aus und umfasste sein Gesicht, wobei ihr gesamter Körper an seinem zitterte. Er stoppte, und sie keuchte, während ihm der Atem stockte.

«Dich, Baby.» Er sah ihr tief in die Augen. «Du hast gefragt, was ich will, und die Antwort ist: Ich will dich.» Verdammt sollte er sein, aber das war die Wahrheit.

Mit einem Stöhnen drang er wieder in sie ein, kraftvoll genug, um sie ein paar Zentimeter an der Wand nach oben zu schieben.

Und nichts, *nichts* hatte sich je so phantastisch, so richtig angefühlt, wie in ihr zu sein – und würde es auch nie wieder tun. Sicherheit und Chaos. Gleichgewicht und Unsicherheit. Süße und Sünde.

«Ja.» Sie streckte die Arme aus und presste ihre Handflächen gegen die Wand. Dann löste sie sie wieder und umklammerte seine Schultern, als wisse sie nicht, wohin mit sich und ihren Gefühlen. «Nate.»

Jetzt, wo er wusste, was sie brauchte, packte er ihre Handgelenke, zog ihre Arme über ihren Kopf und verschränkte seine Finger mit ihren. Den Kopf dicht an ihrem stieß er in sie. Wieder und wieder. Das Geräusch ihrer aufeinandertreffenden Körper hallte durch den Raum, seine Brust rieb sich an den empfindlichen Spitzen ihrer Brüste, und Olivias Regenduft umhüllte sie beide.

Bei jedem Stoß hob sie ihm die Hüften entgegen, stöhnend, suchend. Seine Muskeln brannten von der Anstrengung, den Rhythmus aufrechtzuerhalten, während sich gleichzeitig ein wunderbares Kribbeln in seinem gesamten Körper ausbreitete.

Er küsste sie mit der Wildheit eines Verlorenen, bevor er den Kopf senkte, um eine ihrer rosigen, harten Brustwarzen zu liebkosen. Die kleine Knospe verhärtete sich in seinem Mund noch mehr. Olivia drückte seine Finger, als wolle sie ihn wissenlassen, wie sehr sie das genoss. Er wandte sich ihrer anderen Brust zu und wiederholte die Liebkosung voller Ehrfurcht.

Sie war so empfänglich für ihn. So leidenschaftlich.

Sie war stärker als die meisten Menschen, denen er begegnet war, doch ihr Aussehen stand im Widerspruch zu dieser Tatsache. Sie war zierlich. Schlank. Ihre Brüste füllten seine Hände nicht ganz aus. Doch sie war der Inbegriff der Perfektion.

Hitze schoss durch seinen Körper und sammelte sich in seinem unteren Rücken. Er bewegte sich schneller, entschlos-

sen, sie zum Höhepunkt zu bringen, bevor er kam. Nach ihren
geröteten Wangen zu schließen und der Art, wie sich ihre
Fersen in seinen Hintern bohrten, stand sie kurz vor dem Orgasmus.

«Komm, Baby.» Er knabberte an ihrem Hals und ließ seine
Zunge über ihre Halsschlagader gleiten. Der Geschmack von
Schweiß und Salz auf ihrer Haut war einfach wunderbar.
«Himmel, was ich alles mit dir anstellen will.»

Immer wieder. Für immer.

Sie zitterte und umklammerte seine Finger noch fester. Es
schien, als würde sie jeden Teil seines Körpers noch fester halten, obwohl sie schon jetzt so eng verbunden waren, dass man
sie nicht einmal mit einer Brechstange hätte trennen können.

Die Kehle wie zugeschnürt, mit brennenden Muskeln und
pulsierendem Schwanz, stieß Nate in sie. Jeder noch so kleine
Rückzug aus ihrem Körper erfüllte ihn mit größerem Verlangen zurückzukehren. Das Gefühl war unglaublich. Und jedes
Mal, wenn er in sie eindrang, hieß ihr enges, heißes Fleisch
ihn willkommen.

Die Zeit schien stillzustehen. Wimmern und Stöhnen. Lust
und Glück. Schmerz und Vergnügen, die über alles hinaus-
gingen, was er je erlebt hatte. Und doch schien es nicht genug.
Egal, wie lange er auch in ihr war, es würde nie genug sein.

«Nate …»

Sie schrie leise auf, dann überlief ein Zittern ihren Körper.
Er presste den Mund auf ihren und fing die Geräusche auf,
während sie sich in seinen Armen aufbäumte. Sie umschloss
ihn enger, brachte ihn mit ihrer süßen Leidenschaft an den
Rand seines eigenen Orgasmus. Stöhnend warf sie den Kopf
zurück, sodass seine Lippen über ihr Kinn glitten.

Er fluchte leise, küsste ihre Wange und verlagerte sein Gewicht, um sie beide auf den Beinen zu halten. Während die letzten Zuckungen ihren Körper erschütterten, kam er mit einem lauten, animalischen Schrei, der ihm den Atem raubte.

«Heilige ...» Er zuckte und zitterte. Es fühlte sich an, als würde er sterben. Ein wundervoller Tod.

Tief erschüttert schnappte er nach Luft und gab ihre Hände frei. Ihre Arme fielen schlaff nach unten, dann ließ sie den Kopf an seine Schulter sinken, als hätte er sie bewusstlos gevögelt.

Himmel. Nicht nur er war gestorben, er hatte auch sie umgebracht.

Mit letzter Kraft stieß er sich von der Wand ab, schlang die Arme um Olivia und stolperte ins Schlafzimmer. Dort brach er auf dem Bett zusammen, Olivia unter sich, bevor er sich dazu zwang, ins Bad zu gehen und das Kondom zu entsorgen.

Als er zurückkehrte, erstarrte er mitten im Raum und ... starb ein zweites Mal. Oder ein drittes?

Sie lag mit ausgebreiteten Armen und Beinen mitten auf dem Bett, die Augen geschlossen und immer noch schwer atmend, sodass ihre Brüste sich heftig hoben und senkten. Ihre Wangen waren von seinen Bartstoppeln gereizt, aber die Röte auf ihren Brüsten verklang langsam. Ihre Haut war fast so hell wie die weißen Laken, doch das kleine Dreieck aus kastanienrotem Haar zwischen ihren Beinen passte zu den Strähnen auf ihrem Kopf. Eine Kombination aus Feuer und Eis, die dafür geschaffen war, ihn in die Knie zu zwingen.

Wieder spürte Nate diesen seltsamen Kloß in der Kehle. Sein Herz raste wie wild, und aus irgendeinem Grund brannten seine Augen.

Olivia stöhnte. «Ich habe das Gefühl, ich müsste irgendwas Cleveres sagen wie zum Beispiel: *Die Kraft Jesu bezwinge dich.*»

Nate versuchte zu schlucken, versagte jedoch kläglich. «Was?»

«Das stammt aus *Der Exorzist*.» Sie öffnete ein Auge. «Dem Film?»

«Ich habe ihn gesehen.» Mehr als die Tatsache, dass sie aus diesem Film zitieren konnte, überraschte ihn, dass sie ihn ... exorzieren wollte? Wie einen Dämon?

Dann dachte er zurück daran, was sie getan hatten. Oder vielmehr, was er ihr *angetan* hatte. Er hatte sie gegen die Wand gepresst. Sie festgehalten. War mit brutaler Kraft in sie eingedrungen. Er war *tatsächlich* ein Monster und hätte sie nie berühren dürfen. Sein Herz verkrampfte sich.

Mit zitternder Hand rieb er sich das Kinn. «Habe ...» Himmel, seine Stimme war rau wie Sandpapier. Er räusperte sich und versuchte es noch mal, doch auch diesmal gelang ihm nur ein Flüstern. «Habe ich dir weh getan?»

«Gott, nein.» Sie drehte den Kopf und lächelte, ohne sich seiner Panik bewusst zu sein. «Wie kannst du immer noch stehen? Mir ist es schon zu anstrengend, meine Augen zu bewegen.»

Er hatte keine Ahnung. Nate setzte sich neben Olivia und musterte sie. Vorsichtig hob er ihren Arm an und ließ die Fingerspitzen über ihr Handgelenk gleiten, fand dort aber weder Abschürfungen noch Rötungen. Er beugte sich vor, um dasselbe bei ihrem anderen Arm zu machen, dann untersuchte er ihre Taille. Als er schließlich ihren Hals und ihr Gesicht erreichte, zitterten seine Hände unkontrolliert.

Olivia streckte sich. «Was tust du da?»

«Ich ...», er seufzte, «... suche nach Verletzungen.» Von all seinen Sünden, und davon gab es viele, war dies die absolut schlimmste. «Es tut mir leid, Baby.»

17

Er suchte nach Verletzungen? Und es tat ihm ... leid?

Olivia stützte sich auf die Ellbogen und musterte Nates verstörte Miene. Es war offensichtlich, dass er dachte, er wäre zu grob gewesen. Auch wenn sie seine Rücksicht zu schätzen wusste, stieg Enttäuschung in ihr auf. Sie war so froh gewesen, dass sie ihn endlich von dem Gedanken abgebracht hatte, er wäre nicht gut genug und müsse sich ständig zurückhalten.

Anscheinend hatte sie sich geirrt.

Sie versuchte, ihre Stimme ruhig zu halten, obwohl sie mit den Tränen kämpfte. «Du hast mich zweimal gefragt, ob du mir weh tust, und ich habe zweimal nein gesagt.» Ehrlich gesagt, hatte sein erstes Eindringen ihr aufgrund seiner Größe ein wenig Schmerzen bereitet. Außerdem hatte sie schon länger keinen Sex mehr gehabt. Aber das Gefühl war auch unglaublich intensiv gewesen. Innerhalb von Sekunden war das leichte Unwohlsein verschwunden gewesen. Niemals in ihrem Leben war sie erregter gewesen.

Er schluckte schwer. «Du hast etwas Besseres verdient, als genommen zu werden wie ein Tier.»

«Hast du etwa gehört, dass ich mich beschwert hätte?» Olivia setzte sich auf. Sie kämpfte mit dem Drang, sich zu bedecken, entschied sich aber dagegen. Nate reagierte nicht, den Blick auf ihre Kehle gerichtet, was sie nur wütender machte. «Denn ich habe definitiv nicht gehört, dass *du* dich beschwert hast.»

Sein Blick hob sich kurz. «Hier geht es nicht um mich.»

«Genau. Es geht um dich *und* mich. Wir hatten uns darauf geeinigt, dass jeder von uns, der mit etwas nicht einverstanden ist, es einfach sagt.» Olivia musterte Nate, war sich aber nicht sicher, ob er ihr überhaupt zuhörte. «Ich habe dich herausgefordert, wütend gemacht. Ich habe dir quasi befohlen, mich zu nehmen. Und während der Orgasmus, den du mir verschafft hast, immer noch in mir nachklingt, sagst du, dass es dir ... *leidtut?*»

Mit zusammengebissenen Zähnen kletterte sie vom Bett und wollte ins Bad gehen, doch er packte ihre Hand, um sie aufzuhalten.

Sie erkannte den inneren Konflikt in seinen Augen, als er erst ihre verschränkten Hände musterte, bevor er langsam den Blick zu ihrem Gesicht hob. «Bitte sei nicht wütend auf mich, weil ich mir Sorgen mache. Ich kann nicht anders, und das ist für mich ein vollkommen neues Gefühl.»

Ihre Schultern sackten nach unten. «Deswegen bin ich nicht wütend. Ich finde es wunderbar, dass du dich um mich kümmerst, Nate. Was mir nicht gefällt, ist die Tatsache, dass du bereust, was wir getan haben.»

«Ich bereue es nicht ...» Seine Schulter sackten nach unten. «Ich *sollte* es bereuen. Sollte ich wirklich. Die Fehler meiner Vergangenheit erinnern mich ständig daran, warum es falsch ist, aber all meine Instinkte drängen mich in eine andere Richtung. Zu dir.» Er wandte den Blick ab, doch der Ausdruck in seinen Augen verriet ihr, dass er dachte, er hätte zu viel gesagt.

«Ich habe noch nie solche Leidenschaft erlebt. Es gibt eine Zeit und einen Ort für Zärtlichkeit, aber an dem, was wir getan haben, war nichts falsch. Es war ... rau.» Und Himmel, sie hatte es geliebt.

«Rau», wiederholte er leise. «Anders kenne ich es nicht.»
Seine Miene verriet ihr aber, dass er es versuchen ... es lernen
wollte. Er öffnete den Mund, um mehr zu sagen, doch stattdessen schüttelte er den Kopf.

Nach einem Augenblick fand Nates Hand ihre Taille. Er zog
sie näher an sich heran, sodass sie zwischen seinen Beinen
stand. Dann ließ er die Stirn gegen ihren Bauch sinken. Zum
zweiten Mal heute Abend kämpfte Olivia mit den Tränen.
Wenn Nate so verzweifelt war, konnte sie schlecht mit ihm
streiten. Es fiel ihr schwer, sein Leid mit anzusehen.

Ein Gedanke schoss ihr durch den Kopf. Zu schnell, um
wirklich Wurzeln zu schlagen, und sie verwarf ihn sofort.
Trotzdem konnte sie nicht anders, als das Thema anzuspre-
chen. «War es enttäuschend für dich? War ich ... nicht gut?»

Sie war keine Idiotin. Sie wusste, wann ein Mann Spaß
hatte, und Nate hatte genauso viel Lust empfunden wie sie.
Aber es konnte nicht schaden, darüber zu reden. Angesichts
seiner Vorgeschichte war es durchaus möglich, dass sie ihm
auf Dauer nicht das bieten konnte, was er brauchte.

Er riss den Kopf so schnell nach oben, dass sie allein vom
Hinsehen ein Schleudertrauma bekam. Sein wütender Blick
verursachte ihr Gänsehaut. «Nein», knurrte er. «Nein, nein
und nein.»

Okay. Damit wäre das wohl geklärt.

Er seufzte, und seine Miene entspannte sich. Einen Moment
lang starrte er sie schweigend an, dann schloss er die Arme
um ihren Körper und zog sie seitwärts mit sich aufs Bett, sodass sie ihn ansehen musste. Er hob die Hand und strich ihr
eine Strähne aus dem Gesicht. «Sei nicht mehr wütend.»

Himmel, dieser Mann. «Hör auf, dir Dinge einzureden,
und ich werde es nicht mehr sein.»

«In Ordnung. Solange du dich selbst nie wieder als unbe-
friedigend beschreibst.» Seine Lippen verzogen sich zu einem
leisen Lächeln, und er senkte seine Stimme. «Für mich war es
auch noch nie so.»

Sie lächelte zurück, um den Rest der verbleibenden Spannung aufzulösen, ließ ihre Fingerspitzen über seine Bartstoppeln gleiten, sah ihm tief in die goldbraunen Augen und
schmolz innerlich dahin. Hin und wieder war sein Gesicht
so ausdrucksstark ... und sein Blick traf sie mitten ins Herz.
Weich geschwungene, kriminell lange Wimpern, die im Kontrast zu seinen geraden Brauen standen.

Sie senkte ihren Blick auf seine vollen Lippen, drückte ihm
einen Kuss auf den Mund und erlaubte sich, dort zu verwei-
len. Er roch so gut, nach Mann und Seife. Sie wollte sich in
ihm vergraben. Es hatte etwas unendlich Beruhigendes, sich
in seiner Umarmung zu verlieren. Noch mehr, da sie wahrscheinlich die erste Frau war, die er auf diese Weise hielt.

«Und was jetzt, Baby?» Er ließ seine Nasenspitze über ihre
gleiten, dann legte er den Kopf schief und küsste sie ganz
sanft. Federleicht glitt sein Mund von ihren Lippen über ihre
Wange, um an ihrem Ohr zu stoppen. Seit Atem liebkoste ihre
Haut, und ein Schauer überlief ihren Körper. «Ich weiß nämlich nicht, was als Nächstes passiert. Normalerweise ist das
hier der Zeitpunkt, wo ich mich anziehe und gehe.»

«Nun, wir haben zwei Möglichkeiten.» Sie ließ eine Hand
über seine Brust nach unten zu seinen harten Bauchmuskeln
gleiten, was mit einem scharfen Atemzug belohnt wurde.
«Wir können schlafen oder ...» Mit dem Handrücken strich
sie über sein Glied, das sofort auf ihre Berührung reagierte.

Er stöhnte und saugte an ihrem Ohrläppchen. «Oder was,
Baby?»

«Oder ...» Sie senkte den Kopf an seine Kehle, küsste und leckte sich den Hals entlang zu einer besonders empfindlichen Stelle. Ein kleines Stück neben seinem Puls und der Sehne, die im Moment hervorstand. «Oder du kannst mir zeigen, welche Höhlenmenschen-Moves du noch in petto hast.»

«Möglichkeit zwei gefällt mir sehr.» Er neigte den Kopf, um ihr besseren Zugang zu der Stelle zu ermöglichen, und vergrub keuchend die Hand in ihrem Haar. «Bist du dir sicher? So schnell nach ...»

Sie löste sich aus seinen Armen, angelte im Nachttisch nach einem Kondom und drehte sich zurück, um ihm die Folienpackung an die Brust zu klatschen. «Das Einzige, was mich verletzt hat, war dein Verhalten danach. Nimm mich noch einmal. Und diesmal als würdest du es ernst meinen.»

Mit geblähten Nasenflügeln starrte er sie an, als stünde er kurz davor, die Kontrolle zu verlieren. «Ich habe es schon beim ersten Mal ernst gemeint.»

«Beweis es.» Ihre Hände wanderten über seine Schenkel zu seinem harten Hintern.

Ein tiefes Knurren stieg aus seiner Brust auf. «Wäre es dir langsamer nicht lieber? Weniger ...»

«Weniger echt?» Sie zog fragend die Augenbrauen hoch.

«Für langsam haben wir später noch Zeit. Im Moment will ich einfach nur dich. Dein wahres Ich.»

Immer noch zögerte er. Er starrte sie an, sein Mund eine harte Linie. «Ich will dich nicht verletzen.»

Verdammt. «Nate ...»

«Nein.» Er warf das Kondom aufs Kissen, dann legte er eine Hand in ihren Nacken, um sie zu zwingen, ihn anzusehen. «Ich meine hinterher. Du hast gesagt, ich hätte dich verletzt, und das gefällt mir nicht.»

Keuchend schob er sein Gesicht näher an ihres, bis sie dieselbe Luft atmeten. Sein entschlossener Blick fixierte sie. «Lass es uns noch mal tun, Baby. Ich will dieses sexy Wimmern hören, das du von dir gibst, wenn ich in dich stoße. Will fühlen, wie dein heißes Fleisch mich umfängt. Sehen, wie dein Blick verschwimmt und deine Augen vor Leidenschaft brennen.» Er knabberte an ihrer Unterlippe. «Es gibt unendlich viele Dinge, die ich mit dir anstellen will. Und wenn wir fertig sind, werde ich dich nicht verletzen wie beim letzten Mal. Verstanden?»

Da. Da war der Mann, den sie gesucht und an die Oberfläche hatte bringen wollen. Der Mann ohne Angst, ohne Zurückhaltung, ohne Schutzmauern.

Jeder Zentimeter ihrer Haut begann zu kribbeln, und ihr Atem stockte. Ihre Mitte pulsierte, und ihre Brüste wurden schwer. Sie gab sich dem Gefühl hin. Ergab sich dem, was er ihr schenken konnte. Sie war Wachs in seinen geschickten Händen.

«Ja», zischte sie und drängte sich ihm entgegen. Sie begehrte ihn mit einer Intensität, die sie nicht für möglich gehalten hätte. Er war die Frage zu ihrer Antwort. Die Sonne zu ihrem Regen. Das Ziel, das endlich vor ihr lag. «Ja, Nate.»

Wieder blähten sich seine Nasenflügel, doch er atmete tief durch und beobachtete sie aus zusammengekniffenen Augen. Dann drehte er Olivia auf den Rücken und schob sich über sie. Die Hände rechts und links neben ihrem Kopf aufgestützt, schwebte er über ihr, sodass sie absolut, wunderbar von ihm umgeben war.

Ein direkter Blick, in dem Versuchung und Verheißung leuchteten.

Volle Lippen, leicht geöffnet von schweren Atemzügen.

Durchtrainierte Muskeln, die vor Anspannung zitterten.

Mächtiger Bizeps und sehnige Unterarme.

Eine breite Brust und ein Waschbrettbauch, hart wie Stein.

Adern und Sehnen und bronzefarbene Haut.

Feste, harte Schenkel und, dazwischen, seine Erektion. Dick und lang. Samt über Stahl.

Als würde er ihre Musterung genießen, schob Nate seine Hüften nach vorne, sodass seine harte Länge über ihren Bauch glitt. Olivia wollte ihn so dringend berühren, doch gleichzeitig spürte sie, dass das die Stimmung vielleicht auf eine Art verändern würde, für die sie noch nicht bereit waren. Also ließ sie die Arme an ihren Seiten ruhen, als sie ihn erneut musterte, den Anblick genoss und mit jeder Sekunde feuchter wurde.

Nate drückte eine Hand zwischen ihre Brüste, spreizte die Finger, dann schob er sie tiefer. Das köstliche Gefühl von rauen Schwielen auf ihrer Haut ließ sie erneut erschauern. Nate beobachtete sie, als seine Hand über ihren Bauch zwischen ihre Beine glitt und ihre Hitze umfasste. Sie hob sich seiner Berührung entgegen, doch er legte nur den Kopf schief, als wäre er zu einem Schluss gekommen.

Dann setzte er sich auf die Fersen und griff nach dem Kondom. Ohne ihren Blick freizugeben, biss er die Folie auf und zog das Kondom über. «Es gibt einen Unterschied zwischen wollen und brauchen. Vorhin hast du mich gefragt, was ich will, und ich habe *dich* gesagt.» Er drehte Olivia auf den Bauch und schob seinen Körper über sie, positionierte sich zwischen ihren Beinen. Während sie versuchte, den plötzlichen Positionswechsel zu verarbeiten, senkte er seine Lippen an ihr Ohr und drängte sich näher. Seine harte Länge rieb sich an ihr. «Die Sache ist die, Baby: Ich will dich nicht nur. Ich *brauche* dich.»

Er fuhr ihre Ohrmuschel mit der Zunge nach, legte einen Arm neben ihr Gesicht. Tinte und Haut verbanden sich zu einem verschwommenen Kaleidoskop. Schwer atmend, auf der Suche nach Erlösung, hob sie die Hüften.

Nate stöhnte und lachte an ihrer Wange, ein leises, angespanntes Geräusch. «Sag mir, was du willst, was du brauchst, und ich werde es dir geben.»

Sie würde zu einer Pfütze zerfließen, wenn er nicht aufhörte, sie so zu foltern. «Dich …»

Kaum hatte sie das Wort geflüstert, drang er in sie ein. Dehnte sie. Füllte sie aus. Raubte ihr den Atem und den Verstand.

Er hielt inne, als wollte er ihr einen Moment Zeit geben, sich an ihn zu gewöhnen, dann schob er einen Arm zwischen ihren Körper und die Matratze. Seine Finger fanden die Stelle, wo sie miteinander verbunden waren. Mit der Handfläche glitt er über ihre Klitoris. Ein Zittern überlief Olivias Körper. Sie stöhnte, drängte sich nach hinten, konnte sich aber wegen seines Gewichts auf ihr kaum bewegen. Nates anderer Arm schob sich unter ihrer Brust hindurch, bis er sanft eine Wange umfassen konnte.

Sie blinzelte, verwirrt von den widersprüchlichen Gefühlen, die seine Berührungen auslösten. Die Sanftheit seiner Umarmung, während er ihren Körper so sündhaft erregte. Sein Gewicht auf ihr. Der Druck in ihr. Und erneut hatte sie keine Ahnung, was sie tun sollte. Sie war ihm – nur zu bereitwillig – vollkommen ausgeliefert und überwältigt von ihrer Lust. Es war ein unendlich befreiendes und zugleich frustrierendes Gefühl. Als würde sie sich mit den Fingerspitzen an einer Klippe festkrallen und gleichzeitig loslassen, um sich dem Fall zu ergeben.

Nates Atem liebkoste ihre Wange. «Sag mir, dass du mich willst.» Die heisere, geflüsterte Bitte sorgte dafür, dass ihr Herz noch heftiger schlug.

«Ich will dich.»

Er zog sich zurück und stieß wieder in sie, seine Handfläche an ihre Klitoris gedrückt. Sie schrie auf, weil das Vergnügen fast schmerzhaft intensiv war.

Seine Nasenspitze glitt über ihr Ohr, als er den Kopf drehte.

«Sag mir, dass du mich brauchst.»

«Ich brauche dich.» So sehr.

Erneut drang er mit einem tiefen Stoß in sie ein. Die Lust, die sie durchfuhr, ließ sie die Augen schließen. «Dann gehöre ich dir, Baby. Solange du mich haben willst.» Der nächste Stoß. «Und du gehörst mir.»

Oh Gott. «Nate ...»

Er stöhnte. «Ich weiß, Baby.»

Diesmal drang er nicht einfach in sie ein, er nahm sie. Schnell. Brutal. Mit kurzen, festen Bewegungen rammte er sich in sie. Immer wieder. Bei jedem Stoß glitten seine Finger über ihr Fleisch, und seine Handfläche übte mehr und mehr Druck aus, genau dort, wo sie es brauchte. Sie konnte kaum etwas tun, außer dazuliegen, ihn aufzunehmen, vollkommen hilflos unter seinem Gewicht.

Und sie liebte es.

Er umgab ihren Körper mit seinem, erfüllte sie bis zu einem Punkt, wo kein Raum für Zweifel mehr blieb. Ihre gegen die Matratze gedrückten Brüste wurden empfindlicher, als ihre Brustwarzen sich aufrichteten. Sein Stöhnen erregte sie noch mehr, und sie fühlte, wie sich ihre Muskeln anspannten – bereit für den nahenden Orgasmus.

Im nächsten Moment vergrub Olivia die Finger im Bettlaken. Und dann kam die Explosion. Sterne tanzten vor ihren Augen, Energie erfüllte ihren Körper und hielt sie doch bewegungslos, als sie mit einem lautlosen Schrei kam. Sie zitterte unter Nate, ihr gesamtes Sein erfüllt von Hitze. Wieder und wieder. Nach Luft ringend öffnete sie die Augen.

Er ließ keinen Moment nach. «Du bist noch nicht fertig.» Nate stieß noch härter in sie, sodass sie auf dem Bett nach oben rutschten. Seine Handfläche fand das Kopfende, wo er sich abstützte. «Komm noch einmal.»

Die geschmeidigen Bewegungen seines Körpers und das Gefühl seiner warmen, weichen Haut standen im Widerspruch zu der animalischen Weise, wie er sie nahm. Wild. Dominierend.

Er senkte den Kopf an ihren Hals, an eine Stelle, die dafür sorgte, dass ihr Blick verschwamm. Seine Finger fanden ihre Klitoris, dann umschloss er das Nervenbündel mit zwei Knöcheln und …

Olivia vergrub ihr Gesicht in der Matratze, auf der Jagd nach dem grellen Licht. Jedes Mal, wenn Nate sich aus ihr zurückzog, liebkoste er ihr empfindliches Fleisch, und mit jedem Stoß erfüllte er sie erneut. Rhythmisch. Wunderbar erschütternd. Eine Verbindung und ein Versprechen.

Nate pulsierte tief in ihr. Er senkte den Mund an ihre Schulter und stöhnte. Laut. Lang. «Jetzt, Baby. Gott, bitte.»

Das Wissen, dass er kurz vor dem Höhepunkt stand, sich nur ihretwegen zurückhielt – dass sie das Einzige war, was ihn von seiner Erfüllung trennte –, reichte aus, um sie mit ihm in den Abgrund zu treiben. Sie wimmerte und … wurde von einem Erdbeben erfasst.

Ihr Körper bäumte sich auf, als sie kam und der zweite Orgasmus sie erschütterte. Muskeln verkrampften sich, Zellen schmolzen dahin. Unfähig, den Ansturm zu ertragen, wimmerte sie in die Matratze, als ein Schauer nach dem nächsten ihren Körper überlief.

Nate fluchte und ließ seine Stirn in ihren Nacken sinken. Versteifte sich. Rollte die Hüften. Stieß noch mehrfach in sie. Und ... brach mit einem Stöhnen auf ihr zusammen. Er zog sich aus ihr zurück und rollte sich keuchend neben ihr auf den Rücken. So lagen sie lange Zeit einfach nur schwer atmend da.

Schließlich, eine Ewigkeit später, entfernte er das Kondom und starrte es an.

Sie konnte kaum blinzeln. «Auf dem Boden neben dem Bett steht ein Mülleimer.»

Er stemmte sich auf einen Ellenbogen hoch, begleitet von einem Stöhnen, und entsorgte das Kondom. «Gott sei Dank. Ich glaube nicht, dass ich mich bewegen kann.» Er runzelte die Stirn, dann zog er vorsichtig das Knie an, um sich den Schenkel zu reiben, während er den Kopf drehte, um sie anzuschauen. «Und du siehst auch nicht aus, als könntest du dich rühren.»

«Vielleicht nächste Woche wieder. Wenn die Motivation stimmt.» Himmel, sie fühlte sich toll. Befriedigt und erschöpft und angenehm wund an genau den richtigen Stellen. «Was ist mit deinem Bein?» Er massierte es immer noch.

«Die alte Verletzung. Manchmal werden die Muskeln steif. Ist schon okay.»

Wahrscheinlich brauchte er Flüssigkeit. Sie riss sich zusammen und rutschte an den Rand der Matratze. Wenn sie sich richtig erinnerte, standen im Kühlschrank noch ein paar seiner Sportdrinks, die sie hatte trinken sollen, um sich von dem Fieber zu erholen.

«Wo gehst du hin?»

Sie stoppte auf seiner Seite des Bettes. «Ich hole dir ein Gatorade. Bin gleich zurück.»

«Wenn du noch laufen kannst, habe ich etwas falsch gemacht.» Er klopfte auf die Matratze neben sich. «Es geht mir gut. Komm her.»

Sie beugte sich lächelnd über ihn. «Du hast alles richtig gemacht. Und jetzt sei still.» Sie drückte ihm einen kurzen Kuss auf die Lippen und ging auf zitternden Beinen in die Küche. Seltsam, bisher war sie nie nackt durch ihre Räume gelaufen. Sie schnappte sich eine Flasche aus dem Kühlschrank. Als sie zurückkehrte, lehnte Nate am Kopfende. «Hier, trink.»

Lächelnd nahm er ihr die Flasche ab. «Danke.»

Sie kletterte wieder ins Bett und zog die Decke über sie beide. Nate trank die halbe Flasche aus, bevor er sie wieder zuschraubte und auf den Nachttisch stellte, dann drehte er sich auf die Seite, um Olivia anzusehen.

Er ließ den Blick über sie gleiten, den Kopf in die Hand gestützt. «Du bist verdammt schön. Eigentlich bist du das immer, aber besonders nach dem Sex.»

Ihr stockte der Atem. «Das ist viel besser als *Tut mir leid.*»

Er runzelte die Stirn und schluckte. «Wäre es dämlich, mich dafür zu entschuldigen, dass ich mich entschuldigt habe? Ich wollte dich nicht verletzen. Ganz im Gegenteil» Er schob ihr eine Strähne hinters Ohr und verfolgte die Bewegung mit den Augen. «Ich weiß nicht, was zur Hölle ich hier tue, Olivia.»

Was er hier tat? Tja, dachte Olivia. Er bemühte sich, wollte sich weiterentwickeln. «Was hast du in der Vergangenheit getan, wenn du dich einer ungewissen Situation gegenübergesehen hast?»

«Ich habe gekämpft.» Er verzog nachdenklich den Mund. «Oder bin geflohen. Je nachdem.»

«Nun, du bist nicht allein, also können wir zusammen kämpfen. Und falls du einen Fluchtversuch unternimmst, werde ich dich fangen.» Sie grinste. «Ich bin ziemlich schnell.»

Erheiterung leuchtete in seinen Augen auf. «Olivia Cattenach, willst du damit sagen, dass du mich jagen würdest?»

Sie vermutete, dass sie das tatsächlich tun würde, bis ans Ende der Welt und zurück. Er hatte einen Funken in ihr entzündet. Und es ging nicht nur um Lust. Seine dunkle Seite rief nach ihr, als könnten sie sich nur gegenseitig heilen. Irgendwie befriedigte er ein Bedürfnis, von dem sie nicht einmal gewusst hatte, dass es existierte. Das Bedürfnis nach Nähe. Stärke. Sicherheit.

«Denkst du darüber nach zu verschwinden?» Der Gedanke war ihr bisher noch nicht gekommen, aber im Grunde gab es nichts, was ihn hier hielt.

Langsam wurde Nate ernst. Nach einer langen Pause räusperte er sich. «Falls es überhaupt eine noch so kleine Chance gibt, dass ich dich verlasse, dann ist die, dass ich es nie tue, um so vieles größer.» Er schloss die Augen, als wäre er frustriert. «Ich verstehe nicht, wie du es schaffst, dass meine Gedanken einfach so aus meinem Mund sprudeln.» Er musterte sie stirnrunzelnd. «Was ich eigentlich sagen will: Ich habe vor hierzubleiben, bis du mich bittest zu gehen.»

«Weil du es Justin versprochen hast?»

«Ja.» Doch gleichzeitig schüttelte er geistesabwesend den Kopf, scheinbar ohne sich dessen bewusst zu sein. «Er hat mal etwas gesagt. Wir haben uns über Exfreundinnen unterhalten, und ich habe ihn gefragt, wieso es keine Frau in seinem Leben gibt. Er hat mich auf diese spezielle Weise angegrinst und geantwortet: *Wenn du mit jemandem zusammen bist, der dich zu einem besseren Menschen macht, hältst du diese Person fest. Ich habe sie bisher nicht getroffen.»* Nate stieß ein schnaubendes Lachen aus und rieb sich die Augen. «Das hatte ich total vergessen.»

Und er hatte sich jetzt, genau in dieser Sekunde, daran erinnert. Weil er dachte, dass sie ihn zu einem besseren Mann machte. Das Kompliment schnürte ihr die Kehle zu. «Du bist ein guter Mensch, Nate.»

Er rieb mit der Hand über die Matratze zwischen ihnen, begleitet von einem erschöpften Seufzen. «Ich glaube, du bist die Erste, die so denkt. Auf jeden Fall bist du die Erste, die es ausspricht.»

«Justin wusste es. Sonst hätte er dich nicht hergeschickt. Tante Mae will dich adoptieren. Plus, du hast dir den Respekt der Ranch-Arbeiter erworben. Du hast es sogar geschafft, Amy und Nakos für dich zu gewinnen, und das ist bei den beiden wirklich nicht einfach.» Sie ließ ihren Daumen über seine Unterlippe gleiten. «Ich glaube, du bist zahlenmäßig unterlegen.»

Sein zögernder Blick huschte über ihr Gesicht, als versuche er, sich ihre Züge einzuprägen. «Ich sollte zurück in mein Zimmer gehen.» Er beugte sich vor und drückte ihr einen Kuss auf die Stirn.

«Warum?»

Er zögerte, als hätte er wirklich keine Ahnung. «Ist das nicht, was du willst? Außerdem: Wenn ich hier oben bin, wissen die anderen morgen früh gleich, dass zwischen uns etwas läuft.»

Sie unterdrückte ein Seufzen. Ein Schritt nach vorne, zwei zurück. «Erstens, du schläfst seit einer Woche bei mir auf der Couch. Zweitens, wenn sie noch nicht kapiert haben, dass zwischen uns etwas läuft, sind sie blind. Drittens, ich schäme mich nicht, mit dir zusammen zu sein. Und zu guter Letzt, nein, ich will nicht, dass du gehst.» Sie nahm seine Hand. «Wie soll ich dich denn auf unanständige Art wecken, wenn du ein Stockwerk tiefer schläfst?»

Er öffnete den Mund, dann schloss er ihn stirnrunzelnd wieder. «Bist du dir sicher?»

«Mach das Licht aus. Ja, ich bin mir sicher.»

Nate zögerte kurz, dann pfiff er nach Bones und schaltete die Lampe aus, sodass nur noch Mondlicht den Raum erhellte. Sobald Bones aufs Fußende gesprungen war und sich hingelegt hatte, schob Nate sich näher an Olivia heran und nahm erneut ihre Hand, um seine Finger mit ihren zu verschränken.

Sie kuschelte sich an ihn, schob ein Bein zwischen seine Schenkel und vergrub ihr Gesicht an seiner Brust. So hart und distanziert er manchmal auch sein mochte, er gab ein gutes Kissen ab.

Nate seufzte und küsste ihren Kopf. «Vielleicht solltest du mir erklären, wie genau du mich wecken willst. Nur damit ich mich darauf vorbereiten kann.»

Sie lächelte an seiner warmen, duftenden Haut. «Wo bleibt denn da der Spaß?»

18

Nates erster Gedanke am nächsten Morgen? Er fragte sich, ob er gestern Abend aus Versehen die Heizung hochgedreht hatte. Ihm war heiß wie die Hölle. Der zweite Gedanke war, dass Bones wirklich sehr anhänglich geworden war, wenn er neuerdings Nate den Hals leckte, um ihn aufzuwecken.

Moment ...

Ein weibliches Summen vibrierte an seiner Haut, gefolgt von einem vertrauten Regenduft.

Mit einem scharfen Atemzug riss Nate die Augen auf. Olivias Zimmer. Sonnenlicht. Kastanienrotes Haar in seinem Gesicht. Brüste, die sich an ihn drückten. Ihre Hand, die von seiner Hüfte zu seinem Hintern glitt, während sie auf der Seite lagen, einander zugewandt. Ihre Zunge ... trieb ihn in den Wahnsinn.

Er stöhnte. «Wie viel Uhr ist es?»

«Fast acht.» Sie küsste sein Kinn und lächelte ihn an. Ihre kornblumenblauen Augen strahlten. «Gute Nachrichten. Beim Frühstück hat Nakos gesagt, er hätte den Jungs den Rest des Wochenendes freigegeben, damit sie sich vor der Frühlingsernte erholen können. Wir können das ganze Wochenende im Bett bleiben, wenn du willst.»

Wenn er wollte? Olivia umklammerte seinen Hintern und brachte die Nerven hinter seinem Ohr – an seinem ganzen Hals – mit ihrem verdammt talentierten Mund zum Brennen, und sie fragte sich, was er wollte?

Er versuchte, trotz ihrer Liebkosungen zu denken. Sein Herz raste. Wenn es fast acht Uhr war, hatte er neun Stunden durchgeschlafen, ohne Albträume. Außerdem hatte sie bereits gefrühstückt, was bedeutete, dass sie aus dem Bett gekrochen und wieder hineingeschlüpft war, ohne dass er etwas mitbekommen hatte. Himmel, hatte sie ihm gestern Beruhigungsmittel in das Gatorade gemischt?

«Ah, jetzt ist der Rest von dir auch wach.» Sie hob den Kopf. «Guten Morgen.» Ihre heisere Stimme und die wilde Bettmähne trafen ihn mit der Wucht eines Schlags. Sexy und süß.

Nachdem er sie dringend küssen musste – es mehr als die Luft zum Atmen brauchte –, tat er genau das. Er drückte seinen Mund auf ihren. Olivia hieß ihn mit langsamen, verführerischen Bewegungen ihrer Zunge willkommen. Sie schmeckte nach Melone und roch himmlisch.

Obwohl das Blut in seinen Adern zu kochen begann, blieb der Kuss sanft, und das störte ihn nicht. Nicht im Geringsten. Die Tatsache, dass sein erster Impuls heute Morgen war, Olivia zu küssen, und dass es hier mehr um Gefühle als um Verführung ging, hätte seine Alarmglocken zum Schrillen bringen müssen. Stattdessen versank er ihn ihr, seltsam erregt und verwirrt.

Himmel, ihre Lippen waren so weich. Sie war überall weich, doch besonders ihr Mund faszinierte ihn. Olivia schien immer in genau der richtigen Intensität zu fordern, als könnte sie seine Gedanken lesen. Sie hatte die Eigenart, erst seine Unterlippe spielerisch zu liebkosen, bevor sie ihren Mund öffnete. Wenn er dann mit der Zunge vordrang, fand er ein Paradies vor, das er stundenlang hätte erkunden können. Mit Olivia waren keine zwei Erfahrungen gleich, und jedes Mal spürte er, wie er sich mehr in ihr verlor.

Noch etwas, was ihm nichts ausmachte, obwohl es so sein sollte.

Olivia löste sich mit einem zufriedenen Seufzen von ihm, dann rieb sie die Wange an seinem Kinn, sodass seine Bartstoppeln knisterten. «Glaubst du, du kannst mir die Initiative überlassen?»

Er zögerte.

Ehrlich, er wusste es nicht. Er hatte im Schlafzimmer noch nie einer Frau die Kontrolle überlassen und tat das selbst außerhalb des Bettes nur selten. Zweimal hatte er Olivia hart und roh genommen. Sie hatte ihm versichert und auch gezeigt, dass sie es genossen hatte. Zur Hölle, sie hatte es mehr als nur genossen. Sie zerrte ihn aus seiner Welt in ihre, Stück für Stück, mit jeder Sekunde des Tages. Er wollte verdammt sein, wenn es ihr nicht wirklich gelang, dass er sich weniger wie ein Arschloch fühlte und mehr wie ein Teil der Menschheit.

Würde es ihn umbringen, es auf ihre Weise zu versuchen? Bisher hatte sie ihn nicht in die Irre geführt.

Bei dem Gedanken stieg keine Panik in ihm auf, also nickte er.

Olivia drängte ihn dazu, sich auf den Rücken zu legen, dann setzte sie sich rittlings über ihn. Sein Pulsschlag ging durch die Decke, was jedoch eher auf neugierige Vorfreude als auf Unsicherheit zurückzuführen war. Sie lehnte sich über ihn, die Hände auf der Matratze neben seinen Schultern, ihr Haar ein rötlich schimmernder Vorhang. Die Stellung sorgte dafür, dass ihre sich verhärtenden Brustwarzen wunderbar neckend über seine Brust glitten.

«Lass mich wissen, wenn es zu viel wird.» Ihr Blick liebevoll, ihr Lächeln noch liebevoller, drückte sie ihm einen kurzen Kuss auf die Lippen, bevor sie den Kopf senkte, um ihre Zunge über sein Schlüsselbein gleiten zu lassen. «Atmest du noch?»

Nein. Anscheinend hatte er vergessen, wie das ging. Bei ihrer Erinnerung schnappte er nach Luft und schloss die Augen.

Seine Haut brannte unter der federleichten Berührung ihres Haars und den Liebkosungen ihres wunderbaren Munds. Gerade, als er dachte, er hätte sich daran gewöhnt, bewies ihm Olivia, dass er sich irrte. Als sie tiefer rutschte, riss er die Augen auf. Sein Blick saugte sich an ihrer schlanken Gestalt fest. An der hellen Haut, den Sommersprossen darauf, dem rotbraunen Haar ... und der Tatsache, dass er ihr erlaubte, oben zu sein.

Er war so versunken, dass er überrascht aufkeuchte, als sie seine Brustwarze in den Mund sog. Unwillkürlich bäumte er sich auf, frustriert, weil er nicht wusste, was er mit seinen Händen anfangen sollte. Zweimal griff er nach ihr, nur um seine Finger dann zu Fäusten zu ballen. Als Olivia sich seiner anderen Brustwarze zuwandte, spürte er seine Finger nicht mehr.

Sie kniete sich zwischen seine Beine, küsste nun seinen Nabel. Erst da wurde ihm klar, was sie plante. Die Luft brannte in seiner Lunge, weil ihm das Atmen so schwerfiel. Sie strich über seine Hüften, und Nate schloss die Augen.

Es war ewig her, dass eine Frau ihm einen geblasen hatte. Er hatte das bisher immer als Vorspiel betrachtet, eine unnötige Verzögerung, da er es eigentlich nur auf Rein-Raus abgesehen hatte. Tatsächlich hätte er an einer Hand abzählen können, wie oft er das zugelassen hatte. Und es wären immer noch Finger übrig geblieben.

Sie schob sich tiefer und tiefer.

Als ihr Atem schließlich über seinen Schaft glitt, pulsierte er bereits, unendlich erregt. Gespannte Erwartung verkrampfte Nate den Magen. Sein Herzschlag raste. Seine Muskeln drohten vor Anspannung zu versteinern. Er presste sich die Handflächen auf die Augen, liebte und hasste jede Sekunde.

Und dann nahm sie ihn in den Mund, und die Lichter gingen aus. Brennende Hitze und feuchter Sog. Feste Finger um seine Wurzel. Sein Rücken verlor den Kontakt zur Matratze, als er sich gegen den Drang wehrte zuzustoßen. Seine Spitze touchierte ihre Kehle, und Nate brüllte auf.

Er presste seine Hände gegen das Kopfende des Betts. Sprach tausendmal ihren Namen aus.

Und dann – Gott steh ihm bei – fing sie an, ihre Zunge einzusetzen. Sein Schwanz glitt mit einem leisen Ploppen aus ihrem Mund, dann leckte sie die Unterseite seines Schafts. Ließ die Zungenspitze um seine Eichel gleiten. Umfasste seine Hoden.

Schweißperlen bildeten sich auf seiner Stirn, als er gegen die Versuchung ankämpfte, sich in ihren Mund zu rammen, seiner animalischen Seite das Ruder zu überlassen. Absolute Folter. Wunderbares Vergnügen. Die Kombination zerstörte ihn. Und noch schlimmer war, dass er keine Ahnung hatte, wie er damit umgehen sollte. Obwohl es etwas unglaublich Aufregendes hatte, ihr die Zügel zu überlassen, lief das jeder seiner Regeln zuwider. Er hatte diese Regeln aus gutem Grund. Allein das Vertrauen, das er ihr bisher geschenkt hatte, reichte, um ihm die Luft abzuschnüren.

Wieder sog sie ihn tief in den Mund. Er umklammerte das Kopfende des Betts, zog die Knie an, vergrub seine Fersen in der Matratze und ließ vorsichtig die Hüfte kreisen, wobei er darauf achtete, seinen Hintern nicht vom Bett zu heben und ihr Schmerzen zu verursachen.

Sie summte, als wollte sie ihn ermuntern. Vibrationen. Feuer. Seine Hoden spannten sich, und ein warnendes Kribbeln lief seine Wirbelsäule entlang.

«Baby, ich ...»

Sie bewegte die Hand schneller. Saugte fester an ihm. Massierte seinen Hodensack.

Oh Gott. «Scheiße ... Baby.» Ein Knurren entrang sich seiner wunden Kehle. «*Jetzt.*»

Zuckend warf er den Kopf in den Nacken und kam – in einem beängstigenden Gefühlsmix aus Qual und Glückseligkeit. Olivia schluckte seinen Samen, ohne nachzulassen, obwohl sein Höhepunkt eine Ewigkeit anzudauern schien.

Als sein Zittern schließlich nachließ, warf er einen Arm über die Augen. Als sämtliche Spannung seinen Körper verlassen hatte, küsste Olivia seine Hüfte, gefolgt von der Außenseite seines Schenkels. Dann die Innenseite. Ihre Finger zogen Muster auf seiner Haut und spielten mit dem leichten Haarwuchs auf seinen Beinen.

Keuchend hob er den Arm, um zu ihr hinunterzusehen. Und ... Gnade. Wäre er ein Mann gewesen, der zu Tränen neigte, hätte er jetzt geweint.

Die kornblumenblauen Augen auf seinen Schenkel gerichtet, zog sie die roten Narben nach, die von den Splittern kamen, die sich bei der Explosion in seinen Körper gebohrt hatten. Insgesamt waren es sieben Narben – manche halbkreisförmig, manche gerade, manche zwei und manche zehn Zentimeter lang. Einige bildeten eine Wulst, andere waren flach und kaum sichtbar. Er hatte Glück gehabt: Keine Muskeln oder Sehnen waren durchtrennt worden, und alle Splitter hatten problemlos chirurgisch entfernt werden können. Doch die Zärtlichkeit, mit der Olivia die Narben berührte, erschütterte Nate, als wäre er gerade erneut getroffen worden. Diesmal in den Bauch. Sie benahm sich, als könnten ihre Küsse alles besser machen; als wäre er ein Fünfjähriger mit einem aufgeschlagenen Knie.

Nates Brust wurde eng, und er rieb sich die Augen, weil er einfach nicht hinsehen konnte. Mit zusammengebissenen Zähnen schüttelte er den Kopf. Manche Erinnerungen konnten nicht ausgelöscht oder umgeschrieben werden, egal, wie verlockend dieser Gedanke auch sein mochte. Doch Olivia versuchte es einfach weiter, mit genug Mitgefühl, um selbst ein Herz, das mit einem Eispanzer umgeben war, zu erreichen. Sein Herz.

Und es funktionierte. Denn einen Moment lang konnte er sich einreden, dass er ihre Mühe wert war.

Es war so lange her, seitdem er sich erlaubt hatte zu hoffen. Er vertraute diesem Gefühl nicht. Als Kind hatte er darum gebetet, irgendwann einmal bleiben zu dürfen. Nicht mehr von einer Familie zur nächsten verschoben zu werden. Keiner seiner Aufenthaltsorte war ein Zuhause gewesen, die Leute nie seine Familie, dabei hatte er sich das so sehr gewünscht. Die dumme Hoffnung eines jungen, dämlichen Kinds. Als Teenager hätte er sich schon mit einem Freund zufriedengegeben. Mit nur einer Person, die keine Hintergedanken hatte oder ihn nur für die Drecksarbeit brauchte. Als er schließlich zum Mann herangewachsen war, hatte er bereits alle Menschlichkeit verloren gehabt. Sein Leben hatte sich nur noch darum gedreht zu überleben. Das war alles.

Einen Fuß vor den nächsten setzen. Wieder und wieder.

Dann war Justin Cattenach in seine Einheit versetzt worden. Er hatte Geschichten von seiner Familie erzählt, als wollte er Nate in ihren Schoß aufnehmen, ihn dort willkommen heißen. Er hatte sich die Mühe gemacht, sich nach Nates Leben zu erkundigen, hatte wirklich zugehört, als würden ihn die Antworten interessieren. Er war der erste echte Freund gewesen, den Nate gehabt hatte. Mit einem schiefen Grinsen hatte er Nate zu jemandem gemacht, der zählte. Ihm bewiesen, dass er nicht nur einer von vielen war.

Und Nate hatte sich bedankt, indem er dafür gesorgt hatte, dass dieser nette Kerl starb.

Mit seinem letzten Atemzug hatte Justin Nate zu Olivia geschickt. Um auf sie aufzupassen. Sie zu beschützen. Doch sie hatte genau dort weitergemacht, wo ihr Bruder aufgehört hatte. Sie war in seinen Geist und Körper eingesickert, bis er nicht mehr wusste, ob er seinen lebenslangen Erfahrungen glauben sollte oder den geflüsterten Worten eines Engels.

Hoffnung? Liebe? All diese Schwächen, von denen er geglaubt hatte, er hätte sie aus seinem Geist, seiner Seele getilgt.

Verdammt und zur Hölle. Er musste Olivia die Wahrheit sagen. Irgendwie musste er einen Weg finden, ihr zu sagen, dass er der Kerl war, der Mist gebaut hatte; dass er der Grund dafür war, dass ihr Bruder nicht zurückgekehrt war. Bis er ihr alles gestanden hatte, war das zwischen ihnen nur eine Lüge, die sie verletzen würde. Denn wenn ein kaltes, nutzloses Arschloch wie er inzwischen schon zärtliche Gefühle entwickelte, dann ging es bei Olivia wahrscheinlich längst tiefer.

Wie konnte er ihre Welt ein zweites Mal zum Einsturz bringen?

«Wo warst du gerade?» Olivia drückte einen Kuss auf seine Hüfte, dann schob sie sich nach oben, bis sie neben ihm lag.

Sie kuschelte sich an seine Seite und umfasste sein Gesicht, um ihn zu zwingen, sie anzusehen. «Es hat gewirkt, als wärst du Kilometer entfernt.»

Seufzend schlang er einen Arm um sie, zog sie näher und drückte ihr einen Kuss auf die Stirn. «Ich musste mich einfach erholen. Dein Mund ist eine Massenvernichtungswaffe.»

Sie lachte auf diese schläfrige, niedliche Art und Weise, die jedes Mal dafür sorgte, dass ihm das Herz bis zum Hals schlug.

Nate drehte sich auf die Seite, sodass sein Kopf auf ihrem Kissen lag. Dann starrte er in ihre Augen – in das strahlendste Blau, das er je gesehen hatte – und fragte sich, ob seine Beherrschung ausreichte, um sich ihrer Lust so geduldig zu widmen, wie sie es grad bei ihm getan hatte.

Seit der Sekunde, in der Olivia in all ihrer wunderbaren Schönheit vor ihm gestanden hatte, hatte er gewisse Phantasien nicht mehr aus dem Kopf bekommen. Wie zum Beispiel, jeden Zentimeter ihrer weichen, hellen Haut zu küssen. Oder mit der Zunge ihre Sommersprossen nachzufahren. Doch er war nicht gerade ein romantischer Kerl, und noch weniger wusste er über … Verführung.

Sie kniff die Augen zusammen und lächelte. «Worüber denkst du nach? Sag es mir.»

«Ich würde es dir lieber zeigen.» Er rollte Olivia auf den Rücken und stützte sich über ihr auf. «Wo soll ich anfangen?»

Sie grinste. «Wo auch immer du willst.»

Mit einem Brummen ließ er seine Lippen über ihre gleiten. «Hier?»

Ihre Lider sanken nach unten. «Die Stelle ist so gut wie jede andere auch.»

Nate legte den Kopf schief, verlockte sie, die Lippen zu

öffnen, dann ließ er die Zunge in ihren Mund gleiten. Sobald sich ihre Zungenspitzen berührten, zog er sich zurück, nur um von vorne zu beginnen. Der schnelle, harte Sex, den sie gehabt hatten, hatte sein Blut zum Kochen gebracht, doch diese wohlüberlegte Verführung erregte ihn ebenso sehr, nur auf andere Weise. Sein Körper wurde von einem Kribbeln erfasst, und sein Herz pochte so heftig, als wolle es aus seiner Brust ausbrechen, um Olivia entgegenzustreben.

Stöhnend tauchte er tiefer in ihren Mund ein, ließ mit weit geöffnetem Mund seine Zunge um ihre streichen. Ihr zitternder Atem liebkoste seine Lippen. Wieder stöhnte er. Seine Instinkte rieten ihm, sie zu erobern, sie zu nehmen, doch er hielt sich zurück und zog stattdessen eine Spur aus Küssen über ihre Wange zu ihrem Hals. Sie seufzte leise und streichelte mit einer Hand von seinem Nacken zu seinem Kopf hoch.

Seltsam, bisher hatte er nie vermutet, dass sein Kopf eine erogene Zone war, doch ihre Berührung schien seinen Pulsschlag vollkommen aus dem Takt zu bringen. Sie hatte das schon öfter getan, wenn sie sich geküsst hatten, doch diesmal achtete er auf jede Nuance, auf all die Details, die er bisher übersehen hatte.

Er ließ seine Lippen tiefer gleiten, zu den Sommersprossen auf der Wölbung ihrer Brüste. «Ich finde deine Sommersprossen anbetungswürdig, Baby.»

«Wirklich?» Sie keuchte, als er eine Brustwarze in seinen Mund zog, seine Zunge um die Spitze gleiten ließ. «Ich fand sie eigentlich nie besonders hübsch.»

Er hob den Kopf, um sie anzusehen. «Das sind sie aber.» Dann brachte er Olivia zum Schweigen, indem er sich der anderen Brustspitze zuwandte. Sobald sie beide feucht waren, liebkoste er sie mit den Daumen, bis sie sich verhärteten. «Du bist unglaublich schön.»

Sie umklammerte seinen Kopf und hob sich ihm entgegen, in einer stummen Bitte nach mehr. Leichte Röte stieg von ihren Brüsten in ihre Wangen, während sie ihn unter schweren Lidern heraus ansah. Sie vergrub die Zähne in ihrer Unterlippe, sodass sie sich noch mehr rötete.

Wie hatte er sein gesamtes Erwachsenenleben ohne das hier verbringen können? Zu beobachten, wie sich ihre Lust langsam aufbaute, war heißer als die Oberfläche der Sonne. Er ließ seine Zunge über ihre weiche Haut zu ihrem Nabel gleiten. Ihr wunderbarer Duft nach Regen verband sich mit ihrer Erregung. Berauschend. Suchterzeugend. Ihre Hüften hoben sich vom Bett, als er ihre Beine spreizte und sich dazwischen niederließ. Statt ihr zu geben, was sie wollte, folterte er sie beide, indem er zuerst die Innenseite ihrer Oberschenkel küsste; die Haut mit seinem unrasierten Kinn leicht reizte.

Wimmernd warf sie die Arme über den Kopf und schloss erneut die Augen.

Himmel, er wurde wahnsinnig, dabei berührte sie ihn nicht einmal. Er küsste ihren anderen Schenkel, dann ließ er seine Lippen höhergleiten. Mit jedem Zentimeter wurde Olivias Keuchen heftiger.

Nate presste seine Härte in die Matratze, um Erleichterung zu finden. Gleichzeitig schob er seine Hände unter ihren Po und hob ihre Hüften vom Bett. Weil das Phantasie siebenhundertundzwölf war, biss er leicht in ihre perfekte Pobacke. Sie schrie auf und zuckte so heftig zusammen, dass sie seinen Händen fast entglitten wäre. Ermuntert von ihrer Reaktion, biss er auch die andere Rundung.

Sie presste die Wange ins Kissen, vergrub die Finger so

fest in der Matratze, dass ihre Knöchel weiß hervortraten.

«Nate ...»

Und plötzlich war ihr Vergnügen, ihre Qual auch seine. Jedes Zittern, jedes Stöhnen, jeder schwere Atemzug erschütterten auch ihn. Er konnte nicht mehr sagen, wer von ihnen was tat, konnte sich und Olivia nicht mehr als zwei getrennte Personen sehen. Wo sie ihn hinführte, würde er folgen. Er würde alles tun, alles aufgeben, um sie zu behalten.

«Sei mein Sauerstoff, Baby, und ich werde dir den Atem rauben.» Er hatte keine Ahnung, woher diese Aussage kam – es war einfach das Erste, was ihm eingefallen war.

«Oh Gott, Nate. Das hast du bereits.» Ihre Lider flatterten, und sie sah ihn an. Flehend und voller Verlangen. Sie zerstörte ihn.

Wieder schoss Adrenalin durch seine Adern und drängte ihn, sie zu nehmen. Er biss die Zähne zusammen und kämpfte gegen den Impuls an, dann senkte er den Blick auf das kleine Dreieck aus Locken. Sein Herz raste, als er ihre Falten mit den Daumen teilte. Es war eine Weile her, seitdem er das getan hatte, doch er erinnerte sich an ein paar Tricks. Und noch nie hatte er es so sehr gewollt wie bei Olivia.

Nate beobachtete sie genau, als er seine Finger durch ihre Hitze gleiten ließ, um das kleine Nervenbündel zu befeuchten. Sie grub den Kopf tiefer ins Kissen und wimmerte. Nate versenkte zwei Finger in ihr und krümmte sie. Sofort umklammerten ihre Muskeln sie gierig. Dann ließ er seine Zungenspitze über ihre Klitoris gleiten, und Olivia schrie auf.

Während er seine Finger in sie stieß und seine Zunge über diese heiße kleine Knospe gleiten ließ, drängte Olivia sich ihm entgegen, ließ ihre Hüften kreisen und stieß die erotischsten Geräusche der Menschheitsgeschichte aus. Er reizte sie weiter mit Fingern und Zunge. Ihr wundervoller Geruch und Geschmack brachten ihn fast um den Verstand, aber er zwang sich, seinen Rhythmus beizubehalten. Immer schneller hob sie ihm die Hüften entgegen. Ein paar Stöße später verkrampfte sie sich um seine Finger.

Olivia runzelte die Stirn in dieser Mischung aus Schmerz und Vergnügen, dann erstarrte ihre Miene für mehrere lange Augenblicke. Sie zitterte am gesamten Körper. Langsam begleitete er sie von ihrem Höhepunkt zurück auf die Erde, doch gleichzeitig erreichte er das Ende seiner Kraft.

Als ihr Atem sich etwas beruhigt hatte, erhob er sich, ging zu ihrem Nachttisch und rollte sich ein Kondom über seine pulsierende Härte. Erneut kniete er sich zwischen ihre Beine, packte ihre Schenkel und drückte ihre Knie auseinander, sodass sie weit offen vor ihm lag.

Er beugte sich vor und küsste sie – hart –, dann wartete er, bis sie die Augen öffnete. «Komm schon, Baby.»

Da. All dieses Blau.

Sie umfasste sein Gesicht und lächelte ihn an. «Kann gerade nicht reden.»

«Du musst nur fühlen.» Er drang langsam in sie ein, nur um innezuhalten, als sie keuchte. «Spür mich.» Er zog sich zurück, dann stieß er erneut in sie. Das war der Himmel. Und sie folgte ihm sofort, ergab sich seiner Lust. Das erkannte er an ihren Augen, an ihren geöffneten Lippen, an der Art, wie sie ihn festhielt. Er konnte nichts anderes tun, als sich mit ihr zu umgeben – mit ihrer gemeinsamen Lust. «Himmel, Baby. Spür mich.»

Ihre Hand glitt an seinen Hinterkopf, um seinen Mund auf ihren zu ziehen und zu küssen.

Seine Hüften schossen nach vorne, als er sich mit immer

schnelleren Stößen in ihr versenkte. Stöße, die seine ungezähmte Leidenschaft ebenso verrieten, wie der Kuss die sanften Gefühlen in ihm zeigte. Sein Körper sagte *nehmen*. Sein Herz sagte *behalten*. Und sein Hirn war mit jeder Art von klarem Gedanken vollkommen überfordert.

Ihre Hände zitterten an seinem Kopf, sodass er sich Sorgen machte, dass das alles zu viel für sie war. Doch als er seine Lippen von ihrem Mund riss und sie ansah, wurde ihm klar, dass sie erneut kurz vor dem Höhepunkt stand. Er schob einen Arm zwischen ihre Körper und liebkoste mit dem Daumen ihre Klitoris. Mit einem Aufschrei hob Olivia den Kopf vom Kissen, um ihre Stirn an seine zu drücken.

Diese intime, bezaubernde Geste raubte ihm den Atem. Keuchend rief er ihren Namen. Ein Eid. Ein Gebet. Und sie flüsterte seinen, als der Orgasmus ihren Körper erfasste.

Wild. Ungezügelt.

Mit einem Schrei folgte Nate Olivia in die Erlösung, unfähig, etwas anderes zu tun.

19

Hinter den Scheunen, wo die offenen Weiden begannen, saß Olivia und nahm gerade einen Schluck von ihrem Bier. Sie grinste, während sie Amys Bruder zuhörte, der Nate eine Geschichte erzählte. Es ging um Justins erstes blaues Auge, das er sich eingefangen hatte, nachdem er kurz zuvor von einer Pappel gefallen war und sich das Bein gebrochen hatte.

In der Mitte ihrer kleinen Gruppe knisterte ein Feuer, ein Radio dudelte nostalgische Songs aus den Neunzigern. Die Temperaturen waren endlich gestiegen, doch die Nachtluft hatte immer noch einen gewissen Biss. Der Duft von Feuerholz verband sich mit den Gerüchen von frischem Gras und Blüten.

Es hatte zwei Wochen gedauert, aber der Winterweizen war geerntet. Dieses Wochenende wollten sie sich entspannen, bevor sie die Frühlingssaat ausbrachten. Die meisten Ranch-Arbeiter waren in die Stadt gefahren, um etwas Dampf abzulassen. Nur ihre Freunde waren hiergeblieben.

Olivia sah zum dunklen Himmel, der mit Sternen übersät war, und spürte ein Aufwallen von Sehnsucht. Kyles Geschichte, gepaart mit der Arbeit auf dem Feld, sorgte dafür, dass sie Justin noch mehr vermisste. Der Frühling war immer seine Lieblingsjahreszeit gewesen.

«Und dann humpelt er zu mir und erklärt: *Ich sage es dir nicht noch mal. Ich kann besser reiten als du, selbst mit einem ge-*

brochenen Bein und einer Augenbinde.» Kyle lachte. «Acht Jahre alt und schon stur wie ein Bock. Er hatte diesen riesigen Gips vom Oberschenkel bis zum Knöchel, und trotzdem hat der Idiot versucht, auf ein Pferd zu klettern. Ist natürlich runtergefallen und auf dem Gesicht gelandet.»

Nate, der neben ihr saß, lachte leise und sah von dem Holzstück auf, an dem er gerade schnitzte. «Das klingt ganz nach Justin. Ich würde euch ja gerne erzählen, dass die Army ihm diese Sturheit ausgetrieben hat, aber das wäre eine Lüge.»

Nakos räusperte sich. «Muss in der Familie liegen.»

Olivia warf ihm einen bösen Blick zu. «Wer im Glashaus sitzt ...»

Mit einem Grinsen sah Nakos an ihr vorbei zu Nate. «Was wird das da eigentlich?»

«Keine Ahnung.» Nate schnitzte weiter an dem Holz herum, während sich Holzspäne vor seinen Füßen sammelten. «Ich denke eigentlich nicht darüber nach.»

«Er hat mehrere Versionen von Nessie für mich geschnitzt» Olivia sah zu dem Hund, der zu ihren Füßen lag. «Und von Bones. Nicht wahr, mein Junge?»

Der Hund bellte zweimal, was Nate zum Grinsen brachte.

«Das war's. Sie ist verloren.» Amy deutete mit ihrer Flasche auf Olivia. «Wenn du ihre Loch-Ness-Besessenheit unterstützt, wird sie alles tun, was du willst.»

«Kein Kommentar.»

Olivia sah zu Nate. Er zwinkerte ihr zu, dann betrachtete er, was er geschnitzt hatte. «Huh. Anscheinend ist das hier für Amy.» Auf seiner Handfläche lag eine kleine hölzerne Kamera. Er warf ihr sein Geschenk zu und beugte sich vor, um sich sein Bier vom Boden zu schnappen.

Amy zog die Augenbrauen hoch. «Das ist wirklich cool. Danke.»

«Wo wir gerade von Kameras reden …» Nate legte den Kopf in den Nacken, um einen Schluck Bier zu trinken. «Ich habe deine Fotos in Olivias Wohnzimmer gesehen. Sie sind gut. Wann wirst du anfangen, die neue Ausrüstung zu benutzen?»

Amy zog einen Schmollmund. «Ich habe sie noch nicht mal ausgepackt. Ich fühle mich einfach nicht wohl damit, solange ich nicht weiß, von wem die Sachen sind.»

Olivia sah Nate auffordernd an. *Rück endlich mit der Wahrheit raus.*

Er kratzte sich mit dem Daumen am Kinn und wechselte einen Blick mit Nakos, den sie nicht deuten konnte.

Nach ein paar Augenblicken nickte Nakos langsam, als hätte er etwas kapiert. «Ähm, die sind von mir.»

Perplex sah Olivia sah zwischen den Männern hin und her. Wieso wolle Nate, dass Nakos den Ruhm einheimste?

«Was?» Amys Augen wurden groß. «Aber warum? Und wieso hast du es mir nicht gesagt?»

Nakos rieb sich den Nacken. Offenbar war ihm nicht ganz wohl bei der Sache. «Deine war kaputt, und ich hatte etwas Geld übrig. Betrachte es als Geschenk.»

Sie blinzelte ihn an, als hätte sie ihn noch nie zuvor gesehen. «Danke. Ich werde es dir zurückzahlen.»

«Das wirst du auf keinen Fall tun.» Nakos wedelte abwehrend mit der Hand. «Mach Fotos. Das ist mir Belohnung genug.»

«Aber …» Sie runzelte die Stirn und senkte den Blick auf Nates geschnitzte Figur, bevor sie sich eine lange dunkelbraune Strähne aus dem Gesicht strich. «Okay. Wenn du es so willst.»

Nate schloss die Augen und seufzte, den Mund zufrieden verzogen. Er nickte Nakos kurz zu – eine Geste, die Olivia als Dank interpretierte –, dann nahm er einen weiteren tiefen Schluck aus seiner Flasche.

Olivia schüttelte verständnislos den Kopf, hielt aber den Mund. Ehrlich gesagt, war sie einfach froh, dass Nate und Nakos miteinander klarkamen. Tatsächlich entwickelte sich zwischen den beiden eine interessante Männerfreundschaft. Fast jedes Mal, wenn sie einen der beiden suchte, arbeiteten sie zusammen oder unterhielten sich.

Es machte sie glücklich, dass Nate sich einlebte und Freunde fand. Er schien sonst niemanden in seinem Leben zu haben. Und er hatte es verdient, von Leuten umgeben zu sein, denen er etwas bedeutete. Nakos war auch nicht der Einzige, der Nate mochte. Amy betete ihn an, und die anderen Jungs wechselten regelmäßig ein paar Worte mit ihm.

Und seitdem sie beide das erste Mal miteinander geschlafen hatten, hatte Nate sich auch in anderer Hinsicht verändert. Er lächelte mehr und grübelte weniger. Bei Abendessen und Frühstück setzte er sich an den Tisch, statt in einer Ecke zu stehen oder seinen Teller auf die Veranda zu tragen. Tante Mae hatte es sogar ein- oder zweimal geschafft, ihn zu einem Dessert zu überreden. Er zögerte nicht mehr, wenn er sich für einen Kuss vorlehnte. Manchmal hielt er sogar Olivias Hand, wenn sie fernsahen. Und er schlief niemals ein, ohne sie an sich zu ziehen. Er war auch nicht in sein Schlafzimmer zurückgekehrt – außer, um sich umzuziehen. Und von ihr würde er deswegen keine Beschwerden hören.

Der Sex war immer noch intensiv, doch hinterher war Nate unglaublich sanft. Sie hoffte, dass er irgendwann auch auf andere Art intim werden wollte. Nicht dass sie wilden Sex nicht mochte. Doch ab irgendeinem Punkt verfiel er zurück in alte Muster. Sie konnte nicht genau sagen, woran das lag, doch sie vermutete, dass ein Teil von ihm immer noch in Dunkelheit lebte. Hin und wieder sah er sie an, als müsse er ihr etwas sagen, etwas gestehen. Doch dann machte er dicht und schüttelte nur den Kopf.

«Oh, ich liebe diesen Song.» Amy deutete auf das Radio. «Das war das Motto unseres Abschlussballs, erinnerst du dich? Ich habe das Lied seit Ewigkeiten nicht mehr gehört.»

Olivia erkannte Peter Gabriels «In Your Eyes», hatte aber vollkommen vergessen, dass es das Motto ihres Abschlussballs gewesen war. «Gott, ist das lange her.»

«Du warst ein schreckliches Date.» Amy sah Nakos an. «Das war das einzige Lied, bei dem wir getanzt haben.»

«Hey, ich hatte zugestimmt hinzugehen, nicht zu tanzen.»

«Moment.» Nate beugte sich vor. «Ihr beide seid mal miteinander ausgegangen?»

«Nein.» Amy schnaubte abfällig. «Nakos war auf der Schule im Reservat. Bei Veranstaltungen haben wir ihn mitgenommen, damit er sich nicht ausgeschlossen fühlt.»

«Gegen meinen Willen.»

«Klar.» Olivia lachte und wandte sich an Amy. «Außerdem brauchst du dich gar nicht zu beschweren. Dein Date hat wenigstens nicht versucht, dich nach der Party aus deinem Kleid zu bekommen.»

«Gott, ja, ich erinnere mich. Der Kerl war so ein Loser.» Amy seufzte und pustete sich eine Strähne aus dem Gesicht. «Ich kann nicht glauben, dass du mit ihm ausgegangen bist. Drei Monate lang. Er dachte, wenn er dich in ein Hotelzimmer lockt, ist alles klar. Dann kriegt er Sex. Egal, ob du willst oder nicht. Wow.»

«Na ja, ich habe ihn schnell eines Besseren belehrt», erwiderte Olivia. Vermutlich war er davon ausgegangen, dass Sex zum Abschlussball einfach dazugehörte. Sie hätte sogar darüber nachgedacht, wenn er sich nicht benommen hätte wie ein bockiges Kleinkind.

Nate fletschte die Zähne. Und fauchte: «Wo kann ich diesen Typen finden?»

Alle starrten ihn aus großen Augen an, doch es war Nakos, der das Schweigen letztendlich brach. «Tom Henderson, Quarterback des Football-Teams. Er stand schon seit dem ersten Jahr auf Olivia. Nach dem Abschluss ist er zum mormonischen Glauben konvertiert und lebt jetzt in Utah, mit fünf Ehefrauen, oder etwas in der Art. Aber mach dir keine Sorgen: Er hat dieses Hotelzimmer humpelnd und blutend verlassen.»

«Mein Held.» Olivia verdrehte übertrieben die Augen. «Ich hatte ihm schon das Knie in die Eier gerammt. Alles war unter Kontrolle.»

Kyle verbeugte sich in seinem Stuhl. «Und ich habe die holde Maid nach Hause eskortiert.»

«Ja, auf deinem edlen Ross.» Olivia lächelte ihn an. Gleichzeitig legte sie eine Hand auf Nates Arm, um ihn zu beruhigen. Seine Lippen blieben zusammengepresst, aber seine Schultern sanken nach unten. «Auf dem Gepäckträger deines Fahrrads zu sitzen, war in meinem knöchellangen Kleid wirklich nicht einfach.»

«Halt die Klappe.» Kyle lachte. «Ich hab mir für den Rest der Nacht Dads Auto geholt, vielen Dank auch. Und wenn ich mich richtig erinnere, hatten wir viel Spaß.»

Nate verspannte sich erneut. Sie drückte seinen Arm.

«Oh Gott.» Amy stieß würgende Geräusche aus. «Sagt mir,

dass ihr beide nichts miteinander hattet. Sonst muss ich mich übergeben.»

«Ich auch.» Nakos rieb sich den Bauch.

Olivia legte den Kopf schräg. «Willst du ihnen unsere verruchte Geschichte erzählen?»

Kyle grinste. «Wir waren in deinem Schlafzimmer, es war dunkel, und wir ...» Er hielt inne. «... haben *Breakfast Club – Der Frühstücksclub* geschaut. Zweimal. Könnte sein, dass auch Popcorn involviert war.» Er sah zu seiner Schwester. «Also verpass deinen dreckigen Gedanken einen Waschgang. Mit Olivia zu schlafen, wäre quasi Inzest.»

Nate atmete tief durch.

«Vergiss das besser nicht.» Amy sah Nate an. «Und, kannst du ein paar peinliche Schulgeschichten aus Chicago beisteuern? Wie war dein Abschlussball?»

Er rieb sich das Kinn. «Ich war nie auf Bällen. War nicht mein Ding.»

Zu der Zeit, als der Abschlussball stattfand, hatte er im Jugendgefängnis gesessen. War eigentlich schade. So ein Ball war ein Initiationsritus. Noch etwas, das er verpasst hatte.

«Okay.» Olivia stand auf. «Ich gehe jetzt ins Bett. Kann ich es euch überlassen, das Feuer zu löschen?»

Die anderen nickten und wünschten ihr gute Nacht. Nate stand auf, um ihr zu folgen. Mit dem Hund neben sich gingen sie ins Haus und die Treppe hinauf zu ihrem kleinen Apartment. Als ihr Blick im Wohnzimmer auf die Stereoanlage fiel, blieb Olivia stehen. Ihr kam eine Idee, und sie begann, ihre CDs zu durchsuchen.

Nate war weiter ins Schlafzimmer gegangen. Jetzt kam er zurück, inzwischen ohne T-Shirt. «Kommst du?»

«Gleich.» Sie legte eine CD ein und bat Nate, noch einen

Moment zu warten. Dann ging sie in ihr Schlafzimmer und wühlte in den hintersten Ecken ihres Schranks herum. Als sie fand, wonach sie gesucht hatte, grinste sie. Rasch zog sie sich um und trat dann mit weit ausgebreiteten Armen ins Wohnzimmer. «Ta da!»

Nate drehte sich um und erstarrte. Sein Blick glitt an dem marineblauen Satinkleid nach unten, dann wieder nach oben. «Was ist das?» Seine Stimme klang rau vor Verlangen.

«Mein Abschlussball-Kleid. Ich kann nicht glauben, dass ich immer noch reinpasse. Gerade so.» Sie wackelte mit den Hüften. «Gefällt es dir?»

«Ich habe gerade meine Zunge verschluckt. Aber wieso trägst du es?»

«Weil du keinen Abschlussball hattest.» Sie ging zur Anlage und drückte die Play-Taste. Die ersten Töne von «The Reason» von Hoobastank erklangen. «Und jetzt tanz mit mir.»

Er öffnete und schloss den Mund, bewegte sich aber nicht.

Sie legte den Kopf schief und musterte ihn. Es spielte keine Rolle, wie oft sie Nate ansah, sein Anblick jagte jedes Mal ein Kribbeln ihre Wirbelsäule entlang.

Seine Füße waren nackt, und die Jeans hingen tief auf seinen schmalen Hüften. Er trug keine Kappe, sodass sie sofort den Drang verspürte, ihm den kahlen Kopf zu streicheln. Muskeln und Tätowierungen schienen selbst eine Art Tanz aufzuführen, wann immer er sich bewegte. An seinem Kinn zuckte ein Muskel, wahrscheinlich weil er nervös war.

Doch sein dunkler Blick suchte ihren. Fragend. Verstehend. Und mit einem Funken Hoffnung.

Nate räusperte sich. «Ich kann nicht tanzen. Hab es noch nie versucht.»

«Ich werde es dir beibringen.»

Er schloss für einen Moment die Augen und seufzte, dann schaute er sie wieder an. Erst musterte er ihr Kleid, dann sah er ihr in die Augen. «Ich brauche keinen ... Abschlussball. Oder was auch immer du da gerade versuchst.»

«Aber sicher brauchst du einen. Jeder sollte einen Abend erlebt haben, an dem er sich fein anzieht und sich fühlt wie ein alberner Teenager.» Ihm waren so viele Gelegenheiten gestohlen worden. Diese eine Sache konnte sie für ihn tun, selbst wenn es sich nur um sie beide in ihrem Wohnzimmer handelte.

«Ich bin nicht fein angezogen.» Er sah an sich selbst herab. «Genau genommen habe ich kaum etwas an.»

«Und dafür danke ich dir.»

Er lächelte, als könnte er nicht anders, dann rieb er sich das Gesicht. Schüttelte den Kopf. Musterte erneut ihr Kleid. Zwischen seinen Brauen bildete sich eine Falte. «Das ist also das Kleid, das dieser Typ dir ...» Er knurrte.

Himmel. Sie hob beschwichtigend die Hände. «Denk immer dran, dass ich ihm in die Eier getreten habe und Nakos ihm die Nase gebrochen hat.» Sie machte eine Geste, die ihren gesamten Körper einschloss. «Und dass ich gerade heil und gesund vor dir stehe, ohne Schäden.»

Er kniff die Augen zusammen.

«Tanz mit mir. Damit die schlechten Erinnerungen verschwinden und ich an etwas Schönes denken kann, wenn ich das Kleid sehe.»

Er warf einen Blick zum Himmel, dann trat er vor sie. «Du spielst nicht fair, Baby. Gut. Was jetzt?»

Sie nahm seine Hände und legte sie an ihre Hüften. «Highschool-Tänze sind ziemlich einfach. Eigentlich müssen wir uns nur hin und her wiegen.» Sie legte die Arme um seinen

Hals und drückte sich an ihn. Grinsend schaute sie zu ihm auf. «Siehst du?»

Er brummte. «Ich sehe vor allem, dass du keine Schuhe trägst und ich dir wahrscheinlich die Zehen brechen werde.»

«Dein Optimismus ist überwältigend.» Sie fand ihn einfach anbetungswürdig, wenn er so schmollte. Sie machte einen kleinen Schritt nach rechts. Dann einen nach links, als sie merkte, dass Nate ihr folgte. Nach ein paar Takten entspannte er sich. «Gar nicht so schlimm, oder?»

«Wäre ich damals mit dir auf einen Ball gegangen, hätte mir das Tanzen vermutlich sogar Spaß gemacht. Aber der schicke Anzug? Nein danke.» Seine Hand glitt über ihren Rücken, um sie fester an sich zu ziehen, als der Song endete. Nachdem sie auf Repeat gedrückt hatte, startete das Lied wieder von vorne. Nate sah zu ihr herunter. «Gibt es einen bestimmten Grund, warum du dieses Lied gewählt hast?»

«Das hast du bemerkt, hm?» Im Text ging es um einen Neuanfang, nachdem der Sänger jemand Besonderen gefunden hatte, der dafür sorgte, dass er ein besserer Mensch werden wollte. «Ich erkläre das offiziell zu unserem Lied.»

«Unser Lied?» Seine Augenbrauen schossen nach oben. Er wandte kurz den Blick ab, als müsste er konzentriert zuhören, dann lachte er schnaubend. «Okay, Baby.» Er schluckte schwer. «Macht dich das zu meiner Freundin oder so was?»

Sie hob sich auf die Zehenspitzen und flüsterte. «Ich glaube, das bin ich schon eine Weile.» Als er sie nur verständnislos ansah, stieg Verwirrung in ihr auf. «Wie würdest du das zwischen uns denn bezeichnen?»

Nate schüttelte nur den Kopf. «Das ist deine Welt, Olivia. Dein Zuhause, deine Familie, deine Freunde. Ich habe nicht den leisesten Schimmer, was zum Teufel hier vor sich geht. Ich folge dir nur. Du bist die einzige Person in meiner Welt.»

Schockiert hielt sie inne. Wenn das nicht gleichzeitig das süßeste und falscheste Kompliment war, das sie je gehört hatte ... «Erstens: Dass es als meine Welt angefangen hat, heißt nicht, dass du nicht Teil davon bist. Diese Leute? Sie mögen dich. Sehr sogar. Familie bedeutet nicht immer Blutsverwandtschaft, und es sind auch deine Freunde, nicht nur meine.»

Sie umfasste sein Gesicht mit beiden Händen, spürte seine rauen Bartstoppeln auf ihrer Haut. «Und dieser Mythos, dass man nur eine einzige besondere Person in seinem Leben haben kann? Das ist Unsinn. Familie, Freunde, romantische Liebe ... das alles ist kostbar. Die Menschen sind nicht dafür gemacht, allein zu leben. Und wenn sie Glück haben, wenn die Götter auf sie herablächeln, müssen sie das auch nicht.»

Sie musterte ihn, und ihr Herz wurde schwer. Verdammt, sie wünschte sich, er hätte Justin früher getroffen. «Das Glück mag bisher nicht auf deiner Seite gewesen sein, aber jetzt ist es das. Du bist hier, in einer neuen Welt. Befrei dich aus der alten Welt und lass sie hinter dir. Überall um dich herum sind Leute, denen du etwas bedeutest.»

Seine Finger zuckten auf ihrem Rücken. Je länger er sie anstarrte, desto flacher wurden seine Atemzüge, bis sie das Gefühl hatte, dass er das Atmen ganz eingestellt hatte. Für einen Moment sah sie den verängstigten kleinen Jungen von damals, versteckt in dem Mann, der sich immer noch an diesen Ängsten festklammerte, als hätte er nichts anderes verdient. Es war eindeutig zu erkennen, dass er sich bemühte ... dass er das, was ihm angeboten wurde, mit beiden Händen greifen wollte. Doch die Zweifel in seinen ausdrucksstarken Augen verrieten ihr auch, dass er es nicht schaffte, daran zu glauben.

Und in diesem Moment, in ihrem Wohnzimmer, barfuß und in ihrem alten Abschlussball-Kleid, da verliebte sie sich rettungslos in ihn. Wäre ihr nicht eher nach Tränen zumute gewesen, hätte sie gelacht.

Liebe. Sie war ihr gesamtes Leben lang auf die eine oder andere Art davon umgeben gewesen. Aber nicht so. Nicht auf diese fast schon tragische, allumfassende, atemraubende Art und Weise. Und doch liebte sie ihn. Den verzweifelten, einsamen Jungen. Den jugendlichen Straftäter, der zum Soldaten geworden war. Den Mann, dessen Herz immer noch schlug, obwohl das Leben versucht hatte, es zu zerstören. Ein Held. Seine Widerstandsfähigkeit, sein Charme, seine Selbstlosigkeit ...

Er war der Richtige für sie. Er war alles, was sie nie zu wünschen gewagt hatte.

Aber um ehrlich zu sein, war sie kein bisschen klüger gewesen als er. Nach dem Tod ihrer Eltern hatte sie sich an die Menschen geklammert, die ihr geblieben waren, und hatte ihr Leben um sie herum aufgebaut. Nate hatte recht gehabt mit seiner Behauptung, sie hätte die eigenen Bedürfnisse immer hintenangestellt. Und vielleicht war das gut so gewesen, weil sie jetzt erkennen konnte, was sie wirklich brauchte. Diesen Mann, der auf einer Harley zur Farm gefahren kam, mit einem *Wenn-du-diese-Zeilen-liest*-Brief in der Hand und einer Menge emotionalem Gepäck.

Dieser zerstörte, wunderbare Mann hatte sie aufgeweckt, obwohl sie nicht einmal geahnt hatte, dass sie schlief.

Vorsichtig löste Nate ihre Hände von seinem Gesicht, um

ihre Arme erneut um seinen Hals zu legen. Dann, begleitet von einem schweren Schlucken, strich er ihr eine Strähne hinters Ohr. Sein leises Seufzen traf sie wie ein Schlag, doch gleichzeitig hieß sein warmer Blick sie willkommen.

Einer seiner Mundwinkel hob sich, als wolle er lächeln, könne sich aber nicht dazu durchringen. «Also, war das ein Ja oder ein Nein zur Freundin-Frage?»

Verdammt sollte er sein. Sie ließ ihre Stirn an seine Brust sinken und lachte hilflos. Er sollte einfach ... verdammt sein. «Ja, Nate.» Sie sah zu ihm auf und lächelte. «Das war ein Ja.»

Mit einem Brummen vergrub er die Hand in ihrem Haar und umfasste ihren Hinterkopf, während sie ihre Wange an seine Brust kuschelte. Der andere Arm legte sich um ihren Rücken, bevor Nate erneut anfing, sich leicht zu wiegen. Sie genoss seine warme Umarmung und die Sicherheit, die sie empfand, als sie tief seinen Duft einatmete.

Nach einem Moment ließ er sein Kinn auf ihren Scheitel sinken. «Sollten Paare nicht etwas miteinander unternehmen? Nicht dass ich irgendwelche Erfahrungen in dieser Hinsicht hätte, aber sollte ich dich nicht zu einem Date ausführen oder irgendwas?»

Sie presste die Lippen aufeinander und lächelte an seiner Haut. Himmel, er war anbetungswürdig. «Wenn du willst. Wieso machen wir nicht etwas, womit du dich wohlfühlst?»

Seine Hand strich sanft über ihre Wirbelsäule. «Wie wäre es, wenn wir morgen, falls das Wetter hält, eine Ausfahrt mit meiner Harley machen?»

Sie grinste zu ihm auf. «Oh ja. Ich saß noch nie auf einem Motorrad.»

«Hey, wer hätte das gedacht.» Er neigte sie über seinen Arm nach hinten und hielt sie dort fest. Mit einem amüsierten Grinsen sah er auf sie herunter. «Zur Abwechslung mal etwas, was ich dir beibringen kann.»

Lachend umklammerte sie seine Schultern. «Ich dachte, du kannst nicht tanzen.»

«Ich tue nur so als ob.» Ein Grinsen erstrahlte auf seinem Gesicht. Hätte er sie nicht gerade festhalten, wäre sie vor seinen Füßen niedergesunken, um dann zu zerschmelzen. «Verrat es niemandem.»

«Dein Geheimnis ist bei mir sicher.»

Nate zog sie wieder nach oben. Olivia schob die Hände unter seinen Armen hindurch, um von hinten seine Schultern zu umfassen. Dann vergrub sie das Gesicht an seiner Brust und seufzte zufrieden, als er sie an sich zog.

«Ich habe eine Frage.» Er strich ihr übers Haar. «Wieso tust du das? Wieso drückst du dein Gesicht an meine Haut?»

«Weil du warm bist und gut riechst und ich es mag, dir nahe zu sein.» Sie blinzelte. «Stört es dich?»

«Nein. Es gefällt mir.» Er senkte den Kopf und ließ seine Nasenspitze über ihre Wange gleiten. «Ich war nur neugierig. Du machst das oft.»

«Außerdem bringt es mich in die richtige Position, um das hier zu tun.» Sie leckte sein Schlüsselbein entlang, neckte ihn mit der Zungenspitze, weil sie wusste, dass ihn das jedes Mal in den Wahnsinn trieb.

Er schnappte nach Luft und vergrub die Finger fester in ihrem Haar. «Ich bin mir ziemlich sicher, dass man auf dem Abschlussball nicht so frech werden sollte.»

«Wie gut, dass sonst niemand hier ist.» Die Nase immer noch an seine Haut gedrückt, ließ sie ihre Fingernägel über seine Brust gleiten, über die steinharten Bauchmuskeln, um dann seine Länge unter dem Stoff der Jeans zu umfassen. Er stieß ein Keuchen aus. Sie grinste. «Nachdem ich dieses Kleid wohl nie wieder anziehen werde, wie wäre es, wenn du es mir vom Körper reißt und mich ins Bett trägst?»

Ohne zu zögern, tat er genau das.

20

O mein Gott! Das ist phantastisch!»
Nate lachte und jagte die Harley noch schneller über den fast menschenleeren zweispurigen Highway. Der Fahrtwind peitschte sein Gesicht, während Olivias begeistertes Quietschen seine Ohren füllte. Er grinste, den Blick auf die flache Prärie und das lange Gras gerichtet, das darauf wogte. Die Laramie-Berge erhoben sich als Schatten in der Ferne, während die Straße von Zäunen gesäumt wurde, die das Vieh vom Streunen abhielten. Der kobaltblaue Himmel erstreckte sich über ihnen.

Er wagte nicht, noch schneller zu fahren, nicht mit Olivia hinter sich und mit nur einem Helm, den er ihr aufgesetzt hatte. Doch sie fuhren jetzt schon über zwei Stunden, und bisher deutete nichts darauf hin, dass sie zurückwollte.

Er lehnte sich in eine Kurve. Sofort schloss Olivia die Arme fester um seine Taille. Verdammt, es fühlte sich so gut an, sie hinter sich sitzen zu haben, ihre Schenkel an seine gepresst, während sich ihr Regenduft mit dem frischen Geruch des Frühsommers verband. Wenn er die Chance dazu bekam, fuhr er oft Motorrad, weil er die Einsamkeit der offenen Straßen genauso liebte wie die Vibrationen der Maschine unter sich. So konnte er den Kopf frei kriegen, einmal richtig durchatmen.

Aber Olivia hinter sich zu spüren? Das machte ihn unglaublich an.

Er sah in die Spiegel und rief über die Schulter nach hinten. «Bereit, nach Hause zu fahren?» Er wollte duschen und sich in ihr versenken. Vielleicht nicht unbedingt in dieser Reihenfolge. «Bevor du nein sagst, solltest du wissen, dass ich steinhart bin und es auch nicht hilfreich ist, dass deine Brüste sich an meinen Rücken drücken.» Genauso wenig wie die Tatsache, dass ihre Hände ständig auf Wanderschaft gingen.

Ihr Lachen schien direkt in seine Hoden zu schießen und dort jegliche Blutzirkulation zu unterbinden. «Okay, harter Kerl. Bring mich nach Hause.»

Himmel. Endlich. Hätte ihm vor einem halben Jahr jemand erzählt, dass er eine Frau seiner Harley vorziehen würde, hätte er die entsprechende Person in die Klapsmühle einweisen lassen. Doch jetzt, während er umdrehte und zurückfuhr, wollte er nichts mehr, als von diesem Motorrad runterzukommen und sie endlich nackt zu sehen.

Sobald sie die Wildflower Ranch erreicht hatten, zog er Olivia den Helm vom Kopf, hob sie hoch und warf sie über seine Schulter. Ihr heiseres Lachen übertönte das Geräusch seiner Stiefel, als er die Treppe zur Veranda hinaufstieg, das Haus betrat und die Tür hinter sich ins Schloss kickte. Er hielt direkt auf die Treppe zu, bevor eine der vielen Personen, die sich ständig im Haus aufhielten, sie stoppen konnten. Und hielt erst an, als er den zweiten Stock erreicht hatte.

In ihrem Schlafzimmer stellte er Olivia wieder auf die Füße. «Wie sehr stört dich der Staub von der Fahrt? Soll ich schnell duschen?»

«Was hältst du stattdessen von einem Bad?»

Mit hochgezogener Augenbraue sah er sie an.

«Zusammen mit mir?» Sie trat sich die Schuhe von den Füßen und zog sich gleichzeitig ihr T-Shirt über den Kopf, womit sie seinen Blicken einen blauen BH präsentierte, der ein wenig dunkler war als ihre Augen. Ihr kastanienrotes Haar fiel verwuschelt über ihre Schulter. Olivia lächelte ihn herausfordernd an und ging langsam rückwärts Richtung Bad, wobei sie ihn mit dem Finger heranwinkte. «Heißes Wasser. Schaum. Feuchte Haut und Seife ... überall. Ich kann dafür sorgen, dass es sich für dich lohnt.»

Daran zweifelte er keine Sekunden. Mit einem Stöhnen packte er sie um die Taille. Ihre Zehen schleiften über den Boden, als er sie ins Bad trug.

Er drückte ihr einen kurzen Kuss auf die Lippen, dann gab er sie frei. «Dann mal los.»

Sie füllte ihre Wanne mit Wasser und Schaumbad, während er sich auszog, dann band sie ihr Haar zu einem Knoten hoch und stieg in das Wasser. Dampf erfüllte den Raum.

Nate ließ sich hinter Olivia in der Wanne nieder, ihr Rücken an seiner Brust, und stöhnte, als das warme Wasser seinen Körper umfing. Er hatte bisher immer geduscht, aber vielleicht sollte er das noch mal überdenken, besonders wenn Olivia sich ihm in der Badewanne anschloss. Er wusch sich eilig den Straßenstaub vom Körper, dann nahm er sich Zeit, sie mit ihrem Duschgel einzuseifen, bis der gesamte Raum nach Regen roch. Genau wie er selbst. Das kam davon, wenn man mit einer Frau in der Wanne saß.

Zwischen seine Beine geschmiegt, lehnte sich Olivia an ihn, damit beschäftigt, die Tätowierungen an seinen Unterarmen mit den Fingerspitzen nachzuziehen. Das tat sie oft nach dem Sex. Es war, als brauche sie die spürbare Verbindung zwischen ihnen, während sie ihren Gedanken nachhing.

«Ich glaube, du solltest das Jobangebot von Rip annehmen.»

Das hatte Nate fast vergessen. «Warum? Versuchst du, mich loszuwerden?»

Sie lachte. «Nein. Und ich liebe es, dich um mich zu haben. Aber ich glaube, du bist eher für die Polizeiarbeit gemacht als für eine Ranch. Du hast tolle Arbeit geleistet, das denken die Jungs auch. Aber ... ich weiß nicht. Du wärst vielleicht zufriedener ... würdest dich wohler fühlen mit einer Dienstmarke am Hemd. Hättest eine Aufgabe. Du kannst immer noch hier aushelfen und im Haus leben.»

Sie lag nicht ganz falsch. Nate hatte eine Waffe in der Hand gehalten, seit er sich im Alter von achtzehn verpflichtet hatte.

«Ich werde darüber nachdenken.»

Erneut versank sie in Gedanken, ihr Finger nach wie vor damit beschäftigt, seine Tattoos nachzuziehen. «Hast du Justins Grab besucht? Mit ihm gesprochen, wie ich es dir geraten habe?»

Verdammt. Wieso wanderten ihre Gedanken in diese Richtung? Er hatte so viel Zeit mit ihr, mit seinen morgendlichen Laufrunden und mit der Arbeit mit Nakos verbracht, dass nicht viel übrig geblieben war. Außerdem, wie zur Hölle sollte das schon helfen?

«Ich fühle mich dann immer besser. Und ich habe den Eindruck, dass irgendetwas dich beschäftigt. Vielleicht hilft es, die Sache mit einem alten Freund zu besprechen.» Sie drückte seinen Arm. «Ist nur eine Idee.»

Ein Besuch am Grab eines Soldaten, an den er sowieso ständig denken musste, würde nicht viel bringen. Ganz bestimmt würde ihn das nicht von seinen Sünden freisprechen. Er schlug sich mit genügend Geistern herum. Sich mit einem davon zu unterhalten, würde ihn nur zusätzlich irre machen.

«Okay», sagte er, um sie beruhigen, dann suchte er nach

einem anderen Thema. «Ich habe seit meiner Kindheit nicht mehr gebadet.» Er küsste ihre Schläfe und verschränkte seine Finger mit ihren, bevor er sie enger an sich zog. «Eine der Familien, bei der ich gelebt habe, besaß keine Dusche. Das war, glaube ich, das letzte Mal.»

«Als kleines Mädchen habe ich es geliebt zu baden», ging Olivia prompt auf das Ablenkungsmanöver ein. «Ich habe stundenlang in der Wanne gespielt. Meine Eltern mussten mich quasi aus dem Wasser zerren.»

Er dagegen hatte waschen immer als Notwendigkeit gesehen, nicht als Vergnügen. Genau wie essen.

Wieder wurden ihm die vielen Unterschiede zwischen ihnen bewusst. Sein Magen verkrampfte sich. Seit Wochen gab er vor, sie wären ein Paar. Ein glückliches, sorgloses Paar. Aber er wusste nicht, wie lange er das noch aushielt. Die Erinnerung an Justins Tod zog ihn in ein dunkles Loch, sie machte ihm immer wieder klar, dass nichts von alledem real war. Sobald Olivia die Wahrheit erfuhr, würde alles Gute, was er je erlebt hatte, wieder verschwinden. Sie war eine Fata Morgana – ein Traumbild dessen, was er sich tief im Herzen wünschte, aber niemals haben konnte. Je länger er die Lüge aufrechterhielt, desto mehr würde er Olivia am Ende verletzen.

Und es würde zu Ende gehen.

«Du willst Kinder, oder?» Seine Stimme war heiser, seine Kehle rau. Doch er hatte sich das selbst angetan. Er hatte ihr Zugang zu seiner Seele gewährt, genau wie er es damals bei Justin getan hatte. Selbstsüchtig bis ins Mark. «Das hast du mal gesagt, richtig?»

«Die Wildflower Ranch soll in der Familie bleiben. Und, ja, ich will auch aus persönlichen Gründen Kinder. Eine große Familie, die das Haus mit Lärm erfüllt.» Sie drehte den Kopf und sah ihn an. «Ich nehme an, du siehst das anders, angesichts deiner Kindheit?»

Einfühlsame kleine Teufelin. «Was zur Hölle weiß ich über Familie oder darüber, wie man ein Kind aufzieht?»

«So geht es den meisten Leuten am Anfang. Aber sie lernen.»

Sicher, doch diese Leute hatten auch irgendwelche Vorbilder und Erinnerungen, an denen sie sich orientieren konnten. Seine Erinnerungen bestanden dagegen in einer Abfolge von Fremden, die ihn an tollen Tagen gerade so toleriert, an guten Tagen ignoriert und an schlechten als Punchingball verwendet hatten – in verbaler wie körperlicher Hinsicht. Was er über Richtig und Falsch wusste, passte in einen Briefumschlag. Kinder sollten geliebt und umsorgt werden und sich sicher fühlen.

Nichts davon war ihm vergönnt gewesen. Der Gedanke daran, was für Eigenschaften er an diese unschuldigen Kinder mit seiner DNA weitergeben würde, sorgte dafür, dass ihm kotzübel wurde.

Als er Olivia einfach nur wortlos anstarrte, glitt sie aus seinen Armen und drehte sich zu ihm um, sodass ihre Beine um seine Hüfte lagen.

«Mal angenommen, ich sage dir, dass ich schwanger bin. Wie würdest du reagieren?»

Obwohl Nate genau wusste, dass das eine hypothetische Frage war, blieb ihm das Herz stehen. Hörte einfach auf zu schlagen. Panik schnürte ihm die Kehle zu, raubte ihm den Atem, zerquetschte seine Lunge.

Seine Reaktion? *Nein. Bei allen Heiligen, nein.*

Er hatte schon genug Mist gebaut, hatte Leben ruiniert – aber das wäre das Schlimmste, was passieren könnte. Er würde Olivias Zukunft zerstören. Sie war alles, was in seiner jämmerlichen Existenz schön und freundlich und gut war. Und ... ein solcher Fehler konnte nicht rückgängig gemacht werden, genau wie das, was er Justin angetan hatte.

Doch dann senkte er den Blick auf ihren Bauch – besser gesagt auf die Stelle, wo ihr Bauch sich unter dem Badeschaum befinden musste –, und sein Pulsschlag setzte wieder ein. Er kannte ihren Körper, jede kostbaren Zentimeter Haut, jede sanfte Kurve. Ein Bild stieg vor seinem inneren Auge auf. Von ihrem Bauch, der sich wölbte, weil sein Kind darin heranwuchs. Wie sie ihre zarten Finger über die Rundung gleiten ließ. Wie sie breit grinste, als sie nach seiner Hand griff, um sie an ihren Bauch zu führen.

Wärme flackerte in seiner Brust auf und breitete sich von da in seinem ganzen Körper aus, dämpfte den Schmerz und brachte Licht in die dunklen Ecken. Er atmete tief durch. Sein Herzschlag fand wieder einen Rhythmus.

Und scheiße ... seine Augen brannten.

«Genau jetzt.» Ihre Stimme lockte ihn sanft, als hätte sie seine Gedanken gelesen. «Was denkst du genau in dieser Sekunde? Sobald die *Oh-Gott-nein*-Reaktion nachgelassen hat, was war das Erste, was du empfunden hast?»

Weitere Bilder stiegen auf. Ein kleines Mädchen mit kastanienrotem Haar und kornblumenblauen Augen, das durch ein Weizenfeld lief, während die Sonne die helle Haut mit den Sommersprossen zum Leuchten brachte. Ein Junge mit wirrem hellbraunem Haar – wie er selbst es gehabt hatte, bevor er angefangen hatte, sich den Kopf zu rasieren –, der lachend neben dem Mädchen herritt und dessen Augen auf eine Weise strahlten, wie es seine eigenen nie getan hatten. Genau wie bei Olivia verspürte er eine Mischung aus Ehrfurcht und extremem Beschützerinstinkt, als er diese zwei kleinen Gestalten in seiner Phantasie beobachtete.

«Glück», flüsterte er. Er musste das Wort förmlich hervorpressen. Doch dann schüttelte er abwehrend den Kopf. Das konnte nicht sein, oder? Olivias Gesicht vor ihm verschwamm hinter einem Schleier von ... Tränen ... als er sie hilfesuchend ansah. «Glück?»

War es das, was er empfand? Vielleicht. Er wusste es nicht. Zum Teufel damit. Innerlich zerrissen suchte er erneut ihren Blick und stieß ein Geräusch aus wie ein sterbendes Tier. Denn ja. So hatte er sich das Gefühl von Glück immer vorgestellt.

Vollkommen ruhig legte sie ihre feuchten Hände an sein Gesicht. «Und da hast du deine Antwort. Es spielt keine Rolle, woher du stammst.» Sie drückte eine Handfläche über sein Herz. «Es zählt nur, was hier drin ist. Und du, Nathan, bist ein guter Mensch. Eines Tages wirst du ein toller Vater sein. Weil du weißt, wie schrecklich es ist, keine Liebe zu erfahren, verletzt zu werden, würdest du das, was dir geschehen ist, niemals an andere weitergeben. Außerdem bist du clever und besitzt gute Instinkte. Doch vor allem bist du fähig zu lieben, obwohl dir nie Liebe geschenkt wurde.»

Himmel. Hätte sie ihm einen rostigen Schraubenzieher in den Hals gerammt, hätte das wahrscheinlich weniger weh getan.

Mit geblähten Nasenflügeln, brennender Kehle und feuchten Augen kämpfte er gegen all die meuternden Gedanken in seinem Kopf, gegen die widersprüchlichen Gefühle in seiner Brust. «Baby ...»

«Shhh.» Sie drückte die Lippen auf seine und sprach an seinem Mund. «Alles ist gut. Du bist in Sicherheit.»

Zur Hölle. Zum ersten Mal konnte er ihr fast glauben. «Was machst du mit mir?» Er biss die Zähne zusammen, stieß zischend den Atem aus und umfasste ihre Schultern. Schüttelte sie leicht. «Olivia, Baby. Was machst du mit mir?»

«Nichts. Ich gebe dir nur, was du hättest haben sollen, lange bevor wir uns getroffen haben.»

Das war nicht *nichts*, und das wussten sie beide. Familie, Freundschaft, Loyalität, Respekt, ein Gefühl von Selbstwert, von Zugehörigkeit und ... ein Zuhause. Gab es denn nichts, was sie nicht tun würde?

Ihr trauriges, süßes Lächeln gab ihm den Rest. Sie hatte ihn gebrochen. Endgültig.

Nate stand auf, stieg aus der Wanne und streckte Olivia die Hand entgegen. Sobald sie auf der Badematte stand, trocknete er erst sie, dann sich selbst ab und trug sie ins Schlafzimmer. Er legte sie aufs Bett und schob sich über sie. Aufgestützt auf den Unterarmen sah er ihr hübsches Gesicht an, musterte jede Nuance, um sicherzustellen, dass seine Vermutung stimmte. Voller Ehrfurcht schüttelte er den Kopf.

Liebe. Das war es, was er in ihrem Gesicht erkannte.

Obwohl sie ihn nicht aussprach, diesen Satz aus drei kurzen Wörtern, den er noch nie gehört hatte, sagte sie alles mit einem Blick. Er hatte diesen Ausdruck oft bei anderen gesehen, hatte sich früher einmal selbst danach gesehnt. Und jetzt genoss Nate die Flamme, die sich in seiner Brust entzündete, ließ sie brennen und knistern, erfüllt von dem Wissen, dass er so etwas nie wieder empfinden würde. Sie sollte dieses Geschenk jemandem geben, der es mehr verdient hatte – und er würde nicht wagen, es zu erwidern –, doch er konnte ihr zeigen, was sie ihm bedeutete.

Als er den Arm Richtung Nachttisch ausstreckte, packte

sie seine Hand und stoppte ihn. «Du hattest regelmäßige Gesundheitschecks in der Army? Du bist gesund?» Als er nickte, schluckte sie. «Für mich gilt dasselbe, und ich nehme die Pille.»

Kein Kondom? Sie trieb ihn an den Rand des Wahnsinns und brachte sein Herz zum Bluten. Eigentlich sollte er jedes Mal in ihrer Gegenwart auf die Knie fallen. Und jetzt wollte sie auch noch diese letzte Barriere zwischen ihnen einreißen?

Bevor er diesen Gedanken verarbeiten konnte, rollte sie ihn auf den Rücken und setzte sich rittlings über ihn. Sie umfasste sein Gesicht, als wäre er derjenige, der kostbar war, beugte sich vor und küsste ihn. Sanft. Zärtlich. Eine kurze Berührung ihrer Lippen und ihrer Zunge. Sie sagte damit alles und nichts und füllte den unendlichen Raum dazwischen.

Im Gegenzug versuchte er, ihr auch seine Gefühle zu zeigen. Wie wenig er ihrer würdig war. Dass sie genau das war, was er sich immer gewünscht hatte. Wie sie – Gott stehe ihm bei – ein Monster wie ihn lehrte, was es hieß, eine Bedeutung zu haben.

Und während der Vorhang ihres Haars ihn von der Außenwelt abschirmte, schenkte er ihr sein bedingungsloses Vertrauen, übergab sich in ihre Hände. Erlaubte sich selbst ein letztes Mal, diese wunderbare Illusion zu glauben.

Olivia hob kurz den Körper an, dann nahm sie ihn in sich auf, ohne den Kuss auch nur einen Moment zu unterbrechen. Unfassbare Hitze und Weichheit umhüllten ihn, einen Zentimeter nach dem anderen, bis er so tief in ihr versunken war, dass es keine Rückkehr geben konnte.

Seine Augen brannten. Seine Kehle wurde eng.

Sie hielt inne, und er konnte sich nicht bewegen. Konnte nicht atmen.

Nicht in seinen wildesten Phantasien hätte er sich ausmalen können, wie wunderbar Olivia sich anfühlen würde, wenn nichts mehr sie beide trennte. All seine Sinne waren geschärft. Die Eindrücke intensiver. Das Gefühl so stark, dass es ihn von innen heraus zu verbrennen schien.

Noch schlimmer war, was folgte. Die sinnliche Langsamkeit, mit der sie sich ihm widmete. Sie liebkoste seine Schultern, seine Arme und verschränkte ihre Finger mit seinen. Doch noch immer bewegte sie ihre Hüften nicht; versuchte nicht, Vergnügen zu finden.

Nein. Stattdessen küsste sie ihn tief und geduldig.

Er spürte, was passierte, konnte es jedoch nicht aufhalten. Bisher hatten immer irgendwann Verlangen und Lust die Kontrolle übernommen, hatten das Zusammensein mit Olivia wild und leidenschaftlich gemacht. Auch diesmal war dieses Verlangen da. Aber es schwebte eher in der Ferne. Dieser Moment würde für immer in seine Erinnerung eingebrannt bleiben.

Weil sie ihn liebte. Und er es zuließ.

Mit einem Zittern, einem keuchenden Atemzug, begann sie, die Hüften zu bewegen, die kornblumenblauen Augen unverwandt auf sein Gesicht gerichtet. Sie hielt ihn in ihrem Blick gefangen, in der Flut aus Gefühlen, die er darin erkannte. Langsam, so langsam, dass ihm am gesamten Körper der Schweiß ausbrach, ritt sie ihn. Tage, Jahre, Jahrtausende vergingen, bis sein Körper ihm verriet, dass sie so weit war; dass sie ihn brauchte.

Er löste die Finger aus ihren, setzte sich auf und schlang die Arme um Olivia, ohne den Blickkontakt auch nur einen Augenblick zu unterbrechen. Die Intensität ihrer Verbindung traf ihn wie ein Schlag. Ihre Brüste pressten sich an ihn, sie umfasste seine Wangen, und für einen kurzen Moment atmeten sie dieselbe Luft. Königreiche hätten entstehen und untergehen können, ohne dass er es bemerkt hätte.

Mit offenen Augen küsste er sie – sanft, mit nur einem Hauch von Zunge. Und dann stieß er in sie. Er drückte sie im selben Moment nach unten, in dem er mit den Hüften nach oben drängte. Sie zitterte, wimmerte, und ihre Lider flatterten.

«Schließ nicht die Augen», flehte er. «Schau mich an.»

Als sie seiner Bitte folgte, stieß er erneut in sie. Hitze explodierte, Planeten kollidierten. Sie nahm seinen Rhythmus auf, schob ihr Gesicht so nahe vor seines, dass es in seiner Welt nichts und niemanden außer ihr gab. Mit bewusst langsamen Bewegungen wiederholte er das Ganze, drückte sie auf sich herunter, während er die Hüfte kreisen ließ. Immer wieder.

Er spreizte die Finger auf ihrem Rücken, bevor er sie tiefer schob, um ihren Hintern zu umfassen. Verdammt, das Gefühl war unglaublich. Erschütternd. Sie schlang die Arme um seinen Hals, fing seinen Kopf ein, indem sie die Arme dahinter verschränkte. Immer noch sahen sie sich gegenseitig an, ihre Lippen berührten sich. Und er spürte ihren Herzschlag an seiner Brust.

In diesem Moment erkannte er etwas … und diese Erkenntnis war seine Version der Apokalypse. Es konnte kein Leben ohne sie geben.

Aber das Leben mit ihr würde morgen enden, wenn er ihr alles verriet.

Jetzt und hier war sie jedoch noch bei ihm. Und er gab ihr alles, was er hatte, damit sie vielleicht eines Tages die Kraft finden würde, ihm zu vergeben. Zu verstehen.

Sie hauchte seinen Namen. Es kostete ihn unendliche

Selbstkontrolle, das Tempo nicht zu erhöhen, als ihr Höhepunkt näher rückte. Zitternd sah sie ihn an. Flehend. Mit suchendem Blick.

«Lass dich fallen. Ich werde dich fangen.» Irgendwie. Aber wer sollte seinen Sturz abfangen?

Ihr Inneres umklammerte ihn. «Nate, ich …»

Er presste den Mund auf ihren, um die Worte zu ersticken, die sie aussprechen wollte. Solche Worte konnten nicht zurückgenommen werden, und später würde Olivia sie nur bereuen. Während sie kam, in seinen Armen explodierte, trauerte er um diesen Satz, den er nie hören würde. Doch das war seine Strafe. Und er hatte viel Schlimmeres verdient.

Nate schrie an ihrem Mund, als er ihr in den Höhepunkt folgte. Er klammerte sich an ihrem zitternden Körper fest, als er sich in sie ergoss. Vernichtet, keuchend, drückte er die Stirn an ihre.

Er betrachtete ihre geröteten Wangen, die Lippen, die von seinem Kuss geschwollen waren. Die Lust, die trotz aller Erschöpfung immer noch in ihren Augen brannte, brachte ihn fast um. Himmel, er würde nie darüber hinwegkommen. Über sie. Fast wünschte er sich, er wäre weiter ahnungslos geblieben, statt zu erfahren, dass es so gute Erinnerungen gab, dass sie eine Ewigkeit an schrecklichen ausradieren konnten.

Er vergrub die Hand in ihrem Haar, zog ihr Gesicht an seine Halsbeuge und presste die Augen zu, als erneut Tränen hinter seinen Lidern brannten. Verdammte Qual.

Irgendwie atmete er weiter, drängte die Gefühle zur Seite und ließ sich rückwärts auf die Matratze sinken. Mit Olivia auf seinem Körper trat er gegen die Decke, bis er eine Ecke erwischt hatte und über sie beide ziehen konnte.

Olivias Wange ruhte auf seiner Brust. Er strich ihr die Haare aus dem Gesicht und ließ eine Hand über ihre Wirbelsäule gleiten. Küsste eine Strähne. Atmete ihren Duft ein. Genoss ihre warme, weiche Haut an den harten Kanten seines Körpers. Und speicherte all das für später ab.

«Nate?»

Oh Gott, bitte …

«Morgen, Baby. Schlaf.» Die Arme um sie geschlungen, hielt er sie fest und betete darum, dass sie auf ihn hörte.

Nach ein paar Minuten wurde ihre Atmung gleichmäßig. Nate seufzte erleichtert. Sobald er sicher war, dass sie schlief, rollte er sich vorsichtig herum und legte sie auf ihrer Seite der Matratze ab. Er steckte die Decke um sie herum fest, dann glitt er aus dem Bett, um sich anzuziehen.

Anschließend ging er nach unten in sein Zimmer, packte seine wenigen Habseligkeiten und verließ leise das Haus, um den Seesack auf dem Gepäckträger seiner Harley zu befestigen. Dann ging er wieder hinein, sammelte alle Figuren ein, die er geschnitzt hatte, und stellte sie auf den Nachttisch in dem Schlafzimmer, das er seit Wochen nicht mehr benutzt hatte. Er konnte nur hoffen, dass die kleinen Figuren ein Lächeln auf Olivias Gesicht zaubern würden, statt ihr Schmerzen zu bereiten.

Schließlich stieg er erneut die Treppe in den zweiten Stock hinauf und setzte sich auf den Stuhl in Olivias Schlafzimmer.

Er beobachtete sie im Schlaf, sein Herz so schwer, als hätte es sich in Blei verwandelt. Er fürchtete sich vor dem Moment, wenn sie die Augen öffnete. Die Ironie war ihm durchaus bewusst, sie schien ihn verhöhnen zu wollen. Vor einem Monat hatte er an derselben Stelle gesessen, den Blick unverwandt auf sie gerichtet, erfüllt von der panischen Furcht, dass sie nach ihrer Verletzung niemals mehr aufwachen würde. Er hatte sich nichts mehr gewünscht, als dass sie die Augen aufschlug.

Nate stemmte die Ellbogen auf die Armlehnen und rieb sich das Gesicht. Olivias lange Wimpern warfen Schatten auf ihre Wangen, und ihre kastanienroten Strähnen lagen ausgebreitet auf dem Kissen. Der sinnliche Mund war im Schlaf halb geöffnet. Ihre Angewohnheit, eine Hand unter die Wange zu legen, und die nackte Schulter, die unter der Decke hervorschaute, machten sie nur noch anbetungswürdiger. Sie wirkte wie einer dieser geheimnisvollen Naturgeister, von denen man in alten Sagen hörte. Ihre Natürlichkeit hatte ihn von Anfang an verzaubert.

Er beobachtete Olivia die ganze Nacht lang. Als der Morgen anbrach, stand er auf, um im Wohnzimmer auf sie zu warten.

In einem Punkt hatte sie recht behalten. Auch Monster waren fähig zu lieben. Das bedeutete allerdings nicht, dass sie es tun sollten.

21

Olivia streckte sich, winkelte ihre nackten Beine unter der Decke an und griff nach Nate. Doch seine Seite des Betts war kalt. Enttäuscht blinzelte sie in das Morgenlicht, das durch die Vorhänge drang.

Als ihr einfiel, dass er wahrscheinlich laufen gegangen war, lächelte sie, vergrub ihr Gesicht im Kissen und erinnerte sich an die letzte Nacht. Er hatte endlich losgelassen. Die Gefühle, die sie in seinen Berührungen, in seiner ganzen Art hatte erkennen können, waren unglaublich gewesen. Erschütternd. Erhebend. Nach all den schrecklichen Dingen, die er gesehen und getan hatte – die er hatte durchleiden müssen –, schien er endlich die Vergangenheit hinter sich zu lassen und in die Zukunft zu blicken.

Wurde auch Zeit.

Sie streckte sich noch einmal, dann glitt sie aus dem Bett, die Decke um ihren Körper gewickelt. So tapste sie ins Wohnzimmer, nur um abrupt anzuhalten.

Nate saß auf dem Sofa, die Ellbogen auf die Knie gestemmt und das Gesicht in den Händen vergraben. Er war vollständig angezogen, mit Jeans, Stiefeln und einem T-Shirt. Die Anspannung, die von ihm ausstrahlte, verkrampfte ihr das Herz. Muskeln bewegten sich, als er die Hände zu Fäusten ballte, und die Muster auf seinen Armen erwachten zum Leben.

«Ich muss dir etwas sagen.» Langsam hob er den Kopf. Dunkle Schatten lagen unter seinen Augen, betonten noch das Leid in seinem Blick. Sein Mund war vor Sorge und Schuldgefühlen verzogen.

Oh Gott. «Geht es Tante Mae gut?»

Er nickte kurz. «Es geht allen gut. Setz dich bitte.»

Nervös und mit zitternden Knien ging sie zu ihm und setzte sich auf die äußerste Kante des Sofas. Übelkeit stieg in ihr auf, als sie sein Profil musterte. Irgendetwas war ganz und gar nicht in Ordnung.

Nate sprang von der Couch, als wären ihm alle Höllenhunde auf den Fersen, und begann, im Raum auf und ab zu tigern. Irgendwann blieb er auf der anderen Seite des Couchtischs stehen. Er rieb sich das Gesicht. «Ich hatte die ganze Nacht Zeit, dieses Gespräch in Gedanken durchzuspielen und ...» Er stockte, senkte den Arm, schlug mit der Hand auf seinen Oberschenkel.

«Du machst mir Angst, Nate.»

Mit einem Seufzen zog er sein Handy aus der Hosentasche. «Wenn wir im Ausland waren, hat Justin dieses eine Lied wieder und wieder gespielt, wann immer er sein Zuhause vermisst hat. Oder vielmehr dich. ‹When You Come Back To Me Again› von Garth Brooks. Kennst du es?»

Sie schüttelte mit klopfendem Herzen den Kopf. Justin war kein großer Countrymusik-Fan, also überraschte sie der Song. Aber noch drängender war die Frage, was das mit Nates seltsamer Stimmung zu tun hatte.

Sein Daumen glitt über das Display. «Ich glaube, es soll ein romantisches Liebeslied sein, aber Justin hat es anders interpretiert.» Sobald die ersten Takte einer Melodie erklangen, legte er das Handy auf den Tisch. «Hör zu.»

«Okay», hauchte sie und starrte das Gerät an. Mit zitternden Fingern drückte sie sich die Decke fester an die Brust.

Eine eindringliche Stimme sang von auf See verlorenen Schiffen und sicheren Häfen; über die Art, wie man versank, wenn es keine Liebe gab. Sie stellte sich Justin in Tarnkleidung vor, in der Wüste, wie er mit Ohrsteckern diesem Song lauschte. Wie verängstigt und hilflos er sich gefühlt haben musste, wie allein. Weil die Welt, in die ihn die Army befördert hatte, sich so sehr von der unterschied, in der er aufgewachsen war. Keine Sicherheitsnetze, keine Leute, die ihn liebten.

Als die zweite Strophe begann, rannen Tränen über ihre Wangen, die sie einfach nicht aufhalten konnte, und Trauer ließ ihre Kehle eng werden. Als das Lied vorbei war, war ihr Herz quasi gebrochen. Sie vergrub das Gesicht in den Händen und schluchzte.

«Es tut mir leid, Baby. Es tut mir so leid. Ich habe dir das angetan.»

Olivia atmete zitternd durch und versuchte, sich zu beruhigen. Nach einem Moment wischte sie sich über die Wangen und sah Nate an.

Mit verzweifelter Miene, die Arme seitlich an den Körper gepresst, schüttelte er mehrfach den Kopf. «Ich habe ihn dir weggenommen, und das tut mir so verdammt leid.»

Entsetzen stieg in ihr auf. «Was?»

«Ich war der befehlshabende Offizier, der ihn in dieses Gebäude und damit in seinen Tod geschickt hat.» Nate schlug sich auf die Brust, dann ballte er die Hand über seinem Herz zur Faust. «Ich.» Seine Lippen zitterten, und seine Augen wurden rot, doch er biss die Zähne zusammen. «Ich habe einen Fehler gemacht. Die Situation falsch eingeschätzt.»

Plötzlich schien sich Eis in ihrem Magen zu sammeln, das sich immer weiter ausbreitete, bis es schließlich ihren ganzen

Körper eingefroren hatte. «Wovon redest du, Nate?» Von dem Moment an, in dem sie herausgefunden hatte, dass Justin gestorben war, war sie wütend auf den Verantwortlichen gewesen. Hatte ihn verabscheut. Und jetzt behauptete Nate, *er* wäre diese Person? «Du hast mich angelogen?»

Seine Nasenflügel blähten sich, dann warf er ihr einen so hilflosen Blick zu, dass der Gletscher in ihrem Bauch zu tauen begann. «Ich hätte es dir am ersten Tag sagen müssen. Ich weiß nicht, warum ich es nicht getan habe. Dann haben sich die Dinge zwischen uns entwickelt und ... sind außer Kontrolle geraten.»

«Außer Kontrolle?» Sie stand auf, so wütend, dass ihre Schläfen pulsierten. «Soll ich dir mal sagen, was außer Kontrolle geraten kann? Ein Wagen auf einer vereisten Straße. Wie bei dem Unfall, der meine Eltern das Leben gekostet hat. Aber du und ich, außer Kontrolle? Ich habe dich in mein Haus aufgenommen, mein Zuhause, mein Leben. Oh Gott, ich habe dich in mein Bett eingeladen, mein ...» Sie drückte sich die Decke an die Brust, es fühlte sich an, als würde der Verrat schier ihr Herz zerreißen. «Ich habe dir vertraut. Ich dachte, du wärst ein guter Mensch, der einfach nur einen beschissenen Start ins Leben hatte ...»

Sie konnte es nicht glauben. Ihre eigenen Worte hallten in ihr wider, wurden in ihrem Kopf hin und her geworfen. Sie stand auf und wandte den Blick ab. Dachte an die Dinge, die er ihr erzählt hatte, die er widerwillig eingestanden hatte.

Nate, ein verängstigter kleiner Junge im Pflegesystem, der von einer Familie akzeptiert werden wollte. Nate, ein Teenager, der unglückliche Entscheidungen traf, in der Hoffnung, endlich Freunde zu finden. Seine Unfähigkeit, sich berühren zu lassen oder die Nacht durchzuschlafen oder ohne

Reue zu essen. Und die Wurzel allen Übels – seine Schuldgefühle.

Sie stieß den Atem aus. Blieb stocksteif stehen, als Wut und Schock in Mitgefühl umschlugen. Die eine alles bestimmende Emotion in Nates Leben waren Schuldgefühle.

Schuldgefühle für Dinge, die nicht seine Schuld waren.

Sicher, er war jetzt ein erwachsener Mann, der seine eigenen Entscheidungen traf; und, ja, seine Entscheidungen waren nicht immer richtig. Aber er traf sie immer mit guter Absicht. Und in neun von zehn Fällen waren seine Schuldgefühle vollkommen grundlos gewesen.

Wenn sie ruhig darüber nachdachte, konnte es durchaus sein, dass er sich auch in Bezug auf Justin irrte. Tatsächlich standen die Chancen dafür ziemlich gut.

«Das habe ich versucht, dir zu sagen, Baby. Ich bin nicht der Mensch, den du in mir siehst. Ich bin kein guter Mann. Ich bin kein Held.»

Mit tränenfeuchten Augen fing sie seinen Blick ein. Was sie darin erkannte, ließ ihr Herz für einen Moment aussetzen.

Der Mann vor ihr, dem sein Leben lang kein Mitgefühl entgegengebracht worden war, betrachtete sie voller Empathie. Und da stand noch so viel mehr in seinem Blick. Wilde Panik. Eine verzweifelte Bitte um Verständnis. Die Überzeugung, ihre Abscheu zu verdienen. Und … Liebe.

Er liebte sie. Das war genauso offensichtlich wie ihre Trauer.

Keuchend presste Nate sich beide Hände an die Brust. «Ich habe ihm versprochen, dass ich auf dich aufpassen würde. Und das werde ich tun, aus sicherer Entfernung. Ich werde dich in Ruhe lassen, damit du dein Leben leben kannst. Aber solltest du je etwas brauchen, was auch immer, werde ich da sein. Immer. Das verspreche ich dir.»

Er schluckte schwer, als er sich vorbeugte, um nach seinem Handy auf dem Tisch zu greifen. Mit gesenktem Blick wandte er sich ab. «Es tut mir leid, Olivia. Auch wenn du mir sonst nichts glaubst, das ist die Wahrheit.» Mit großen Schritten ging er zur Tür.

Panik stieg in ihr auf. «Warte.»

Er hielt an, ohne sich umzudrehen.

«Erklär es mir.» Als er sich nicht bewegte, biss sie sich auf die Unterlippe. «Erzähl mir, was an dem Tag passiert ist, an dem er gestorben ist. Erzähl mir alles.»

Er ließ den Kopf hängen. «Das habe ich getan, als ich hier angekommen bin. Was ich dir erzählt habe, war wahr – ich habe nur meine Rolle ausgelassen.»

«Ich will die Details, Nate.»

Er seufzte, dann drehte er sich zu ihr um. Rieb sich das Kinn, seine Miene gequält. «Ich verstehe nicht, wie das helfen soll …»

«Ich muss es wissen.»

Er musterte sie einen Moment lang eindringlich, dann warf er einen Blick gen Himmel, bevor er die Hände in die Hosentaschen schob. «Wie ich dir schon gesagt habe, wurden wir in ein verlassenes Dorf geschickt. Dort waren schon häufiger Truppen von uns durchgekommen, aber unser Sergeant hatte einen Tipp bekommen, dass sich dort Flüchtlinge versteckt hielten. Sechs von uns wurden losgeschickt, mit mir als befehlshabendem Offizier. Es sollte ein einfacher Aufklärungseinsatz werden.»

Er sah zur Seite, sein Blick gedankenverloren. «Wir haben uns in drei Teams mit zwei Leuten aufgeteilt. Nach jedem Gebäude haben mir die Jungs per Funkspruch Bericht erstattet. Als wir uns einem Haus näherten, sagte Justin plötzlich, dass er einen kleinen Jungen im Türrahmen gesehen hätte. Das Gebäude war kaum größer als eine Tankstelle und lag zur Hälfte in Trümmern. Ich dachte, er hätte sich von Schatten täuschen lassen, nachdem wir bis zu diesem Moment keine Menschenseele gesehen hatten.»

Nate verlagerte sein Gewicht von einem Fuß auf den anderen, dann räusperte er sich. «Als wir gerade hineingehen wollten, hat sich eines der anderen Teams gemeldet. Ich …» Plötzlich runzelte er die Stirn, als wäre ihm etwas wieder eingefallen. Zwischen seinen Brauen entstand eine steile Falte.

«Du … was?»

Er sah kurz zu ihr, dann wandte er den Blick wieder ab. «Ich habe Justin angewiesen zu warten. Der Funkkontakt hat höchstens eine Minute gedauert.» Er rieb sich die Brust, als täte sie weh. «Als ich mich wieder umdrehte, war Justin verschwunden.» Er schüttelte den Kopf. «Das hatte ich ganz vergessen. Vielleicht hat er mich nicht gehört.» Nate blinzelte, rieb sich den kahlen Kopf. «Auf jeden Fall bin ich dann ins Gebäude geeilt. Ich war gerade um eine Ecke gebogen, als Justin einen Flur entlang auf mich zurannte und heftig winkte.» Er brach abrupt ab und sah Olivia an. «Bist du dir sicher, dass du das hören willst, Baby? Es ist …»

«Ja.» Sie wischte sich Tränen von den Wangen und atmete tief durch. «Sag es mir.»

Mit einem knappen, abgehackten Nicken ergab sich Nate in das Unvermeidliche. «In diesem Moment ist die Bombe detoniert, und wir wurden beide zu Boden geschleudert. Sobald ich mich aufgerappelt hatte, habe ich Justin aus dem Gebäude gezogen und mit den anderen auf das Evakuierungsteam gewartet.»

Nur dass das nicht alles war. Seiner gequälten Miene nach

war er in den Minuten nach der Explosion durch die Hölle gegangen. Und das war auch kein Wunder. Er hatte miterlebt, wie ihr Bruder vor seinen Augen starb. Sein Freund, sein Kamerad.

«Justin wurde bei der Explosion getötet?»

Nates Blick schoss nach links. Für einen Moment antwortete er nicht. «Ja», sagte er schließlich, seine Stimme leise und rau. «Es war ein ... Selbstmordanschlag, und er war der Explosion am nächsten.»

Schweigen breitete sich aus, als sie zu verarbeiten versuchte, was Nate ihr erzählt hatte. Je mehr Zeit verging, desto klarer wurde ihr, dass das Schicksal ein verdrehtes, erschreckendes Ding sein konnte.

«Das ist die Wahrheit? Die ganze Wahrheit? Alles?» Ihr Herz war heute bereits in tausend Stücke gebrochen, doch es schien immer noch mehr brechen zu können. Nicht nur schien Nate nicht verantwortlich zu sein, sondern er hatte mit ansehen müssen, wie die einzige Person, der er etwas bedeutete, getötet wurde. Gewaltsam. Brutal. Direkt vor seinen Augen.

«Ja.» Nate stand mit hängenden Schultern vor ihr, den Blick auf den Boden gerichtet.

«Justin ist gegen deinen Befehl in dieses Gebäude gegangen. Wärst du bei ihm gewesen, wärt ihr beide gestorben. Verstehe ich das richtig?»

Er riss den Kopf hoch und starrte sie an, Wut in seinem Blick. «Tu das nicht.» Er trat einen Schritt vor, nur um sofort wieder zu stoppen. «Das hier kannst du nicht einfach den Umständen zuschreiben. Egal, ob Justin mich ignoriert, die Bedrohungslage falsch eingeschätzt oder mich nicht gehört hat – ich bin trotzdem verantwortlich.» Er deutete auf seine Brust, rammte sich selbst den Zeigefinger in die Rippen. «Ich war sein Vorgesetzter und hätte besser aufpassen müssen. Ich war für ihn verantwortlich. Ich, Olivia. Ich habe dir jemanden genommen, der dir mehr bedeutet hat als alles andere auf der Welt.»

Sie unterdrückte ein Schluchzen. «Hast du diese Bombe gebaut? Hast du sie gezündet? Hast du Justin in das Gebäude geschickt, in dem sicheren Wissen, dass er sterben würde?» Verdammt, sie konnte nicht atmen. Wie viele Opfer sollte dieser Vorfall noch fordern? Wie viel Verantwortung wollte Nate sich noch aufbürden, bevor er schließlich zerbrach? «Wenn die Rollen vertauscht wären, würdest du wollen, dass mein Bruder sich für deinen Tod verantwortlich fühlt?»

Er richtete sich zu voller Größe auf, sein Körper steif. «Wag es nicht.» Seine Brust hob und senkte sich in heftigen Atemzügen. «Behaupte nicht, du hättest nicht einen Teil von dir mit ihm begraben. Ich würde alles tun, um ihn dir zurückzugeben. Was an diesem Tag geschehen ist, ist unverzeihlich. Es kann keine Vergebung geben. Ich habe sie nicht verdient. Nichts von alledem hier. Nicht damals und nicht jetzt.»

Er gab ein Geräusch von sich, das von unendlich tiefem Schmerz sprach. Nate rieb sich das Gesicht, und als er sie wieder ansah, konnte sie nur noch Leere in seinen Augen erkennen.

Qualvolle Sekunden verstrichen, dann ging Nate mit großen Schritten zur Tür und legte eine Hand auf den Knauf. Für einen Augenblick schloss er die Augen. Doch es war das darauffolgende Eingeständnis, das sie innerlich zerriss.

«Ich wünschte wirklich, *ich* wäre gestorben.»

Dann schloss sich die Tür leise hinter ihm.

Die Zeit verlor jede Bedeutung. Jeglicher Sauerstoff schien aus dem Raum zu schwinden. Wie betäubt stand Olivia mitten im Zimmer, reglos, ganz allein. Ihr Herz war in so viele Stücke zerbrochen, dass sie es nie wieder würde zusammensetzen können. Zumindest nicht so, wie es vorher gewesen war.

Hatte sie Nate zu schnell vergeben? Ließ sie zu, dass ihre Gefühle ihre Vernunft beeinträchtigten?

Nein, entschied sie nach einem Augenblick des Zögerns. Das tat sie nicht. Bis auf die Tatsache, dass er ihr nicht von seiner Rolle bei Justins Tod erzählt hatte, hatte Nate sie nie angelogen. Und ihn überhaupt zum Reden zu bringen, war so schwer gewesen, wie einem tollwütigen Wolf Zähne zu ziehen. Vor allem, wenn es um die Vergangenheit ging. Niemand konnte solche Geschichten erfinden. Außerdem bestätigte sein Verhalten ihre Schlussfolgerungen.

Was sollte sie jetzt tun? Konnte sie das in Ordnung bringen? Ihm begreiflich machen, dass er an Justins Tod nicht die Schuld trug? Brauchte er einfach ein wenig Abstand?

Gott, Justin. Ihr wunderbarer Bruder. Ihn brauchte sie jetzt. Sie musste mit ihm reden, um das alles zu verstehen und ihre Gedanken zu klären. Dann würde sie vielleicht herausfinden, wie sie mit Nate umgehen und was sie tun sollte.

Sie ging ins Schlafzimmer, zog sich an und ging nach unten. Ohne in die Küche zu schauen, wo Tante Mae sich bereits zu schaffen machten, öffnete Olivia die Haustür und trat auf die Veranda.

Frische Luft und der Duft von Heu, von ungezähmter Natur, umhüllte sie, als sie zum Friedhof ging. Die Sonne schien und wärmte ihren eisigen Körper, während ihre Schuhe über den Kies knirschten. Irgendwann erreichte sie ihr Ziel, schloss das quietschende Tor hinter sich und kniete sich neben Justins Grab.

«Du hast ihn überlistet, nach Meadowlark zu kommen,

oder?» Sie schniefte, dann rupfte sie ein paar Gänseblümchen vor seinem Grabstein aus. «Ich habe dich durchschaut, kleiner Bruder. Du wusstest, dass nichts und niemand auf Nate wartet, wenn er entlassen wird, also hast du dir einen letzten Trick überlegt, für den Fall, dass es dir nicht gelingt, ihn selbst hierherzubringen.» Sie nickte. «Gut gemacht.»

Olivia setzte sich im Schneidersitz ins feuchte Gras. «Nur dass er glaubt, er wäre für deinen Tod verantwortlich.» Ihre Brust wurde eng, und sie musste die Lippen aufeinanderpressen, um die Tränen zurückzuhalten. «Du Trottel. Warum musstest du in dieses Gebäude gehen? Warum? Du hast mich im Stich gelassen.» Wütend wischte sie sich über die Wangen, über die nun doch Tränen liefen. «Die ganze Zeit über war ich wütend auf die falsche Person. Ich habe deinen Vorgesetzten verantwortlich gemacht, weil das einfacher war, als auf einen Toten wütend zu sein.» Sie schüttelte den Kopf. «Ständig versuchen wir, jemandem die Schuld zu geben. Aber eigentlich ist niemand verantwortlich, oder? Nicht einmal du.»

Sie stemmte die Hände ins Gras hinter sich, schloss die Augen und hob den Kopf zur Sonne. «An dem Tag, an dem du gestorben bist, bin ich an den Fluss gegangen. Ich wusste noch nicht, was mit dir passiert war, die Army hat uns erst später informiert. Aber an diesem Tag hatte ich das seltsame Bedürfnis, dort zu sein. Nakos hat natürlich einen Anfall gekriegt.» Sie lachte leise. «Ich glaube, eigentlich bin ich hingegangen, weil ich dich sehen wollte. Gewohnheit, nehme ich an. Wir haben dort immer gespielt, erinnerst du dich? Ich habe mich ans Ufer gesetzt und an all die Dinge gedacht, die wir getan haben. All die gemeinsamen Erlebnisse. Alles, was wir waren und noch werden könnten. Und ich war wütend, weil du ja unbedingt ans andere Ende der Welt verschwinden musstest.» Sie wurde ernst. «Ich bin an den Fluss gegangen, um dich zu sehen, doch du warst nicht da. Natürlich nicht. Aber ich glaube, ein Teil von mir wusste in dem Moment, in dem es passiert ist, dass du tot warst.»

Sie öffnete die Augen und sah mit schief gelegtem Kopf auf das Grab ihres Bruders hinab. «Du hast mir das Herz aus der Brust gerissen, und ich war wütend. So, so wütend. Die typischen Schuldgefühle der Überlebenden, schätze ich.» Und ... verdammt, das war es. «Das ist Nates Problem. Genau das. Niemand hat ihm je die Chance gegeben, ein gesundes Selbstwertgefühl zu entwickeln. Bis du dich mit ihm angefreundet und angefangen hast, ihn die Welt durch andere Augen sehen zu lassen. Aber dann bist du gestorben, als er die Verantwortung für dich trug. Und jetzt weiß er nicht, wie er damit umgehen soll, dass du ihm auch das Herz rausgerissen hast. Weil er gar nicht wusste, dass er eines besitzt.»

Dabei bestand kein Zweifel daran, dass Nathan Roldan ein Herz besaß. Eines, das fast zu groß war. Andernfalls hätte er nicht solche Schuldgefühle mit sich herumgeschleppt. Er hätte nicht das Versprechen eingelöst, auf eine Frau aufzupassen, die er gar nicht kannte. Und er wäre sicherlich nicht bereit gewesen, sich nach einem Leben voller Einsamkeit weit genug zu öffnen, um eine Verbindung zu suchen.

Mit einem Seufzen stand Olivia auf. Der Besuch bei Justin hatte genau das bewirkt, was sie sich davon erhofft hatte. «Ich weiß, dass du ihn hierhergeschickt hast, um ihm zu helfen. Aber eigentlich hast du mir damit das größte Geschenk gemacht.» Sie klopfte sich die Erde von der Hose. «Ich liebe dich. Schöne Grüße an Mom und Dad.»

Und als sie den Friedhof verließ, flüsterte sie: «Danke. Jetzt komme ich allein klar.»

22

Alle seine Instinkte schrien, dass er verschwinden sollte, dass er so schnell wie möglich vor dem Schmerz fliehen sollte. Doch er hatte sein Wort gegeben, hatte etwas versprochen, und das würde er halten. Er würde Olivia beschützen ... und zum Teufel mit dem Schmerz.

Auf seiner Harley brauste Nate die Straße entlang Richtung Stadt, zwei Ziele für heute im Kopf: Zum einen einen Weg zu finden, wie er in Meadowlark bleiben konnte. Und zum anderen sicherzustellen, dass er Olivia nie wieder unter die Augen treten musste, solange sie ihn nicht brauchte.

Er hatte die Ranch kaum hinter sich gelassen, als er auch schon begonnen hatte, sie schmerzhaft zu vermissen. Tja, an dieses Gefühl sollte er sich wohl besser gewöhnen. Nicht dass ihm das je gelingen würde. Himmel, er hätte sie nie anrühren dürfen; hätte nie zulassen dürfen, dass sie versuchte, ihn ... zu heilen. Er hatte sich schon vor Ewigkeiten an sein kaputtes Leben gewöhnt, doch jetzt musste er wieder ganz von vorn anfangen. Und die Qual war so groß, dass sie ihn quasi in die Hölle katapultierte.

Der Ausdruck auf ihrem Gesicht, der Schmerz in ihrer Stimme. Wie sie versucht hatte, zu rechtfertigen, was ...

Nein. *Nein, nein, nein.*

Ein paar Minuten später bog er von der Hauptstraße ab, parkte vor dem Polizeirevier und stieg ab. Mission eins.

Er öffnete die Eingangstür des weißen Ziegelbaus. Sofort

schlug ihm der Gestank von verbranntem Kaffee und Desinfektionsmittel entgegen. Der mittelgroße Raum hatte einen braun-weiß karierten Linoleumboden und gelbe Wände, deren Färbung er hoffnungsvoll der Zeit zuschrieb. Darin standen vier leere Schreibtische, die sich in einem Quadrat gegenüberstanden. Rechterhand öffnete sich ein Flur. Daneben gab es einen Tresen mit einer Kaffeemaschine, die aus dem letzten Jahrtausend stammen musste. Links davon war ein Büro.

Er ging in diese Richtung und hielt im Türrahmen an. Fotos von einer Familie und – Bären? – hingen an den Wänden. Hinter dem riesigen Schreibtisch, auf dem sich braune Aktenmappen stapelten, gab es ein Fenster nach Osten, die Jalousien waren heruntergezogen.

Rip sah hinter den Aktenbergen auf. Sein Fu-Manchu-Bart zuckte. «Schau mal an, was die Katze ins Haus geschleppt hat. Was kann ich für dich tun?»

Nate verschränkte die Arme und lehnte sich in den Türrahmen. «Haben Sie meine Referenzen überprüft?»

«Jep.»

«Steht das Jobangebot noch?»

«Jep.»

Er nickte. «Dann bin ich dabei.»

Rip hielt inne. «Gut. Du kannst am Montag anfangen.»

Nate hätte nicht geglaubt, dass er je etwas Beängstigenderes sehen würde als Olivia bewusstlos im Fluss liegend, aber Rips Grinsen schaffte es fast. Seine etwas schiefstehenden, gelben Zähne blitzten eine Sekunde länger auf, als angenehm war, dann kehrte der finstere Blick zurück.

Der Sheriff stand auf. «Komm. Ich führe dich herum.»

Er ging vor Nate den Flur entlang, zeigte ihm zwei Zellen und eine Abstellkammer, dann deutete er auf eine Tür, hinter der laut Rip der Zugang zum Keller lag. Daneben führte eine weitere Treppe in den ersten Stock. Auf dem Weg zurück zum Hauptraum deutete Rip mit dem Kinn auf eine Toilette.

«Und das wäre es auch schon.» Er rückte den braunen Hut zurecht, der zu seiner Uniform passte. «An diesem Bord findest du den Dienstplan und alles, was uns aus Casper County geschickt wird. Wir können Verhaftete eine Nacht lang hier unterbringen, länger nicht. Eine Schicht dauert zwölf Stunden, und du arbeitest vier Tage die Woche. Drei Männer nachts, drei tagsüber, inklusive mir. Sei am Montagmorgen um sieben Uhr hier. Dann kriegst du auch deine Dienstmarke und eine Waffe.» Er musterte Nate von oben bis unten. «Und eine Uniform. Noch etwas?»

Das klang einfach. «Wüssten Sie etwas, wo ich eine Weile wohnen kann?» Mission zwei.

Rip runzelte die Stirn. «Ich dachte, du wohnst bei Olivia?» Als Nate nichts dazu sagte, zog Rip die Augenbrauen hoch. «Schon kapiert. Nun, Junge, es gibt keine Motels in der Stadt. Allerdings», er deutete mit dem Daumen Richtung Decke, «ist da oben ein kleines Apartment. Momentan ist es so vollgestopft mit Akten, dass man es kaum betreten kann. Wenn du bereit bist, das alles in den Keller zu schleppen, gehört es dir.»

Erledigt und erledigt. «Macht es Ihnen etwas aus, wenn ich gleich damit anfange?»

«Mach nur. Kaffee gibt es da drüben.» Damit schlurfte Rip zurück in sein Büro.

Dankbar dafür, dass er etwas zu tun hatte, was ihn von einer bestimmten Rothaarigen ablenkte, ging Nate nach draußen. Er fuhr die Harley hinter das Haus und trug seine Tasche ins Gebäude. Dann stieg er die Treppe neben der Tür zum Keller hoch und ... fand sich im größten Chaos aller Zeiten wieder. Im Dämmerlicht suchte er nach einem Lichtschalter an der Wand. Als er ihn fand und das Licht anging, bestätigten sich seine Befürchtungen.

Was theoretisch ein fünf mal fünf Meter großes Ein-Zimmer-Apartment hätte sein können, war jetzt eine unbewohnbare Rumpelkammer – vom Boden bis zur Decke mit Kartons gefüllt. Hunderten davon. Es gab Messies, die weniger Zeug angesammelt hatten.

Nate schob sich vorsichtig um einen Stapel herum in die Mitte des Raums. Links war eine kleine Küchenzeile, rechts ein Bett mit Kommode und direkt vor ihm die Tür zum Bad. Blockiert von einer rot karierten Couch.

Mit einem tiefen Seufzen ließ Nate seine Tasche fallen und schnappte sich die Kiste, die am nächsten zur Tür stand, dann trug er sie in einen freien Raum im Keller. Und wiederholte das wieder und wieder, bis die Nacht anbrach und sein Rücken sich beschwerte. Zumindest hatte er das Bett erreicht.

Er beschloss, es für heute gut sein zu lassen, stieg ein letztes Mal die Treppe hinauf und fand sich plötzlich Nakos gegenüber. Perfekt. Einfach ... perfekt.

Er beäugte den Vorarbeiter in seinen Jeans, dem Flanellhemd und dem Cowboyhut. «Hi.»

«Nette Bude. Könnte sein, dass du in den Zellen mehr Platz hast.» Nakos hob ein Sixpack. «Willst du eins?»

«Zur Hölle, ja.» Nate bat den Vorarbeiter herein und räumte die Kisten auf der Couch zur Seite. «Ich kann nicht versprechen, dass sie sauber ist.»

Nakos zuckte nur mit den Achseln und setzte sich trotzdem. Eine Staubwolke wirbelte um ihn herum auf.

Nate akzeptierte ein Bier und setzte sich ebenfalls auf die

Couch, mit ein wenig Abstand zu Nakos. Dann ließ er den Kopf nach hinten sinken. Der Stoff roch nach Mottenkugeln. «Wenn du mir in den Arsch treten willst, musst du mich dafür nicht betrunken machen. Ich lasse dich gewinnen, ohne viel Widerstand zu leisten.»

Nakos musterte ihn nur aus den Augenwinkeln und nahm einen Schluck Bier. «Ich habe deine Seite der Geschichte noch nicht gehört.»

«Olivias Seite ist die einzige, die zählt.»

Nakos zog die Augenbrauen hoch. «Was für ein Freund wäre ich, wenn ich nicht auch dir zuhören würde?»

Nate starrte ihn ungläubig an.

«Was?», entgegnete Nakos. «Sind wir nicht befreundet? Du verletzt noch meine zarten Gefühle.» Wieder nahm er einen Schluck Bier. «Soll ich dich etwa umarmen, um es zu beweisen? Wird nicht passieren.»

Unsicher wandte Nate den Blick ab. Seufzte. «Ich wiederhole: Olivias Seite ist die einzige, die zählt.»

«Interessant, dass du das sagst. Würde das nicht bedeuten, dass sie recht hat?»

Nate biss sich auf die Zunge, doch dann gewann seine Neugier doch die Oberhand. «Womit soll sie recht haben?» Er machte sich ständig Sorgen um Olivia – fragte sich, ob sie immer noch auf diese Weise weinte, die ihm die Seele aus dem Körper gerissen hatte ...

«Sie hat sich geweigert, ins Detail zu gehen. Aber sie sagte, dass du fest davon überzeugt bist, etwas Unverzeihliches getan zu haben.» Nakos kratzte am Etikett seiner Flasche herum. «Hast du das?»

«Ja.» Nein. Zur Hölle, er wusste es nicht mehr.

Zu erzählen, was im Irak geschehen war, hatte einige Dinge

wieder an die Oberfläche geholt, die er vergessen hatte. Wie zum Beispiel, dass er Justin angewiesen hatte, das Gebäude nicht allein zu betreten. Justins abgehakte, schmerzerfüllte letzte Worte hallten die ganze Zeit in Nates Kopf wider.

Scheiße, es tut weh, Nate. Mir ist so ... kalt. Pass auf meine Schwester auf. Versprich mir, dass du dich ... um Olivia ... kümmern wirst.

Er hörte diese Worte in seinen Träumen. Er hörte sie, wenn er wach war. Immer wieder.

Nur dass ihm, als er Olivia diesen Tag geschildert hatte, noch etwas eingefallen war.

«Nicht ... deine Schuld. Geh, Nate. Sie wird sich ... auch um dich ... kümmern.»

Das war das Letzte, was dieser charmante Mistkerl gesagt hatte. Mit letzter Kraft hatte Justin Nate von aller Schuld freigesprochen. Um ihn dann direkt in die Arme seiner Schwester zu schicken. Jene Person, die Justin am meisten geliebt hatte.

Nate war sich nicht sicher, ob er diese Worte bis jetzt verdrängt hatte oder ob er sie damals aufgrund der Schmerzen nicht richtig mitbekommen hatte. Zu beobachten, wie das Leben seines Freundes langsam verlosch, war viel qualvoller gewesen als die Splitter in seinem eigenen Körper. Fast ein Jahr später war der Schmerz immer noch zu spüren.

«Sie ist vollkommen durch den Wind.» Nakos sah von seiner Bierflasche zu Nate. «Hat auf der ganzen Ranch nach dir gesucht, in der ganzen Stadt. Sie hat angenommen, du wärst nach Chicago zurückgekehrt, und stand kurz davor, in ein Flugzeug zu springen, als Rip ihr endlich gesagt hat, dass es dir gut geht. Er wollte ihr allerdings nicht verraten, wo du bist.» Nakos seufzte, dann ließ er seinen Blick über Nate

gleiten. «Ich dachte, sie stünde schon mit einem Fuß im Irren-
haus, aber dir geht es auch nicht viel besser, oder?»

Scheiße. Olivia sollte nicht versuchen, ihn zu finden.
Sollte eigentlich überhaupt nicht an ihn denken. Sie sollte
wütend sein und froh darüber, dass sie ihn los war. Er hatte
sie angelogen. Hatte sie auf unverzeihliche Weisen verletzt.
Richtig?

Zweifel stiegen in ihm auf, aber er unterdrückte sie. Egal,
wie es zu Justins Tod gekommen war – Nate hätte auf ihn aufpassen müssen. Ihm den Rücken decken. Und Olivia sollte ihn
dafür hassen, dass er versagt hatte.

Die Sache war nur … Justin und Olivia waren ihm zu nahe.
Ständig sorgten sie dafür, dass er seine Schuld hinterfragte.
Bei ihnen konnte er einfach nicht klar denken. Nakos allerdings war immer offen gewesen und hatte ihm ehrlich gesagt,
was er dachte. Was Nate jetzt brauchte, war die Einschätzung
einer unvoreingenommenen, außenstehenden Person.

«Okay, mach dich bereit für meine Lebensgeschichte.» Um
Mut zu sammeln, nahm er noch einen großen Schluck Bier,
und dann begann er zu sprechen. Erzählte alles, ohne Details
auszulassen oder etwas zu beschönigen.

Vier Wochen zu früh von einer Süchtigen geboren. Die
ihn im Stich gelassen hatte. Niemand hatte ein Crack-Baby
adoptieren wollen. Pflegefamilien. Die immer wieder vor-
kommende Vernachlässigung und die gelegentliche körperliche Gewalt. Die Gang. Der Jugendknast. Die Army und wie
er Justin getroffen hatte. Und … Nates Rolle beim Tod seines
Freunds.

Für fast eine Stunde saßen sie auf der miefigen Couch. Nakos hörte zu, ohne ein einziges Mal zu unterbrechen. Nates
Kehle und Brust wurden eng, während er alles noch einmal

durchlebte. Und als er fertig war, sackte er auf dem Sofa zusammen und schloss die Augen.

Erschöpfung und Verwirrung erfüllten ihn, doch gleichzeitig fühlte er sich plötzlich ... leichter.

«Kein Wunder.» Nakos sah Nate an, mit ernsten Augen und mitfühlend verzogenem Mund. «Kein Wunder, dass selbst deine Schutzmauern noch Schutzmauern haben und du allem ausweichst, was entfernt an Freundlichkeit erinnert. Am Anfang, bevor ich dich kennengelernt habe, dachte ich, dass das am PTBS liegt oder du einfach ein Arschloch bist.» Er drehte sich auf dem Sofa um, bis er Nate direkt ansehen konnte. «Ich werde nicht behaupten, ich könnte verstehen, was du durchgemacht hast. Meine Eltern haben mich immer geliebt, und ich habe Mae, Olivia und Amy. Ich musste mich nie fragen, ob ich jemandem etwas bedeute.»

«Ich will dein Mitleid nicht.»

«Gut. Das kriegst du auch nicht. Mitleid ist für diejenigen, die unfähig sind, etwas Besseres aus sich zu machen.» Der Vorarbeiter kniff die Augen zusammen. «Du hast mein Mitgefühl. Das, was dir geschehen ist, war falsch. Einfach falsch. Aber wenn das, was du über den Irak erzählt hast, stimmt, dann verstehe ich einfach nicht, wieso es deine Schuld sein soll. Wenn du jemanden verantwortlich machen willst, dann die Leute, die diese Bombe gebastelt haben. Diejenigen, die ein kleines Kind benutzt haben, um ihre fanatische Sichtweise in die Welt zu tragen.» Nakos rieb sich den Nacken. «Außerdem kannte ich Justin ziemlich gut. Und wenn er jetzt hier wäre und sehen könnte, wie du dich selbst fertigmachst, würde ihn das gleich noch ein zweites Mal umbringen.»

Fuck. Nate schloss die Augen und presste eine Hand auf seinen verkrampften Magen.

«Ich kenne auch Olivia besser als jeder andere.» Nakos' entschlossener Blick nagelte Nate förmlich auf der Couch fest, als er den Vorarbeiter wieder ansah. «Sie ist eine Nervensäge, stur wie ein Esel und hat ein riesengroßes Herz, aber sie ist nicht dumm. Falls du versuchst, sie *nicht* zu verletzen, dann stellst du dich ziemlich dämlich an. Du hast ihr die Wahrheit gesagt. Hast ihr all deine Geheimnisse anvertraut. Und was ist das Erste, das sie tut?» Er zeigte mit der Flasche auf Nate. «Sie sucht dich.»

Nun, Nate hatte Nakos' ehrliche Meinung hören wollen. Und er hatte sie bekommen. Zur Hölle, er hatte wirklich keine Ahnung, was er erwartet hatte, aber das nicht. Schock breitete sich in ihm aus. Dieser Ort, diese Leute ... Es war, als hätte man ihn ohne Kompass oder Karte in eine andere Dimension katapultiert. In eine andere Welt, von deren Existenz er nie etwas geahnt hatte.

Nakos stand auf und sah sich um. «Diese Bude ist ein ziemlicher Rückschritt, wenn du mich fragst. Hier riecht es wie auf dem Dachboden einer Urgroßmutter.»

Trotz des Chaos, das in seinem Kopf herrschte, und dem Aufruhr in seinem Herzen konnte Nate ein Lachen nicht unterdrücken.

Nakos lächelte trocken, dann stellte er seine leere Flasche wieder in den Karton auf dem Boden. «Willst du meine Meinung hören? Wenn du Olivia liebst, beweist du das nicht, indem du sie unglücklich machst und ihr den Mann vorenthältst, den sie liebt.» Er verschränkte die Arme. «Und falls du immer noch den Wert dieses Manns in Zweifel ziehst, dann sieh dir einmal seine Beweggründe an. Bei nichts von dem, was du bis jetzt getan, gesagt oder gedacht hast, ging es um deine Bedürfnisse oder Wünsche. Trotzdem fühlst du dich schlecht wegen Dingen, die außerhalb deiner Kontrolle lagen. Was bedeutet, dass du ein Gewissen besitzt. Klingt für mich, als wärst du gar nicht der Arsch, für den du dich selbst hältst.»

Tief ... gerührt beobachtete Nate, wie Nakos zur Tür ging. «Hey.» Er wartete, bis Nakos sich umgedreht hatte. «Mit dir wäre sie besser dran gewesen.»

Nakos schüttelte langsam den Kopf und lächelte voller Bedauern. «Wir hatten unser ganzes Leben Zeit, diesen Weg einzuschlagen. Sie hat auf dich gewartet.» Er drehte sich wieder um und klatschte mit der Hand gegen den Türrahmen. «Oh, das hätte ich fast vergessen. Ich will ein Foto von dir in unserer wunderbar hässlichen Meadowlark-Polizeiuniform. Ich werde das Bild für meine Weihnachtspostkarten benutzen, dann haben alle was zu lachen.»

Schnaubend rieb Nate sich das Gesicht, während Nakos die Treppe hinunter verschwand. Dann blieb er eine Weile lang schweigend sitzen.

In seinem Kopf herrschte ein zu großes Chaos, um heute noch Entscheidungen zu treffen. Auf keinen Fall wollte er impulsiv handeln. Am besten schlief er eine Nacht darüber. Morgen war ein neuer Tag.

Aber verdammt. Olivia war unglücklich. Suchte nach ihm. Machte sich Sorgen.

Himmel, wie sehr er sie vermisste. Es war noch kein Tag vergangen, und er fühlte sich schon wie auf Entzug. Wo ihre Wärme ihn erfüllt hatte, existierte jetzt nur kalte Dunkelheit. Er hatte sich sein ganzes Leben lang nach dieser Art von Nähe gesehnt – und jetzt, wo die Erfüllung dieses Wunsches in erreichbare Nähe gerückt war, wirkte alles zu gut, um wahr zu sein. Als würde das Schicksal ihn verhöhnen. Sich auf seine Kosten einen Spaß erlauben.

Das war der eigentliche Grund für sein Zögern. Ja, er fühlte sich schuldig. Ja, er würde bis in alle Ewigkeit versuchen müssen zu beweisen, dass er ihrer wert war. Ja, er hatte schreckliche Fehler gemacht. Aber vor allem hatte er Angst. Olivia hatte von Anfang an recht gehabt. Ihre kleinen Experimente hatten dafür gesorgt, dass er seine eigene Sicht lange genug hinter sich lassen konnte, um sich selbst mit ihren Augen zu sehen. Sie hatte ihm gezeigt, wie er sein könnte. Was er haben könnte. Nur hatte er Angst, daran zu glauben.

Er hatte dennoch alles getan, worum sie ihn gebeten hatte … außer einer Sache. Mit Justin zu reden. Nate vermutete, dass er sich deswegen so sehr dagegen gewehrt hatte, weil er tief im Inneren ahnte, dass er dann all das loslassen musste. Die Vergangenheit. Den Schmerz. Und sein verdrehtes Selbstbild.

Er musste sich von dem ersten Freund verabschieden, den er je gehabt hatte.

Verdammt. Nachdem er einfach etwas tun musste, stand er auf und suchte in seiner Tasche nach der Jogginghose. Laufen zu gehen, sollte ihn müde genug machen, um tatsächlich Schlaf zu finden.

Sobald Nate sich umgezogen hatte, ging er nach unten und stellte sich den drei Beamten in der zweiten Schicht vor, dann trat er in die Nacht hinaus. Die kühle Luft war feucht und roch nach Regen – perfekt fürs Joggen. Ohne über die Richtung nachzudenken, die er einschlug, lief er im Licht des Vollmondes los.

Und landete vor der Wildflower Ranch.

Keuchend stemmte er die Hände in die Hüfte. Das hätte er vermutlich kommen sehen sollen. Alle Straßen führten zu ihr, nicht wahr? Selbst diejenige, auf die Justin ihn geschickt hatte.

Um seinen Puls zu beruhigen, ging Nate im Schritttempo die Einfahrt entlang und stoppte schließlich vor den Stufen zur Veranda. Das Haus war dunkel und ruhig, während Grillen zirpten und eine Eule rief. Es war zu spät für einen Besuch. Und er hatte ohnehin keine Ahnung, was er zu Olivia sagen sollen, selbst wenn sie wach wäre.

Gerade wollte er sich wieder abwenden, als etwas in seinen Augenwinkeln seine Aufmerksamkeit erregte. Er ging hinüber und fand seine Schnitzutensilien in dem Metalleimer auf den Stufen. In seiner Eile hatte er vergessen, sie mitzunehmen. Er sah sich um, nahm die Schatten der Bäume in sich auf, die absolute Ruhe, dann schüttelte er den Kopf und traf eine Entscheidung.

Er schnappte sich den Eimer, stiefelte ums Haus herum und ging zum Friedhof. Wenn er es tun wollte – sich von Justin verabschieden –, war er dabei besser mit seinen Dämonen allein. Die Dunkelheit bot ihm den nötigen Schutz.

Seine Schuhe knirschten auf dem Kies. Hin und wieder rutschte er auf dem feuchten Gras aus, als er den Hügel hinaufstieg, um die Kurve bog und dann abrupt vor dem Zaun anhielt. Nachts wirkte dieser Ort noch unwirklicher, fast unheimlich. Er hatte sich auf Friedhöfen nie wohlgefühlt, trotzdem öffnete er das Tor und ging zu Justins Grab.

Geliebter Sohn, Bruder, Freund
Treuer Soldat
Gefallen, aber niemals vergessen

Er wollte verdammt sein, wenn das den Kerl nicht in wenigen Worten perfekt beschrieb.

Nate starrte den Grabstein an und rieb sich die Brust,

während er versuchte herauszufinden, was er jetzt tun sollte. Vor seinem inneren Auge stieg das Bild von Olivia auf, als sie ihn zum ersten Mal hierhergebracht hatte. Sie hatte sich einfach hingesetzt und angefangen zu reden. Allerdings war er zu schockiert und fasziniert gewesen, um auf ihre Worte zu achten.

Trotzdem ließ Nate sich aufs Gras sinken und stellte den Eimer vor sich. Er zog ein Messer und ein Stück Holz heraus und ließ seine Hände tun, was sie wollten, um seine Gedanken zu klären.

«Deine Schwester sagt, ich soll mit dir reden, weil sie sich danach immer besser fühlt.» Er runzelte die Stirn. «Um ehrlich zu sein, fühle ich mich dabei wie ein Idiot.»

Die Bewegungen seines Messers wurden schneller, heftiger. «Eigentlich stimmt das gar nicht. Ich bin sauer. Ich habe mir wirklich Mühe gegeben, dich abzuschrecken. Ich habe dich ignoriert, so gut es ging, aber du hast dich trotzdem mit mir angefreundet. Hast ständig gelabert und mich zum Lachen gebracht.»

Seine Arme schmerzten, weil er das Holz so heftig bearbeitete. Mit kurzen, harten, fast gewalttätigen Bewegungen.

«Zum Teufel mit dir, du Mistkerl. Du hast dafür gesorgt, dass ich dich mag. Aber hast du je auf mich gehört, wenn es sinnvoll gewesen wäre? Nein. Stattdessen hast du dich umbringen lassen.»

Als ihm klar wurde, was er gerade gesagt hatte, erstarrte er.

«Du bist gestorben und hast mich zurückgelassen, um die Konsequenzen auszubaden. Deine Schwester war vollkommen am Ende. Sie fängt immer noch an zu weinen, wenn irgendetwas sie an dich erinnert.» Er seufzte, und seine Wut verpuffte. «Verflucht, ich vermisse dich auch.»

Er konzentrierte sich wieder auf seine Schnitzerei. «Wenn du das irgendwem erzählst, werde ich alles leugnen.»

Nach einem kurzen Moment des Schweigens starrte er auf das herunter, was er gerade geschnitzt hatte – eine Sonne mit dreieckigen Strahlen und einem Herz in der Mitte. Er schüttelte den Kopf. «Das fasst es ganz gut zusammen, nicht wahr?», murmelte er. «Strahlend wie die verdammte Sonne und scheißliebenswert.»

Mit dem Daumen entfernte er die letzten Späne von der Sonne, dann lehnte er sie an den Fuß des Grabsteins und legte das Messer zurück in den Eimer. Im Anschluss ließ er sich auf den Rücken sinken, einen Arm hinter dem Kopf.

Sterne funkelten am tiefschwarzen Himmel. Er musste an die paar Male denken, wo er und Justin in der Wüste den Nachthimmel beobachtet hatten. Um runterzukommen oder die Gedanken zu klären oder einfach mal loszulassen. Nate hatte so etwas nie getan, bis Justin ihn dazu gezwungen hatte – und er hatte es auch hinterher nie wieder getan. Er hatte fast vergessen gehabt, wie entspannend es war, einfach dazuliegen und nichts zu tun. Einfach ... zu sein.

«Ich bin in deine Schwester verliebt.» Er rieb sich den Nasenrücken. «Wie bei dir habe ich versucht, gegen diese Gefühle anzukämpfen. Aber ihr beide seid für mich quasi Kryptonit.»

Während eine leichte Brise ihn umspielte, atmete Nate tief aus, ließ all die Anspannung und den Schmerz und die Fehler hinter sich. Diese Bürde war einfach zu schwer, um sie noch länger zu tragen.

«Du hättest mich warnen können, dass sie so verdammt schön ist.» Er drehte den Kopf und sah den Grabstein an. «Ehrlich. In einer Minute ist sie sexy wie die Hölle, in der nächsten so süß, dass es mir die Sprache verschlägt. Und, Himmel, sie hat wirklich immer etwas zu sagen. Witzig und clever, genau wie du.»

Sein Blick wanderte wieder zum Himmel, verschwamm leicht. «Sie sorgt dafür, dass mir das Atmen schwerfällt, aber gleichzeitig bekomme ich ohne sie keine Luft. Ich fange an, mich nach Dingen zu sehnen, die ich für mich niemals für möglich gehalten habe.» Er schloss die Augen. «Ich war glücklich, Justin. Stell dir das vor.»

Stöhnend warf er einen Arm über die Augen. «Und es ist total nervig, dass sie in neunundneunzig Prozent der Fälle, wo wir uns uneinig sind, recht hat. Ist das eine Frauensache? Oder einfach nur typisch für Olivia?»

Denn sie hatte auch hiermit recht gehabt. Hatte bisher eigentlich immer recht gehabt.

Mit Justin zu reden, half tatsächlich.

23

Olivia fuhr ihren Truck bis zum Ende der Einfahrt und schaltete den Motor aus. Um dann ungefähr eine Million Mal mit der Faust auf das Lenkrad zu schlagen. Nicht dass das ihren Frust gemildert hätte ... aber es war immer noch besser, als schreiend wie eine Banshee durch die Stadt zu rennen.

Den gesamten gestrigen Tag hatte sie Meadowlark auf der Suche nach Nate quasi auseinandergenommen. Nach nur ein paar Stunden Schlaf war sie heute Morgen aufgebrochen, gerade als die Sonne aufging, um dasselbe noch mal zu tun. Aber nichts. Nada. Rip hatte ihr nur verraten, dass Nate am Montag anfangen würde zu arbeiten. Natürlich. Die Kerle deckten sich gegenseitig. Wahrscheinlich ging Rip davon aus, dass es Nate einigermaßen gut ging und er bloß etwas Zeit brauchte.

Olivia dagegen ging es nicht gut. Und sie glaubte auch keine Sekunde, dass das für Nate galt.

Erneut stiegen ihr hilflose Tränen in die Augen. Also stieg sie aus und stiefelte zur Scheune. Vielleicht hatte Nakos etwas von Nate gehört.

Die Sonne strahlte vom Himmel, und das Gras war immer noch feucht von Tau. Es war kaum zehn Uhr. Eine laue Brise und das Zwitschern der Vögel erzählten vom Frühsommer. Die ersten Wildblumen drängten aus dem Boden, bereit, sich zu öffnen. Und sie wollte das alles mit Napalm bearbeiten, alles Schöne, Fröhliche zerstören, bis sie sich endlich mit eigenen Augen davon überzeugen konnte, dass Nate in Ordnung war.

Nakos stand neben der ersten Scheune, sein Klemmbrett in der Hand. «*Hebe*, Olivia.»

«Hast du ihn gesehen?»

Sie beobachtete, wie Nakos mit verdächtiger Konzentration auf sein Klemmbrett starrte, um dann viel zu fasziniert durch die Seiten zu blättern. «Wen meinst du?»

«Das weißt du genau.» Sie verschränkte die Arme. «Nate. Wo ist er?»

Nakos senkte das Klemmbrett und sah sie mitfühlend an. «Eventuell habe ich gestern Abend eine Weile mit ihm verbracht.»

«Wo?»

«Das spielt keine Rolle, und ich werde es dir nicht sagen.» Als sie die Zähne fletschte, hob er eine Hand. «Er versucht, sich über einiges klar zu werden, Little Red. Gib ihm Zeit. Er wird sich fangen.»

Ihre Schultern sackten nach unten, dann verzog sie den Mund.. Nakos würde nicht nachgeben.

«Hat er ...» Dreck. Tränen schnürten ihr die Kehle zu. «Ist er wirklich okay?» Sie schniefte. «Und wenn du mich anlügst, werde ich dich feuern.»

Ein leises Lächeln umspielte seine Lippen. «Du wirst mich nicht feuern, und ich habe dich noch nie angelogen. Er wird sich fangen. Das verspreche ich.»

Sie sah ihn noch einen Moment an, dann wirbelte sie auf dem Absatz herum. «Ich werde euch beide umbringen, sobald ich ihn gefunden habe.»

Nakos' Lachen folgte ihr, als sie zum Haus stampfte.

In der Waschküche zog sie die Schuhe aus, bevor sie die Küche betrat. Tante Mae saß am Tisch, Papiere überall um sich herum verteilt – ihre Art, die Buchhaltung zu organisieren. Durch die Brille auf ihrer Nasenspitze starrte sie böse auf ein Papier in ihrer Hand herunter, um den Blick dann zu einem Blatt neben ihrem Ellbogen gleiten zu lassen, als müsse sie die beiden vergleichen.

Olivia war normalerweise klug genug, ihre Tante nicht zu stören, wenn sie gerade die Monatsabrechnung machte, doch das hier konnte nicht warten. «Hat er angerufen? Ist er zurückgekommen?»

«Nein, Kleine. Tut mir leid.» Tante Mae nahm ihre Brille ab und legte sie zur Seite, dann strich sie sich über das weiße Haar. «Lass mich dir etwas zu essen machen.»

«Nein danke. Im Moment will ich nicht mal an Essen denken.» Sie seufzte tief und sah sich um. Auf der Arbeitsfläche stapelten sich vom Frühstück übriggebliebene Pfannkuchen und Würstchen. Auf dem Herd köchelte eine Suppe. Alles normal, alles wie immer. Nur das Nate *nicht hier war*. Sie rieb sich die Stirn, weil sie vom Weinen Kopfschmerzen hatte. «Was guckst du dir gerade an? Sah aus, als würde etwas nicht stimmen.»

«Oh ja. Da solltest du mal einen Blick drauf werfen.» Tante Mae setzte ihre Brille wieder auf und gab Olivia ein Dokument. «Das ist der Kontoauszug von letztem Monat. Die Summe stimmt nicht. Wir haben zu viel Geld.»

«Okay», meinte Olivia langsam. «Vielleicht hat einer unserer Lieferanten noch nicht abgebucht.»

«Dachte ich auch erst, aber das habe ich schon kontrolliert.» Tante Mae gab ihr noch ein Dokument. «Das ist die Gehaltsabrechnung unserer Angestellten. Ich habe die Schecknummern mit denen auf dem Auszug verglichen.» Wieder nahm sie die Brille ab und starrte Olivia an. «Nates Schecks wurden nicht eingelöst.»

Olivia erstarrte. «Wie bitte?»

«Ich habe auch grad die letzten zwei Monate kontrolliert. Er hat seit seiner Ankunft hier nicht einen einzigen Scheck eingelöst.»

«Was?» Olivia senkte den Blick auf die Seite, dann starrte sie wieder ihre Tante an. Sie bezahlten ihre Ranch-Arbeiter alle vierzehn Tage. Grob überschlagen hieß das, dass Nate fünf oder sechs Schecks nicht eingelöst hatte. Die sie ihm persönlich gegeben hatte. «Wieso sollte er …?»

Oh nein. Oh Gott.

Er weigerte sich, von ihr bezahlt zu werden. Darum ging es hier. Er wollte kein Geld von ihr annehmen für etwas, was er fälschlicherweise als Wiedergutmachung für seine Sünden sah. Weil er nicht auf der Wildflower Ranch war, um zu arbeiten. Er war hier, um ein Versprechen einzulösen. Zumindest sah er das so.

Mit zitternden Händen legte sie die Papiere auf den Tisch. Der Raum verschwamm hinter einem Schleier heißer Tränen. Ihr rutschte das Herz in die Hose.

«Ich muss ihn finden», flüsterte sie.

Niemand hatte Nate je gezeigt, dass er ihm etwas bedeutete. Abgesehen von ihrem Bruder hatte sich niemand je die Mühe gemacht, ihm überhaupt so nahe zu kommen. Nate war allein durchs Leben gestolpert. Angesichts all der Dinge, die ihm zugestoßen waren, war es unglaublich, dass er sich zu einem so charismatischen Menschen entwickelt hatte.

Sie konnte sich kaum vorstellen, wie er sich jetzt fühlte, nach der Art, wie er gestern gegangen war. Nach all dem, was er gesagt hatte. Er hatte doch eben erst zögerlich begonnen, wieder zu hoffen und an die Dinge zu glauben, die sie ihm sagte.

Und all das nun wieder zu verlieren – so wie er Justin verloren hatte –, würde ihn aus der Bahn werfen. Er gab sich die Schuld an Justins Tod. Und deshalb war er überzeugt davon, sie und ein gemeinsames Leben mit ihr nicht zu verdienen. Einsam und voller Schmerzen dahinzuvegetieren, war in Nates Augen die gerechte Strafe für das, was er getan hatte.

Gott, sie musste ihn finden, bevor sein Gewissen all ihre Fortschritte zunichtemachte.

«Ich bin bald wieder zurück.»

Wie benebelt stieg sie die Treppe nach oben, grub in der Kiste herum, die Nate für Justins Sachen gemacht hatte, und zog den Brief ihres Bruders heraus. Sie steckte ihn in ihre hintere Hosentasche und ging zurück in die Küche.

«Wenn er anruft oder vorbeikommt, schick mir sofort eine Nachricht.»

Tante Mae nickte mit einem traurigen Lächeln. «Sicher, Kleine.»

Olivia ging nach draußen, dann stoppte sie neben dem Kräutergarten, um nachzudenken.

Nates Motorrad hatte am Polizeirevier gestanden, als sie dort vorbeigefahren war, aber hinter dem Haus, wo es nicht sofort auffiel. Sie hatte es nur zufällig entdeckt, als sie versucht hatte, auf dem kleinen Parkplatz dort umzudrehen. Zu Fuß konnte er nicht weit gekommen sein. Sie hatte bereits im Diner und den umgebenden Läden nachgesehen. Die Ranch-Arbeiter hatten gestern vergeblich das gesamte Grundstück abgesucht.

Also wo zum Teufel steckte er?

Ein scharfes Bellen hallte durch die Luft. Olivia drehte sich um. Bones rannte den Hügel auf der anderen Seite der Wiese hinunter, die sich schon bald in ein Meer aus Wildblumen verwandeln würde. Der Sheltie kam so schnell auf sie zu, dass sein braun-weißes Fell beim Hinsehen verschwamm. Dann bellte er wieder.

Der arme Hund hatte die ganze Nacht über leise gewinselt, während er aus ihrem Apartment im zweiten Stock in Nates Schlafzimmer und zurück gelaufen war. Heute Morgen, als Olivia in ihren Truck geklettert war, hatte er sich in der Scheune verkrochen.

Bones stoppte vor ihr, bellte zweimal und drehte sich um, als solle sie ihm folgen.

«Hast du ihn gefunden, Junge?» *Lieber Gott, bitte.* «Wo ist Nate?»

Der Hund rannte in die Richtung los, aus der er gekommen war. Olivia joggte hinter ihm her. Sie folgte ihm den Hügel hinauf und um die Kurve, während Bones immer wieder anhielt, um auf sie zu warten. Olivia erkannte bald, wo der Hund sie hinführte, und beschleunigte ihre Schritte.

Atemlos stoppte sie am Tor zum Friedhof, um dann fast in die Knie zu brechen.

Nate stand mit dem Rücken zu ihr vor Justins Grab, die Hände in die Hüften gestemmt und den Kopf gesenkt. Er trug ein schwarzes T-Shirt und eine Jogginghose mit Grasflecken. Zusammen mit der Feuchtigkeit auf seiner Hose ließ das vermuten, dass er im Gras gesessen hatte. Oder war er etwa die ganze Nacht hier gewesen?

Erleichterung überlagerte jedes andere Gefühl. Olivia schlug sich die Hand vor den Mund, um ein Schluchzen zu unterdrücken. Sie bemühte sich, ruhig zu atmen, als sie an ihre verzweifelte Suche und ihre schrecklichen Sorgen zurückdachte, und schloss die Augen.

Als sie sie wieder öffnete, sah sie, wie Nate einen Schritt zurücktrat, als wollte er sich umdrehen. Und plötzlich verschwand die Erleichterung. Wurde verdrängt von einem anderen Gefühl. Einem allumfassenden Gefühl, das sie mit sich riss.

Wut.

24

Du!» Das Tor im Zaun öffnete sich quietschend, um dann mit einem lauten Knall wieder zuzuschlagen.

Nate wirbelte herum, als er das erboste Fauchen hörte, und erblickte eine stinkwütende Olivia Cattenach, die auf ihn zugestiefelt kam.

Die Augen gerötet und Mordlust im Blick, die Lippen zusammengepresst, mit wild wirbelnden Haaren und einer tiefen Falte zwischen den Augenbrauen stürzte sie sich auf ihn. Ihm blieb kaum Zeit, sich zu wappnen, als ihre Fäuste bereits auf seine Brust eintrommelten.

«Du ... Trottel!» *Faust.* «Wie konntest du einfach so verschwinden?» *Faust.* «Ich habe überall nach dir gesucht.» *Faust, Faust.* «Den ganzen Tag, die halbe Nacht und heute Morgen.»

Himmel. Er hob die Hände. Nicht, um Olivia abzuwehren, weil sie, na ja, ihm überhaupt nicht weh tat. Aber er machte sich Sorgen, dass sie sich selbst verletzen könnte. «Olivia ...»

«Nein. Du hältst die Klappe. Du hast gestern schon genug gesagt. Jetzt bin ich dran.» Und ... sie schlug weiter auf ihn ein. «Ich war krank vor Sorge.» *Faust.* «Ich dachte, du würdest tot im Graben liegen ...» Plötzlich atmete sie tief durch und richtete sich auf, ein wirklich beängstigendes Funkeln in ihren hübschen Augen. «Lachst du mich aus?»

Er presste die Lippen zusammen, doch das half auch nicht. Das Lachen ließ sich nicht unterdrücken. «Ich habe noch nie gehört, dass jemand so was wirklich sagt. Diese Sache mit dem Tot-im-Graben-Liegen. Ich dachte, das wäre ein Klischee, erfunden von Eltern, um ihre Kinder zu verängstigen, damit sie gehorchen.»

«Ich habe die verdammten Gräben neben den Straßen nach dir abgesucht.» Ihre Stimme schraubte sich immer höher. «Gräben, Nathan! Und du hast deine Gehaltsschecks nicht eingelöst. Nach dem, was du gesagt hast ... dass du dir wünschst, du wärst gestorben ...» *Faust, Faust.* Dann stieg ein Schluchzen aus ihrer Kehle, und ihre Arme sanken nach unten. «Die Selbstmordrate bei Kriegsveteranen ist hoch. Und du sahst so fertig aus, als du gegangen bist, und ich konnte dich nicht finden und ...»

Sie verzog das Gesicht in einer Mischung aus Angst und Verzweiflung.

Oh Scheiße. «Komm her, Baby.»

Er zog Olivia an sich, und sie kletterte förmlich an seinem Körper nach oben und umklammerte ihn. Die Arme um seinen Nacken geschlungen, die Beine um seine Taille, vergrub sie den Kopf an seinem Hals und zitterte, während heiße Tränen auf seine Haut tropften.

«Es tut mir leid.» Nate schloss die Augen, umarmte sie fester und schob die Hände in ihr Haar. Himmel, ihm war nie die Idee gekommen, dass sie solche Schlüsse ziehen könnte. «Es tut mir so leid, Baby.» Er küsste sie auf den Kopf, die Augen fest zugepresst, seine Innereien ein einziger harter Knoten. «Das würde ich nie tun. Ich schwöre es. Egal, was auch geschieht, das würde ich nie tun.»

Sie keuchte, doch sie schien sich zu beruhigen. «Wegen Justin? Und deinem Versprechen?»

Ja. Er schuldete es ihrem Bruder, sein Leben voll auszukosten. Justins Zeit auf Erden war vorzeitig beendet worden. Er

würde nie die Chance bekommen, sich noch einmal zu ver-
lieben oder sein Kind im Arm zu halten oder noch einen al-
bernen Witz zu erzählen. Aber dank Justin würde Nate diese
Chance haben. Er war hier, sein Glück in Reichweite, weil ein
rothaariger Junge aus Wyoming in der Wüste keine Ruhe gegeben hatte, bis Nates Schutzmauern zusammengebrochen
waren.

«Und wegen dir.» Nate ließ eine Hand über ihr Haar gleiten,
unendlich dankbar, sie in den Armen zu halten. Olivia erfüllte
ihn mit Ruhe, nahm ihm die Anspannung und zähmte das
Biest in ihm. Er atmete ihren Duft nach Regen ein, saugte ihre
Wärme in sich auf und zitterte vor Dankbarkeit. «Du weißt,
dass ich meine Versprechen halte. Ich schwöre bei meinem
jämmerlichen leeren Herzen, dass ich dich niemals wieder
verlassen werde.»

Endlich hob sie den Kopf und sah ihn aus diesen unglaublich blauen Augen an, umrahmt von feuchten Wimpern. Sie
umfasste sein Kinn, und seine Bartstoppeln kratzten über ihre
Handfläche. «Dein Herz ist nicht leer. Ich würde sagen, es ist
unerforschtes Gebiet.» Sie lächelte schwach.

Verdammt, sie brachte ihn um. Ratlos drückte er seine Nasenspitze gegen ihre.

«Greif in meine hintere Hosentasche.» Sie schniefte.
«Bitte.»

Er verlagerte seinen Halt, griff in ihre Jeans und fand dort ...
Justins Brief. Nate hatte ihn überall mit sich herumgetragen.
Er hätte diesen vergilbten Umschlag und Olivias Namen in
ungelenker Schrift überall erkannt. Fragend starrte er sie an.

«Lies ihn.» Als er widersprechen wollte, strich sie mit der
Hand über seinen Kopf, verfolgte die Bewegung mit ihren
Augen. «Ich will, dass du ihn liest.»

Da ihr das anscheinend wichtig war, ignorierte er die Angst, die sich in ihm ausbreitete und sein Herz zum Rasen brachte. Mit Olivia auf dem Schoß setzte er sich ins Gras, hob das gefaltete Blatt Papier und öffnete es hinter ihrem Rücken. Als er die Zähne zusammenbiss, um zu lesen, ließ sie den Kopf auf seine Schulter sinken.

Olivia,
wenn du diese Zeilen liest, bin ich bei Mom und Dad. Ich bin kein großer Schreiber, aber nachdem dies das Letzte ist, was du für eine Weile von mir hören wirst, werde ich mir Mühe geben, dass der Brief gut wird. Nicht dass ich mich selbst unter Druck setzen würde oder so ...
Das bedeutet auch, dass Nathan Roldan wahrscheinlich bei dir ist, um meinen Brief zu überbringen. Ich weiß, dass er megagigantisch ist (ich erkläre das zu einem Wort. Sag sofort allen Wörterbüchern Bescheid.), aber er ist harmlos. Er ist ein sanfter Riese, ganz ehrlich. Ohne ihn hätte ich dieses Abenteuer hier nicht durchgestanden. Bei ihm bist du in Sicherheit. Ich habe keine Ahnung, was für Umstände meinen Tod verursacht haben, aber denk nicht zu viel darüber nach. Und sag Nate, er soll es auch nicht tun. Es ist egal.
Ich könnte jetzt ein ganzes Buch mit meinen Erinnerungen an uns beide füllen, aber ich werde mich für eine entscheiden müssen. Sie sticht unter allen anderen hervor und ist etwas, was ich mit auf die andere Seite nehmen werde. Wir beide, wie wir am Grab stehen, als sie unsere Eltern in den Boden hinablassen. Für die meisten wäre das eine schreckliche Erinnerung. Es war kalt und nass, alle trugen Schwarz, und die Leute weinten. Ich war damals zu jung, um die Bedeutung dieses Tags voll zu erfassen. Ich weiß nur, dass ich verängstigt und verwirrt war.

Aber du hast meine Hand genommen, meine Finger gedrückt und mir gesagt, dass alles gut werden würde.

Und dafür hast du gesorgt. Du warst die beste große Schwester, die man sich wünschen kann. Mir hat es nie an irgendetwas gemangelt. Du hast mich immer an die erste Stelle gesetzt und dich um mich gekümmert. Also wird es Zeit, dass ich dasselbe tue.

Was mich wieder zu Nate bringt. Ich vermute, dass er niemanden in seinem Leben hat und auch kein Zuhause. Ich habe ihn für dich ausgewählt. Egal ob als Freund, dem du hilfst, oder als Seelenverwandten, den du liebst – lass ihn auf keinen Fall verschwinden, nachdem du das hier gelesen hast. Lass ihn nicht zu einem Fremden werden, der nur einen Brief abgeliefert hat, oder zu einem entfernten Bekannten, dem du ab und zu zufällig über den Weg läufst. Kümmere dich um ihn und lass zu, dass er sich um dich kümmert. Erfüll mir diese eine Bitte.

Sag Tante Mae, dass ich sie sehr liebe. Danke ihr dafür, dass sie uns gerettet und ihr unabhängiges Leben aufgegeben hat, um auf die Wildflower Ranch zurückzukehren. Sie hat uns wie ihre eigenen Kinder behandelt, und ich will, dass sie weiß, dass das nicht selbstverständlich war. Sag Nakos, dass er aufhören soll, dich anzustarren, um stattdessen seine wahre Liebe zu finden. Und dass die Schnalle an Sattel acht lose ist. Ist sie nicht, aber sei so lieb und verarsch ihn ein letztes Mal für mich. Ich werde ihn vermissen. Und sag Amy, sie soll öfter lächeln, so wie sie es früher getan hat. Sie hat meine Erlaubnis, dich Liv zu nennen, wann auch immer sie will, weil dich das ärgert und sie es genießt, dich zu nerven. Auch sie werde ich unglaublich vermissen.

So, nachdem dieser Brief sich in zehn Sekunden selbst vernichten wird, halte ich meinen letzten Befehl kurz: Denk nicht zu viel

an mich und weine nicht die ganze Zeit. Tatsächlich sollst du
nur zweimal im Jahr an mich denken – zur Frühlings- und zur
Winterernte. Das waren für mich immer die schönsten Zeiten,
und ich werde über dich wachen, während du pflanzt.
Dich werde ich am meisten von allen vermissen, Vogelscheuche.
Ich liebe dich. Sei glücklich.
Justin

Nate blinzelte vergeblich gegen einen Schleier von Tränen an,
als er den Brief wieder faltete und zurück in Olivias Hosentasche steckte. Dann ließ er sein Kinn auf ihre Schulter sinken
und hielt sie einfach fest, bis das Gefühlschaos in ihm sich
langsam legte. Er fühlte sich, als hätte jemand ihm den Brustkorb aufgebrochen.

Himmel, er vermisste den kleinen Mistkerl. Justin hatte
aus Zuneigung zu ihm dafür gesorgt, dass sein Weg sich mit
Olivias kreuzte. Um sicherzustellen, dass sie beide am selben
Ort landeten. Und natürlich hatte es Justin mit seiner Art geschafft, Olivia zum Lachen zu bringen, obwohl er sich gerade
für immer von ihr verabschiedet hatte. Genau so war er gewesen: witzig, freundlich und klug. Nate wusste nur zu gut, dass
er sich glücklich schätzen konnte, den Jungen kennengelernt
zu haben – nicht umgekehrt.

Er starrte Justins Grabstein an, das Grab von Olivias Eltern
und seufzte tief, als Melancholie ihn überschwemmte.

Irgendwann später, als er das Gefühl hatte, wieder sprechen
zu können, löste Nate sich von Olivia und strich ihr das Haar
aus dem Gesicht, umfasste ihre Wangen mit den Händen.
Und wieder erschütterte ihn ihre Schönheit. Sicher, sie hatte
ein hübsches Gesicht und tolles Haar und anbetungswürdige
Sommersprossen und riesige Augen und einen Schmoll-

mund. Aber es war das Gesamtpaket, das für ihre Schönheit verantwortlich war – all die Komponenten, die ihre Persönlichkeit und ihre Einzigartigkeit ausmachten. Sie war schlagfertig und klug und selbstlos und unendlich stur.

Und, Himmel, wie sehr er sie liebte.

«Ich werde das wahrscheinlich in den Sand setzen, aber, bitte, lass mich ausreden.» Er drückte seine Stirn an ihre. «Du kennst meine Vergangenheit, aber ich glaube nicht, dass du die … Einsamkeit, die damit einherging, wirklich verstehen kannst. Oder was sie mit mir gemacht hat. Es hat mit Justin angefangen und ist mit dir weitergegangen. Irgendwie habt ihr es geschafft, jahrzehntealte, tief verwurzelte Lügen auszureißen und die Wahrheit ans Licht zu bringen. Ich werde die Schuldgefühle nie loswerden. Ich glaube nicht, dass sie je verschwinden. Schreckliche Dinge sind passiert, doch ich weiß jetzt, dass nicht alles meine Schuld war. Das hast du mir gezeigt, Baby.»

Er küsste Olivias Augenwinkel, wischte mit den Daumen die Tränen von ihren Wangen. «Und ich habe noch etwas verstanden, auch wenn es lange gedauert hat. Mein Leben hat nicht in diesem Krankenhaus in Chicago begonnen. Sondern in der Wüste mit deinem Bruder. Und wenn du mich lässt, werde ich den Rest meines Lebens mit dir verbringen.»

Ihr Atem stockte, und noch mehr Tränen rannen über ihre Wangen. «Nate …»

«Lass mich ausreden. Das ist nicht leicht für mich und …» Er schüttelte den Kopf. «Nein, das stimmt nicht. Es *ist* leicht. Mit dir zusammen zu sein, ist einfach. Das versuche ich gerade zu sagen. Nichts in meinem Leben war jemals einfach. Liebe war nie Teil des Plans. Ich habe keine Ahnung, was ich tue. Ich habe dir im Gegenzug nichts zu geben … Aber ich weiß, wie man liebt. Weil du es mir gezeigt hast. Und ich liebe dich, mehr als ich je für möglich gehalten habe. Vergib mir und erlaube mir, dich weiter zu lieben. Bitte, Baby.»

Sie sah ihn an, ließ ihren zärtlichen Blick über sein Gesicht gleiten, dann atmete sie tief ein. «Es gibt nichts zu vergeben. Das versuche ich, dir ständig zu sagen.» Zitternd stieß sie den Atem wieder aus. «Vergib dir selbst, dass du geglaubt hast, du wärst nicht gut genug, du wärst kein guter Mann.» Entschlossen umfasste sie sein Kinn. «Ich liebe dich.»

In seiner Kehle stieg ein gepresstes Schluchzen auf, und er richtete den Blick zum Himmel. Schwer atmend kämpfte er darum, nicht in Stücke zu zerfallen. Unglaubliche Hitze sammelte sich unter seinen Rippen, und ein Feuer erleuchtete die dunklen Ecken in seiner Seele, bis er nichts anderes tun konnte, als die Augen zu schließen, um nicht zu sterben.

Olivia strich ihm unendlich sanft über den Kopf, schloss ihre Finger um seinen Nacken. «Gewöhn dich besser daran, weil ich das oft sagen werde.»

«Niemals», presste er hervor und sah sie an. «Ich werde mich nie daran gewöhnen, das zu hören.» Es war eine Sache, dieses Gefühl in Olivias Augen zu erkennen. Aber sie die Worte laut aussprechen zu hören, war etwas völlig anderes. «Niemand hat je ...» Er schnappte nach Luft. Räusperte sich. «Bitte sag es noch mal.»

Sie grinste, und in diesem Moment zerfielen die letzten Reste seines alten Lebens zu Staub. «Ich. Liebe. Dich.»

Nein. Er würde sich wirklich nie daran gewöhnen. Nate ballte die Hand in ihrem Haar zur Faust und zog Olivia an sich.

Als er in ihrem Kuss versank, in der Sicherheit und der Zuflucht, die sie ihm für immer bot, verspürte er ein merkwürdiges Gefühl von Schwerelosigkeit. Alles loszulassen und einfach … mit ihr zusammen zu sein, war unglaublich befreiend. Es gab keine Geheimnisse mehr, keine Lügen oder Schatten, die drohten, ihn zu verschlingen. Nichts stand ihrem gemeinsamen Leben im Weg, und niemand konnte ihm noch die Chance auf Glück stehlen. Nicht einmal er selbst.

Bones bellte und kratzte an Nates Bein.

Nate lachte leise. «Dich liebe ich auch, Junge.»

Olivia gab ein zufriedenes Seufzen von sich und lächelte an seinen Lippen. «Ich hoffe, dir ist bewusst, dass einfach zu verschwinden und mir solche Angst einzujagen, den Vorfall am Fluss ausgleicht.»

Er lehnte sich leicht zurück, um sie anzusehen und die dünne rote Narbe an ihrem Haaransatz mit dem Finger nachzuziehen. «Nicht mal ansatzweise, Baby.»

Sie lachte. «Ist das eine Herausforderung?»

«Vorsicht, sonst hetze ich Nakos auf dich. Und das ist keine leere Drohung.»

Wieder lachte sie, dann verdrehte sie die Augen. Anbetungswürdig.

«Ich komme schon mit ihm klar.»

«Sicher, aber kommst du auch mit mir klar?» Nate drückte ihr einen schnellen Kuss auf die Lippen und stand auf. Höchste Zeit, sich um die wirklich wichtigen Dingen zu kümmern: Nämlich diese Frau den gesamten verdammten Tag und dann noch die Nacht über zu lieben. Er beugte sich vor, schlang einen Arm um Olivias Taille und warf sie sich über die Schulter. «Ich glaube nicht.»

Sie kicherte, als er durch das Tor marschierte, dicht gefolgt von Bones. «Wohin bringst du mich?»

«Nach Hause, Baby. Wir gehen nach Hause.»

Leseprobe

KELLY MORAN

Wildflower Summer

IN DIESEM MOMENT

Roman

Aus dem Englischen von
Vanessa Lamatsch

Erscheint am 21. 07. 2020
KYSS by Rowohlt Polaris

Mehr als ein Kuss …

Nakos Hunt wird diesen Anblick nie vergessen. Seine beste Freundin Amy. Blutend. Verzweifelt. Geschlagen von ihrem eigenen Ehemann. Es scheint völlig unmöglich. Das ist schließlich Amy. Die laute, starke, herausfordernde Amy. Selbst Monate später, als der Bastard von Exehemann längst im Gefängnis sitzt, fällt es ihm schwer, nicht jeden anzuknurren, der Amy zu nahe kommt.

Dieser eine Moment ändert für Nakos alles. Denn ihm wird klar, dass das Bild einer starken, selbstbewussten Frau, das Amy von sich zeichnet, nur allzu oft eine Fassade ist. Nakos ist entschlossen, diese Mauer zwischen ihnen abzutragen. Stein für Stein. Gespräch für Gespräch. Und schließlich auch Kuss für Kuss …

«Moran kann so mit Worten umgehen, dass sie einen niederschmettern und wieder aufbauen. Dieses Buch ist durch und durch ein emotionales Erlebnis.» *The Romance Reviews*

Weitere Informationen unter
www.endlichkyss.de und www.rowohlt.de

Copyright © 2020 by Rowohlt Verlag GmbH, Hamburg

Auszug aus Kapitel 3

Nakos erhob sich so schnell, dass sein Stuhl umfiel. «Tanz mit mir, Ames.» Keine Frage. Ein Befehl. Der ihm gar nicht ähnlich sah.

Sein Blick richtete sich auf sie. Bittend. Wortlos flehte er sie an, ihn von diesem Tisch wegzubringen, weil er sonst nicht dafür garantieren konnte, was als Nächstes geschah, nachdem ihre Eltern sie gerade so übel beleidigt hatten.

Amy sah sich um und stellte fest, dass der Hochzeitstanz von Olivia und Nate vorbei war und sich inzwischen auch andere Paare auf der Tanzfläche in der Scheune tummelten, wo sie feierten. Als sie erneut Nakos anschaute, blieb ihr Blick an den langen Wimpern hängen, die die schwarzen Augen umrahmten. Diese Wimpern waren das Einzige, was seine Züge ein wenig weicher machten.

«Bitte.» Er streckte ihr die Hand entgegen und senkte seine Stimme zu einem Flüstern. «*Ich werde tanzen. Und zwar mit einer wundervollen Partnerin.*»

Ernsthaft? Ein *Dirty Dancing*-Zitat? Dieser Mann war einfach unglaublich. Was sich schon allein an der Tatsache zeigte, dass er sich an den Satz erinnerte. Denn er hatte stets protestiert, wenn Olivia und sie mal wieder darauf bestanden hatten, den Film anzuschauen.

Amy lachte, warf ihren Eltern ein kurzes, entschuldigendes Lächeln zu, weil sie sie allein am Tisch zurückließ, und ergriff Nakos' Hand.

Leseprobe

Er führte sie zu der freien Fläche in der Mitte der Scheune und zog sie an sich. Nah genug, um seine Hitze zu spüren und seinen erdigen Duft in sich aufzunehmen, aber nicht so eng, dass ihre Oberkörper sich berührt hätten. Eine warme Handfläche fand ihr Kreuz, während er mit der anderen ihre Finger umschloss.

Plötzlich nervös, folgte sie seiner Führung zu den Klängen der langsamen Ballade, die aus den Lautsprechern drang. Nach der Trauung hatte er seine Hemdärmel bis über die Ellbogen aufgerollt, sodass seine sehnigen Unterarme sichtbar waren. Auch die ersten zwei Knöpfe am Kragen hatte er geöffnet. Außerdem hatte er sein langes seidiges Haar, das er vorhin ausnahmsweise offen getragen hatte, zu einem Pferdeschwanz gebunden und sich den schwarzen Stetson wieder aufgesetzt, ohne den er eigentlich nie zu sehen war.

«Ich schwöre, Ames, hätten diese beiden Idioten nicht dich hervorgebracht, würde ich sie noch mehr hassen.»

Sie lachte atemlos. Ihre bornierten Eltern waren wirklich schrecklich, aber sie hatte schon vor langem gelernt, nicht auf sie zu achten. «Ignorier sie einfach. Sie sind den Frust nicht wert.»

«Sie haben dich verletzt, und das ohne jeden Grund.»

Ihre Eltern verletzten Amy schon ihr gesamtes Leben lang. Sie hatte sich daran gewöhnt. «Mir geht es gut.»

Sie bemühte sich, gleichmäßig zu atmen, während sie sich im Takt der Musik wiegten. Amy starrte Nakos' Kehle an, den dunklen Bronzeton der Haut, das markante Kinn. Er war so ein gutaussehender Mann. Nicht so muskelbepackt wie Nate, aber trotzdem groß und schlank, mit einem durchtrainierten Körper. Lässig. Geschmeidig. Hohe Wangenknochen und ein ausdrucksstarkes Kinn. Breite Schultern und schmale Hüften.

Sie hatte immer ein wenig für ihn geschwärmt. Mit der Zeit hatte sich das gegeben, aber der Tanz sorgte trotzdem dafür, dass sie sich seiner Nähe unglaublich bewusst war. Was heute genauso dämlich war wie damals. Er hatte immer nur Augen für Olivia gehabt. «Wir haben seit unserem Abschlussball nicht mehr getanzt.»

Nakos war im Reservat in die Schule gegangen, aber zu Schulbällen und Tanzveranstaltungen hatten Olivia und sie ihn immer gebeten mitzukommen. Er war Amys Date für den Abschlussball gewesen. Sie hatte lächerlicherweise darauf gehofft, mit ihm auszugehen, würde dafür sorgen, dass er sie plötzlich als Frau wahrnahm. Sie hatte Stunden damit verbracht, das richtige Kleid und die richtigen Schuhe auszuwählen und sich zu schminken.

Er war mit dem gewohnt freundlichen Lächeln vor ihrer Tür aufgetaucht, ohne irgendein Aufflackern von Interesse in seinen Augen.

«Ist das wirklich so lange her?» Er sah auf sie hinunter, sein Blick zärtlich. «Nur für den Fall, dass ich es noch nicht gesagt habe: Du siehst heute Abend wirklich sehr schön aus.»

«Danke.» Wenn er das Kompliment ernst gemeint hätte, statt einfach nur höflich zu sein, hätte sie sich gefreut. Sie sah über seine Schulter, um nicht seinem Blick begegnen zu müssen, und versuchte sich an einem Lächeln, auch wenn sie vermutete, dass es eher unecht wirkte. «Und du bist so halb ordentlich angezogen auch ziemlich attraktiv.»

Er lachte rau, dieses Lachen, das er für spezielle Momente reservierte. «Ich bin nur dankbar, dass ich keine Krawatte tragen musste. Bei besagtem Abschlussball hast du mich dazu gezwungen.»

«Das ist zwölf Jahre her, und du bist immer noch nicht

darüber hinweg.» Sie seufzte. «Gib es doch zu. Schick steht dir.»

Er brummte, dann schleuderte er sie in einer schwungvollen Tanzbewegung von sich weg, um sie wieder an sich zu ziehen. Wieder lachte sie auf.

«Wenn ich mit dir und Olivia aufgetaucht bin, hat niemand darauf geachtet, was ich getragen habe.» Er zwinkerte ihr zu. «Damals bei dem Ball sahst du süß aus. Aber inzwischen bist du wirklich zu einer besonderen Frau geworden.»

Verflixt. Genau solche Sätze waren dafür verantwortlich, dass es ihr so schwerfiel, ihre närrischen Kleinmädchenphantasien hinter sich zu lassen. «Dito.» Sie ließ ihre Hand von seiner Schulter zu seinem Bizeps gleiten, der die Baumwolle des Hemds dehnte, und drückte zu. «Wann hast du solche Muckis bekommen?»

Sein Mund öffnete und schloss sich, doch es drangen keine Laute heraus. Stattdessen runzelte er verwirrt die Stirn.

«Im Ernst: Reitest du die Pferde und trägst sie dann noch ein wenig durch die Gegend, um zu trainieren?» Denn ... verdammt!

Er schüttelte den Kopf und blieb stehen. «Ziehst du mich auf? Bei dir bin ich mir nie sicher. Dieses ... Interesse in deiner Miene – ist das echt?»

«Wieso sollte ich dich nicht interessiert mustern? Du bist ein äußerst attraktiver Mann.»

Er erstarrte noch mehr, soweit das überhaupt möglich war. Tick, tick, tick zuckte der Muskel an seinem Kiefer im Takt ihres Pulsschlags. Er starrte sie aus diesen unergründlichen dunklen Augen an, als hätte er sie noch nie gesehen. Und er schien das Atmen eingestellt zu haben.

Hatte sie dafür gesorgt, dass er sich unwohl fühlte? Es war

ja nicht so, als hätte sie ihn richtig angebaggert. Sie hatte einfach nur Fakten festgestellt. Andererseits hätte Nakos es sowieso nicht bemerkt, wenn sie mit ihm flirtete. In all den Jahren ihrer Freundschaft hatte er sie kein einziges Mal als Frau wahrgenommen. Sie hätte sich nackt ausziehen und sich einen Pfeil in Richtung ihrer Intimteile auf den Bauch malen können. Und selbst das hätte ihn wahrscheinlich nicht mal zum Blinzeln gebracht.

Und da lag vermutlich das Problem. Ihr Interesse, so harmlos es auch sein mochte, war nicht erwünscht. Natürlich war Nakos erschüttert, vielleicht sogar angewidert von ihren Kommentaren. Es war ihm heute wahrscheinlich sehr schwergefallen, Olivia dabei zuzusehen, wie sie einen anderen Mann heiratete. Bei dieser Erkenntnis spürte Amy einen stechenden Schmerz im Herzen, und Bedauern schnürte ihr die Kehle zu. Hatte sie in den letzten Jahren ihre Lektion denn noch immer nicht gelernt? Sie war nicht die Prinzessin in einem Märchenbuch. Ganz im Gegenteil: Sie war schon kaputt gewesen, lange bevor Chris auf der Bildfläche erschienen war.

Das Letzte, wirklich das Allerletzte, was sie jetzt brauchen konnte, war ein Zerwürfnis mit Nakos. Amy stieß langsam den Atem aus. «Sorry. Vergiss, dass ich etwas gesagt habe.»

Nakos bewegte sich nicht. Keinen Millimeter. Tatsächlich schien er sich noch mehr zu verspannen. Schwarze Augen musterten sie intensiv, doch seine Miene verriet nichts. Manchmal konnte er wirklich stoisch und mysteriös wirken. Wenn Nakos Hunt seine Gedanken nicht preisgeben wollte, hätte selbst ein Angriff mit Napalm nichts an seiner ausdruckslosen Miene geändert.

Eine Ewigkeit später wandte er den Blick ab und zog sie erneut in seine Arme, um weiterzutanzen. Einfach so. Als hätten die letzten paar Minuten gar nicht stattgefunden. Er schwieg eine Weile, dann packte er ihre Finger fester, und die Hand an ihrem Kreuz zuckte leicht. Nachdem er in Gedanken versunken schien, war ihm das vielleicht gar nicht bewusst.

Unfähig, das Schweigen länger zu ertragen, biss Amy sich auf die Unterlippe. «Ich bin mir sicher, das war kein einfacher Tag für dich. Wenn du reden willst, bin ich da.» Das konnten sie gut. Reden. Das war das eine, was Olivia ihm anscheinend nicht bieten konnte, aber sie schon. Zumindest führte er mit Olivia nicht diese Art von ernsthaften Gesprächen. Aus irgendeinem Grund war er Amy gegenüber offener, ehrlicher, und daran klammerte sie sich fest.

Er stöhnte. «Nicht du auch noch, Ames. Lass einem Mann seinen Stolz, ja?»

Sie blinzelte zu ihm auf. «Schäme dich niemals dafür, dass du jemanden liebst, egal, ob dieser Mensch deine Gefühle erwidert oder nicht.» Er würde wahrscheinlich nicht verstehen, wie kostbar ein Mann war, der zu seinen Gefühlen stand und nicht versuchte, sie zu verstecken. «Ich weiß, das hier ist nicht gerade das Ende, auf das du gehofft hattest.»

Seine Miene wurde weicher, als er ihr in die Augen sah. «Nein, ist es nicht. Aber ich habe die Vorstellung von Olivia und mir als Paar schon vor langer Zeit aufgegeben. Heute habe ich lediglich einen endgültigen Schlussstrich gezogen. Hat es ein wenig weh getan? Sicher. Aber bei weitem nicht so sehr, wie du vielleicht denkst.»

Überrascht von der Ehrlichkeit, die sie in seinen Augen erkannte und in seinem Ton hörte, nickte sie.

«Was ist mit dir?» Sein Daumen glitt über ihre Handfläche, ohne dass er sich der Bewegung bewusst zu sein schien. «Das

muss doch Erinnerungen an deine eigene Hochzeit herauf-
beschwören.»

Eigentlich nicht. Nur an ihre Fehler. «Ich hatte keine Hochzeit.»

«Ich erinnere mich.» Sein barscher Tonfall ließ sie leicht
zusammenzucken. Aber warum klang er plötzlich so wütend?

Er bemerkte ihre Verwirrung offensichtlich, denn seine
Augenbrauen wanderten höher. «Du bist ein paar Monate mit
dem Kerl ausgegangen. Dann höre ich plötzlich von Olivia,
dass du im Rathaus geheiratet hast.»

«Ich hatte keine Ahnung, dass dich das so sehr gestört hat.»

Wieder stoppte er ihre Tanzbewegungen. «Soll ich mich
umdrehen? Dann fällt es dir leichter, das Messer aus meinem
Rücken zu ziehen.»

«Nakos ...»

«Verdammt richtig, es hat mich sauer gemacht. Ich habe
diesen Mistkerl gehasst. Er war nie nett zu dir. Und dass du
mir nichts von deiner Hochzeit erzählt hast? Einfach davon
ausgegangen bist, dass ich nicht für dich da sein will? Das war
wirklich scheiße.»

Sie schloss die Augen und atmete zitternd ein. «Du hast
recht. Tut mir leid. Es ist nur ...»

Sie hatte sich geschämt. Wegen allem. Dass sie den erstbes-
ten Kerl heiratete, der irgendein Interesse an ihr zeigte, auch
wenn es die falsche Art von Interesse war. Dass sie so schnell
zugestimmt hatte, dass nicht mal ein Verlobungsring nötig
gewesen war. Dass sie kein Geld für nichts hatten, nicht mal
für einen Brautstrauß.

Sie schüttelte den Kopf und starrte auf Nakos' Hemd. Ihre
Wangen brannten. Allein sich vorzustellen, wie es gewesen
wäre, wenn er sie zum Rathaus begleitet hätte, löste schon

ein Gefühl der Schande in ihr aus. Was auch der Grund dafür war, warum sie ihm nichts erzählt hatte. Genauso wenig wie Olivia. Kyle war ihr Trauzeuge gewesen. Für Chris sein Bruder Mark. Die Erinnerung an diesen unpersönlichen Raum und das Gelübde, das sich als bloßes Lippenbekenntnis entpuppt hatte, sorgte dafür, dass sich ein stechender Schmerz in ihrem Herzen einnistete.

Einsamkeit und Verzweiflung brachten Leute dazu, dumme Dinge zu tun. Wie zum Beispiel einen Mann zu heiraten, der einen nicht liebte, einem nicht erlaubte zu arbeiten. Jemand, der das Interesse seiner Frau für Fotografie nicht unterstützte und sie komplett ignorierte, bis er betrunken genug war, um einen Ständer zu bekommen.

«Es ist nur … was?» Nakos' ruhige Stimme sorgte dafür, dass sie ihn ansah. «Beende den Satz.»

Niemals würde sie ihm die ganze Wahrheit gestehen. «Ich dachte, dass du vielleicht versuchen würdest, mich davon abzuhalten.»

Irritation, Schmerz und Entschlossenheit huschten nacheinander über sein Gesicht. «Wenn du jetzt zurückblickst – wäre das so schlimm gewesen?»

«Ich kann jetzt wirklich kein ‹Ich hab's dir doch gesagt› brauchen.»

Er blinzelte langsam, dann seufzte er. «Ich hätte mich nicht eingemischt, Ames. Ich wäre gekommen, um dich zu unterstützen. Aber diese Möglichkeit hast du mir genommen.»

Verdammt sollte er sein. «Es tut mir leid. Ich kann mich nur wiederholen.»

Nakos' dunkler Blick huschte nachdenklich über ihr Gesicht. Eine fast zärtliche Musterung ihres Haars, ihrer Wangen, ihrer Lippen, bevor er ihr wieder in die Augen sah. Sie hatte keine Ahnung, was er dort entdeckte, aber er presste frustriert die Lippen zusammen. Wie seine Wimpern waren auch seine Lippen an einen Mann verschwendet. So unendlich verführerisch.

«Wieso hast du es getan?» Seine Stimme war ein tiefes Rumpeln, das sie über die Musik kaum hören konnte. «Warum zur Hölle hast du dieses Arschloch geheiratet?»

Sie konnte das Gespräch einfach nicht mehr ertragen. Eilig löste sie sich von ihm, sodass seine Arme schlaff an seine Seiten sanken. Über dieses Thema hatten sie aus irgendeinem Grund nie geredet ... wofür sie dankbar war. Es jetzt plötzlich zu tun, an der Kruste zu kratzen, würde die Wunden nicht besser verheilen lassen. Eine Frau konnte nur ein gewisses Maß an Schmerz ertragen, bevor sie zusammenbrach.

«Warum, Ames?»

Zum Teufel damit. Es war ja nicht so, als wäre ihr noch Selbstbewusstsein geblieben. «Er war das Beste, was ich je kriegen würde.»

Nakos zuckte zusammen. «Was zur Hölle soll das bedeuten?»

Sie wandte seinen weit aufgerissenen Augen und der schockierten Miene den Rücken zu und ging Richtung Tür. *Ein Tequila, zwei Tequila, drei Tequila, und dann auf dem Boden schlafen.* Das war ihr Plan für den Rest des Abends. Sie würde sich eine Flasche Cuervo-Tequila aus dem Haupthaus schnappen, eine Ewigkeit zu den Wohngebäuden der Ranch-Arbeiter laufen und sich im Zimmer ihres Bruders verkriechen, um sich dort zu betrinken.

Nur dass sich ein muskulöser Arm von hinten um ihre Taille schlang, um sie hochzuheben. Direkt danach wurde ihr

Rücken gegen eine harte Brust gedrückt. «Die Diskussion ist noch nicht vorbei, *anim.*»

Anim. Dieses Wort hatte er in ihrer Gegenwart noch nie verwendet. Sie hatte keine Ahnung, was es in seiner Muttersprache Arapaho bedeutete, aber sie vermutete, dass es ein Fluch war.

Ihre Beine baumelten über dem Boden, als Nakos mit ihr zum Ausgang stiefelte, als wäre sie leicht wie eine Feder. «Wir werden uns ein wenig unterhalten.»

«Nein, werden wir nicht.»

«Doch, werden wir.» *Stampf, stampf.* «Ich schlage mich schon mein gesamtes Leben mit deiner speziellen Art von Sturheit herum. Glaubst du, ich wüsste nicht, wie ich mit dir umgehen muss?»

Wieso erregte sie das? Wieso bekam sie plötzlich keine Luft mehr? Hitze sammelte sich in ihrem Bauch, und die Muskeln in ihrem Inneren zogen sich zusammen. Alpha Nakos war heiß.

Mehrere Köpfe drehten sich in ihre Richtung, verfolgten ihren Weg durch den Raum, an den Tischen vorbei und durch das offene Scheunentor.

Ein Pumps plumpste von ihrem Fuß. «Ich habe meinen Schuh verloren.»

«Wir werden ihn später holen, Aschenputtel.»

«Du verursachst eine Szene.» Sie wand sich, doch er hielt sie unerbittlich fest.

«Ist mir egal.» Er marschierte über das Gras, bog um die Ecke und stellte Amy außer Sichtweite der Partygäste auf die Beine. Dann drängte er sie gegen die Scheunenwand und starrte böse auf sie herunter, sein Gesicht nur Zentimeter von ihrem entfernt. «Erkläre deinen letzten Satz.»

Dunkle Schatten umgaben sie. Grillen zirpten. Eine warme Brise bewegte ihr Haar. In der Ferne blinkten Glühwürmchen. Eine Eule schrie.

Und sie? Sagte nichts. Gar nichts.

Er verschränkte die Arme.

«Ich kann das die ganze Nacht durchhalten.»

Jep, genau das befürchtete sie.

MORE THAN JUST A

KYSS

Du liest gern Liebesromane?

Dann schau doch mal bei KYSS vorbei. Auf unserer Homepage, auf Facebook und auf Instagram gibt es jede Menge Zusatzinformationen, Gewinnspiele und tolle Aktionen rund um unsere Bücher. Hier erfährst du als Erstes, welche Autoren und Serien aus dem Romance-Genre bald bei Rowohlt erscheinen, bekommst einen Blick hinter die Kulissen des Verlages und kannst uns jederzeit Fragen stellen. Wir freuen uns auf dich!

endlichkyss.de

instagram.com/endlichkyss · facebook.com/endlichkyss